El escudero de Cervantes
y el Caso del poema cifrado

MANUEL BERRIATÚA

El escudero de Cervantes y el
Caso del poema cifrado

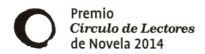

Premio
Círculo de Lectores
de Novela 2014

Este libro obtuvo el
Premio Círculo de Lectores de Novela 2014,
un certamen con el que se apoya
la creación literaria en lengua castellana
y cuyo jurado está compuesto exclusivamente por lectores.

Como no podría ser –ni yo querría que fuera–
de otra forma, le dedico esta mi primera novela a mi familia:
A mi mujer, Clara, que ha tenido que soportar la luz
encendida a la vera de su sueño, durante interminables horas,
todas las noches de nuestra vida en común.
Y a mis hijos, Clara, Javier y Maitetxu a los que
resté algunos momentos de paternidad
por este vicio incontrolable por los libros.
Sirva este para pedirles disculpas.
¡Ah!, y a mi madre, Tere, para que no se me enfade.

Muchos años ha que es grande amigo mío ese Cervantes, y sé que es más versado en desdichas que en versos.

Miguel de Cervantes
El ingenioso hidalgo don Quijote de la Mancha I, 6

DE LAS DECLARACIONES
DEL ALGUACIL CRISTÓBAL PÉREZ.
AUDIENCIA DE SEVILLA, PROCESO 165/1599

Como un hábil transformista con muchas tablas, la noche sevillana de mediados de diciembre había mudado su disfraz invernal y desapacible por el de una mañana cálida, casi primaveral. El sol había ido perdiendo su timidez temprana y ahora reverberaba desde lo más alto de su carrera diaria, y hacía sudar ligeramente al personaje que subía la escalinata de un edificio sobrio pero amenazador.

Cuando un sirviente lo introduce en el salón, tan espacioso como poco amueblado, el caballero nota que el sudor se le va helando sobre la piel a medida que se aproxima a la figura hierática del fondo de la estancia.

Se destoca y amaga un saludo, que es cortado de raíz por una mano brusca que se agita por delante de su rostro.

–Entonces, esta tarde ya estará en tu poder todo lo recaudado, ¿no es eso?

–Así es, Excelencia. El recaudador va a traerme la última entrega, y con ella redondearemos la espléndida suma que habíamos acordado.

–Más vale que sea cierto si no quieres verte con un lazo de cáñamo alrededor de la garganta. Hay personas muy importantes que están dispuestas a hacer lo que sea necesario para que ese dinero no alcance su destino; y si tal cosa llegara a suceder, no va a ser mi cuello el que ponga a prueba la pericia del verdugo. Quiero que mañana, a primera hora, te presentes aquí con todo lo que hayas reunido, que yo sabré recompensar tus buenos oficios.

—Aquí estaré sin falta, Excelencia.

El caballero inicia una reverencia al estilo español, tan exagerada que el propio beneficiario la recibe con una mueca de fastidio. Cumplido el rito, se retira caminando de espaldas.

La gran estancia palaciega está adornada con primorosos guadamecíes traídos de la vecina Córdoba, verdaderas obras de arte que, a modo de tapices, endulzan la aspereza de los gruesos muros, ayudan a regular la temperatura del interior y, cuando es necesario, cumplen la función de celosías, para poder observar sin ser observado. Justo como hacía en ese momento desde la esquina más apartada y oscura del salón un siniestro personaje.

El malencarado alguacil es la mano derecha y hombre para todo del Oidor de la Audiencia de Sevilla, dueño de aquel palacio.

El alguacil, de cuerpo enteco y fibroso, no tiene un físico imponente, pero hay algo en su forma de moverse o de mirar que le basta para imponer su autoridad sin esfuerzo a los pocos que se atreven a enfrentarse a él. En su rostro destacan los ojos oscuros y hundidos, de mirada oblicua, y la barba cerrada y crespa. Nunca se le ha visto una sonrisa ni mostrarse en público sin el gastado tahalí de cordobán que le cruza el pecho, donde cuelga la gran espada toledana que en numerosas ocasiones ha buscado acomodo entre las carnes de un buen puñado de desgraciados.

Siempre suspicaz y alerta, ha estado atento a cualquier problema que hubiera podido surgir durante el escueto intercambio de frases entre los dos hombres.

Tras una señal de su señor, sale de la penumbra y camina hasta situarse frente a él. Su Excelencia, no obstante, se queda mirando al vacío sin decirle nada; durante un rato da la impresión de ignorar al impasible lacayo, de estar observando, a través de él, el paisaje borroso de un incierto futuro.

No hay nada destacable en los rasgos de este poderoso personaje. Una cara redonda y pálida de mejillas algo caídas, la cabeza pequeña y regular, con el pelo y la barba ralos, de color castaño claro, la nariz chata y algo respingona, las manos cuidadas de dedos ligeramente gruesos... solo los ojos destilan un fuego vivaz que contrasta con lo mortecino del resto de su fisonomía. Unos ojos que lentamente regresan de su oscuro viaje para clavarse en su oficial.

–He decidido que lo mejor será detenerlo en su propia casa, una vez tenga en sus manos todo el dinero de la recaudación. Pues si lo hacemos desaparecer después de que acuda a mi palacio por iniciativa propia, cabría la incómoda posibilidad de toparnos con algún testigo que pudiera llegar a comprometernos. De cualquier forma, lo acusaremos de traición para cubrirnos las espaldas. Además, si lo atrapamos por sorpresa en sus aposentos, nos aseguramos de arrebatarle todo el dinero, no vaya a ser que se haya vuelto codicioso y pretenda escamotearnos una parte del botín.

El alguacil escucha las directrices de su señor, y va mostrando su aquiescencia con gestos leves y sin despegar los finos labios, que apenas se adivinan tras la tupida barba negra.

Las sombras juegan a alargarse, la tarde agoniza entre rosas y azules, y es la noche la que empieza a apoderarse de las calles de esta efervescente Sevilla de finales del siglo XVI.

El grupo de corchetes, comandados por el alguacil, caminan con presteza hacia el caserón de dos plantas que apenas se aprecia en la penumbra del final de la calle.

Arriba, en el aposento principal del piso superior, están conversando dos personajes: un hombre de porte distinguido y un muchacho humilde de unos veinte años, y con todo el aspecto de acabar de llegar de un largo viaje. Ya están concluyendo el asunto que los ha reunido.

El comerciante ha guardado en una caja de metal repujado, casi repleta de monedas de oro, documentos y joyas, el dinero que el joven acaba de entregarle. A cambio, el caballero se dispone a firmar un pagaré con su nombre: Simón Freire, que avale la cantidad depositada por el muchacho.

En el mismo momento en el que el banquero toma una pluma de ganso de la escribanía de plata que hay sobre la mesa, y se dispone a redactar el documento bancario, el grupo armado comandado por el alguacil alcanza el portón de la casa. El lugarteniente golpea con fiereza el pesado aldabón de bronce. La cara de la deidad grecorromana, con su boca amenazante, petrificada en mitad de su redondo grito, viene a estrellarse repetidas veces contra el desgastado tope metálico.

La mano de don Simón queda suspendida sobre el tintero. Una pequeña gota de tinta negra comienza a formarse en el afilado pico de la pluma y termina desprendiéndose, como una lágrima de mal agüero.

Con gran cautela, se asoma a la ventana y observa el nutrido grupo de hombres armados. Parecen dispuestos a derribar la puerta si no se les abre enseguida. Los insistentes trompazos resuenan en los oídos de don Simón como golpes de azada que estuviesen cavando una sepultura... su sepultura.

No sabe qué hacer. Durante unos segundos siente que el tiempo y su respiración se detienen. Mientras tanto, los aldabonazos se hacen más y más perentorios. Cuando la sangre se anima a volver a fluir por sus venas, se siente abrumado. Se da cuenta de que le han traicionado. Y conoce bien las pocas posibilidades que tiene de salir con buen pie de aquella emboscada.

¡Cómo ha podido ser tan iluso! ¡Cómo se le ha ocurrido pensar que su Excelencia iba a repartir con él el botín y arriesgarse a dejar un cabo suelto!

Pero ya no tiene remedio, su estupidez le va a costar la vida. A menos que...

Recupera con premura la caja de metal que había dejado sobre la mesa. La introduce en una bolsa de cuero embreada que saca de un cajón, y la cierra firmemente con varias vueltas de cordel. Después se la tiende al muchacho, que alarga los brazos para cogerla, dejando al descubierto la mutilación de su mano izquierda, a la que le faltan los tres dedos menores.

–Ves aquella puertecilla –dice el mercader señalando con dedo tembloroso una de las paredes laterales de la sala; el chico asiente en silencio–. Sal por ella sin tardanza y baja las escaleras; busca un patio adosado en el lado derecho de la casa. En su centro, encontrarás un pequeño pozo, acércate hasta el brocal y arroja la bolsa en su interior. No te entretengas ni un instante, ni dudes en cumplir mis instrucciones, te va la vida en ello.

El joven comienza a salir de su marasmo. Las desencajadas facciones del hombre y el apremio de sus órdenes dan fe de lo apurado de la situación, pero el muchacho está tan perturbado que ni siquiera repara en que don Simón no le ha llegado a firmar el pagaré.

El comerciante le da un brusco empujón para que se ponga en marcha, y el muchacho sale a trompicones de la sala por la puerta lateral.

Dos minutos más tarde, el jefe de la cuadrilla y cuatro subalternos alcanzan el piso principal. Sin ningún miramiento inmovilizan a don Simón, sujetándole con fuerza por ambos brazos. Sin mediar palabra, el alguacil le cruza la cara con una bofetada atroz e inesperada. Cuando el sorprendido cautivo se repone un poco de aquel castigo súbito, empieza a interrogarle, quiere saber dónde está el dinero que tiene en custodia. Pero ni redoblando los golpes y las amenazas logra arrancarle una sola palabra.

Una cara flaca, picada de viruelas y de mirar estrábico asoma cautelosa por la puerta principal de la estancia. Se trata de un joven corchete, jadeante y sudoroso, que ha subido corriendo por las escaleras. Temeroso, se acerca hasta su jefe y le susurra algo al oído. La expresión ya de por sí sombría del alguacil parece acentuarse, y con una calma más amenazadora que cualquier acceso de furia, desenvaina la espada y se encara con el comerciante.

Don Simón, al ver que su verdugo se le acerca espada en mano, pierde el escaso color y la entereza que apenas conservaba. Le es imposible apartar los ojos de la afilada hoja de acero, que ya aventura que sentirá en breve abriéndose paso agónicamente por su cuerpo.

El golpe con la empuñadura de la espada es brutal, los labios del prisionero revientan, salpicando una espuma rosada y densa, y varios dientes se le quiebran en la boca con un chasquido seco, que rebota por todos los rincones de la estancia como un murciélago desorientado.

El alguacil pretendía preguntar a don Simón por el joven que ha sido visto dentro de la casa. Pero no ha medido bien la fuerza de su golpe, y el desmayo del banquero le obliga a posponer el interrogatorio.

–Llevad a este traidor a las mazmorras del palacio.

LA PRIMERA CAUSA: DON JOAQUÍN

–¿Alguien sería capaz de decirme el apodo con el que sus compañeritos de escuela mortificaban a don Pedro Calderón de la Barca en sus años infantiles?

Mi brazo salió disparado como un resorte y, con él alzado, observé con indisimulada satisfacción que ninguno de mis condiscípulos intentaba disputarme aquel efímero momento de gloria.

Don Joaquín, con un gesto de su barbilla rosada, en la que apuntaban los cañones de una barba canosa, mal rasurada, dio vía libre a mi respuesta.

–Perantón.

El rostro de mi peculiar profesor de Literatura y Gramática, don Joaquín Sola y Barberá, apergaminado y moteado de lentigos que levantaban acta de su avanzada edad, mostró con claridad su extrañeza por lo inesperado de mi acierto. Entreabrió la boca, y de no ser por la saliva espesa que le sujetaba la colilla de caldo de gallina a su labio inferior, se hubiese dado el insólito hecho de poder contemplar la cara del maestro sin aquella arrugada, amarillenta y siempre apagada –al menos en clase– prolongación de su anatomía, que le era casi consustancial.

Una vez recuperado del desconcierto inicial, el profesor me preguntó el motivo de tal apodo. Yo había leído el dato y como me hizo gracia el nombre se me grabó en la memoria, pero de ahí a saber la causa…

Al verme negar tímidamente con la cabeza, creí observar un destello de satisfacción en los acuosos ojos de don Joaquín; nadie le disputaría el momento que él más disfrutaba de sus clases: la anécdota literaria de la jornada.

Era el único intervalo de los cincuenta y cinco minutos que solían durar sus clases, en el que hasta los más cerriles de aquellos bárbaros de doce y trece años callaban y atendían a las palabras del maestro.

La clase apreció en la pose de don Joaquín y en su carraspeo solemne que había llegado el momento de escuchar.

–Tal apodo tenía que ver con el nombre de pila del dramaturgo y con su fecha de nacimiento. Como supongo que no sabréis el día en que nació Calderón –ligera pausa expectante, que confirmó que ninguno de aquellos malandrines tenía la más remota idea–, os lo diré yo: el 17 de enero del año del Señor de 1600. ¿Y alguno sabe por casualidad el santo que se conmemora en dicha fecha? –Esta vez ni siquiera nos otorgó la duda de la pequeña pausa–. San Antón, hatajo de zarramplines, sandios y cenutrios. Y doy en suponer que hasta el más torpe de entre vosotros entiende cómo se obtiene Perantón partiendo de Pedro y Antón. –Tras una corta inspiración, tal vez un suspiro, continuó con otro tono de voz más suave y pausado, a modo de reflexión íntima–. La verdad es que he conocido apodos mucho más ofensivos y devastadores, no comprendo la indignación del joven Pedrito por dicho apelativo. Cosas de críos –fue su apostilla final.

Y tras el paréntesis de la anécdota literaria, la clase retomó los murmullos y la desidia habituales.

Don Joaquín Sola y Barberá, último vestigio de una raza de maestros desabridos y huraños, pero entregados en cuerpo y alma a su labor docente. Desaliñado y seco, con su cuello de galápago, coriáceo y escamoso, sus cabellos entre plata sucia y amarillo grasiento, pegados al cráneo con la inmovilidad tenaz y pringosa que le proporcionaba una repugnante gomina, que a saber dónde podía obtenerse a esas alturas del siglo xx; tal vez su familia atesoraba la fórmula secreta del pringue aquel, que habría ido pasando de generación en generación y que, dada la soltería y la sobreabundancia de años del maestro, era casi seguro que se llevaría consigo a la tumba.

Sus dedos, amarronados por la nicotina y castigados por la artritis, eran punteros temblorosos y deformes que señalaban al ignorante, como el dedo de Dios habría señalado a Adán tras morder de la manzana prohibida, mientras que los demás chavales, los no señalados, quedábamos en suspenso, como esperando ver brotar un rayo azulado y fatídico de la punta de aquel dedo sarmentoso, que carbonizara a la víctima propiciatoria. Tales disparos de ira digital eran incluso más temidos que los más reales, y más dolorosos, de don Cástulo, el profe de mates, que con un trozo de tiza atizaba al revoltoso con diabólica, o mejor, matemática puntería.

Don Joaquín, profesor de Literatura Española hasta la generación del 27 –lo que vino después, según su inconmovible opinión, no podía considerarse verdadera literatura–, era un consumado experto en obsoletos insultos con los que ametrallaba, siempre en tríadas sonoras, a unos chavales que los oían sin inmutarse, o a quienes como mucho les hacían sonreír aquellas palabrejas que no habían escuchado nunca en otra boca.

Años después, convertido yo ya en un estudioso de la obra de Cervantes, pude comprobar que don Quijote también era aficionado a ese encadenamiento de denuestos explosivos y tremendos.

La muletilla favorita de don Joaquín, con la que siempre empezaba la lección de cada día, era: «El ínclito y nunca bien ponderado...», en el hueco podéis poner a Fray Luis, Cervantes, Lope, Calderón... pero sobre todo a Gaspar Melchor de Jovellanos. El ilustre arbitrista, asturiano como don Joaquín, fue un tema habitual en muchos de los exámenes de nuestro profesor, que siempre se ponía solemne y especioso, como hablando ex cátedra, cuando enaltecía los méritos de su paisano por encima de todo el parnaso literario español.

Recuerdo la gracia que nos hacía a nosotros, los alumnos, un personaje que llevaba dos Reyes Magos en el nombre de pila, y no nos tomábamos todo lo en serio que don Joaquín pretendía la magna obra del político y escritor de la Ilustración española.

Muchos años después, con el querido maestro inmune ya, y para siempre, a las hordas de «zopencos, gaznápiros y cicutrinos», y siendo yo catedrático de instituto, usaba y abusaba de sus anécdotas con placer y con un punto de nostalgia en mis clases. Estoy seguro de que don Joaquín se sentiría muy honrado si supiera que sus viejos chascarrillos literarios no habían caído en el olvido y captaban ahora la atención de una nueva generación de estudiantes, en los primeros años del siglo XXI.

El «ínclito y nunca bien ponderado don Joaquín Sola y Barberá» fue una de las dos causas de mi inevitable inclinación hacia la literatura. La otra, por supuesto, mi nombre...

LA SEGUNDA CAUSA

Mi nombre: Miguel Saavedra. Soy quien os ha contado la anécdota escolar sobre Calderón.

Miguel Saavedra, catedrático de instituto y profesor, predestinado por la onomástica, de la asignatura Cervantes y su tiempo, que imparto los martes por la tarde en las aulas de la UNED, en el castizo y popular barrio de Lavapiés en Madrid.

Pero no solo de Cervantes vive el hombre, también doy clases de Literatura Española a chavales de doce a catorce años, las mañanas de los lunes, miércoles y viernes, en un instituto de enseñanza media del distrito de Retiro.

Ando ya coqueteando con la cincuentena. Dato que me abstengo de valorar.

Hace algo más de tres años, tras la muerte de mi madre, con la que había vuelto a convivir por aquello de la mutua compañía, me mudé a la calle del León, situada en el Barrio de las Letras –antaño conocido como Barrio de las Musas–, en pleno corazón del Madrid de los Austrias. Por sus calles, fatigadas de historia y llenas de secretos, deambularon en su época, con la cabeza revuelta de endecasílabos y tal vez con una comedia recién horneada bajo el brazo, Cervantes, Lope de Vega, Quevedo e incluso don Luis de Góngora y Argote, cuando vino desde su Córdoba natal a intentar medrar a la Corte madrileña.

Por si nos cruzamos por el barrio y me quisierais saludar, os puedo decir que soy más bien alto y delgado, que conservo casi intacta mi melena de rizos castaño oscuro y que tengo un mirar miope y verdoso, agazapado tras mis redondas gafas de lejos, «antojos de allende» las llamaría mi admirado Cervantes –no me digáis que no es una expresión preciosa–. ¡Ah, y siempre llevo un libro en la mano!

Tengo una peliaguda exmujer que suele comportarse, por lo general, de forma desenvuelta y hasta agradable, pero que cuenta con un «sí es no es» barriobajero que a ratos se le sube a la boca y puede competir con el más curtido de los camioneros. Nos tratamos con relativa frecuencia, a pesar de que acostumbra a usar conmigo su faceta impertinente con mucha más asiduidad que con el resto de los mortales. En los cinco años largos que estuvimos casados no llegamos a tener hijos; lo habíamos ido posponiendo para un futuro que al final no alcanzamos a compartir.

Por último, puedo añadir también a esta somera presentación un exsuegro, que me comprende y me aprecia mucho más que mi exmujer.

En cuanto a aficiones, además de la lectura –que se le presupone a un filólogo como el valor a un recluta–, tengo dos muy destacadas: el ron y los tangos. Ambas desviaciones, perdón, quise decir aficiones, están intrínsecamente unidas en su génesis: un Congreso de Literatura Barroca al que asistí en Medellín poco después de doctorarme.

Medellín, la hermosa ciudad colombiana, uno de los centros culturales más importantes de Hispanoamérica, está considerada por muchos como la segunda capital del tango, a poca distancia de Buenos Aires. Es un santuario para los más irredentos aficionados, a raíz de la trágica muerte en 1935 del inimitable Carlos Gardel en un accidente aéreo en el aeropuerto de la ciudad. Y Medellín, como casi toda la zona de influencia caribeña y centroamericana, de ron tampoco anda mal servida. Allí fue donde me inicié en el aprecio al exquisito néctar de la caña de azúcar, mientras se escuchaba por todos sus rincones aquella música omnipresente.

En realidad, el ron y los tangos más que aficiones son una liturgia, un modus vivendi. Mi chupito de ron ya avanzada la tarde o antes de acostarme, un tango clásico y un buen libro, son mi comunión diaria, el éxtasis ritual que me aísla y protege de la intemperie, el cotidiano paraguas contra el chaparrón de lo desconocido. Y es que mi temperamento medroso y poco dado a la aventura se siente amparado por la costumbre de estos pequeños placeres. Mi mundo es ese puñado de aspiraciones básicas y sencillas sin alharacas ni alardes. Mi deporte de riesgo es ir a buscar un libro olvidado por las librerías de viejo de Madrid –las pocas que van quedando–. Mis conquistas principales consisten en lograr la atención de treinta adolescentes durante la hora que dura una clase o en encontrar un rincón gastronómico donde se coma bien a un precio razonable. Mas no penséis que me las doy de gourmet, ¡ni mucho menos!, mi paladar se conforma con platos comunes y corrientes. En fin, que mis aspiraciones son modestas; pero qué puede haber más cercano a la felicidad que la consecución día tras día de esos anhelos humildes y sencillos.

Aunque, ahora que lo pienso, no deja de ser paradójico que me autodefina en esta introducción de una forma que el destino, el azar, la providencia o el hado (podéis escoger lo que más cuadre con vuestras creencias) se va a encargar en breve de hacer trizas, pero así es como yo me reconocía antes del cataclismo que hace poco ha sacudido mi vida.

Me jacto de ser un estudioso de la vida y de la obra de mi tocayo don Miguel de Cervantes Saavedra, y gracias a una tesis sobre sus sonetos conseguí, mediada la década de los ochenta, mi doctorado con honores.

Fue durante aquellos dos vertiginosos y extenuantes años de mi doctorado cuando empezó a gestarse el conflicto en el que me he visto envuelto veinticinco años después.

DE LOS EXTRACTOS DE LA VIDA DE ANDRÉS, EXPURGADOS DE LAS PÁGINAS DEL MANUAL DE REMEDIOS MEDICINALES DE FRAY SEBASTIÁN

Animado por el imperioso empujón del comerciante, el joven, con la bolsa de cuero entre las manos, sale por la puertecilla lateral y desciende las escaleras de servicio. Cada vez más angustiado, trata de orientarse en la penumbra. La mansión es un laberinto de pasillos, estancias y recovecos oscuros. Pero, tras unos cuantos fiascos, al final logra atisbar la tenue claridad que llega desde el patio. Se siente ufano de poder alcanzar su objetivo, tras haber albergado serias dudas de ser capaz de conseguirlo.

Cuando ya se disponía a cumplir el encargo de don Simón, cae en la cuenta de que este no ha llegado a entregarle el pagaré. No sabe qué hacer. Comprende que si sigue sus instrucciones y echa la bolsa embreada al fondo del pozo, perderá cualquier posibilidad de demostrar que ha entregado el dinero al banquero.

Por suerte para él, mientras aún está reflexionando sobre la mejor opción para poner a salvo los caudales que le encomendara su señor, echa una mirada al exterior del jardín. Justo enfrente de la puerta en cuyo quicio se ha detenido hay una gran cancela de hierro forjado; al otro lado montan guardia dos de los corchetes que venían con el grupo, que no le quitan ojo al interior del patio. Es imposible llegar hasta el brocal del pozo sin ser descubierto. Las dudas que hubiera podido albergar sobre si cumplir o no con el mandato del banquero han quedado resueltas por vía ejecutiva...

−¡Alto a la autoridad!

El grito viene a demostrarle al indeciso muchacho que, para su desgracia, no ha sido lo bastante discreto al asomarse al patio. El pánico le provoca una suerte de ahogo, le fallan las fuerzas y las piernas comienzan a temblarle. Considera por un momento si lo más adecuado no sería entregarse a los guardias y darles la caja, al fin y al cabo él no ha cometido ninguna fechoría. Pero sus amargas experiencias anteriores con la justicia le invitan a suponer que la inocencia no va a librarle del encarcelamiento, o de ir a remar sin sueldo, durante unos cuantos años, en alguna de las innumerables galeras del Rey.

Descartada la rendición, se interna de nuevo en la casa, a tanta velocidad como le permiten sus piernas. A su espalda se escucha el chirrido de la mal engrasada cancela, seguido del inequívoco estridor de cueros y herrajes de los guardias que le han visto y se lanzan en su persecución.

Una vez dentro los pasillos se revelan como callejones sin salida, no encuentra puerta ni ventana por la que poder escapar de aquella inmensa ratonera. El sudor le ciega. El aliento le falta. Solo el pánico a caer en manos de sus perseguidores lo anima a seguir corriendo como un poseso.

Los ecos de la persecución, multiplicados por los gruesos sillares de piedra, se le van acercando.

Ve una puerta al fondo, la cruza justo cuando el más veloz de los guardias asoma por el último recodo con el semblante demudado por la rabia y el esfuerzo.

La estancia no tiene salida. ¡Es el final! La pesada caja es un lastre entre sus manos. El joven, acorralado, considera si debe darse la vuelta y plantar cara de algún modo a unos guardias que serán inmisericordes con él por haberlos obligado a echar el bofe en su persecución.

Desesperado, da un último vistazo alrededor de la sala en busca de algo con lo que defenderse. No ve nada que le sirva, pero nota que una de las cortinas del fondo oscila ligeramente. ¿Una corriente de aire?

El muchacho no lo duda, aparta la cortina y descubre un ventanuco que da a una lóbrega calleja. Se escurre con rapidez por una abertura tan estrecha, que incluso un gato habría pasado por ella con dificultad -ventajas de ser flaco como un junco-. Piensa que los guardias, más robustos, y bien pertrechados, serán incapaces de seguirlo por aquel respiradero. A ello fía el éxito de su huida.

Ya tiene medio cuerpo fuera cuando una garra de acero le atenaza el tobillo y comienza a tirar de él hacia dentro con fuerza descomunal. El joven, que ha respirado ya el aire de la calle, el olor de la libertad, se siente arrastrado sin remedio de vuelta al interior.

Tras el terror inicial, comprueba que no hay ningún asidero al que aferrarse, y decide aprovechar la única arma de la que dispone: la fuerza y elasticidad de sus jóvenes piernas, moldeadas por el trabajo duro y las largas caminatas. Encoge todo lo que puede la pierna libre y la lanza después con la máxima potencia de que es capaz hacia su tobillo apresado. El golpe le daña tanto a él como a su captor, que ante esta respuesta violenta que no esperaba suelta la presa. El muchacho aprovecha el momento para dejarse caer rápidamente a la calleja.

Todavía quedan restos de luz diurna y la luna no ha hecho acto de presencia sobre los tejados sevillanos. El fugitivo se levanta cojeando y desorientado, no conoce muy bien aquella parte de la ciudad, pero tiene muy claro que la guardia no tardará en rodear el edificio e ir en su persecución.

A todo correr, olvidándose de las oleadas de dolor que le suben desde el tobillo, se dirige hacia la boca del callejón. Poco antes de llegar a ella descubre otra callejuela que lo cruza en perpendicular; la toma sin pensárselo dos veces. De ese modo, va perdiéndose por la red de sórdidas callejas, girando unas veces a izquierda y otras a derecha, sin saber muy bien adónde va a ir a parar, con el único propósito de despistar a sus perseguidores.

A punto de perder el resuello, descubre a su derecha una tapia de mediana altura que delimita lo que parece un huerto grande. No se aprecian trozos de vidrio disuasorios incrustados en lo alto del muro, por lo que el joven se encarama hasta su parte superior y salta al otro lado; allí queda agazapado y jadeante como un perro acalorado. Cuando recupera el aliento y repara en lo que le rodea, no puede evitar sentir un violento repelús; lo que había creído un huerto no era sino un oscuro cementerio. Pero el miedo no consigue atenazarlo por mucho tiempo, se dice -con buen criterio- que son mucho más peligrosos los vivos que lo persiguen que los muertos que lo acogen sin protestas.

Al otro lado de la tapia se escucha un rumor, todavía lejano, de gente armada que se aproxima, por lo que decide internarse entre las hileras de tumbas buscando un escondrijo donde guarecerse. Tumbas y más tumbas... hasta que encuentra un montículo de arena húmeda y oscura al lado de una fosa vacía. Tras santiguarse deprisa, se mete en el hoyo, rogando por salir con bien de aquel entuerto.

Han pasado ya un par de lentas horas de tensión y de frío. El viento sopla en rachas furiosas, impropias de las agradables noches andaluzas, y levanta remolinos de polvo aquí y allá. Ya no se escuchan carreras ni voces en las calles adyacentes, solo el fantasmagórico ulular del aire al soplar sobre las tumbas. El mozo tirita y le castañetean los dientes.

Al fin se decide a asomar la cabeza. Alrededor de la tumba todo está oscuro como el alma del diablo, pero al fondo parece insinuarse la silueta de un gran edificio. Comprende que no puede pasarse allí metido toda la noche, pues corre el peligro de que el implacable relente le deje más tieso que un mármol, y terminar usurpando para siempre el hueco destinado a otro infortunado.

Sale de la fosa y recorre las hileras de anónimas tumbas sin lápida, apenas pequeños túmulos de tierra parda y reseca marcados por toscas cruces de dos tablas. La muerte nos iguala a todos, parecía querer pregonar aquel austero y tétrico decorado.

Se acerca a la pared del edificio y la recorre muy despacio, tanteándola con la mano. Tras un trecho que se le antoja interminable, topa con una pequeña puerta de madera oscura, y, con el alma en vilo, prueba a abrirla sin saber lo que le espera al otro lado. La puerta chirría, provocándole un gran sobresalto. Tras dejar pasar unos segundos para que el corazón recupere el ritmo normal de sus latidos, prueba a abrirla de nuevo, ahora mucho más despacio y aguantando la respiración, hasta que la estrecha ranura le permite escurrirse al otro lado.

Unas lamparillas encendidas flotan en un recipiente con aceite y proyectan un resplandor espectral sobre las tallas de un Jesús crucificado y de varios santos, cuyas caras -se imagina el asustado muchacho- parecen hacerle muecas y visajes por efecto de las dubitativas llamitas.

«¡Una iglesia!»

A pesar de que desde aquel rincón no puede verse todo el templo, se adivina bastante grande; como además cuenta con un cementerio propio, sin duda ha de tratarse de algún tipo de comunidad religiosa. Y si bien a esa hora los que allí vivan, sean frailes o monjas, estarán acostados, va a tener que extremar la prudencia si no quiere verse sorprendido.

Mira con recelo a todos lados y decide internarse en el templo. En el aire flota un ligero olor a incienso y a humo de vela.

Aunque la temperatura dentro de la enorme construcción de paredes de piedra no es mucho más alta que la del cementerio, al menos allí está protegido de las cortantes ráfagas de aire gélido.

Cuando ya ha penetrado un cierto trecho, caminando medio encorvado por un pasillo abierto entre bancos de madera basta, descubre al pie del altar mayor un pequeño ataúd blanco; tiene la tapa reposando a un lado y cuatro hachones encendidos titilando en sus cuatro esquinas, los culpables de que la oscuridad no sea absoluta en la nave principal del templo.

El muchacho se acerca a echar un vistazo al interior del féretro. En él reposa un infante de unos tres o cuatro años, con las manitas cruzadas sobre el pecho, enredadas en un bello rosario de plata y cuentecitas nacaradas. La muerte no ha podido con su cara de ángel, parece estar dormido y en paz. El nombre del malogrado querubín aparece resaltado en letras de bronce sobre la tapa del pequeño ataúd: Rafael de Medina.

Comprendiendo que no puede permanecer allí, donde la luz lo deja expuesto a cualquier observador, se vuelve a la capilla lateral que da al cementerio. Toma asiento en un banco y, por primera vez desde que le «premiaran» con la dichosa bolsa de cuero, se detiene a reflexionar sobre qué hacer para salir del atolladero en el que ha venido a caer sin comerlo ni beberlo.

Tiene claro que su problema es haber escapado con la caja de caudales, que con tanto apremio don Simón Freire le había conminado a esconder en el pozo. También sabe que su contenido es vital para salvaguardar el buen nombre y la libertad de su amo, al cual debe mucho más que la propia vida. Por eso no se ha desembarazado de la pesada caja durante su huida; sin embargo, no se le escapa que si le pillasen con ella en las manos, sería carne de horca... no, no llegaría ni a la horca, una certera cuchillada en el corazón y el frío abrazo del Guadalquivir sellarían su destino. Concluye, pues, que ha de reflexionar como nunca en su vida lo ha hecho, para encontrar la manera de poner a salvo la caja sin arriesgar el cuello.

No es corto el tiempo que pasa cavilando allí sentado, en aquella pequeña capilla, vigilado en todo momento por la imagen de ese Jesucristo crucificado que, gracias a la vívida expresión de sufrimiento tallada por el maestro imaginero y a las luces y sombras de la precaria iluminación, parece solidarizarse con las angustias del muchacho.

Cuando encuentra el plan que cree mejor, empieza a moverse con decisión. Desata la bolsa y abre la caja. Saca de su jubón dos cuadernillos casi idénticos; uno de ellos lo devuelve a su bolsillo y el otro lo introduce en la caja de caudales. Al hacerlo, se da cuenta de que contiene, además del dinero que él mismo había entregado esa tarde al mercader, varias joyas de rara belleza y –supone– de gran valor, y también una bolsa de gamuza amarilla llena de grandes monedas de oro. Picado de curiosidad, las cuenta: sesenta y seis. El precioso metal refulge en las manos del mancebo. Fantasea unos momentos con lo bien que le vendría aquella fortuna para escapar de la miseria, pero comprende que si lo detuviera la guardia con ellas encima, o con alguna de las joyas que ha entrevisto, o incluso con el dinero que le había confiado su amo, podía darse por muerto, eso si tenía suerte y no le torturaban sin misericordia para averiguar dónde había ocultado el resto del tesoro. Así que decide dejarlo todo en la bolsa.

Concluidas estas diligencias previas, y cuando ya se dispone a cerrar la caja, cambia de opinión y coge una de las monedas de oro. Se dice que, en caso de que lo sorprendan, no le costará hacer desaparecer una moneda, incluso podría tragársela. Satisfecho de su decisión, cierra por fin la caja y la introduce en la bolsa de cuero embreado. Respira hondo para darse ánimos, y se dirige al altar mayor con decisión.

Cuando está a pocos metros de su objetivo escucha uno: rros procedentes del fondo de la iglesia, donde se insinúa una puerta que probablemente dé acceso al edificio principal del convento. Se queda petrificado, duda si retroceder hacia la capilla lateral, pero la cercanía de las voces le da a entender que no logrará alcanzarla a tiempo.

Se cree perdido. Levanta los ojos para rogar a Dios que lo salve de ser descubierto: «Yo soy inocente, Señor». Por suerte –o por milagro–, al tener la vista alzada, descubre un púlpito de madera labrada que se yergue unos dos metros por encima de él.

Sin dudarlo un instante, se encarama a los escalones de madera que han ido desgastando los pies de cientos de predicadores a lo largo de décadas de culto y de sermones. Las labores de labrado de la pared del púlpito, que recrean escenas bíblicas bien conocidas, le permiten observar por las rendijas sin ser visto. Así, desde su improvisado puesto de centinela, protegido por profetas y apóstoles tallados con mano diestra, ve cómo un hombre de porte regio y rostro demudado, en el que se adivina un inmenso dolor, entra por el ábside. Va flanqueado por dos monjes en hábitos pardos, ceñidos por cíngulos de cáñamo blancos. Los religiosos caminan dos pasos por detrás del caballero, portando sendas velas grandes para iluminarle el camino. Cuando llegan al lado del ataúd, el hombre se hinca de hinojos y se queda inmóvil, entregado a una sentida plegaria. Los monjes se colocan uno a cada lado, velando de pie y en silencio la oración del penitente.

El joven tiene que esperar a estar solo. Espera y espera lo que se le antoja una eternidad. El tiempo corre en su contra. Si no puede salir de allí antes del alba, seguro que acudirán a maitines los integrantes de la comunidad, y entonces sí que no tendrá ninguna posibilidad de escapar sin ser visto. Piensa que tal vez debería intentar escurrirse hacia la puerta de la capillita lateral, la misma por la que había entrado. Quizá lo pueda conseguir sin llamar la atención, pero sabe que el menor quejido que lance uno de esos viejos y desvencijados peldaños lo delatará sin remedio.

Empieza a sentir calambres en las piernas, lleva demasiado tiempo acuclillado. Tras otro buen rato de espera dolorosa, decide que no puede seguir allí ni un minuto más. Empieza a incorporarse con lentitud, temeroso también de los indiscretos crujidos de sus castigadas articulaciones.

Pero entonces escucha un leve arrastrar de pies por las baldosas del templo. El muchacho da gracias al cielo -al mismo cielo que horas antes le había parecido tan despectivo con sus pesares-, porque comprende que al fin le van a dejar el camino franco para llevar a cabo su plan.

Minutos más tarde, y ya sin la bolsa comprometedora, sale de la capilla y atraviesa el patio trasero cuajado de tumbas, donde reposan los huesos de quién sabe cuántos santos... y de otros seguro que no tan santos.

Llega hasta la tapia y se pega a ella como si quisiera integrarse en la piedra, para olvidar sus graves problemas y no tener que seguir huyendo con aquel destino incierto. Tras ese lapsus de humana debilidad, se sobrepone a sus temores y al cansancio, y después de asegurarse de que nada se escucha al otro lado, salta el murete y se escurre como una anguila bajo la inminente madrugada sevillana.

Camina rápido, a pesar de no reconocer las calles por las que va pasando; solo quiere alejarse de la iglesia cuanto antes.

El plañidero maullido de un gato solitario y las campanadas de las seis se conciertan durante unos momentos, como si hubieran estado ensayando un dúo de pena y percusión.

Después de un buen rato caminando sin rumbo, el muchacho repara en la presencia de tiendas de libros e imprentas, por lo que comprende que ha llegado a la colación de Santa María, donde funcionan la mayoría de tales negocios.

Ya se ha orientado pero no considera prudente volver a la posada de Tomás Gutiérrez, en la calle Bayona, cercana a la catedral, donde acostumbra a alojarse cada vez que viene a la ciudad a cumplir un encargo de su señor.

Dicha venta era sin discusión la mejor de Sevilla, los más ilustres viajeros que llegaban a la ciudad del Betis se alojaban en ella, y aunque el cuartito que a él se le asignaba era el más modesto de la posada, jamás hubiera podido permitírselo de no haber sido su amo un gran amigo de aquel antiguo cómico metido ahora a ventero.

Decide que lo mejor que puede hacer es acogerse a sagrado. A su sagrado particular, es decir, la casa de doña Jerónima de Alarcón, en la colación de la Magdalena, donde en otra apurada circunstancia, varios años atrás, le habían socorrido y mimado como nunca nadie lo había hecho hasta entonces. También juzga conveniente ir allí porque no ha podido averiguar el nombre de la iglesia donde dejó escondida la bolsa, y piensa que doña Jerónima, con la multitud de detalles que él le podía facilitar sobre las características del edificio, sabrá decirle de qué templo se trata.

Por el camino, merced a una desconfianza que le hace extremar la prudencia, consigue evitar un par de patrullas. Cuando alcanza por fin el ansiado refugio, le reciben como esperaba: con gozo y sin recriminaciones por la intempestiva hora de su aparición.

Pese a que aún no ha acabado de salir el sol, encuentra a la dueña de la casa vestida para salir. Ella lo abraza y lo agasaja con maternal cariño.

–¡Ay, hijo, lamento mucho que ahora que estás aquí con nosotras yo tenga que partir hacia Cádiz! Me encantaría quedarme, pero un asunto familiar urgente me reclama en aquella ciudad y el viaje es inaplazable. No obstante, te dejo en buenas manos, las de Jacinta.

La fiel Jacinta era el ama de cría que había cuidado con esmero de doña Jerónima desde que nació. El joven la conocía bien y la apreciaba, pues se había ocupado de él cuando, no siendo más que un crío, un desalmado le había cortado tres dedos.

El joven comprende, en vista del importante despliegue de patrullas que se ha montado para buscarle, que la cosa tiene peor cariz de lo que había sospechado. Está convencido de que los corchetes van a remover Roma con Santiago para intentar recuperar la dichosa caja, por lo que toma la decisión de no contarle a su protectora nada del feo asunto en el que anda envuelto, prefiere preservarla del peligro. Si no sabe nada, podrá responder con sinceridad si la interrogan los guardias; además, no quiere intranquilizarla antes de su inminente viaje.

Descarta así su plan original: ya no le describirá el edificio con la esperanza de que lo reconozca.

Doña Jerónima advierte la reticencia del muchacho a contarle el motivo de su sorpresiva visita y comprende que algo no va bien.

–Puedes confiarme cualquier cosa que te preocupe. Si tienes problemas, haré todo lo que esté en mi mano para sacarte de ellos, ya lo sabes –dice con ternura.

–Lo sé, lo sé –reconoce el joven–. Mi triste destino me ha colocado en un brete, pero sería una imprudencia por mi parte haceros partícipe de tales problemas, pues os pondría sin duda en un grave peligro, y eso nunca me lo perdonaría. Haber acudido a vos ya ha sido bastante temerario, pero no tenía otro sitio adonde ir. Os prometo que partiré enseguida para comprometeros lo menos posible.

La dama, viendo la angustia del muchacho, le dice que no se preocupe, que puede permanecer allí el tiempo que necesite, y no insiste más en sus preguntas. Lo que sí hace, pues tampoco se le pasa por alto la extenuación que refleja el rostro de su protegido, es ofrecerle un lecho confortable para que pueda descansar durante unas horas. El joven, antes de aceptar el ofrecimiento y entregarse a recuperar unas fuerzas que tanto va a necesitar, hinca las rodillas en tierra y coge las dos manos de la señora con una actitud solemne.

–Pase lo que pase, y a pesar de lo que puedan decir o de las pruebas que puedan presentar las autoridades en mi contra, os aseguro que yo no he burlado la confianza de aquel al que dos veces debo la vida. Y ruego a vos, que sois su amiga y que tantas atenciones y amorosos cuidados me habéis prodigado siempre, que trasladéis a mi amo este alegato de inocencia: juro por mi salvación eterna que yo no lo he traicionado, que jamás lo haría, y que cuando las circunstancias me permitan volver a reunirme con él se lo podré demostrar de forma irrefutable.

La mujer mira con gran ternura y una sombra de preocupación al joven prosternado a sus pies; luego, sin decir palabra, libera una mano y le roza amorosamente la cara.

La maternal caricia ha colocado al mancebo al borde del llanto, a duras penas logra contener las lágrimas, y con la voz transida de desasosiego, termina su ferviente súplica diciéndole a su protectora que jamás podrá compensarle todos sus desvelos, y que siempre la tendrá en cuenta en sus oraciones.

EL AZAR EMPIEZA A JUGAR SUS CARTAS

En aquellos dos inolvidables años de mi doctorado el mayor desafío intelectual me lo proporcionó un libro titulado *Flor de poesías nuevas y nunca antes dadas a la estampa*, editado en Sevilla, en 1620, por don Luis Fernández de Bacas hijo. Era un florilegio en el que se recogían poesías de los mejores poetas hispanos del momento. Dicha obra llevaba el subtítulo «edición corregida y aumentada» con el cual Bacas hijo hacía referencia a una edición anterior auspiciada por su padre, de la que no se conserva ningún ejemplar, que yo sepa. A esta edición perdida del padre se le habrían añadido poemas posteriores de algunos autores incluidos en la antología. Entre ellos, y cito textualmente, «dos sonetos y otras poesías inéditas de don Miguel de Cervantes Saavedra, aclamado autor de la famosa novela *El ingenioso hidalgo don Quijote de la Mancha*».

La mención expresa a los versos cervantinos, destacándolos por encima del resto de los poetas, aprovechaba descaradamente la recién adquirida notoriedad del autor para favorecer la edición. Por ello, resultaba algo extraño que no hubiera ninguna aclaración en el interior del libro sobre cómo habían llegado a manos de don Luis *junior* aquellos versos, cuatro años después de la muerte de Cervantes.

Lo cierto es que los dos sonetos y los otros versos de don Miguel que se destacaban en la obra de Bacas hijo aparecían con asiduidad en otras recopilaciones, por lo que la mayor parte de la crítica posterior no había concedido demasiada importancia a la *Segunda Flor de Bacas*, como era conocida dicha obra, y de la cual, al contrario que de la primera, sí que existían varios ejemplares.

Pero lo que realmente le proporcionaba una importancia singular al ejemplar que cayó en mis manos era que estaba dedicado, de su puño y letra, por Fernández de Bacas hijo a su amigo el marqués de X, en cuya biblioteca familiar de Sevilla andaba yo trabajando por aquellas fechas. Dicha dedicatoria presuponía una gran amistad entre ambos prohombres sevillanos, puesto que en aquel entonces no eran moneda corriente las dedicatorias manuscritas de los editores.

Días después, de vuelta en Madrid, lo comenté con don Francisco Quiñones, el profesor que conducía mi tesis doctoral, y que unos años después pasaría a ser Paco para mí y yo su yerno, tras cometer la inexplicable imprudencia de casarme con su hija Mariví. El título de yerno me duró apenas cinco años, pero el uso del hipocorístico aún continúa, por nuestro sincero e ininterrumpido afecto.

Cuando le hablé de la supuesta amistad entre los dos próceres sevillanos, el profesor me animó a indagar en la correspondencia mantenida por el marqués durante aquellos años, si es que aún se conservaba y la familia me lo permitía. Cabía la remota posibilidad de que existiera alguna carta del editor a su amigo, el marqués, que pudiera arrojar algo de luz sobre el origen de los versos cervantinos.

Tuve que arrinconar la tesis durante un par de semanas, tiempo que me llevó el trabajo temporal con el que pude sufragarme un nuevo viaje a Sevilla.

En aquellos años de estudiante andaba siempre a la cuarta pregunta, por lo que tenía en cartera dos o tres opciones de temporero en negocios de hostelería o, más raras veces, de corrector de estilo en una pequeña editorial. Dos semanitas de lavar platos y tirar cañas en una cafetería del barrio de Argüelles, que por su proximidad al campus de la Complutense, hormigueaba siempre de estudiantes sedientos, me proporcionaron los fondos necesarios para seguir con mis pesquisas andaluzas.

Sevilla estaba de lujo aquella primavera de mediados de los ochenta. Me producía un regocijo especial recorrer las mismas calles por las que en su día pudo pasar Miguel de Cervantes, cuando su padre, el «cirujano» Rodrigo de Cervantes, se trasladó allí con toda su familia desde Cabra, en 1563, buscando el sustento para su nutrida prole.

Sentía una alegría luminosa al recorrer aquellos lugares sobre los que tanto había leído: la Giralda, el Archivo de Indias –la antigua Lonja–, las concurridas Gradas de la catedral con sus grandes cadenas, donde se negociaba todo lo imaginable, e incluso las cosas que sin poder ser ni imaginadas, acababan llegando a España en las bodegas de los galeones de América que atracaban en el Arenal. Paseé por la concurrida calle Sierpes y, en aquellos gozosos momentos, preferí orillar que también fue allí donde a Cervantes se le encarceló injustamente por orden de un juez prevaricador, que lo mantuvo varios meses en la prisión sevillana. Mateo Alemán, que conoció en sus propias carnes el horror que se acumulaba tras aquellos muros, la llamó «Infierno Breve».

Para llevar a cabo la investigación de los fondos de la biblioteca, no tuve que ponerme en contacto con los descendientes del marqués ni pasar por su casa solariega, pues todos los libros habían sido donados a una institución pública. Pero para husmear en la nutrida correspondencia familiar, sí que tuve que concertar por teléfono una visita a la aristocrática mansión.

Una vez cumplidos los trámites logísticos, permisos y demás zarandajas, no me pusieron pegas para que me zambullera en ese «maremágnum de papelajos», como definió el archivo familiar Carmencita, la última descendiente del ilustre linaje, que residía en aquel caserón, y que contaba con unos muy bien llevados y simpáticos ochenta y tres añitos.

–Joven, si eres capaz de poner algo de orden en el caótico universo de allá arriba, mereces encontrar lo que sea que andes buscando. Por mí, puedes fisgonear hasta que se te gaste esa hermosa y lánguida mirada que puedo apreciar detrás de tus gafitas.

Una jovencísima sirvienta, con un anticuado uniforme, cofia festoneada incluida, que escondía los ojos cuando yo hacía amago de mirarla de frente, me acompañó hasta el piso de arriba.

Cuando vi el volumen de lo acumulado en el enorme desván, que ocupaba más de la mitad del sotechado de la ilustre mansión, se me cayó el alma a los pies. Estuve por entregarle la caja de bombones que le había comprado a la coquetuela de Carmencita y salir zumbando de allí. Pero el gasto y el esfuerzo que me había supuesto realizar aquel viaje me contuvieron.

Comprobé que ya se había hecho una preclasificación… pero era, ¡por siglos! Afortunadamente, la cantidad de documentos del siglo XVII, el que a mí me interesaba, era mucho menor que el de las tres últimas centurias. Desafortunadamente, la correspondencia estaba mezclada con todo tipo de papeleo insustancial: facturas, contabilidad de las fincas, memorias de compras y albaranes, etcétera.

No podré transmitiros la alegría que me proporcionó hallar una especie de talega de cuero viejo con varias decenas de cartas en su interior. Pero ninguna hacía referencia al tema que me intrigaba. Por lo que una vez revisado el contenido de aquella saca, volví al montón general.

Cuando aparecía una carta personal del marqués entre los otros tipos de papelotes, la apartaba para su posterior comprobación, y así durante cinco días de doce horas cada uno. Ya ni disfrutaba de Sevilla, encerrado en aquel inmenso camaranchón.

Hasta la comida tenía toda ella un regusto a polvo del que no conseguía liberar a mi paladar.

Tumbado boca arriba sobre el colchón de borra, en la modesta pensión del barrio de Santa Cruz, observaba los desconchones de la mampostería y las sospechosas manchas que veteaban todas las paredes. Estaba oscureciendo rápidamente, pero no quería encender la luz, que tampoco es que iluminara demasiado. Mi ánimo estaba muy acorde con el lúgubre decorado. Se esfumaban las posibilidades de que mis esfuerzos fructificasen, pues aquella era la última noche que podía permitirme con lo que había ganado en Madrid. Al día siguiente, trabajaría solo hasta las cuatro de la tarde, pues a esa hora debía dirigirme a la estación de tren para volver a la capital.

Llegué un poco más temprano que los días anteriores. Llevaba conmigo la mochila con mis cuatro mudas, el agradecimiento en forma de bombones para la anciana y pocas ganas de seguir pinchándome decepciones en vena. Pero me sobrepuse.

No paré ni para almorzar. Con un «Ya comerás algo en el tren», intenté acallar el latigazo del hambre que me restallaba en el estómago.

Apareció una nueva carta entre facturas de cereales y barricas de vino. ¿Otro fiasco? No sé por qué sentí cierto hormigueo al desenrollarla (o tal vez así lo quise creer después de certificar el hallazgo).

Pude entrever en la enrevesada rúbrica un Fernández y algo semejante a un Bacas.

Allí estaba lo que con tanto ahínco había estado buscando. Aunque la euforia inicial se diluyó algo tras la lectura de la carta, que me costó lo suyo. Os evitaré un esfuerzo tan pesado, actualizando la enrevesada sintaxis y la puñetera ortografía de la época.

La carta:

Queridísimo amigo:

No vas a creer lo que ayer encontré en la bodega de nuestro cortijo familiar, en las afueras de Marchena, mientras andaba curioseando dentro de unos arcones polvorientos: un cuadernillo con algunos versos manuscritos. Y tú me dirás «valiente hallazgo». Pero resulta que dichos versos están firmados por un tal Miguel de Cervantes. Sí, hombre, sí, el que ha alcanzado el parnaso literario con su *Quijote* y sus *Novelas Ejemplares*, obras que sé, porque así me lo has comentado tú mismo en varias ocasiones, que han sido joyas para tu deleite.

¿A que ya estás más interesado?

Al comienzo del cuadernillo, el autor explicaba que debido a unos asuntos que lo retenían en Écija, mandaba, por medio de un mancebo a su servicio, este y otro librillo, de diez hojas cada uno, donde se recogían los doce sonetos apalabrados, y ya cobrados, más otras poesías, romances y canciones que había añadido de gracia, hasta completar la segunda cartilla, y como deferencia hacia mi querido padre, que Dios tenga en su Gloria.

El pequeño cuaderno estaba algo deteriorado por culpa de la humedad y los roedores, pero he podido reconstruir la mayor parte de su contenido.

Como habrás notado, el escritor hablaba de dos librillos, pero yo solo encontré uno, el que contenía dos de los doce sonetos más algunos romances; supongo que en el otro debían de venir los diez restantes. Al principio pensé que era un poco raro que mi padre no hubiera incluido los poemas de ese libro en alguna de sus recopilaciones, siendo él mismo quien los había encargado y pagado ya por ellos. Pero no tardé mucho en darme cuenta de que entre sus páginas había un borrador de una carta inconclusa de mi padre dirigida a Cervantes. En ella preguntaba por el otro cuaderno y se negaba a publicar nada hasta que no le llegase todo el material encargado. Dicha carta no llegó a ser enviada. Lo cierto es que en aquellos momentos la fama de Cervantes no era, ni de lejos, la misma que ha

44

alcanzado en nuestros días. También creo recordar que por aquellas mismas fechas el escritor se vio envuelto en un percance grave con la justicia del Rey y dio con sus huesos en la cárcel de la calle de la Sierpe. Seguramente ese fue el motivo por el que mi padre, siempre tan sobrado de prudencia, no quiso cartearse con el poeta y desestimó la publicación de lo que ya tenía en su poder.

Otro pequeño misterio pudo aumentar la desconfianza de mi padre: en la última página del cuaderno aparece un romance de peor factura que el resto de las poesías, la firma al pie se asemeja a las de las otras páginas, pero si la comparas bien con estas, a mí me parece falsa. Y creo que no solo a mí, pues en sus márgenes aparecen escritos, con distinta tinta que el poema original, por lo que los supongo hechos por la mano de mi querido padre, varios signos de interrogación.

Cuando pueda dejar cerrados todos los asuntos que me atan, con atadura suave, eso sí, a estos tan queridos campos de Marchena, me llegaré hasta Sevilla y te mostraré el cuaderno, para que tú mismo puedas juzgar la importancia del hallazgo y las curiosidades de las que te escribo.

Tuyo afectísimo y bla, bla, bla.

Satisfecho, pedí permiso a Carmencita para fotocopiar la carta y ponerme en contacto con algún trabajador de la red de bibliotecas públicas de Sevilla. Pretendía que un documento de tal importancia se alojase en el sitio que merecía. Pero cuando expliqué de qué iba el tema, la fría acogida del funcionario que me atendió, y que debía de estar cerca de la jubilación o sufriendo los rigores de una úlcera de duodeno, terminó de atemperar mis ánimos y mi entusiasmo. El ulceroso me ordenó que dejara todo tal y como estaba, que ya pasaría por allí un experto de la Comunidad de Andalucía para recoger el material, previa firma del consentimiento de los dueños. Ni siquiera le arranqué un «gracias» antes de colgar… «Que le den» debió de ser lo menos malo que le deseé al desganado covachuelista.

Salí pitando hacia la estación. Tan apurado iba de tiempo y de nervios, que olvidé darle a mi amable anfitriona su caja de bombones.

Ya en el tren, cuando los campos de Andalucía empezaban a dar paso a los de la Mancha, y mientras me iba comiendo –almuerzo y cena–, uno a uno, los bombones de Carmencita, a modo de dulcísimas uvas de una extemporánea Nochevieja primaveral, tuve tiempo de sobra para repasar la fotocopia de la carta.

Así, superados ya los nervios de la búsqueda, reparé en una paradoja muy cervantina: la aparición de la misiva más que resolver un misterio había abierto dos. Primero, ¿por qué don Luis Fernández de Bacas hijo, en su edición de 1620, no hizo ninguna mención al hallazgo del librillo de Cervantes? Segundo, ¿dónde estaba el librillo?

Quería reflexionar sobre aquellos interrogantes y, de hecho, empecé a hacerlo, pero el cansancio y el estrés acumulados en los últimos días, unidos al suave traqueteo del tren, me llevaron hasta la estación de Atocha acunado en los algodonosos brazos de Morfeo.

Lo primero que hice, a la mañana siguiente, fue llamar a don Francisco –por aquel entonces no se me hubiera ocurrido llamarle Paco–, para ponerle al corriente de mis éxitos. Quedamos en vernos esa misma tarde.

Un mesón gallego del barrio de Lavapiés fue el escenario escogido. Cuando llegué, el profesor ya estaba sentado a una mesa cercana a un gran ventanal, pantalla panorámica por la que toda una variopinta romería de tipos humanos ejercían de figurantes de nuestra conversación. Sobre la mesa, la cerveza a medio consumir y un platito de aceitunas rellenas de anchoa, que el profesor se entretenía en pinchar con un palillo, con la pericia de un buen matador de toros, en vez de cogerlas con dos dedos como suele hacer el común de los mortales.

–Buenas tardes, caro y amado discípulo.

El formulario y anticuado saludo –copia del que en su día ofreciera López de Hoyos a su querido alumno Miguel de Cervantes–, traslucía un ligero retintín de vacile simpático.

–Hola, mi más insigne y honorable maestro.

Intenté seguirle un poco el juego de protocolos desusados. Y al camarero, que esperaba impertérrito mientras nos saludábamos, le espeté la comanda:

–Una cerveza, por favor, y media de chorizo de olla con cachelos. Invita el profesor.

Al profesor no le disgustó mi atrevimiento, pues hizo una señal de aquiescencia. Enseguida entramos en materia. Le puse al corriente de todos mis progresos y de las dudas que me asaltaron en el tren la tarde anterior.

Mi mentor expuso sus sensatas reflexiones sobre la primera de las cuestiones que había suscitado el descubrimiento de la carta: por qué no se hacía mención al librillo de Cervantes en la *Segunda Flor de Bacas*.

–Piénsalo bien, Miguel, ¿qué credibilidad le habría dado la crítica a otro «manuscrito hallado en…»? Recuerda que el propio Cervantes se vale de ese artificio literario en el *Quijote*, cuando nos asegura haber encontrado en Toledo unos papeles con las aventuras del hidalgo escritas por un tal Cide Hamete Benengeli. Presumo que el marqués o algún otro amigo cercano al editor tuvo que convencerle de no mencionar el hallazgo, máxime cuando a nadie se le exigía por aquel entonces ninguna «fe de vida» para atribuirle poemas a cualquier escritor conocido. También cabe la posibilidad de que el propio Bacas extraviara el librillo y no pudiera presentarlo como prueba, pues ese cuaderno jamás ha aparecido ni nadie lo ha mencionado después. Incluso podría ser que, dadas las serias dudas que expresa en la carta sobre ese último poema apócrifo, desconfiara asimismo de la validez de los demás y los desestimara en su totalidad, siendo las poesías añadidas en la *Segunda Flor* distintas de las recogidas en ese cuadernillo.

»Sin apartarnos de las obras cervantinas, te recuerdo la rocambolesca historia del manuscrito Porras de la Cámara, perdido y hallado varias veces, para terminar "ahogado" en el Guadalquivir. El azar suele jugar un papel determinante y caprichoso en los documentos de los siglos XVI y XVII que han podido llegar hasta nuestros días.

–¿Y sobre la desaparición del otro librillo que se menciona en la carta, con los diez sonetos restantes?

–A esa duda todavía es más difícil hallarle una respuesta cuatro siglos después. Hay tantas posibles explicaciones que a falta de más datos, no vale la pena ni especular.

–Entonces…

–Yo que tú, mencionaría el hallazgo de la carta sevillana en tu tesis de pasada, sin destacarlo especialmente, pues tiene bastantes lagunas. Aun así, ello demuestra que estás bien capacitado para la investigación filológica, cosa nada desdeñable, y que sin duda te reconocerá el tribunal. Te aconsejaría que no le dieras más vueltas a ese tema del cuadernillo y siguieras tirando del resto de los hilos que componen la urdimbre de tu trabajo; ya tienes bastante con eso.

Acaté el consejo de mi profesor casi en su totalidad. Tan solo intenté, en el siguiente viaje que hice a Sevilla y alrededores, encontrar en los archivos de Marchena alguna referencia a los Fernández de Bacas, por ver si quedaba algún rastro de ellos que me pudiera conducir al cuadernillo de Cervantes. Pero no encontré nada sobre aquella familia de editores, ni sobre su cortijo de las afueras de la ciudad; las aguas del tiempo se los habían tragado sin dejar rastro.

Unos meses después me doctoré sin problemas, y todo aquel asunto de la carta del editor sevillano y de los librillos desaparecidos de Cervantes quedó relegado al último cajón de mi librería y al baúl de los recuerdos de un estudiante aplicado.

Al menos, así fue durante veinticinco años.

DE LAS DECLARACIONES
DEL ALGUACIL CRISTÓBAL PÉREZ.
AUDIENCIA DE SEVILLA, PROCESO 165/1599

Dos de los guardias se llevan a rastras al inconsciente Simón Freire, dejando un reguero de sangre en el suelo de mármol. El resto de los corchetes se dedican a registrar la casa a fondo. Lo ponen todo patas arriba: salas y jardines, pasillos y cocinas, alcobas y patios, pero no encuentran lo que andan buscando.

Dos horas después, el alguacil ha de enfrentarse a su jefe, el Oidor, que está fuera de sí.

–¿Cómo es posible que no hayáis dado con el dinero? ¿Y quién era el joven que huyó de allí? ¿Cómo pudo escapar un muchachuelo, estando rodeado por todo un pelotón de guardias bien armados?

Las preguntas escupidas con furia se atropellan en su boca, y, entre pregunta y pregunta, proliferan los insultos venenosos y secos, como estampidos de arcabuz, soportados con un inesperado estoicismo. En cualquier otra boca, bastaría uno solo de aquellos improperios, para que el alguacil desenvainase su espada al instante. Pero al ser pronunciados por el Oidor, el ofendido aceptaba los insultos con sumisión, como un perro agradecido que lame la mano que acaba de medirle los costillares con un palo.

–Para aplastar a un piojo solo se necesita la uña de un pulgar; si tú, con todos tus hierros y pólvoras, no eres capaz de detener a un mozalbete, de poco me sirves. Ve a las mazmorras y no se te ocurra volver sin respuestas, o la próxima vez que bajes allí lo harás engrilletado.

Las mazmorras del palacio sabían de muchos dolores y padecimientos. Se encontraban en los sótanos, como mandan los cánones, y eran un dédalo de pasadizos lúgubres con celdas a los lados, donde todo apestaba a vómitos, excrementos y putrefacción. El silencio ominoso y espeso solo lo rompía algún grito desgarrador. Pocos fueron los desgraciados que una vez arrojados allí pudieron salir por su propio pie.

En la celda de mayor tamaño, además de los grillos y cadenas, hay unos cuantos instrumentos de aspecto siniestro, pensados por el hombre para quebrantar al hombre, y que vienen usándose desde hace cientos de años. Sobre uno de los más tristemente célebres, el ecúleo –vulgarmente conocido como «el potro»–, un guiñapo humano yace inerte.

El alguacil echa una ojeada al desgraciado y luego mira inquisitivamente a los dos secuaces, uno a cada lado del aparato de tortura. Ambos niegan con la cabeza, y uno de ellos le dice:

–Si seguimos girando el torno, morirá sin soltar la lengua. No comprendo cómo ha podido soportar el tormento durante tanto tiempo sin despegar los labios. Pero ya no podemos forzarlo más, hemos de dejar que se recupere un poco antes de estirarlo de nuevo.

El alguacil se retira sin decir palabra, y comienza a subir los escalones enmohecidos para ir a informar a su señor.

Este, después de increpar de nuevo a su servidor por el fracaso, se pone a pensar la mejor manera de resolver el problema, a cualquier precio.

Tras un par de tensos minutos, una chispa en los ojos del Oidor refleja que ha tomado una determinación. Le dice al alguacil que se aproxime y con una voz siseante, que recuerda al sonido del ácido al disolver la carne, le dicta unas órdenes que debe ir a cumplir sin dilación.

Cuando el alguacil escucha aquellas pocas palabras, su impasible rostro se descompone por un momento. Aunque hay que reconocer que recupera la entereza con bastante rapidez, y sale sin demora para cumplir, como hace siempre, las órdenes de su superior.

La noche va avanzando con penosa lentitud en las mazmorras del palacio. El banquero y comerciante Simón Freire se encuentra tirado semiinconsciente al fondo de una de las celdas; con las extremidades descoyuntadas, recuerda un garabato sangriento dibujado sobre el suelo terroso. Su organismo está a punto de negarse a seguir funcionando. Agudos retortijones restallan en sus entrañas como si estuviera dando tragos de vitriolo. Sus pulmones emiten un cansino silbido de fuelle roto y apenas consiguen capturar un precario hálito de aire. La vida es como un hilo fino sobre una cuchilla, y empieza a pensar en la muerte como en una ansiada bendición. Una bendición que aún se hará de rogar; por desgracia para el reo, que todavía no ha apurado lo peor de su calvario.

Cuando el alguacil se presenta en la celda, solo puede levantar los ojos, el resto de su cuerpo es un costal de dolores que ya no responde a las órdenes de su cerebro.

—Estoy convencido de que cuando veas el regalo que te he traído vas a desear contarme sin demora todo lo que tanto te has obcecado en callar. La justicia es estricta con los reos contumaces... tú has sido el único culpable del infierno que va a caer sobre tu alma.

El matón empieza a desenvolver con calma el sucio hatillo que lleva bajo el brazo. Con un mohín de asco, coge lo que asoma entre las telas y lo arroja en el suelo, a escasos dos dedos de la cara del preso.

—¡Noooooo!

El alarido alcanza hasta los últimos recovecos de aquellos sótanos, y da la impresión de prolongarse durante varios segundos. Los sollozos quedos que vienen después contrastan con el aullido precedente.

Frente al rostro del banquero Simón Freire, sobre el limoso y oscuro suelo, destaca blanca y sanguinolenta una mano de mujer, en uno de cuyos dedos puede verse una sortija de gran tamaño y diseño inconfundible.

—Perdóname, perdóname, perdóname...

De los labios exangües de aquel despojo humano no paran de salir las mismas palabras una y otra vez.

—Si insistes en callar y no me dices lo que necesito saber, iré trayéndote pedazos cada vez mayores del cuerpo de tu dulce esposa. Si de veras la amas, ahórrale la carnicería.

Cuando, a primera hora de la mañana, el fiel sicario le anuncia a su señor que el cautivo ha claudicado, el Oidor esboza una descarnada mueca de satisfacción que incluso pudiera insinuar una sonrisa.

—Ahora ve y tráeme lo que tendrías que haberme conseguido ayer.

El alguacil atravesaba ya el umbral de la puerta, cuando oye unas palabras que parecen pronunciadas como por descuido:

—Ah, y procúrales a los dos amantes esposos un descanso tranquilo en el fondo del río, hagamos que reposen juntitos en su húmedo lecho toda la eternidad.

DE LOS EXTRACTOS DE LA VIDA DE ANDRÉS EXPURGADOS DE LAS PÁGINAS DEL MANUAL DE REMEDIOS MEDICINALES DE FRAY SEBASTIÁN

En el preciso momento en que el matasiete se encamina furioso a la mansión del difunto Simón Freire, el joven acogido por segunda vez en casa de su protectora se halla sentado ante una mesa con escribanía. Ha aceptado la invitación de doña Jerónima, aunque ha sido incapaz de conciliar el sueño, y ahora anda estudiando con total concentración el cuadernillo hermano del que ha dejado dentro de la caja de caudales.

Ante la imposibilidad de conocer de momento el nombre de la iglesia, y la certeza de tener que huir de Sevilla a toda velocidad si quiere conservar la vida, se le presenta el dilema de cómo hacer llegar a su señor la información de lo ocurrido la noche anterior. Podría intentar ir a Écija directamente a encontrarse con su amo y contárselo todo de viva voz, pero si los corchetes han averiguado ya quién es él y para quién trabaja, caería como un mirlo en las redes de sus perseguidores. Ya ha desestimado también la posibilidad de comprometer más a doña Jerónima de Alarcón con preguntas o revelaciones. Por todo ello, ha llegado a la conclusión de que la mejor opción que le queda es desaparecer durante un tiempo prudencial.

De repente, se le ocurre una posible solución. Abre el cuaderno por la última página y se pone a escribir en el reverso. Se le ve pensar con sesudo detenimiento cada palabra. Acabada la delicada tarea, relee una por una todas las demás páginas, hasta que encuentra la que parece satisfacerle. Deja entonces el cuadernillo abierto en ese punto y coge una cuartilla de papel en blanco.

Por espacio de un par de horas ha de poner en juego toda su capacidad intelectual y su imaginación, además de las muchas enseñanzas de su amo en materia de poesía y de los recuerdos provechosos de las lecturas que este le ha ido suministrando a lo largo de los últimos cinco años.

Su mirada va alternativamente del cuaderno al trozo de papel, donde de vez en cuando escribe algunas palabras. Con todo lo escrito, el joven pretende no olvidar ningún detalle importante del escondite y de su entorno; y, si se diera el caso de no poder reencontrarse con su amo en un plazo breve, procurar hacerle llegar la cuartilla sin correr el riesgo de que su contenido pueda ser descifrado por nadie más.

Una vez satisfecho del resultado, empolva el exceso de tinta con la fina arenilla de la salvadera y dobla el papel varias veces, hasta dejarlo de un tamaño que se pueda esconder con facilidad en el hueco de una mano.

Cierra entonces el cuaderno y lo deja sobre la mesa de escritorio. Redacta una nota para doña Jerónima de Alarcón, rogándole que a la vuelta de su viaje le haga llegar sin falta ese librillo, con varias poesías de su amo, al conocido editor sevillano que lo andaba esperando y cuyo nombre deja consignado en dicha nota.

Ya ha recuperado las escasas pertenencias que dejara en la venta de Tomás Gutiérrez; la complaciente Jacinta se había acercado a buscarlas. Así que, mudado de ropa y ligeramente embozado, decide aventurarse a observar, desde una prudente distancia, lo que estuviese ocurriendo en la casa de don Simón Freire.

Al llegar a las proximidades de la mansión del banquero, se da cuenta de la gran cantidad de corchetes que montan guardia en todas sus puertas. También observa que varios operarios pululan alrededor del pozo que están desecando.

¡Quién necesita ver más! Comprende que el dueño de la casa no ha podido soportar el tormento al que lo habrían sometido. Había «cantado», desmintiendo así aquello que sostienen los más duros valentones de que las mismas letras tiene un «sí» que un «no», y que aunque les hagan cuartos, sus bocas permanecerán selladas. Pues no, señor, no, no es nada fácil mantener tales presupuestos cuando te estiran sin misericordia, hasta que escuchas, si el dolor no te ha privado del sentido, cómo van chascando una tras otra todas las articulaciones de tu cuerpo.

Las labores de drenaje dejan bien a las claras el convencimiento de don Simón Freire de que el muchacho había cumplido sus instrucciones y arrojado la bolsa al pozo. Mas no tardarían los corchetes en comprender que no está allí lo que andan buscando con tanto ahínco, entonces atarán cabos y la mitad de los guardias sevillanos saldrán en busca del mancebo.

Todo aquel despliegue convence al muchacho, aún más si cabe, de que tiene que huir de Sevilla raudo como una saeta si no quiere acabar como el desdichado Simón Freire.

Mientras hace estas reflexiones, un corchete de los que andaban patrullando los alrededores de la casa del banquero fija sus ojos de ave de presa en el joven embozado; su actitud huidiza le ha movido a la sospecha. El muchacho se queda petrificado al ver venir hacia él al guardia suspicaz. Sus miradas entablan un desigual duelo: mientras los ojos del guindilla brillan de satisfacción por la posibilidad de apuntarse un tanto ante sus jefes, los del paralizado mancebo reflejan el terror a ser detenido.

Afortunadamente, una procesión de las muchas que proliferan por Sevilla en cualquier época del año se interpone entre ambos, facilitándole al joven perderse entre el silencioso gentío, que contempla sobrecogido cómo los disciplinantes se majan a conciencia las espaldas, llegando a salpicar de sangre a los más cercanos. Como alma que lleva el diablo, va dejando atrás el desagradable chasquido del cuero sobre la piel desnuda.

El joven vuela hacia la casa de su benefactora para recoger sus escasas pertenencias y salir de Sevilla sin tardanza. Cerca ya de su meta, y gracias de nuevo a ese especial recelo provocado por los últimos reveses, acierta a volver la cabeza y ve, de forma fugaz pero inequívoca, esconderse tras una pared al corchete al que creía haber dado esquinazo con el tumulto de la procesión. Queda patente que no lo ha conseguido, y que anda siguiéndole los pasos para descubrir dónde tiene su escondite.

Aprovechando su conocimiento del barrio, el perseguido atraviesa un par de patios a todo correr y se mete en un callejón que aparenta no tener salida. Mas él sabe que a través de las pilas de escombros de una casa en ruinas se puede alcanzar una calle del otro lado de la manzana. Quiere ganar algo de tiempo para llegar a casa de doña Jerónima sin que le vean, y prevenir a Jacinta de que casi con total seguridad los corchetes van a peinar el barrio.

Sabiendo que ha despistado por el momento a su enconado perseguidor, se aventura a entrar en la casa y le dice a la vieja sirvienta que cuando lleguen los guardias, que seguro que llegarán, tiene que negar con firmeza haber acogido allí a ningún joven, no puede mostrar la menor duda ni vacilación, pues de hacerlo pondría en peligro su vida y la de su ama. Jacinta no parece muy preocupada.

–Yo sé tratar con esos perros –le dice al muchacho, con una seguridad que calma un poco la inquietud que venía destartalándole el pecho.

Si había barajado en algún momento dejar a doña Jerónima la cuartilla con la información en clave, para que la hiciera llegar a su amo, ahora comprende que es de todo punto imposible hacerlo, pues si los guardias registraran la casa y la encontraran, aunque no consiguiesen descifrar su contenido, les haría sospechar de ella.

Se despide con afecto de Jacinta y pretende repetirle, para que las haga llegar a su ama, las palabras de agradecimiento que ya le expresara antes de su partida hacia Cádiz. Pero apenas puede pronunciarlas, un tremendo nudo se le atraviesa en la garganta al infeliz, y no quiere que las lágrimas se le escapen delante de la también emocionada y llorosa sirvienta.

Recoge su petate y sale por la parte de atrás, teniendo buen cuidado de esquivar las calles más importantes, por donde a no dudar ya le estarán buscando las patrullas.

Sale de Sevilla como lo hiciera algunos años atrás, cuando huía de un enemigo cruel, aunque menos temible que el que ahora le persigue. Lleva muy bien disimulados, en un pliegue de la costura de sus calzas, la hoja de papel que doblara en ocho y la moneda de oro que había sustraído de la caja de caudales. Son sus dos salvoconductos para que todas las tropelías y desafueros sucedidos a lo largo de la funesta noche anterior no queden sin castigo. Y son las piezas clave para que el honor de su amo pueda mantenerse a salvo en el futuro.

Esos eran los sanos propósitos de aquel joven que abandonaba la Babilonia del Guadalquivir, mediada la última década del siglo XVI, con una mezcla de miedo a sus perseguidores y de orgullo por haber escapado y por haber arriesgado la vida en la salvaguarda del buen nombre de aquel a quien todo se lo debía.

OTRA CARTA DEL PASADO

–El ínclito y nunca bien ponderado don Francisco de Quevedo y Villegas...

Don Joaquín se apoyaba en su gastada muletilla para comenzar una nueva clase de literatura.

–Enemigo de abogados y médicos, espía y pendenciero, de esos que pretenden barrer el mundo con la pluma, amigo de grandes y encarcelado por estos cuando las cañas se volvieron lanzas...

Con su voz de tabaco y polvo de tiza empezó a desgranar los méritos literarios del genial satírico madrileño. Hasta que el carraspeo y el cambio de tono despertaron a los chavales, que se dispusieron a escuchar la anécdota literaria de la jornada.

–¿Creéis que alguien en aquellos años de hogueras y galeotes se hubiera atrevido a llamar coja a la reina? Que, por cierto, lo era, igual que Quevedo.

Hizo una pausa teatral, para crear ambiente, y continuó:

–Pues sí, mamelucos, pajoleros y mostrencos, don Francisco, tras apostar con los amigotes que lo haría, cosa que por supuesto no creyeron, aprovechó una recepción en el Alcázar Real para presentar a la reina una rosa y un clavel y, engolando la voz, le dijo a su graciosa majestad:

Entre el clavel y la rosa
su majestad es-coja

59

Una sonrisa tenue apareció en los labios del maestro y la sempiterna *pava* de picadura apagada se inclinó hacia abajo. Aunque tengo para mí, que ni yo ni el resto de mis compañeritos entendimos el no demasiado sutil juego de palabras conceptista…

«Que el mundo fue y será una porquería, ya lo sé…» Las notas del tan versionado *Cambalache* de Enrique Santos Discépolo, que con su letra cáustica y de plena actualidad tenía seleccionado como tono del mes en mi móvil, sonaron para arrebatarme el final de un sueño que me había devuelto a mis clases de bachillerato.

Era jueves, por lo que estaba exento de labores docentes, es decir, de impartir clases presenciales. Mediodía. Me había quedado un poco traspuesto en el sofá, con la que quizá sea la obra de teatro española que más se aproxima a una tragedia clásica: la *Numancia* de Cervantes, espatarrada sobre el pecho.

–Miguel, soy yo. –Mariví, por supuesto.

–Acabas de interrumpir algo muy bonito.

–¿Por la mañana? Conmigo nunca fuiste tan… informal.

No quise sacarla de su descabellada suposición.

–¿Qué se te ofrece, reina de la inoportunidad?

La andanada ni la rozó.

–Vas a tener que besar el suelo por donde pisan mis lindos pies.

–Cosas peores he besado.

–¿Con o sin lengua?

Empezaba a revolverse. Mariví, a pesar del aspecto inocente de su frágil fisonomía, es como los buenos miuras: se crece en el castigo. Mejor me abstenía de más picas antes de conocer el motivo de su llamada.

Me parece que no he aclarado todavía que Mariví es bibliotecaria, una sufrida funcionaria de grupo A en la Dirección General del Libro, Archivos y Bibliotecas.

–Creo que ya te comenté que hace varias semanas la Dirección me encargó catalogar los fondos de la biblioteca de la familia Montalbán, y la clasificación de los documentos de todos sus archivos. El motivo es que don Diego, el viejo patriarca, que ya no está para muchos trotes, se podría decir que ni para paseos en silla de ruedas, quiere donar todo lo que tenga relevancia cultural a Patrimonio. Sus dos hijos son másteres de no sé qué por no sé cuáles universidades de la Costa Este de Estados Unidos, donde residen desde hace años, y sus intereses andan muy alejados de la cultura hispánica de rancio abolengo. Al anciano le atemoriza, yo creo que con razón, que a su muerte se malbarate todo su patrimonio artístico, así que ahí estoy yo para intentar evitarlo.

–Pues me alegro mucho, mi superheroína de los polvorientos estantes, ¿qué tal va el empeño?

–Creo que muy bien... para ti.

–¿Para mí? Me intrigas, cariño.

Aunque mi acento era algo displicente, la verdad era que sí que estaba un poco intrigado.

–Por fortuna, en el contrato firmado por la mano temblona y varicosa de don Diego no hay cláusula que me prohíba tomar notas o fotocopiar contenidos. Y eso es lo que he hecho para ti, *vida*.

Fantástico revés, devolviendo mi pelota de tonillo burlón.

–Cuéntame –la animé.

–Entre la correspondencia familiar encontré algo interesante... ¿No te sientes transportado a tus años de doctorando?

Por supuesto, ella conocía el viejo asunto de la carta sevillana. Esperé a que continuara.

–La familia Montalbán se remonta al siglo XIII, a las cruzadas y demás jueguecitos de guerra a los que dedicaban los nobles sus esfuerzos, y no como ahora que se dedican al papel cuché y a las incruentas batallas de conquistar primeras páginas en vez de territorio enemigo. Gracias a su activa participación en la vida española, han ido acumulando correspondencia, y entre las muchas cartas que estuve revisando, encontré una en la que se hace mención a un soneto de Cervantes.

Sentí un hormigueo de interés y un pellizquito de ansiedad, pero preferí esperar a ver en qué acababa la cosa.

—Ignoro si al fin y a la postre resultará un gran hallazgo; aun así te la fotocopié. Y como siempre estoy ansiosa por verte, cuando quieras te la acerco hasta tu nidito de soltero, perdón, de divorciado.

Ahora era ella la que sacaba el sarcasmo a plaza. «Ansiosa por verte», ¡ya!

Quedamos en encontrarnos la tarde siguiente, a eso de las siete, con el compromiso, que tuve que aceptar a punta de exabrupto, de invitarla a cenar una vez que me hubiera mostrado su hallazgo.

A la caída de la tarde decidí bajar a cenar a la taberna de Mariano.

Emplazada justo debajo de mi casa, era un lugar generalmente tranquilo donde, salvo en horas punta, se podía leer sin agobios el periódico mientras te aderezabas con un pincho de tortilla española de muy buena factura y una selección de vinos sin alardes pero digna.

Mariano procedía de un pueblecito de la comarca de Albarracín, en la provincia de Teruel. Era de recias hechuras y carácter tranquilo, a no ser que lo sacara de sus casillas algún moscón de taberna de los que molestan más que beben. Llegó a Madrid con diecisiete añitos, fichado como guardameta por el equipo local de una de las grandes ciudades satélite del cinturón industrial y allí estuvo defendiendo la portería durante quince temporadas. Con los ahorros del fútbol, que no eran para tirar cohetes —hace veinte años no se pagaban las astronómicas cifras que cobra ahora cualquier tuercebotas–, puso la taberna que regentaba desde hacía más de una década.

Mariano siempre me llamaba «Profesor», con un tono recio, tan aragonés, en el que se sobrentendía la mayúscula. Era él quien me ponía al corriente de todo lo que suele preocupar a la gente normal, el que acompasaba mis pulsos al Madrid de la calle. Mi tabernero predilecto me conectaba a los asuntos del barrio, me hacía volar a ras de vida. El mañico era el lastre mundano que yo necesitaba para mantenerme anclado al aquí y ahora de la existencia cotidiana, para no remontarme en exceso a esos espacios de la irrealidad literaria por los que a veces me daba por revolotear.

–Buenas noches, Profesor. Acabo de cuajar una tortilla con mucha cebolla y mucho huevo, como Dios manda.

«¡Toma ya lastre de suculenta realidad y déjate de libros!»

–Pues ya estás tardando en ponerme un pincho generoso y un riojita de buena añada.

–Marchando.

No podía cenar mejor un príncipe, pensé, mientras me dirigía a mi piso a intentar una de mis siempre complicadas negociaciones con el sueño, criatura huidiza que jamás ha acudido dócilmente a mi llamada.

ANDRÉS

Andrés. Así solía llamarme, aunque por crueles circunstancias que más adelante, si Dios me da fuerzas, conocerá el lector de esta historia, no será ese el nombre con el que me iré a la tumba. Andrés, simplemente Andrés. Apellido no tengo ni nunca lo necesité, al igual que mi madre, que jamás atendió a otro título que no fuera el de la Azumbres, sobrenombre que no exige mucha explicación. Ella me dio a luz, aunque quizá sería más apropiado decir que me dio a penumbras, veintitantos años atrás, en el Compás de la mancebía sevillana, que se extendía entre la Puerta de Triana y la del Arenal. Era un lugar peligroso e insalubre, pues se anegaba con cualquier pequeña crecida del río, por lo que también era conocido como la Laguna.

Debo escribir esto con premura, pues teniendo como tengo la certeza de haber caído en las garras de la peste, me conviene terminar antes de que los pocos arrestos que me quedan se los lleve la maldita enfermedad.

Andaremos ya por los últimos días de noviembre del año del Señor de 1599. Con un pie en el estribo, como reza el conocido romance, y puesto que el despiadado brazo de la Santa Hermandad ya no puede sujetar mi lengua con el miedo al brasero –que bastante hiervo de fiebre yo por dentro–, he decidido dejar constancia de ciertos sucesos de mi vida que a nadie referí antes de ahora.

Mis primeros recuerdos son de penurias y palizas en aquel infecto lugar de los arrabales sevillanos. Mi padre ocasional no era otro que el rufián de turno de la Azumbres, que siempre se complacía en asentarme la mano por un quítame allá esas pajas, ante la mirada ausente de mi madre, a menudo velada por el morapio de ínfima calidad que se compraba con los reales de sus clientes.

Mi madre solía contarme, las pocas veces que se encontraba más lúcida, que mi padre fue un buen hombre que desapareció, cuando yo tenía cuatro o cinco años, en la terrible explosión de los molinos de pólvora de Triana. Aquel desastre provocó el hundimiento de decenas de casas y causó cientos de muertos, muchos de los cuales se ahogaron, cuando convertidos en teas humanas, se sumergieron por desesperación en las aguas del Guadalquivir. Tengo la sospecha que aquello no era sino otro de los múltiples delirios alcohólicos que inventaba mi madre para justificarse, para no tener que admitir que yo podía ser hijo de cualquiera... de cualquiera que poseyese los pocos maravedíes que se requerían para comprar sus servicios.

Aún recuerdo los abandonos de Semana Santa, cuando no se les permitía ejercer su oficio a las daifas de las mancebías. En aquellas fechas, muchas se recogían en las llamadas Casas de Arrepentidas, y a otras las encerraban en una especie de cárcel de mujeres conocida como la Galera. Allí, mi madre y las demás colegas aceptaban como su única ocupación escuchar los sermones de los frailes, rezar y pedir perdón por sus múltiples y gravísimos pecados. Quedábamos entonces los hijos de las recogidas a cargo del padre de la mancebía, y este nos dejaba al cuidado de unas doñas que se ocupaban de toda la muchachada. Los otros niños me mortificaban de una manera tan cruel y despiadada que casi prefería las palizas del resto del año a las perrerías de Semana Santa, pues, como luego pude corroborar en repetidas ocasiones a lo largo de mi vida, muchas veces duele más una burla que un tajo.

Andaría yo ya por los once o los doce años, cuando a mi padre de turno, que si no recuerdo mal era un gaditano rubiajo apodado

Roquete, se le adjudicó pensión en el penal sevillano de la boca de la calle de la Sierpe.

Mi madre pasó a engrosar el grupo de aquellas a las que el pueblo motejaba como «Socorridas», mujeres del partido que mantenían con sus ganancias a sus chulos en presidio. Los desgraciados presos se veían obligados a mantenerse ellos mismos, pues era costumbre en las cárceles de entonces que el alcaide no les proporcionara la comida a los reos, y ni siquiera un lecho para dormir. Los que podían permitírselo, alquilaban uno por diez o doce maravedíes al mes; había reclusos que por no tener para más, lo alquilaban entre dos o incluso tres de ellos, repartiéndose el jergón por turnos o compartiéndolo si hacía frío. Y los más pobres de los pobres dormían en el mugriento suelo de los corredores carcelarios. Ser alcaide de un penal era un pingüe negocio, se vivía a costa de chuparles la sangre a los míseros penados.

Mi madre me dejaba acompañarla algunas veces a la prisión, otras me abandonaba a mi suerte en las calles de la mancebía, cuando se quedaba a pasar la noche con su hombre en el penal. Había ocasiones en que llegaban a dormir en el interior de la cárcel más de cien mujeres, con el beneplácito del alcaide y de los carceleros, que sacaban buena tajada, tanto en dinero como en favores sexuales.

Como se tenían que afrontar guerras en todos los frentes, las galeras del Rey estaban necesitadas de mucha mano de remo, máxime después de haberles confiscado muchas naves a los turcos en Lepanto, por lo que no era necesario haber cometido un delito grave para que te mandaran a navegar sin derecho a disfrutar del horizonte.

Así fue como el Roquete no escapó a las garras de aquella justicia de levas forzosas: lo mandaron a galeras por diez años, lo cual era virtualmente una sentencia de muerte. Mi madre hizo una escena, arrancándose los cabellos y gimiendo como si aquel rufián fuera bueno y no hubiera habido más hombres en su vida. Yo no comprendía tamaña escandalera por un ser tan odioso como el gaditano. Pero tampoco es que tuviera que entenderlo; al fin y al cabo, no era más que un crío.

La Azumbres quiso honrar su sobrenombre y la memoria de su chulo, y decidió quitarse las penas con un peleón de Montilla. Y bien que se las quitó. Al día siguiente, cuando me levanté, la encontré más fría que el hocico de un galgo, ahogada en su propio vómito y envuelta en un olor acre y repugnante que no he podido olvidar desde entonces.

Así que ya me ven, huérfano en la gloriosa ciudad de Sevilla, Puerta de las Indias y asombro de forasteros... para otros; que para mí no fue sino un purgatorio de palizas y hambre crónica, que llevaba todas las trazas de convertirse en un verdadero infierno.

Tras unas semanas sobre las que prefiero no extenderme, por no lacerar más allá de lo conveniente los sentimientos del lector, quiso la fortuna que un santo varón, el jesuita Pedro de León, tuviera noticia de mi desgracia. El padre León menudeaba visitas piadosas al Compás sevillano los domingos y fiestas de guardar, a fin de convencer a las mujeres de vida distraída de abandonar aquella senda pecaminosa –y cierto es que con muchas lo consiguió–. En una de dichas visitas, por una que fuera colega de mi madre, se enteró de mi orfandad y mi deplorable situación. También conoció, por la misma boca, la existencia de una paisana de la difunta, la Candelas, a la que convenció, tal vez con una bolsa de razones de dos caras, para que se apiadara de mí y me aceptara en su casa.

La Candelas ya no ejercía en la mancebía. Se había emancipado de su chulo gracias a la inestimable ayuda de la implacable justicia real, que colocó la cabeza de este, exenta de cuerpo, en una jaula de hierro delante de la casa de una de sus víctimas. La Candelas tenía reunido algo de dinero que no le dio tiempo a gastar en socorrer al descabezado, pues su rápida ejecución lo impidió. Así que, con esos pocos caudales, puso un puesto de venta de casquería en connivencia con un jifero, encargado de descuartizar las reses, que le tenía echado el ojo, y que era quien le proporcionaba los menudillos y entrañas que distraía del matadero. Seguro que el buen padre León no tenía noticias del entendimiento de la Candelas con el susodicho, pues entonces no me habría entregado al amparo de aquella pecadora.

Mi vida mejoró algo, por lo que pronto me alegré, Dios me perdone, de la muerte de mi madre.

Empecé a ganarme la vida como charrán o esportillero, haciendo los pequeños recados que la gente nos encargaba por unos pocos ochavos, transportando en nuestras esportillas diversas mercancías de uno a otro lugar de Sevilla.

Además de aquella labor de mulilla de alquiler, iba casi todos los días al despuntar el alba al mercado, donde el matarife que se entendía con la Candelas me daba lo rebañado de la matanza. Yo lo acercaba a la casquería antes de coger mi capacho y dirigirme a los alrededores de la Puerta de la Aduana, lugar que me había correspondido en el reparto de puestos de los esportilleros. Los sábados ayudaba a mi madrastra en la tripería, debido al aumento de la clientela al ser los sesos, la lengua y las vísceras de las reses alimentos permitidos en dichos días de abstinencia atenuada.

El jifero era un hombre temible, más bien ancho que alto, de piel cetrina y barba cerrada, con un chirlo que le embellecía media cara –porque afeársela más hubiera sido imposible–, fruto de una pendencia de las muchas que ocurrían un día sí y otro también entre las arriscadas gentes del matadero. A pesar de no ser ya un hombre joven, la mayoría de los mozos le temían y ninguno le disputaba los despojos de cada res que sacrificaban. Estaba casado con una bruja fea como un demonio, de lo cual se consolaba tres veces por semana con la Candelas. De ese jaez era el acuerdo: tres alivios semanales a cambio de gallinejas, riñones o entresijos.

Así pasaron varios meses, quizá más de un año, y pese a trabajar más de doce horas todos los días, me sentía afortunado por no recibir las palizas y las burlas de antaño, tan solo un torniscón de la Candelas de vez en cuando, casi una caricia viniendo yo de donde venía.

Una tarde que volví temprano de mi trabajo con la esportilla, mi madre adoptiva me mandó al rastro con un recado para el carnicero. Al llegar, lo vi hablando con una jovencita, que resultó ser su hija. Sin duda, la criatura más hermosa que hubiera podido imaginar en el más afortunado de mis sueños. No la describiré por no desmerecerla, mis torpes medios no alcanzan a cumplir con la tarea. Quedé tan embelesado que olvidé la encomienda que llevaba para el matarife, quien al ver mi arrobamiento al contemplar a su niña, me atizó un sopapo que casi me desnuca.

—Ni se te ocurra poner tus ojos pitañosos en mi hija, o te rebano el pescuezo como a un pollo cebado. Si ella anda por aquí, tú ni te acercas, mocoso de mierda.

Clavó el cuchillo en el tajo de madera con tal brío que pensé que no podría desclavarlo ni el mismísimo Hércules si se dejara caer por esa Sevilla supuestamente fundada por él.

Cualquiera se atrevía a protestar. Con los ojos gachos, salí a campana herida de allí.

De regreso a casa, pensé en el milagro de que una criatura tan bella hubiese salido de unos padres tan horrendos. La naturaleza se mofa muchas veces de nosotros con acontecimientos que escapan a toda lógica.

A partir de ese día no soñé con nada que no fueran las prendas de mi ángel, porque tenía que ser un ángel, de eso estaba seguro.

Por más que comprendía la imposibilidad de dirigirle la palabra a Remedios —así la bauticé para mi coleto, pues nunca llegué a saber su verdadero nombre—, no podía dejar de imaginar las más insólitas maneras de acercarme a ella. No pensaba en otra cosa.

Mi trabajo con la esportilla decayó por no estar yo en lo que había que estar; mis parcos ingresos descendieron y, por ese motivo, mi madrastra empezó a pegarme como no lo había hecho hasta entonces.

Desesperado, decidí dejar el trabajo todas las tardes un poco antes de lo acostumbrado y acercarme a una distancia prudencial del matadero, por si podía atisbar a mi Remedios. Y durante muchos días, desde un puesto elevado que se encontraba a suficiente distancia para asegurarme el no ser visto por las gentes del rastro, estuve avizorando el escenario de mis desvelos con ansiedad creciente.

Al fin, mis continuados esfuerzos tuvieron una feliz recompensa:

esa tarde la vi entrando en el matadero. Me sentía flotar. Aun desde aquella distancia, me pareció apreciar en el aire un olor a jazmines. Esperé ensimismado durante todo el tiempo que permaneció dentro del mercado. Cuando la vi salir, la seguí muchos pasos por detrás, hasta que se metió en una casa del cercano barrio de San Bernardo.

La siguiente vez que me aventuré tras mi ángel me atreví a dejar menos pasos de separación entre ambos. Ella volvió la cabeza a mitad de camino, como si presintiera ser observada. Yo me refugié raudo tras una esquina, con el corazón brincando en mi pecho como un cabritillo. Estaba tan perdidamente enamorado, mejor diría loco, que decidí que la siguiente vez, cuando volviera a verla, me atrevería a hablarle.

El día que había decidido declararle mi adoración, no llegué a dar ni tres pasos. Una mano de hierro me cogió de los pelos con tal fuerza que creí que me arrancaría el cuero cabelludo. La mano de hierro me arrastró hasta el matadero sin prestar oídos a mis súplicas. Una vez allí, liberó mis cabellos, pero solo para atenazar en el mismo instante mi mano izquierda y aplastármela contra el tajo de madera. Noté bajo mi palma, con sutil percepción, su tacto suave, engrasado por la enjundia de mil reses despiezadas sobre él, noté incluso las mínimas crestas y valles que los golpes de hachuela habían ido labrando en su superficie.

Al fin, me atreví a levantar los ojos. La expresión que observé en la cara del jifero no se ha borrado de mis pesadillas ni una sola noche desde entonces. Le vi levantar con furia la navaja... y el tiempo se detuvo.

Entonces comprendí lo que iba a ocurrir y de mi garganta brotó un grito horrísono e inhumano que no era consciente de estar emitiendo.

La cruel cuchilla empezó a descender a gran velocidad, cortando el aire a su paso...

El hombre que había estado leyendo el relato de la vida del infortunado Andrés, mientras daba vueltas parsimoniosamente entre sus dedos a una deslumbrante moneda de oro, la colocó sobre la página a modo de punto de lectura y cerró el libro sobre la mesa.

71

Era ya su tercera lectura de aquel mamotreto titulado *Manual de remedios medicinales*, un tratado del siglo XVI sobre hierbas curativas y aromáticas. Estaba escrito por un monje que, entre rezo y rezo, había ido recogiendo multitud de hierbecillas por los campos de la España imperial, y anotando sus efectos.

El libro, en su redacción original, no tenía mayor valor artístico o cultural que el que le concedía la fecha de publicación. De hecho, el hombre alto y fibroso, de mirada penetrante, nariz aguileña y cráneo afeitado, que en ese momento se quitaba las gafas de lectura, no prestaba atención a las páginas escritas por el aplicado religioso. Para él, lo único interesante de aquel memorial era que en el reverso de algunas de ellas, que originalmente habían sido dejadas en blanco por el impresor, había ido desgranando un joven llamado Andrés, con caligrafía de neófito, los sucesos más importantes de su corta existencia, retazos de una vida que quedaron diseminados por muchas de las páginas pares del *Manual de remedios medicinales* de fray Sebastián.

Mientras el hombre encendía una pipa de tabaco de Virginia, en el sótano de la mansión, dos plantas más abajo, con ese rugido silencioso y a la vez amenazante que solo tienen las máquinas más poderosas, ronroneaba una batería de potentes ordenadores. En el oscuro y refrigerado corazón cibernético del complejo, como una araña que tejiera una red de tamaño planetario, corría las veinticuatro horas del día un elaborado sistema de programas, que penetraba hasta los más recónditos rincones de la red, en busca de ciertas palabras clave. Cuando las palabras escogidas salían a revolotear como incautas mariposas por el mundo digital, la infalible araña las atrapaba en su tela y las inmovilizaba en una serie de archivos encriptados, solo disponibles para los ojos del fumador de la planta de arriba, que antes de cenar bajaba a diario para comprobar las capturas e introducir nuevas palabras clave que se le iban ocurriendo mientras releía el libro.

EL EXTRAÑO SONETO

Esa mañana de viernes la voluntad y los arrestos para escapar con decisión del agradable abrazo de las sábanas se me habían diluido con el último dedito de ron de la noche anterior. Tuve que apresurar la ducha y saltarme el desayuno para no llegar tarde a mi clase en el instituto. De camino, en el metro, entre apreturas inhumanas y olores muy pero que muy humanos, iba dándole vueltas a la conversación que había mantenido con Mariví el día anterior, acerca de la carta de los Montalbán. Cuando entré en el aula, dejé aparcado hasta la tarde ese tema y dediqué todos mis esfuerzos a culturizar a un puñado de bestezuelas adolescentes.

—Ya sé que los comentarios de textos os resultan un tostón. Pero creo que eso es porque no lo habéis enfocado desde su perspectiva más divertida.

»Estoy seguro de que a muchos de vosotros os parecen interesantes las series de investigación criminalística, del tipo CSI, que están tan de moda en la televisión de nuestros días, ¿a que sí?

No esperaba una respuesta unánime, pero varios alumnos asintieron con cierta timidez y casi todos se irguieron un poco en sus asientos; aquello les sonaba distinto y les hacía prestar un poco más de atención.

—Pues para hacer un buen comentario de texto, como para investigar un delito, hay que sacar la lupa y analizar con detenimiento nuestro escenario del crimen: el poema. Tenemos que buscar huellas, pistas y detalles que nos lleven a descubrir todos los misterios que el autor ha escondido detrás de unas palabras que nunca son inocentes, nos ocultan cosas que un buen investigador debe averiguar. Pero no creáis que solo en el significado; también en su orden, su disposición, su medida y su sonido las palabras ocultan pistas. Hay que levantar las palabritas con suavidad y buscar lo que esconden debajo. Pero ni aun con esto se sentirá satisfecho el buen «comentarista forense», también tendrá que investigar la vida y la obra del autor para comprender detalles que de otro modo quedarían «impunes».

La clase, ahora sí, estaba atenta y algo perpleja ante unas teorías que se salían de los moldes de las enseñanzas consideradas «normales» de literatura. No dejé que decayera la atención que había conseguido suscitar.

–Y como el movimiento se demuestra andando, vamos a desmenuzar un verso para que veáis cómo aplicar lo que os estoy contando. En este nuestro primer caso, vamos a dejarnos guiar por el investigador en jefe, el maestro de los CSI literarios, el indiscutible Sherlock Holmes de los comentaristas: don Dámaso Alonso.

»Don Dámaso era un gran especialista en Góngora, así que ahí va uno de los más famosos versos del poeta cordobés, copiadlo: "Infame turba de nocturnas aves".

»Antes de empezar, debéis tener presente que los buenos investigadores lo primero que han de hacer es intentar captar una impresión global de la escena del crimen; esa impresión, algo subjetiva, es muy importante, porque el inconsciente puede percibir cosas que a los sentidos se les escapan. Eso sí, luego hay que sustanciar con pruebas la veracidad de aquella impresión.

»Así que vayamos a buscar esa primera impresión: repetid el verso varias veces para vosotros mismos, a ver qué sensación os provoca…

–Grima.

—Oscuridad.

—Perfecto, lo habéis captado a la primera. Ahora cojamos ya la lupa para intentar descubrir por qué nos causa esa impresión de oscuridad o esa sensación de grima. Pero antes de esto, ¿sabéis a qué criaturas se refiere el verso?

Dejé que lo meditaran. Al fin, una voz dijo lo que muchos pensaban en silencio.

—Murciélagos.

—¿Veis como no era tan difícil? Pero notemos algo importante: ¿a que si el poeta no hubiera colocado el adjetivo «infame» en el primer lugar del verso, no nos hubiera resultado tan fácil averiguarlo? Estoy seguro de ello, porque hay aves nocturnas a las que nunca tacharíamos de infames, como un búho, por ejemplo. Esa pista ha sido importante, y el poeta ha querido poner ese adjetivo al comienzo del verso para resaltarlo, para que nos diéramos cuenta de su importancia.

—Pero los murciélagos no son aves. —Juan Solís, el listillo de la primera fila, con su sonrisa de metal a cuenta de la ortodoncia y su ligero acento extremeño, introdujo la precisión en el debate.

—Efectivamente, Juan, son mamíferos, pero Góngora era poeta no biólogo; ha aprovechado una de las armas a su alcance: la licencia poética, y le ha dado más importancia a la capacidad de volar que a las otras características biológicas.

—Vale, pero no son aves. —Estaba claro que las licencias poéticas no convencían a los superdotados.

Yo asentí, para contentar al espabilado Solís y porque no quería que la discusión tomara esos derroteros.

—Y los murciélagos... ¿dónde viven?

—En las cuevas —dijeron varias voces.

Ahora ya se esforzaban todos por ser los primeros en responder. Había conseguido engancharlos. No es nada fácil conseguir que te presten atención treinta jóvenes de ambos sexos en plena pubertad, pero casi lo estaba logrando.

—Así que ya hemos resuelto un pequeño misterio, hemos descubierto los animales que describe el poeta y, además, podemos aventurar que es probable que todo esté relacionado con una cueva. Con estas pistas, y haciendo buena labor de despacho, no tardaríamos en descubrir que Góngora está describiendo la cueva donde vive el famoso cíclope Polifemo, del que seguro habéis oído hablar o le habéis visto pelear con Ulises en alguna película.

Tras dejarles unos instantes para meditar sobre lo que llevábamos visto, proseguí:

—¡Caramba, lo que hemos llegado a averiguar en un simple verso! Pero aún hay más: al repetirnos el verso varias veces, ¿no os da la impresión de que estemos oyéndolo más despacio de lo debido?

—¿Como cuando un disco se pone a menos revoluciones?

Parece que todavía quedaba quien conocía los discos de vinilo.

—Eso es. Y lo que sucede es que el sonido se vuelve más grave. Así que, ¿por qué creéis que el verso nos causa esa sensación?

»Como aún sois investigadores amateurs, os lo diré yo: porque los acentos principales del verso recaen sobre las dos "úes", que es la vocal de tono más grave, más "oscura", por decirlo de algún modo. Os lo explicaré de otra forma: cuando queremos asustar a alguien no usamos la "a" ni la "e", decimos "Uuuhhh". Y eso es porque el sonido de la "u" es algo lúgubre, por lo tanto, al potenciar esas dos "úes" tónicas (túrba y noctúrnas), el poeta ha conseguido transmitirnos esa impresión de grima y oscuridad que notasteis en un primer momento.

Sus caras reflejaban que me había ganado a la «turba» para futuras investigaciones.

—Solo una última cosa: viendo lo que hemos encontrado en un solo verso, imaginad lo que podríamos encontrar en un poema completo. Hay un mundo por descubrir en cada buen poema si nos esforzamos lo suficiente.

Hay días en que la profesión de maestro te premia con el gordo, cuando consigues que los alumnos salgan contentos y tú absolutamente satisfecho y compensado de todos tus esfuerzos. Decidí galardonarme por la tarea bien hecha con un agradable paseo por el Retiro antes de la comida. Bajé desde la calle de Menéndez Pelayo hasta el monumento al Ángel Caído, donde me detuve unos minutos para volver a contemplar el sobrecogedor monumento, ese ángel expulsado del Paraíso que parece señalar con su ala acusadora a las alturas, como pidiendo explicaciones a un Dios inmisericorde.

El Retiro ha ejercido desde siempre en mí una poderosa atracción, tal vez por la conmoción que me causara aquella primera vez en que fui con mi madre a la desaparecida Casa de Fieras, a ponerle imagen viva a unos animales que hasta ese momento solo conocía por los cromos o las películas. Tiempo después, la orfandad de padre, unida a las largas jornadas de trabajo de mi madre, me había proporcionado, en mis últimos años de niñez y primeros de pubertad, una libertad de movimientos con la que otros muchachos de mi edad ni soñaban en aquellos días de padres severos y normas estrictas. Libertad que aprovechaba para explorar el parque de arriba abajo, a veces solo y a veces con mi mejor amigo, JL.

Como explorador solitario me ocupaba más en jugar con perros manumitidos a tiempo parcial por sus amos, o en buscar un grupo de chicos para dar unas patadas a un percudido balón de reglamento –casi un tesoro en la España del subdesarrollo.

Pero si mi parca audacia se veía reforzada con la excesiva de JL, me dejaba arrastrar a aventuras más comprometidas, como espiar a los sorches salidos y a las criaditas endomingadas de jueves, que buscaban los rincones más oscuros de la floresta para unos torpes avances amorosos. Escarceos que las más de las veces terminaban en una casta bofetada de insincero reproche; lo que nos provocaba a los dos aprendices de voyeurs la risa y una satisfacción mayor que la claudicación femenina, que en casi ningún caso llegaba a ser una rendición incondicional.

Regresé de mis aventuras de golfillo mientras atravesaba la puerta del Ángel Caído. Allí me topé con otra estatua conocida, la de don Pío Baroja. El escritor, con su enfurruñamiento de vasco terco y su misantropía, plasmados en estatismo berroqueño, vigila boina en ristre la Cuesta de Moyano. Su empinada acera es lugar preferente en muchas de mis mañanas ociosas de madrileño irredento: siempre engalanada con sus tenderetes de libros de lance, viejos y sobados, que toman el sol en precarios emplazamientos de caballetes y tablas; a mí se me figuran huérfanos abandonados ofreciéndose pacientes, en espera de un alma caritativa que los adopte y los recoloque en una estantería como Dios manda.

Por la tarde, tras una comida ligera en casa y una cabezadita en el sofá, me dispuse a aguardar la llegada de Mariví. Como con ella nunca se sabía a ciencia cierta lo que se iba a prolongar la espera, me entretuve en escuchar una recopilación de tangos.

«Uno busca lleno de esperanzas / el camino que los sueños / prometieron a sus ansias...» El famoso *Uno* de Mores-Discépolo sonaba en la voz de Julio Sosa, y parecía describir con acierto las expectativas que la misteriosa carta había levantado en mi ánimo.

Unos suaves arañazos en la cerradura de la puerta de la calle se incorporaron a los efectos musicales: se presentaba Mariví haciendo uso de la llave que, dados mis buenos oficios de olvidadizo compulsivo, le había entregado por precaución, para evitar convertirme en un recluso inverso, encerrado fuera de mi casa.

Pero eso de que entrara sin llamar, como si fuera a tomar posesión, no lo llevaba nada bien. Mira que le tenía dicho que por favor tocara el timbre antes de entrar, que nunca se sabe lo que puede estar haciendo UNO en su propia casa cuando está a solas… «Que si quieres arroz, Catalina.» No obstante, no le dije nada, no quería empezar la tarde con una discusión estéril.

–Buenaaaas. ¿Hay vida inteligente por aquí?

Empezábamos bien.

–Todavía queda algo, ya veremos tras una hora de charlar contigo.

No podíamos evitarlo, lo nuestro era patológico.

Entró en la sala de estar como deslizándose; a veces me recordaba a esas bailarinas rusas de largos faldones que parecen esconder unas ruedecitas en lugar de pies. Sus años de bibliotecaria, con sus obligados desplazamientos sigilosos para no perturbar a lectores y estudiantes, habían contribuido a ese andar suave, de pajarito alegre a punto de vuelo.

Al ver su expresión enfurruñada, rememoré también esas rabietas menudas suyas, exteriorizadas con unos mohínes que ella pretendía severos y que a mí me provocaban chispazos de ternura. Era lo que más echaba de menos tras nuestra separación.

Me lanzó dos besos desde lejos, «mua, mua», y echó una mirada alrededor, calificando el estado de mi cubil… «un siete y medio», supuse por su expresión no del todo reprobatoria.

Llevaba en sus manos pequeñas y delicadas, en las que se entreveía la caligrafía tenue de las venas, una carpeta de cartón naranja fosforito, de esas que ya casi no se ven, con «anticuadas pero siempre útiles» gomas elásticas abrazando sus esquinas.

Me hizo quitar «ese rollo de música, porque me pone melancólica».

«Adioooós, tangos míos…», me dieron ganas de entonar con acento porteño.

–¿Te apetece tomar algo?

–Cualquier cosa fresquita.

Abrimos sendas latas de Mahou, rescatadas del fondo de la nevera. Fue ella quien abrió la sesión:

–Como ya te dije por teléfono hallé una carta en la que se

mencionaba un soneto de Cervantes. Es la carta de una mujer, casada con un hidalgo de una importante familia de Aranjuez, y va dirigida a su hermano mayor, primogénito de la casa Montalbán en Madrid.

Abrió la carpeta con solemnidad y extrajo una fotocopia que colocó sobre la mesa. Me puse a leer.

No sé si ya te había hablado de un joven que llevaba a nuestro servicio un par de años, Dimas se llamaba. Ayer entregó su alma al Señor. La peste, por desgracia, ha alcanzado también estos bellos parajes de la vera del Tajo, adonde vinimos huyendo desde Madrid. Gracias al Cielo que de momento solo ha afectado a la servidumbre, todos nosotros estamos bien.

Dimas era un buen muchacho y lo teníamos en alta estima. Unos días antes de parecer enfermo me hizo saber que tenía algo importante que comunicarme. Ahora creo que es muy posible que él ya sintiera algunos síntomas de la pestilencia y esa fuera la causa de querer hablar conmigo.

Cuando le convoqué, me entregó un papel con unos versos y me apremió a que se los hiciera llegar a don Miguel de Cervantes Saavedra que, según dijo, es un reputado poeta y un soldado laureado en Lepanto, aunque yo nunca he oído hablar de él. Insistió en que era de suma importancia que el tal Cervantes recibiera el muy baqueteado papel, por un asunto de vida o muerte.

La verdad es que me desasosegó la angustia que reflejaba su expresión, siendo este mozo alguien que siempre había destacado por su mesura y su buen juicio. Así que le prometí que le mandaría los versos a un mi hermano mayor que tenía importantes relaciones en Madrid, es decir, a ti, para que intentaras hacérselos llegar a su destinatario.

El papel original lo hemos quemado, como todas las pertenencias del desgraciado Dimas, ya sabes que con la peste no se puede andar con remilgos sentimentales. Pero como los versos ya los había copiado, dado el mal estado en que se encontraba el original, te los escribo en la presente. He tenido muy en cuenta lo mucho que te gusta la poesía y lo bien que te desenvuelves en los círculos literarios, y también, por supuesto, lo inclinado que eres a resolver enigmas. Espero que te provoque el gusto este desafío de hallar al tal Cervantes, si es que existe. Y que puedas averiguar de qué va todo este singular enredo, para que me lo hagas saber. El patético final de mi sirviente ha hecho que yo también quede muy intrigada con su desenlace.

He aquí los versos:

¡Real, dichosa y levantada pluma,
a la empresa más alta te ocupaste
frente al mundo, y que al fin mostraste
al recibo y al gasto igual la suma!
Estese hoy quedo el escritor de Numa,
lejos nadie llegó donde llegaste
del que en tan raros versos celebraste,
el caro capitán, virtud tan summa.
Muy salvo quedará el que te descubra
en el fondo siniestro de la huesa
do el querubín dormido te tutela.
Insignes versos quedan so la rubra
notoria tela, y puede la su empresa
al fin llegar al término que anhela.

Espero verte pronto por aquí, querido hermano, ya que nosotros no pensamos ir a Madrid hasta que los maléficos humores que hoy causan tantos quebrantos y tragedias se los hayan llevado vientos más saludables.

Leí la carta varias veces. Mientras, Mariví no me quitaba ojo y se bebía su cerveza a sorbitos, saboreándolos como pensamientos morbosos.

Cuando acabé de repasar el escrito, me levanté en silencio, me dirigí a una estantería de la sala y extraje un volumen con las poesías completas de Cervantes, allí mismo lo consulté y, tras comprobar que en efecto contenía lo que andaba buscando, me lo llevé a la mesa.

–Como sospechaba, el soneto se parece a uno de Cervantes, en concreto a este que ves aquí. Ha sido publicado en varias recopilaciones, incluso creo recordar que era uno de los que se incluían en la *Segunda Flor de Bacas*. Lo extraño, como se puede apreciar a simple vista, es que aunque ya se dan unas ligeras diferencias en los cuartetos, los tercetos son radicalmente distintos.

–¿Y eso qué puede significar?

–Malos copistas, malos impresores, materiales de muy deficiente calidad y, cómo no, la censura. Las variaciones de los cuartetos son comprensibles, lo que ya no es nada corriente es la diferencia absoluta de los tercetos. Además, si te lees el soneto con detenimiento, aunque es algo enrevesado y críptico, el sentido de los tercetos no parece tener nada que ver con el tema del soneto original, que queda reflejado en los cuartetos. ¿No crees?

–No lo sé, no me he parado a analizarlo, yo solo le traigo el presente, mi admirado Príncipe de los Territorios Literarios, la exégesis queda en vuestras doctas manos.

No presté oídos a sus chanzas.

–No sé si el soneto, en esta variante, es o no es de Cervantes, y tampoco quiero aventurar, de momento, si por sus líneas llegaremos a saber lo que angustiaba al joven y desgraciado Dimas, pero lo estudiaré con más calma y ya te contaré. Tus esfuerzos para copiarlo y traérmelo bien valen unas horas de mi preciado tiempo.

–Me siento halagada por sus palabras, majestad. Pero su más indigna plebeya, si no es recompensada con otra cervecita, hará mutis por el foro e irá a buscar otras tierras más acogedoras, donde manen la leche y la miel.

—Déjate de rollos bíblicos y arreando, te invito a cenar como te había prometido, ya va siendo hora de matar el gusanillo.

Y eso hicimos, postergando la carta y a Cervantes ante necesidades más pedestres.

Nos dejamos caer por El Boquerón, en la calle Valencia, y allí nos rendimos sin condiciones ante una ardiente cuadrilla de gambas a la plancha y unos bien sazonados boquerones en vinagre, regados con unas cervecitas bien tiradas. Todo espléndido, como siempre, en esta tabernita tradicional de mostrador de estaño y camareros veteranos, que han tirado miles y miles de cañas y han visto pasar la vida del barrio desde detrás de su inmutable parapeto metálico.

Tras el picoteo, nos sentamos a rematar en un clásico de siempre, el café Barbieri. Allí continuamos charlando.

—No deja de ser chocante que veinticinco años más tarde me vea enredado en otra carta relacionada con Cervantes.

—Sabía que no ibas a dejar de apreciar el encanto de los caprichos del azar. Nada más leer la mención a Cervantes y a un soneto ya estaba pensando en ti.

Me halagó que lo expresara así, sin sombra de ironía. Aquella noche estaba resultando excepcional en varios sentidos, y el del buen rollito, que duraba ya dos horas, no era el menor. Récord mundial absoluto.

—¿Has encontrado alguna otra carta posterior en la que se mencione este tema?

—Sobre el poema no he encontrado nada; pero sí que hay una triste mención a la hermana de Aranjuez: la peste se cebó en su familia, ella y otros siete familiares directos murieron, pese a haberse alejado del foco principal. Sin embargo, la rama de los que se quedaron en Madrid no consta que padeciera tantos estragos. Espero que no fuera el papel con el dichoso soneto el que contagiara a media familia.

—La verdad es que eran terribles aquellas epidemias de peste.

¿Sabías que los vecinos de las poblaciones no infectadas llegaban a disparar con arcabuces y ballestas sobre los infelices que pretendían acercarse a su pueblo?

—No quiero ni pensarlo, ver caer uno tras otro a los miembros de tu familia en tan inhumanos sufrimientos sin poder hacer nada por aliviarlos, tenía que ser dantesco.

—Sin duda que lo era.

Nos quedamos un buen rato callados, compartiendo una porción de tarta de chocolate, que iba menguando despacio a cucharaditas alternativas.

—Y hablando del hermano mayor, ¿se supo si trató de ponerse en contacto con Cervantes o si hizo alguna otra diligencia relativa al poema? —le pregunté con la vista puesta en el plato decorado con los restos de chocolate.

—No, no he hallado ninguna mención en la correspondencia posterior. Con el trágico final que tuvo la hermana y su familia, no parece lógico que el primogénito se preocupara por encontrar a un desconocido Cervantes para darle un versito. La carta que te he traído es todo lo que vamos a sacar de los Montalbán. A partir de ahí, es cosa tuya. De todos modos, si necesitas ayuda en el futuro, aquí me tienes.

Pagué y nos despedimos allí mismo. Ella se metió en la cercana boca de metro de Lavapiés y yo me dirigí a mi casa paseando tranquilamente, mientras iba pensando en las escasas posibilidades de que pudiera sacar algo de aquel supuesto soneto de Cervantes, que en contraste con la ilusión que me produjo el descubrimiento de la carta sevillana, veinticinco años atrás, más bien me producía un sentimiento cercano a la indiferencia.

Cuán ajeno estaba, en aquella aletargada y algo fresca noche madrileña, de sospechar que en un futuro próximo, entre el desdichado Dimas y yo se iban a establecer unos vínculos capaces de desafiar el embate de los siglos.

EL PRIMER ENCUENTRO

La noche iba completando a paso firme su andadura. Era ese momento, justo antes del alba, en el que las sombras se hacen más impenetrables, más amenazadoras, tal vez intentando aquilatarse al presentir su inminente disolución en el cercano amanecer. La mansión de aire victoriano se hallaba en el centro de un terreno bien cuidado de diez hectáreas. Contaba con unas medidas de seguridad modélicas. El complejo sistema de cámaras y dispositivos electrónicos velaban por la tranquilidad del dueño, aunque mejor diríamos por su intranquilidad, ya que a pesar de contar con los mejores de aquellos artilugios que el dinero podía costear, sus demonios interiores no le permitían alcanzar la paz de espíritu que proporciona la verdadera tranquilidad.

Cuando los primeros atisbos de claridad empezaban a perfilar los contornos de la bahía de Chesapeake, los ojos del hombre se abrieron con una mirada penetrante. Sus cinco horas de sueño se habían cumplido, y rara vez se concedía ni un minuto más de esos trescientos que necesitaba su organismo hiperactivo.

Se pertrechó con un batín de raso cárdeno, unas exquisitas pantuflas y unas pequeñas gafas de montura de oro que corregían la presbicia, ligera para sus más de sesenta años. Dio pausada cuenta de los huevos Benedict y el zumo de pomelo natural, desayuno inexcusable que un sirviente, al que no dirigió la palabra ni la mirada, había dejado sobre la mesa en una bandeja de plata. Se acomodó en el mullido y algo gastado sillón orejero de color tabaco claro y se dispuso a proseguir con la lectura del antiguo libro, mientras hacía circular con parsimonia la moneda de oro entre sus dedos.

–¡Deteneos, por vuestra vida!

Fue el grito amenazante de un caballero que había acudido al rastro como cliente, y que al ver la brutalidad de la escena que se estaba desarrollando en ese preciso momento, desenvainó la espada y la colocó con celeridad en el pecho del jifero. Mas su gallardo gesto solo consiguió que este titubeara ligeramente y yo pudiera retirar un poco la mano...

Pero no lo suficiente, una gran parte de mis tres dedos menores se quedó en el tajo. Durante un instante que pareció muy largo no noté nada en absoluto. Yo observaba mi mano mutilada y los tres dedos amputados que oscilaban ligeramente sobre la tabla de trinchar; también pude apreciar la mirada terrible del carnicero, que parecía calibrar la amenaza de la espada que tenía apoyada en su pecho.

Entonces se produjo el estallido en mi cerebro y se me nubló la visión, el dolor surgió como una onda expansiva, que fue subiendo desde mis dedos al brazo y de allí al resto de mi cuerpo. La sangre empezó a manar por los tres muñones, mezclándose en el mugriento suelo con los cuajarones de sangraza de la última res despiezada. Creo que lloré, pero no lo puedo asegurar; a partir de ese momento los recuerdos son borrosos, como en una duermevela donde se confunde lo soñado con la realidad.

Sé, porque me lo contó más tarde el caballero, que este le dio un puntazo con la espada al jifero en el hombro derecho, por su cobarde atrocidad y para quitarle las ganas, que se le adivinaban, de volver la navaja contra él. Luego me llevó a un cirujano amigo suyo, que vivía en la calle Cantarranas, cerca del río. Allí me remendó el estropicio de la mano lo mejor que supo, no sin antes darme a beber un aguardiente que me iba quemando el gaznate según lo trasegaba hasta el estómago. Fue mi primera y última borrachera; las circunstancias de aquel momento y el recuerdo de la muerte de mi madre alcoholizada no propiciaron mi inclinación a la bebida. Yo veía al sangrador, entre las brumas del balarrasa, dando puntos en mi mano como si estuviera zurciendo un jubón raído.

Tras la burda reparación, con mi miembro vendado y mi borrachera iniciática, el caballero me llevó a casa de una amiga, vecina de la colación de la Magdalena, y le confió mi custodia hasta que sanaran mis heridas.

Fueron días penosos; la fiebre me hacía delirar, y las curas, con el cambio de vendas y la colocación del emplasto que había recetado el cirujano, eran crueles vía crucis diarios. Doña Jerónima de Alarcón me trataba con mimo y amorosos cuidados, algo inédito en mi corta vida de pilluelo de mancebía. A veces era tal su desvelo y su dedicación que casi me alegraba de mis dolores y de mi mutilación por haberme llevado a manos tan solícitas y cariñosas, y, sobre todo, por darme a conocer que otro mundo familiar era posible, uno donde las palizas y los insultos no fueran el pan nuestro de cada día.

Durante un mes largo estuve a su cuidado, que alternaba con su ama de cría Jacinta, tan afanosa como ella, hasta que las fiebres desaparecieron y los muñones cicatrizaron lo suficiente para no sangrar y permitirme el uso limitado de mi media mano izquierda.

Aparte de la herida física, el incidente dejó una profunda huella en mi ánimo: no soportaba comer carne. Cuando mi dulce cuidadora me trajo un pastel de carne por primera vez, me dieron unas tremendas arcadas y tuvo que retirarlo de la mesa. La cuestión es que no podía apartar de mi cabeza que el colérico jifero habría picado mis tres dedos y que, vendidos como carne de res, habrían ido a engrosar la masa de alguna golosina o empanada. Era una pesadilla recurrente; me veía, caníbal de mí mismo, devorando mi propia carne con antropófago deleite.

Había, además, un problema añadido: sabía que el matarife tendría que estar que se lo llevaban los diablos, y como no podría dirigir su odio hacia el caballero, por las graves consecuencias que le acarrearía atentar contra alguien de su dignidad, no tenía la menor duda de que ese odio se volvería contra mí. Si por un nefasto albur se cruzaban nuestros caminos por alguna calle de Sevilla, ya me podía dar por muerto; los tres dedos serían una minucia comparados con los trozos de mi anatomía que rodarían por el tajo.

Así que cuando me vi con fuerzas suficientes, me despedí de mi protectora. Ella comprendió mis razones para dejar Sevilla y lanzarme a los caminos a ganarme el sustento. En un último acto de liberalidad, me dio cinco escudos para que pudiera mantenerme durante el tiempo que tardara en sanar del todo de mis heridas y encontrar un empleo.

Mi último pensamiento, cuando abandonaba la ciudad andaluza por la Puerta de Triana, fue para mi Remedios, mi precioso ángel, de la que ya nunca sabría su verdadero nombre y por quien, al intentar dirigirle la palabra, había sacrificado esos tres dedos de menos que llevaba a mi destierro.

No entraré en los pormenores de mis primeros meses; fueron difíciles de verdad. Hubo momentos en que estuve tentado de dejarme caer en la linde de alguna vereda, como esos esclavos viejos a los que sus amos daban la «libertad» cuando ya no les servían, para no tener que mantenerlos. En aquella época, en Sevilla había tantos esclavos negros, que un viajero llegó a comparar a los habitantes de la ciudad con las piezas de un juego de ajedrez. Muchos me fui encontrando por esos mundos de Dios, o mejor diré, del diablo. También había bastantes guanches, capturados por los nobles sevillanos en las guerras de conquista de las islas Canarias. Solían ir marcados por un tatuaje que declaraba su condición, una «S» y un clavo en la mejilla: «eS-clavo». Una buena parte de aquellos desgraciados afrontaban la muerte con un gesto sereno, como si hubieran encontrado el merecido descanso que se les negó en sus penosas vidas.

No pretendo ser un Lázaro de Tormes y contar aquí mis experiencias con amos y compañeros de viaje. Os relataré, por dejarlos registrados escuetamente, aquellos episodios más significativos de mi vida, con la esperanza de que sirvan a algún lector de enseñanza para no repetir mis muchos yerros y, sobre todo, como homenaje al hombre que por dos veces me salvó de una muerte cierta, y que me alivió de la mísera oscuridad de la ignorancia.

Tras mi huida de Sevilla, pasé un tiempo en un aduar de gitanos, que me acogieron con normalidad pese a no ser de su raza. Creo que a tal acogida contribuyó mi juventud y el precario estado en que me hallaron. Con ellos aprendí algunas «artes» un poco heterodoxas, por decirlo de alguna forma. Mas no he de ser yo quien les critique su forma de vivir sin rendir cuentas a nadie, pues a mí me dieron refugio y me trataron como a un igual; y es de bien nacido ser agradecido.

Luego estuve un tiempo en Montilla, como acólito de una vieja con fama de bruja que se decía prima de la *Camacha*. Esta *Camacha* fue muy conocida en toda aquella comarca por sus consumadas artes de hechicera y llegó a ser procesada por la Inquisición.

En aquella hermética escuela también aprendí cosas útiles, como ungüentos y pociones para los más variados menesteres y dolencias.

Lo cierto es que de cada episodio de mi vida, por negativo y sórdido que pudiera parecer, siempre he sabido extraer alguna enseñanza útil. La vida es maestra sabia que a veces emplea mano dura para que los tercos alumnos aprendan sus lecciones, ya se sabe que la letra con sangre entra, y mi caso puede ser cumplido notario de la propiedad de dicho refrán.

La pobre vieja que, por lo que yo vi, no tenía nada de bruja, apenas iba más allá de extravagante y arisca, me tuvo de mandadero y mozo para todo durante los seis meses que pasé con ella. Pero quiso la mala fortuna que ese sexto mes cayera una granizada de las que hacen época, que destruyó la mayor parte de las cosechas. Los vecinos, que ya se la tenían jurada, la denunciaron a la Inquisición, y la desgraciada fue la víctima propiciatoria que se tostó en la pira, para tranquilidad de sus muy cristianos convecinos.

Me diréis que cómo llegué a servir a aquel adefesio casi de balde, pero lo cierto es que tenía poco donde escoger por aquel entonces; joven huérfano, inexperto y lisiado no eran títulos para exigir prebendas. El día que tenía qué comer, aunque fueran sobras, ya era un buen día.

Cuando la Santa Hermandad se llevaba a rastras a la infortunada vieja, yo volvía de recoger leña. No me percaté del terrible cuadro que se estaba desarrollando con la suficiente antelación, por lo que me avistaron cargado con el haz de ramas a la espalda. Oí gritar al jefe de los cuadrilleros:

—Mirad, por ahí viene su monaguillo, prendedlo.

Tiré la leña como si de un animal ponzoñoso se tratara, y salí a todo trapo hacia los matorrales de una espesura cercana.

Escuché el trueno lejano de un arcabuzazo y sentí un silbido como de áspid furioso cerca de mi oreja izquierda. Corría como jamás lo había hecho, las ramas bajas me arañaban con saña la cara y los brazos, pero yo no sentía las desgarraduras.

De pronto, lo que parecía una gruesa rama de encina me golpeó el pecho, parándome en seco y dejándome sin aliento.

El lector colocó la brillante moneda en aquel punto del libro, se quitó los lentes, los puso sobre una mesita auxiliar que presumía de un precioso trabajo de marquetería, y salió a atender otras obligaciones.

CHARLAS DE MESÓN

–Cervantes fue apresado por los piratas argelinos en 1575; volvía con su hermano Rodrigo desde Nápoles a España en la galera *Sol*. Cinco años largos, ese fue el balance del más triste periodo de su vida, en el que varias veces estuvo en un tris de ser empalado por su perseverancia en intentar la huida. ¿Sabéis en qué dos obras nos dejó constancia de estos hechos?

–En *Los baños de Argel* y *Los tratos de Argel*. –Fernando Luna contestó con acierto a mi pregunta; buen mozo, bastante alto y de físico trabajado, despierto e inteligente, era atrevido en sus punzantes opiniones de homosexual militante.

La clase se desarrolló sobre el cautiverio cervantino y la influencia en su obra. Al acabar bajamos a hacerle los honores a unas cervezas en el mesón de costumbre.

Se puede decir que era nuestra «sede social». Solíamos reunirnos allí, al amor de la charla, un grupo de cinco o seis alumnos y yo; algunas veces se nos agregaba una profesora de Gramática marchosilla y simpática, Pepa, y más raras veces alumnos de otras clases y algún que otro profesor más.

Acabábamos de tomar posesión de nuestra mesa de siempre, cuando Fernando Luna se levantó a saludar a un colega con el que estuvo un buen rato conversando en la barra. Ya de vuelta al redil, nos contó con una sonrisa que era un chico que había conocido el día del Orgullo Gay en un bar de Chueca «muy guapo, y con el que he hecho buenas migas».

Yo comenté que no entendía muy bien la justificación de ese tipo de celebraciones. Eso generó un debate en el que empezaron interviniendo todos, pero que devino en un mano a mano entre Fernando y yo.

—Lo que me parece una contradicción son las pretensiones de igualdad y normalidad, mientras se actúa de forma tan espectacular, tan poco «normal». ¿No crees que los alardes del día del Orgullo Gay se compadecen poco con que la inclinación sexual sea algo íntimo, que no debería pesar ni a favor ni en contra en el resto de la vida diaria?

—¿Qué problema hay con la celebración del día? ¿Por qué tenemos que justificar esa fiesta? ¿Es que acaso se justifican los Carnavales o la Semana Santa? —Fernando se exaltaba ante un tema que le atañía en lo más íntimo.

—Pero no es lo mismo, esas fiestas son para todos, no llevan en su denominación ningún adjetivo restrictivo, nada que dé a entender que van dirigidas solo a una parte de la sociedad.

—La fiesta gay no es en absoluto restrictiva, puede acudir cualquiera que esté dispuesto a pasarlo bien, a soltar el lastre de los prejuicios y las convenciones. Allí acuden heteros y familias enteras.

—Pues yo sigo pensando que no se justifica que haya que ponerle el calificativo «gay» a todo tipo de actividades o negocios, cuando tendría que ser indiferente la opción sexual para tales menesteres. ¿Por qué ha de haber peluquerías gay, por ejemplo, cuando la tendencia es hacia la indiferenciación de peluquerías de hombres y de mujeres? ¿Por qué ha de haber una literatura gay, si lo importante es la calidad y no la sexualidad del escritor?

—¿Y acaso no hay una literatura femenina?

—Tampoco la considero justificada, pero no sé si se podrían poner en el mismo plano la diferenciación hombre-mujer, que al fin y al cabo es un hecho biológico, con la homosexualidad, como si fuera un tercer sexo.

–Es que es un tercer sexo.

–Pero cómo vas a considerar en el mismo plano un hecho físico: el haber nacido hombre o mujer, con ser o no ser homosexual, que es solo una elección consciente.

–¡Una elección consciente! ¡Una elección! Tú crees que si fuera una elección seríamos gais. Tú crees que se elige matar a tu madre a disgustos, enfrentarte a toda tu familia y afrontar las penalidades que conlleva ser homosexual en un mundo de carcas y reprimidos que nos creen enfermos. No, no y no. Hay una predestinación, algo inexplicable que te empuja inexorablemente a ser como eres. Incluso al principio, cuando te dejas llevar por... –pareció pensar por un breve instante lo que quería decir– la naturaleza, dado el rechazo y la vergüenza a los que te enfrentas, te prometes a ti mismo que no se volverá a repetir, incluso llegas a rogarle a Dios que no te deje caer en aquello de nuevo; hasta que al fin lo aceptas y te aceptas con todas sus consecuencias. Y eso en un país como España, imagínate en otras partes del mundo mucho menos progresistas: palizas, reprobación pública, rechazo familiar y social, incluso la cárcel o el ajusticiamiento...

Fernando puso el broche a la discusión bajando un poco el tono, que había ido elevando en su parlamento anterior, y diciendo con voz sentida:

–Tú te preguntas para qué sirve el día del Orgullo Gay, pues el día del Orgullo Gay sirve para que un muchacho de cualquier rincón remoto, de cualquier pequeño pueblo perdido, sienta que no es un bicho raro, que hay cientos, miles de personas que no solo no se avergüenzan de sus inclinaciones sexuales, sino que las airean en la calle ante las ubicuas y delatoras cámaras, y que se sienten orgullosos de hacerlo.

Fernando era muy efusivo y convincente, costaba no compartir sus opiniones. Comprendí lo difícil que es juzgar un tema tan íntimo desde fuera, apoyado en la complicidad de un entorno de adecuada heterodoxia sexual, sin haber sufrido aquellas contradicciones internas ni haber ido abriéndote a la vida y a tu propia sexualidad entre temores y dudas, y la incomprensión o el desprecio de los demás.

DESENTRAÑANDO ENIGMAS

Dos semanas después de recibir la fotocopia de la carta de la Montalbán no me había vuelto a ocupar de ese tema; mis clases a dos bandas y la lectura de algunos títulos de la lista de pendientes habían absorbido casi todo mi tiempo.

La crujiente tostada de pan con tomate restregado y un chorrito de aceite de oliva ya había recibido, de pie allí mismo en la cocina, su buen tiento; el zumo de naranja natural esperaba pacientemente su turno sobre la encimera.

El asmático frigorífico, que llevaba varios años acompañándome y velando por la temperatura adecuada de mis cervezas, despertó de uno de sus periodos de reposo dictados por el inflexible termostato, y el arranque de su viejo y ruidoso motor pareció contagiarme las ganas de acometer alguna faena.

Decidí que ya iba siendo hora de echarle un vistazo a la fotocopia de la carta con la que me obsequió mi ex, y estudiar en profundidad el extraño soneto que Dimas trataba de hacer llegar a Cervantes de forma perentoria. Así que, una vez acabado el desayuno, saqué el volumen con la poesía completa de don Miguel de su estantería y lo llevé a la mesa de escritorio, donde ya esperaba el portátil encendido. Desempolvé el anticuado y achacoso escáner que en tantas escaramuzas con libros y artículos me había servido con fidelidad, y escaneé el soneto de la carta y el de la antología de Cervantes que se le aproximaba, para poder observarlos en paralelo. Tras todos estos prolegómenos, acometí de lleno el estudio comparativo.

Lo primero que hice, tras repasar detenidamente ambas poesías, fue resaltar en negrita las palabras del soneto de Dimas que no aparecían en el de Cervantes:

Soneto de Dimas	Soneto de Cervantes
¡Real, dichosa y levantada pluma,	¡Oh venturosa, levantada pluma
a la empresa más alta te ocupaste	que en la empresa más alta te ocupaste
frente al mundo, y que al fin mostraste	que el mundo pudo, y que al fin mostraste
al recibo y al gasto igual la suma!	al recibo y al gasto igual la suma!,
Estese hoy quedo el escritor de Numa,	calle de hoy más el escritor de Numa
lejos nadie llegó donde llegaste	que nadie llegará donde llegaste,
del que en tan raros versos celebraste,	pues en tan raros versos celebraste
el caro capitán, virtud tan summa.	tan caro capitán, virtud tan summa.
Muy salvo quedará el que te descubra	¡Dichoso el celebrado, y quien celebra,
en el fondo siniestro de la huesa	y no menos dichoso todo el suelo,
do el querubín dormido te tutela.	que tanto bien goza en esta historia,
Insignes versos quedan so la rubra	en quien envidia o tiempo no harán quiebra;
notoria tela, y puede la su empresa	antes hará con justo celo el cielo
al fin llegar al término que anhela.	eterna más que el tiempo su memoria!

Como ya había notado en aquella primera lectura quince días atrás, los cuartetos apenas mostraban variaciones; sin em-

96

bargo, los tercetos diferían por completo, tanto en las palabras utilizadas como en el significado e incluso en el estilo. Meditando sobre dicha circunstancia, llegué a la conclusión, ya vislumbrada hacía dos semanas, de que tuvo que ser el propio Dimas el que modificara el soneto original por alguna razón.

Durante un par de horas probé combinaciones, primero con las palabras que variaban en los cuartetos, luego con todas las de los tercetos, y después otras muchas posibilidades que se me iban ocurriendo, pero no encontré nada que tuviera sentido.

Me concedí un descanso para orear las ideas y estirar las piernas, «aunque tal vez fuera mejor estirar las ideas y orear las piernas», me dije.

Bajé a la taberna de Mariano y le pedí un pincho de bonito en escabeche y un botellín. Pero mi tabernero de cabecera no me hizo ni p… caso, se metió en la cocina y al volver me colocó delante una cazuelita de callos que olían que te mueres.

–Habiendo callos recién hechos no podía permitirle lo impersonal y frío del bonito.

No le contradije, jamás lo hacía en aquellas ocasiones en las que él tomaba la iniciativa sobre lo más idóneo para echarse a la andorga. Los callos eran otra de sus especialidades y ese día estaban adecuadamente picantitos y sabrosos; pedí más pan y, bajo la mirada satisfecha del mesonero, rebañé la cazuela como si me fuera la vida en ello.

–Por el gusto que da ver cómo aprecia mis habilidades culinarias, casi me da cargo de conciencia el cobrarle –me dijo con una sonrisa de oreja a oreja… pero me cobró.

Acababa de volver a casa, cuando sonó el teléfono: Mariví.

–Hola, cogollo y cifra de la buena literatura, en qué altas empresas has empeñado tu pluma en el día de hoy.

—Cuide sus palabras, egregia ninfa de todas las bibliotecas públicas, pues lo de la pluma puede ser algo equívoco.

—Suspicaces estamos tan temprano... ¡Uy, pero si ya son las dos! ¡Y ya estamos bien instalados en el siglo XXI! ¿Adónde se fue mi juventud? Tal vez un hechicero embaucador me la robó con el inicuo filtro llamado matrimonio. Menos mal que yo poseía el antídoto ideal: el Divorcio Express.

Aunque no perdía ocasión de hacer leña, y el tema del divorcio era de los más socorridos de su extenso repertorio, yo sí contaba con un antídoto eficaz: la indiferencia.

—Dejemos para otro momento las florituras retóricas y los resquemores atrasados. Precisamente estaba trabajando en la carta que con tanta gentileza me trajiste. He estado comparando el soneto de la misiva con el de Cervantes y de momento no he encontrado nada interesante, salvo que probablemente el tal Dimas modificó un soneto de Cervantes para hacerle llegar un mensaje al propio autor.

—¿No será que te has lanzado a fondo a lo más complicado, sin haber tomado en consideración las circunstancias que rodean a la carta?

—Explícate.

—Que no has tenido en cuenta lo que se pretendía y, sobre todo, quién lo pretendía.

Comprendí lo que me estaba insinuando Mariví.

—Creo que sé a lo que te refieres: si Dimas intentó mandar un mensaje, siendo como era un sirviente, no debería de ser muy complicada la encriptación.

—Vaya, veo que ya vas recobrando tu fino olfato de investigador, debías de andar algo despistadillo esta mañana para que haya tenido que ser yo la que te haga caer en lo evidente.

—Tienes razón y te lo agradezco, debería haber comprobado el nivel y la temperatura del agua antes de lanzarme a la piscina.

–De nada, *cari*. –Ella sabía de sobra que ese diminutivo me ponía de los nervios, pero jamás dejó de usarlo cuando estábamos casados, no iba a pretender que lo hiciese ahora–. Hemos de presuponer que Dimas pretendía hacer llegar un mensaje importante (de vida o muerte, según sus propias palabras) a Cervantes, modificando un soneto de manera que solo don Miguel pudiera entenderlo.

Comprendí qué era lo que había pasado por alto, la forma más simple de mensaje oculto en un poema desde tiempo inmemorial: un acróstico. Enseguida lo vi.

–Creo que *La Celestina* nos da la clave.

–Ahora soy yo la que no te sigo.

–¿Quién escribió *La Celestina*?

–Fernando de Rojas, pero ¿qué tiene eso que ver?

–¿No recuerdas cómo nos transmitió su autoría?

También ella lo entendió.

–¿Qué pone?, no me tengas en ascuas.

–«Rafael de Medina.» Catorce letras iniciales en catorce versos, he ahí el mensaje.

–¿Y ya está? ¿Quién es Rafael de Medina?

–Ni puta idea.

Aprovechando que tenía a mano el portátil, hice una búsqueda rápida en Google. Descubrí que así se llama el actual duque de Feria, pero no parecía haber ninguna relación, salvo la homonimia, ya que el apellido Medina en la casa de Feria era bastante reciente. Se lo comenté a Mariví que seguía al teléfono.

–¿Y no hay ningún Rafael de Medina relacionado con Cervantes?

–No que yo sepa, y eso que me habré leído al menos diez biografías suyas, entre ellas la de Astrana Marín que, como bien sabes, te cuenta hasta la talla de sostén *avant la lettre* de las vecinas de don Miguel.

—Pues habrá que buscar más a fondo al tal Medina y volver a reflexionar despacio sobre lo que tenemos hasta ahora. ¿Qué te parece si me paso por tu casa mañana viernes al salir de la biblioteca y repasamos juntos todo lo que se nos ocurra?, dos cerebros valen más que uno.

—Bueno, dos, lo que se dice dos…

—Está bien, uno y medio. No quería herir tus sentimientos de homínido pretencioso.

—Me parece que estás haciendo méritos para no ser admitida mañana en el «club de los investigadores vivos» de la calle del León.

—No, «capitán, mi capitán», por favor no me excluya, seré buena y sumisa.

—La sumisión es algo tan ajeno a tu naturaleza, como la piedad en una hiena, pero solo por esta vez, dado tu esencial aporte a la causa, serás aceptada.

—¡Vaya, no has podido encontrar un bicho más desagradable con el que compararme! Pero paciencia, no está al alcance de cualquier filologucho hacer comparaciones de altura.

—Si es por altura, podía haber escogido un buitre. Y no te metas con los filólogos, o tendré que chivarme a tu padre.

—Qué te crees que a él no le he repetido también eso que sé que a ti tanto te gusta de que un filólogo es aquel que puede pasarse un año estudiando lo que otro ha escrito en media hora.

—Y tú sabes lo que tienen en común una bibliotecaria y una divorciada de mediana edad…

No me dejó terminar, creo que se temía lo peor.

—Estaré en tu piso mañana sobre las seis. Pon a enfriar tu mejor cava para celebrarlo por todo lo alto en cuanto desvelemos el misterio, porque estoy convencida de que lo haremos, a pesar de tus escasas luces. ¡Ah, y yo también me sé unos cuantos chistes malos de divorciados maduritos! Chao. —Y colgó.

Decidí alejarme un rato de los misterios literarios. Rescaté de la estantería *El Buscón* de Quevedo, y como no tenía ganas de almorzar en serio, me fui a Atocha a comerme uno de los muy reconocidos bocatas de calamares que allí se ofrecen a turistas y lugareños casi sin interrupción.

Bajé por Huertas hasta el paseo del Prado y allí torcí a mano derecha hasta la glorieta de Atocha. Aposenté mis reales a una de las mesas de la parte trasera de la cafetería El Brillante. El Reina Sofía se erguía a mi izquierda, y me entretuve, entre aventura y aventura del pícaro buscón don Pablos, en ver subir y bajar, repletos de turistas culturales, los ascensores del museo por sus tubos de cristal.

Un músico callejero de guitarra y armónica, con la cabeza tocada con una gorrilla de lana multicolor con abertura trasera, por donde asomaba una cola de caballo que danzaba al compás de la melodía, interpretaba el *Here Comes the Sun* de los Beatles, sufriendo la indiferencia chulesca de las palomas, mucho más atentas a las miguitas de pan que caían de las mesas de las terrazas que a las afinadas notas musicales.

Llegó el bocadillo y la enorme jarra de cerveza helada, de manos de un camarero tan simpático como melómanas las palomas. Me pilló enfrascado en el pasaje de la hambruna que sufrieran Pablos y su amo don Diego en casa del dómine Cabra: las penurias extremas de aquellos pobres famélicos me producían un ligero pellizco de mala conciencia con cada bocado que daba a la crujiente y recién horneada *baguette*, rellena de dorados aros de calamar. Y mientras yo superaba mi aprensión sin mucha dificultad, la plaza rebullía con los pasajeros de la cercana estación de tren. Aparqué la lectura y me entretuve un buen rato en ver pasar la vida sin pensar en ella.

La tarde siguiente, antes de la llegada de Mariví, y mientras reflexionaba sobre el enigma que teníamos entre manos, entre-

tenía dulcemente la espera tomándome un chupito de Barceló
Imperial Treinta aniversario, que se vino conmigo volando desde la República Dominicana, y que se había llevado hasta el último dólar que me quedaba en el bolsillo, justo antes de abordar
el avión de vuelta a casa. De fondo, un recopilatorio de versio-
nes instrumentales de tangos clásicos.

Entró con su llave, sin llamar antes, por supuesto.

–Un día me vas a sorprender in fraganti asesinando a una
viejecita, o algo peor, como estar viendo un *reality* en la tele, y
voy a tener que matarte para que no me delates.

–Sabes que nunca te delataría… por un módico chantajito de
nada.

Se dirigió a la mesa donde tenía esparcido todo el material de
investigación. La dejé un rato empapándose de mis últimos
avances, pocos, mientras me terminaba el chupito de ron, y me
enfrascaba en una de mis muy reputadas divagaciones absurdas:
«Qué lástima tener que lavarse los dientes tras haber degustado
algo tan exquisito como este Barceló». Cuando vi que había
terminado su puesta al día, apagué la música.

–Qué gusto silenciar esa monserga.

Mi réplica: el desdén ante su ignorancia y atrevimiento.

–¿Nos ponemos a la faena?

–Vale, pero ponme un poco de ese elixir que estás tomando; estoy convencida de que debe de ser un buen afinador de neuronas.

–No sé si tu plebeyo paladar cervecero sabrá apreciar este
milagro líquido, caído directamente de un cielo caribeño.

No se dignó a contestarme con palabras, lo hizo con su dedo
corazón.

Pese a la grosería gestual, le puse su vasito y me rellené el
mío. Nos sentamos delante del ordenador, la pantalla mostraba
los dos sonetos en paralelo.

–Ya podemos dar por cierto que Dimas quería hacer llegar a
Cervantes un primer mensaje: «Rafael de Medina», la cuestión

que debemos afrontar a continuación es si eso es todo lo que esconde el soneto.

—Buena observación, querida Watson, el ron debe de estar produciendo su mágico efecto. Y ya que lo mencionas, pienso que es evidente que eso no puede ser todo.

—¿Por qué crees que hay algo más?

—Por dos razones. La primera es que en aquellos días no resultaba muy complicado para ninguna persona ilustrada descifrar un acróstico; por lo tanto, el que se supiera el nombre escondido en las primeras letras de los catorce versos no debía de preocupar demasiado a Dimas. La segunda razón es que, tal y como parece que ha hecho en los cuartetos, solo tendría que haber modificado alguna palabra suelta en los tercetos del poema de Cervantes para ajustar las iniciales; sin embargo, los ha cambiado por completo. Lo cual me lleva a sospechar que los tercetos también encierran un mensaje, y ha de ser el mensaje principal, puesto que en aquel momento solo Cervantes conocía su contenido.

—Bien pensado, veo que has estado haciendo los deberes con bastante aplicación, casi que voy a ascenderte, ¿qué viene después de homínido pretencioso?

—¿Marido de bibliotecaria?

—¡Nooo!, antes debe de haber algún paso intermedio en la evolución, como filólogo o aficionado a los tangos.

—Por Dimas.

—Por Dimas.

Apuramos nuestros vasos. Yo levanté de nuevo la viajada botella de ron en muda y universal pregunta.

—Por supuesto, la penúltima.

—No habrás venido en coche, no me perdonaría que tuvieras un accidente por mi culpa.

—Claro que no, en esta zona no aparcaría ni el mismísimo James Bond con todos sus *gadgets* al servicio de hacerse con una plaza de aparcamiento.

—Entonces bebe como un hombre –le dije, mientras le rellenaba su chupito.

—Machista asqueroso, escancia sin miedo... ¿Nos ponemos con los tercetos?

El efecto del Barceló también a mí me llevaba a cometer excesos, como ponerme a declamar los conocidos versos de Lope de Vega:

> Por el primer terceto voy entrando
> y parece que entré con pie derecho,
> pues fin con este verso le voy dando.

Y ella recogió el testigo, demostrando tener en magnífica forma la memoria:

> Ya estoy en el segundo, y aún sospecho
> que voy los trece versos acabando;
> contad si son catorce, y está hecho.

—Compruebo con estupor que nos compenetramos mucho mejor ahora que cuando estábamos casados.

—Ah, pero cuando estábamos casados, ¿compenetrábamos? Y yo sin enterarme.

Casi siempre tenía que dejarle la última palabra si no quería prolongar hasta el infinito el diálogo provocativo.

—Volviendo a nuestro enigma, ¿qué te dicen los últimos seis versos del soneto de Dimas?

—No sé qué significa *rubra*.

—Lo he mirado en el diccionario, significa «roja o carmesí», y *huesa*, como supongo que sabes, vale por «sepultura».

—Entonces, el primer terceto parece querer decir, en palabras llanas: «Estará a salvo quien descubra lo que esconde un querubín dormido al fondo de una sepultura».

–Sí, el sentido parece diáfano, lo has resumido bien. ¿Y el segundo?

–Entiendo: «Hay unos versos insignes bajo una rica y vistosa tela roja, que harán que la empresa se pueda resolver felizmente», pero lo que no sé es a qué empresa se refieren.

–No está mal. Creo que ese es el significado de los dos tercetos por separado. Ahora habría que pensar en ellos como un todo. Juntos, ¿qué te sugieren?

Mariví se quedó pensando, mientras repasaba los seis versos.

–No sé, de momento no veo una conexión clara.

–No importa, ya es tarde y nos merecemos un descansito. ¿Salimos a cenar unos pinchitos por el barrio?

–La verdad es que no tengo ganas de caminar, hoy he tenido un día muy ajetreado en el trabajo. ¿No tienes algo aquí para improvisar?

–Por supuesto que lo tengo. ¿Qué te parece una tabla de quesos y patés y un poco de jamón de bellota que compré ayer?

–Si le añades una botella de Ribera, dejo de meterme contigo un par de... días. Iba a decir semanas, pero tampoco hay que exagerar, que la vida sería muy aburrida si no pudiera meterme contigo.

–¿Y si fuera un Rioja?

–Pssss, por un Rioja, como mucho te concedería un día de tregua.

–¡Que es del 92!

–De acuerdo, día y medio.

Fue una cena agradable, teniendo en cuenta los condicionantes.

A los postres, volvió la conversación al dichoso soneto.

–Estoy dándole vueltas a lo del querubín. Pienso que cuando habla de un querubín en una tumba solo puede referirse a una de dos cosas: o a la estatua de un panteón, o a un niño muerto. ¿Tú qué opinas? –me preguntó.

—Que si tenemos en cuenta el adjetivo *siniestro* y lo de *dormido*, me inclino por el niño muerto. Si lo relacionamos con la insigne tela roja, es muy posible que se refiera al lienzo de raso o de seda, comúnmente carmesí, que se ponía para cubrir el fondo del ataúd.

—O sea, que hay algo escondido en el fondo del ataúd de un niño, que salvará a la persona que lo encuentre; y, por otra parte, hay también unos versos insignes bajo una tela roja de buena calidad, que bien podría ser el mismo ataúd. ¿No es eso?

—Creo que sí. Y hay que suponer que era a Cervantes a quien iba a salvar el contenido del ataúd. Concretando, junto al desconocido objeto salvador, sea el que sea, hay también unos versos importantes para don Miguel, quizá unos versos suyos que se habían extraviado y anhelara recuperar. Incluso no sería de extrañar, en vista de las circunstancias, que Dimas fuera ladrón antes de entrar al servicio de la familia de Aranjuez y que, viendo cercana su muerte por la peste, quisiera devolver a Cervantes lo robado tiempo atrás.

—Sí, eso tiene muchos visos de ser así. Aunque hay dos suposiciones más que me parecen pertinentes –Mariví también quería aportar su granito de arena–: una, que el niño muerto pertenecía a una familia principal, por la calidad de la tela mortuoria que Dimas ha querido resaltar en el soneto, y dos, que Rafael de Medina es o bien el infante muerto o bien alguien muy cercano que supiera dónde se encontraba el ataúd.

—Estoy de acuerdo. Y creo que con esto podemos presumir de haber descifrado casi todas las claves que Dimas quería hacer llegar a Cervantes ocultas en las líneas del misterioso soneto.

—¡Amén, aleluya!

—Parece, bella colaboradora, que hemos formado un buen equipo, desmintiendo pasados menos armoniosos.

—Pues saca el cava, ¿a qué esperas?

–¿No crees que ya hemos bebido bastante?

–Vamos, papi, que es viernes –puso voz de niña enfurruñada.

Corrió el cava. Y me avergüenza un poco el tener que confesar que me encontraba a gusto aquella noche con Mariví. A la botella de cava vacía, caída en acto de servicio, se le dio honrosa sepultura en el cubo de reciclar vidrio. Mariví estaba algo más que achispada, y yo algo menos, pero poco.

–No puedo permitir que te vayas así a tu casa. Voy a abrirte el sofá.

–¿El sofá? ¡No seas pacato, que ya somos mayorcitos!

Me dejó con la palabra de protesta en la boca y se metió en mi habitación.

Cuando la seguí, tras apagar las luces y echar dos vueltas de llave a la puerta de la calle, me la encontré desnuda encima de la cama, con los ojillos chispeantes y los brazos en jarras con las manos detrás de la nuca, como una Venus algo entrada en años, y en copas, pero bastante apetecible.

–¿Qué haces? –le dije con sincera extrañeza.

–Celebremos el triunfo con un polvo magistral en honor de Dimas, el buen ladrón.

–Estás borracha.

–Pero no lo bastante como para no disfrutar de una noche desinhibida; somos adultos, al menos yo.

–No creo que sea una buena idea.

–Anda, ven, chiquitín.

En el fondo, me hizo gracia la situación, una mujer de 1,60 desnuda sobre la cama llamando chiquitín a un tío de 1,83 cumplidamente vestido.

No sé si fue el alcohol o la satisfacción por el relativo éxito de nuestra labor deductiva, pero lo cierto es que a mí también me apetecía aquella locura, aunque no lo hubiera reconocido en voz alta así me mataran.

—Quieres socavar mis sólidos cimientos de converso ya a una única lujuria, la del estudio. –Fue lo primero que se me ocurrió, cosa de los nervios.

—Deja de decir tontadas o conseguirás hundir mi libido en un pozo más hondo que la fosa de las Marianas. Lujuria no hay más que una…

El homenaje al buen ladrón se llevó a cabo con gran empeño y desempeño, que dirían los clásicos más cursis.

Cuando amanecimos, ya entrada la mañana, Mariví me miró con malicia.

—No ha estado mal para un…

—Eh, eh –la corté–, a ver qué vas a decir, me debes día y medio de tregua de impertinencias.

—Tienes razón, lo había olvidado; esto del sexo a granel debe de ser malo para la memoria.

—Pues yo me acuerdo de todo, ni te imaginas las cosas que me hiciste anoche, ya verás cuando lo cuente en tu asociación parroquial.

—Sí, *porfa*, cuéntalo, a mí no me creerían.

Lo que estaba bien claro es que a lo que no afectaba el sexo era al vacile mañanero. Y aquello me llevó a preguntarme si no unirá más una buena resaca en comandita que cinco años de relaciones convencionales.

A mediodía, ya sin Mariví, me sentía trastocado por lo sucedido la noche anterior. Al mirarme en el espejo, tras salir de una ducha bien caliente, tuve la desagradable impresión de que lo enturbiado y borroso eran mis propias facciones, y no la superficie del espejo.

Tras un largo trago de leche fría a gollete para asentar un estómago descolocado, tuve que enfrentarme con lo más complejo: ¿cómo podía haberme dejado arrastrar a la vorágine de esa absurda noche loca? ¿Dónde quedaba la fuerza de voluntad de la que siempre me había jactado? La sensación de hastío que me carcomía dejaba bien a las claras que hacer el amor con mi ex no había sido lo más acertado del mundo. Ahora, infectado con ese esplín adobado con resaca, me daba cuenta de lo poco satisfecho que me había dejado aquel episodio de... no sabía ni cómo definirlo, ¿un guiño al pasado?, ¿una absurda búsqueda del tiempo perdido? No es que tuviera remordimientos, tampoco consideraba lo sucedido tan grave; al fin y al cabo, éramos dos adultos solteros y sin compromiso que habíamos dado rienda suelta a nuestros apetitos sin ocasionar daño a terceros. Pero aquello me había dejado un regusto a nostalgia mezclado con una insatisfactoria precariedad sentimental. Era como el equívoco placer que te produce releer un libro o ver una película que te entusiasmaron hace muchos años y comprobar que ya no los disfrutas con la misma intensidad, aunque sigues guardándoles cierta inclinación, más por deferencia que por goce.

Me hice la firme promesa de no dejar que me sucediera de nuevo.

Por salir de unas reflexiones nostálgicas que ya se me habían comido la mañana, decidí aprovechar la tarde para escribir un informe sobre el soneto de Dimas. Pretendía que quedaran reflejadas por escrito todas las conclusiones a las que habíamos llegado la tarde anterior, e ir añadiendo cualquier otra cosa pertinente que se me ocurriese a medida que lo fuera redactando.

Un gazpachito pormenorizado con tropezones de pepino, tomate y pan, lo único que me admitía el cuerpo ese sábado de dolores, me dio los ánimos precisos.

Me pregunté un par de cosas en las que no habíamos entrado: ¿cuál era el peligro del que pondría a salvo a Cervantes lo que fuera que ocultase la sepultura? y ¿de qué nos servía todo lo que habíamos averiguado si no se mencionaba dónde estaba ubicada dicha sepultura?

Si Dimas no mencionaba ningún lugar, era sensato suponer que Cervantes debía de conocerlo, pero entonces ¿por qué no conocía el mensaje que se le transmitía en los seis últimos versos? No parecía muy lógico. Tendría que revisar más a fondo el poema.

Y así lo hice.

Estuve devanándome los sesos sin encontrar nada parecido a una ubicación. No creía posible que Dimas fuera capaz de cifrar algo de forma tan enrevesada que yo no pudiera descubrirlo; para ello se requerían una cultura y unas dotes que, en principio, no se le suponían a un sirviente del siglo XVI.

Volví a la primera de las preguntas que me había formulado: ¿cuál podría ser el aprieto del que debía ser salvado?

Cervantes estuvo metido en varios apuros a lo largo de su complicada existencia: fue perseguido por la justicia madrileña, que lo condenó a diez años de destierro y a la amputación de la mano derecha por haber participado en un duelo en terrenos reales. Afortunadamente, pudo evitar la terrible sentencia huyendo a Italia. Allí embarcó en la galera *La Marquesa* rumbo a Lepanto, donde fue herido de gravedad y perdió, ahora sí, el uso de la mano izquierda. De regreso a las costas españolas, fue capturado por piratas argelinos y pasó cinco años largos en doloroso cautiverio. Todas estas desventuras fueron tempranas, y ya estaban resueltas en diciembre de 1599, cuando Dimas le intenta enviar la carta. No podían ser, pues, los problemas a los que hacían referencia los tercetos.

De vuelta en España, Cervantes sufrió varios encarcelamientos injustos. Primero en Castro del Río, duró pocos días y fue rehabilitado por la justicia; luego en Sevilla, durante varios meses, y finalmente en Valladolid, por un asesinato cometido a la puerta de su casa, con el que no tuvo nada que ver. También fue excomulgado dos veces, aunque siempre terminó rehabilitado, con lo que tampoco era plausible que estuviera ahí el problema.

Escribí en el informe, para que constaran, todos estos episodios aciagos de la vida de don Miguel. Yo me inclinaba a relacionar el soneto de Dimas con los problemas que tuvo Cervantes con la Hacienda Real cuando trabajaba de recaudador. Estos episodios, por los que Cervantes tuvo que desplazarse varias veces a Madrid desde Andalucía para rendir cuentas en la Corte, y por los que terminó encarcelado en Sevilla, eran los más próximos en el tiempo a la fecha de la carta.

No parecía, a pesar de algunos avances significativos, que con lo que sabíamos pudiéramos hacer nada más. Así que decidí pasarle el informe Dimas a Mariví y aparcar el asunto, pues con tan solo el nombre de un niño desconocido y sin vislumbrar siquiera un lugar aproximado por donde empezar a indagar, sería perder el tiempo embarcarse en la búsqueda de aquella tumba. Lo único que se me ocurría, por no abandonar sin más, era acercarme hasta Aranjuez, a ver si encontraba algún dato adicional sobre la familia del marido de la Montalbán, pero esa última pesquisa me la planteaba más como un viaje de recreo –hacía mucho tiempo que no iba por la bella ciudad de la ribera del Tajo– que de investigación.

En aquellos momentos, no podía ni imaginar que en un futuro próximo iba a verme obligado a dedicar todos mis esfuerzos, conocimientos y habilidades a la búsqueda de aquel infante desconocido llamado Rafael de Medina.

EL ENCUENTRO DEFINITIVO

Lo que en principio había tomado por la rama de un árbol, no era sino el robusto y velludo brazo de un bandolero que detuvo en seco mi carrera. El malencarado bandido esperó a que me incorporara y recob·o-ra el aliento. Sin despegar unos labios que, para sugerirme sile·n cruzó con un enorme y sucio dedo índice, me hizo un gesto pere·nturio de que lo siguiera.

¿Santa Hermandad o bandolero?, la disyuntiva me ocupó apenas un instante: seguí al bandolero. Parecía conocer muy bien aquellos parajes, pues me condujo por trochas apenas practicables durante largo rato. Cuando ya me creí desfallecer, paramos en un claro pequeño rodeado de espesa vegetación que se abría en la empinada ladera de un monte. Al momento, aparecieron a nuestro lado otros tres bandidos de la misma ralea; habían venido pisándonos los talones desde un principio, sin que yo me hubiera percatado de su presencia.

—Aquí ya estamos seguros —habló el que me había descuadernado el pecho con su enorme brazo y que parecía ser el jefe.

—¿Qué queréis de mí, robarme?

Las estridentes carcajadas asustaron a un grupo de pajarillos, que elevaron el vuelo desde la tupida arboleda.

—Es chusco el mozalbete —dijo uno de los facinerosos; le faltaba un ojo y se tapaba la cuenca vacía con un pañuelo mugriento anudado en la nuca.

—O sea, zagal, que te libramos de la Innombrable y aún vienes a creer que queremos robarte. No te debe de funcionar muy bien el caletre, me parece a mí.

El que así se burlaba de mí y que sin duda era el jefe de la partida se llamaba León Mellado, apelativo pintiparado, pues le casaba bien el nombre, por lo fiero; y mejor el apellido, por la sonrisa escasa. Me aclaró que formaban parte de un grupo de gentes libres que habían proclamado una república en La Sauceda, adonde no alcanzaba la justicia del rey Felipe. Allí vivían y gozaban de su libertad sin rendir cuentas a ninguna autoridad que no fuera su jefe, el indomable Pedro Machuca.

La Sauceda es un recóndito paraje de la serranía de Ronda, y allí me llevaron tras varias jornadas de camino, atravesando montes y valles, un par de riachuelos poco profundos y algún que otro campo de labranza. Las pocas gentes con las que nos cruzábamos agasajaban a mis captores-salvadores con todo lo que tuvieran en sus humildes casas o alforjas; se notaba a la legua que aquellos bandidos les provocaban tal espanto que nadie les escatimaba sus obsequios.

Cuando alcanzamos el rincón libertario, me llevaron a presencia de Machuca.

–Así que tú eres al que le hacían ofrenda de plomo los cuadrilleros.

Yo estaba mudo ante el imponente exsoldado que había proclamado su propia república en aquel nido de águilas.

–Todos los perseguidos por la Inquisición son amigos nuestros –siguió diciéndome, antes de que yo pudiera contestar a su pregunta inicial, si es que era una pregunta–. Si te unes a nosotros, podrás aprender a usar las armas con destreza, y verás que la vida aquí es mucho más regalada que en esa estrecha España de los meapilas de los Austrias, donde la justicia humana brilla por su ausencia y la divina lo hace en funestas hogueras de muerte. En este nuestro paraíso no hay impuestos ni compromisos de ningún tipo; no hay garrotes, ni horcas, ni piras. Cuando alcances la edad suficiente, podrás escoger la hembra que desees, siempre que no pertenezca a otro camarada, y cambiarla cuando te canses de ella. Aquí no admitimos vínculos de ninguna clase. También eres libre de irte o de quedarte. Pero ya te digo que, si te quedas, probarás el dulce sabor de la verdadera libertad.

Yo no me sentía muy inclinado a compartir aquella vida de cimarrón a espaldas de la sociedad, pero no quería ser descortés con aquellos que acababan de arrancarme de las garras del Santo Oficio. Así que le pedí su venia para vivir con ellos durante un mes, al cabo del cual decidiría si alistarme o no en sus filas.

Si albergaba alguna duda sobre el particular, al comprobar que tenían allí, en cuevas y cabañas, a algunos viajeros retenidos contra su voluntad, para exigir un rescate por ellos, me di cuenta de que yo no quería formar parte de aquello. No obstante, dejé pasar el mes de gracia, durante el cual llegué a apreciar y a ser apreciado por algunos de aquellos bandoleros libertarios. También Machuca llegó a cogerme afición cuando le relaté durante varias tardes, al amor de una buena lumbre, todas las desgracias que llevaba a mis espaldas a pesar de mi corta edad. Incluso me regaló un espléndido cuchillo que le habían confiscado a un peregrino suizo que se aventuró por aquellas quebradas.

Cumplido el mes, le confesé que prefería seguir otro camino que aquel que se me ofrecía en La Sauceda. Machuca cumplió su palabra, y no se opuso a mi decisión, aunque dijo que la deploraba y que se me echaría de menos. Mandó a dos de sus hombres que me acompañaran hasta un poblado cercano. A partir de allí, tuve que componérmelas solo de nuevo.

Si pensabais que después de servir a una supuesta bruja y escapar de los bandoleros las cosas no podían ir a peor, estabais muy equivocados. Cuando dejé La Sauceda, aquello sí fue Troya, al menos con la vieja comía y con los bandoleros no escaseaba nada salvo la moral. Pero ahora, huérfano de anciana y bandoleros, pasé un hambre tan extremada que me embutía hierbas de los prados cuando no podía hurtar alguna fruta u hortaliza. Pensé muchas veces en echarme al monte de los fuera de la ley o en abandonarme a la vera de algún camino.

No me siento orgulloso de contarlo, pero no tuve más remedio que recurrir a menudo a la mendicidad, e incluso acudir a la caridad de algún convento para poder comer caliente. Me aproveché de mi mutilación para mover a la compasión de las gentes y, paradojas de la vida, gracias al jifero y a su afilada navaja de cachas amarillas no fenecí de hambre en aquellos días. Y así, durante aquel periodo, pude contarme entre toda aquella tropa de farsantes que «con arte y con engaño/vivían medio año,/con engaño y con arte/vivían la otra parte».

Cuando, casi desesperado, andaba dándole vueltas a la posibilidad de volver con Machuca y sus trescientos bandidos, tuve la fortuna –o eso pensé entonces– de que me ofrecieran trabajo en la finca de un rico labrador, donde se me consideraba medio escalón por encima de los simples esclavos. Me tenían mal remunerado y peor tratado que a una mula de alquiler, pero al menos me daban de comer todos los días.

Me acomodé a aquella cotidiana humillación y hasta me consideraba tranquilo en la penuria, pues incluso entre los infiernos hay unos peores que otros.

Pero quiso mi mala estrella que la mujer del labrador, una «lozana» campesina de más de siete arrobas y alrededor de cuarenta años, se encaprichara de mi juventud y mi inocencia en asuntos de amores. No paraba de mandarme llamar a su presencia, siempre que su marido estaba ausente, y con mucha frecuencia encontraba manchas pertinaces en mis calzones, que ella se esmeraba en eliminar frotando y refrotando con un pañizuelo. Yo la esquivaba como podía, y muchas veces me excusaba de acudir ante ella con la evasiva de tener mucha faena. Pero aquella insensata persecución no podía llegar a buen fin. La dueña, con estulta contumacia, avanzaba y avanzaba en sus intentonas groseras.

Y así, una tarde que yo estaba cerniendo el trigo en el pajar, se vino hasta allí, atrancó la puerta y, sin decir palabra, se me echó encima con sus tetas descomunales por fuera del corpiño. Me quedé petrificado observando aquellas ubres tan blancas, surcadas de venillas azulencas y con areolas rosadas del tamaño de un plato; carretadas de carne flácida que la dueña me restregaba con urgencia por la cara, mientras emitía una especie de gruñidos agudos y entrecortados. Tuve suerte de no morir aplastado por aquel leviatán.

Era mi primera experiencia con una mujer, y es fácil imaginar la indeleble impresión que produjo en mi ánimo.

Superada la parálisis inicial, me zafé como pude de aquella trampa carnal, y salí huyendo del pajar por un agujero entre dos tablas, dejando a la lujuriosa de lo más corrida.

A partir de aquel día no volví a ser llamado. Parecía que ya no me iba a molestar, pero cuando por azar mis ojos se cruzaban con los suyos, podía percibir en ellos un odio latente y soterrado; aquellos dos cráteres malignos dejaban entrever la furia mal contenida de un volcán a punto de erupción. De haber tenido yo por aquel entonces mayor experiencia de la vida y de las mujeres, habría interpretado las «miraditas» como una señal inequívoca de que debía poner pies en polvorosa sin la menor dilación.

Pero tan mal lo había pasado durante el periodo anterior a mi llegada a aquella finca, tanta hambre había tenido que soportar, que el apego a la comida diaria me hizo desestimar las evidentes señales de peligro y provocó que me empeñara en permanecer allí a pesar de todo.

Hasta que al fin pasó lo que tenía que pasar.

Una mañana se llegó el amo hasta donde yo estaba, ocupado en mis labores habituales, y me agarró de una oreja con una furia tal que a poco me la arranca. Me arrastró sin miramientos hasta una encina gruesa y me ató fuertemente abrazado al tronco. Sin mediar palabra, sacó su látigo de tiras de cuero crudo y se colocó a la distancia adecuada.

Mientras yo le suplicaba y le pedía explicaciones de por qué era tratado de tan bárbara manera, él se aplicaba a la cruel tarea con más furia que el legendario capitán Contreras.

La cuenta más larga y dolorosa de mi vida comenzó sobre mis desnudas espaldas.

–¡Uno! Para que no vuelvas a ofender con tus asquerosas insinuaciones los oídos de mi casta esposa.

Yo gimoteaba y trataba de hacerle entender al verdugo que no era reo de tal acusación.

–¡Dos! Para que pagues en sangre el haber intentado ponerle tu sucia mano encima.

Mis ruegos caían en barbecho.

–¡Tres! Para que ni siquiera te atrevas a respirar cerca de ella.

–¡Cuatro!...

–¡Parad, infame cobarde, u os atravieso de parte a parte!

No podía creer que por segunda vez me libraran en el último suspiro de un trance desesperado. No sabía si tenía mucha suerte o era un infeliz desgraciado al que más valía estar muerto, para verme al fin libre de tantos y tan injustos padecimientos.

El labrador tuvo que desatarme, forzado por el caballero. Mientras lo hacía, miraba de soslayo a la espada que lo amenazaba y protestaba airado que yo era un bellaco desagradecido que a quien le daba de comer se lo pagaba con intentar deshonrarlo. Insistía en que su buena y fiel Nicolasa había sufrido mi desenfrenado intento de mancillar su virtud, y que él solo cumplía con la santa obligación de todo buen marido, que es velar por la honra de su hogar.

Cuando me vi libre de ataduras y pude volver la cabeza, mi incredulidad tuvo que soportar otra vuelta de tuerca: ante mis ojos se hallaba el mismo caballero que ya me había socorrido en el matadero de Sevilla aquella vez en que perdí los tres dedos.

–¿Tienes algo que recoger antes de abandonar este lugar infecto? –me dijo, sin dejar de mirar con fiereza al labrador.

–No, su señoría, todo lo que tengo lo llevo puesto, menos unas cuantas tiras de piel que le dejo en prenda a quien tal mal sabe entender lo que se cuece en su propia cocina.

El verme protegido por un acero bien afilado, dio alas a mi atrevida respuesta.

–Pues monta a mi grupa y en marcha.

A partir de aquel momento mi suerte cambió, gracias al que desde entonces motejé como mi amo. Amo, sí, amo, palabra que a otros puede parecer ofensiva y que hubiera repugnado a Pedro Machuca y sus trescientos, pero que a mí me supo a gloria poder ofrecérsela a mi salvador desde entonces y hasta que mi cruel fortuna nos separó unos años después.

Lo primero que me aclaró el caballero, mientras lavaba en un arroyo cercano las heridas de mi espalda, es que lo que yo había tomado por un azar increíble no lo fue tal. Él venía siguiendo mi rastro desde hacía bastante tiempo. Me contó que, tras mi huida de Sevilla, había intentado localizarme para tomarme a su servicio, porque se sentía obligado al no haber podido evitar mi mutilación, y por creerse en parte el causante de mi salida precipitada de la ciudad. Tal era el sentido de la responsabilidad que ornaba su pecho.

Yo quise protestar ante tan absurda autoinculpación, pero me cortó con un gesto seco que no admitía réplica. También me confesó que sentía cierta afinidad conmigo por el hecho de que los dos teníamos algo averiada la mano izquierda. Aunque, en su caso, la herida se hubiese cobrado «en la más memorable y alta ocasión que vieron los pasados siglos, ni esperan ver los venideros»; y, en el mío, en un sórdido episodio de inicua venganza en el Mercado de la Carne sevillano.

Poco a poco, durante los tres días que reposamos en una venta hasta mi total restablecimiento, fue desgranando el resto del relato de su larga búsqueda hasta dar conmigo.

Me contó que solía recorrer muchos pueblos y ciudades recaudando trigo y aceite para la Armada Invencible, que por donde fuera que iba pasando preguntaba si había alguien que pudiera darle noticias de un zagal flaco al que faltaban tres dedos de su mano izquierda. Ya casi había desesperado de encontrarme, cuando le hablaron de mí en Montilla. Luego me perdió la pista de nuevo, hasta que el día anterior, en aquella misma venta no muy retirada de la heredad del labrador, alguien lo orientó hasta esta, adonde llegó en el momento más oportuno.

Yo también le fui refiriendo mis aventuras, desde el día que dejé Sevilla hasta el momento en que me libró de la ira del cómitre de tierra firme, que tan injustamente me había desollado las espaldas. Él se mostraba muy interesado en los avatares de mi peregrinaje.

Los casi cinco años que pasé al servicio del caballero han sido sin duda los mejores de mi vivir azaroso. No voy a referir aquí por extenso los múltiples viajes que hicimos juntos, primero por los alrededores de Écija, en la comarca de Sevilla, requisando trigo y aceite como bastimento para la Armada, y luego por el antiguo Reino de Granada, recaudando alcabalas y pechos. Tampoco voy a contar las peripecias de todo tipo que nos acaecieron, ni las veces que me quedaba solo por culpa de los viajes que emprendía mi amo a Madrid o a Esquivias, donde vivía su mujer.

De lo que sí quiero dejar constancia es de un hecho que me resultó lo bastante curioso como para que quede reflejado en estos renglones por los que voy desgranando mi vida: a veces, mi señor me llamaba Berganza, sin yo tener ni idea de a qué venía el motejarme con dicho nombre que no era el mío. Un día en que venciendo mi natural prudencia me atreví a preguntarle por aquello, él simplemente se sonrió y no quiso aplacar mi curiosidad.

Las pocas fuerzas que me van quedando hacen que tenga que resumir si quiero llegar al final de mi relación antes de que la pestilencia cumpla con su macabro cometido.

Una de las alarmas empezó a sonar en el iPad de última generación. El lector, siguiendo su pautado ritual, marcó la página con el doblón de oro y se dirigió a los sótanos.

En aquella peculiar cueva de Alí Babá cibernética, comprobó con mucho interés toda la información que habían capturado sus ubicuas redes digitales. Abrió un archivo cifrado que leyó con detenimiento y satisfacción.

Desde que se había topado con la autobiografía de Andrés en

aquel librote del siglo XVI, había empezado a mover los hilos para llevar a buen puerto un propósito que le obsesionaba.

Lo primero que hizo, tras la lectura del archivo que tanto le había satisfecho, fue reprogramar sus ordenadores para adecuarlos a los nuevos hallazgos. Luego, en apenas tres días, montó una pequeña célula operativa en España, compuesta por cuatro personas de probada eficiencia con los que ya había trabajado en anteriores ocasiones; les solicitó un informe muy preciso.

Esperó un par de semanas, tragándose a duras penas la impaciencia, por comprobar si sus tentáculos digitales lograban la captura decisiva. En vista de que no fue así, sopesó por un momento que su equipo español consiguiera lo que tanto deseaba por medios menos ortodoxos. Pero lo desechó enseguida: el riesgo de verse involucrado en un hecho delictivo, además de la cantidad de variables que no podía controlar, como el desconocer el lugar exacto donde podía guardar el sujeto el documento deseado o incluso que ya no se encontrara en su poder, lo empujó a elaborar un plan alternativo, más caro y más a largo plazo, pero menos arriesgado y más estimulante intelectualmente.

Al sofisticado millonario, a pesar de su carencia de escrúpulos morales, no le gustaba recurrir a métodos violentos para cumplir con sus deseos, solía repetir que cualquier matón de barrio sin dos dedos de frente era capaz de lograr su propósito con la violencia, y él no tenía nada en común con ningún matón de barrio. Pero no era por razones éticas, sino más bien estéticas, por las que se resistía al uso de la fuerza bruta.

Dedicó varios días a pulir su plan de acción. Después hizo unas cuantas llamadas a distintos puntos del globo, y no tuvo más remedio que esperar a que los contactos fueran respondiendo a sus requerimientos.

Una tras otra fueron llegando las llamadas de respuesta. Una vez cribadas, convocó a unas cuantas personas en su casa, de una en una, a lo largo de los días posteriores. Y esa noche se fue a dormir con una sensación de euforia que hacía tiempo no experimentaba.

A las diez de la mañana, dos días más tarde, llegó a la mansión la primera de las convocadas; todas eran mujeres, todas jóvenes y todas atractivas.

Tras varias jornadas de exhaustivas sesiones de preguntas y respuestas, iba a dar ya por zanjada aquella fase del plan, cuando se presentó una última muchacha a la que esperaba para el día anterior. El entrevistador dio orden de que no la dejaran pasar, no soportaba los retrasos.

Se acababa de sentar en su cómodo sillón, cuando la puerta se abrió de golpe e irrumpió la joven, tras burlar la vigilancia de un sirviente que corría apresurado y nervioso tras ella.

–Lo siento, señor, no ha hecho caso a mis indicaciones de que debía marcharse, y no he podido detenerla a tiempo.

La cara del jefe demostraba que el sirviente descuidado lo iba a pasar mal después de que resolviera el asunto de la intrusa.

–No me iba a marchar sin que me recibieran, tras un largo y penoso viaje de costa a costa para llegar hasta aquí.

Si no hubiera sido por el magnetismo que desprendía aquella insolente joven, la hubiera echado de allí con cajas destempladas, pero el ángel de la muchacha hizo que el dueño de la mansión, a pesar del retraso y de la osadía, decidiera darle una oportunidad. De hecho –pensó–, tal atrevimiento, unido a la ausencia de temor que demostraba hacia alguien como él, que solía intimidar a todo el mundo, era una baza que podría muy bien jugar en su provecho si las cosas se complicaban.

Tras el tercer grado al que la sometió sin descanso durante las siguientes cuatro horas, el inquisidor llegó a la conclusión de que era la candidata perfecta para llevar a término sus planes; las restantes preseleccionadas no le llegaban ni a la suela del zapato.

Ya tenía, pues, su gancho ideal. Ahora habría que aleccionarla y pulir y repulir algunos detalles de su formación –calculó que le llevaría un mes–. Después, la hermosa joven estaría lista para ejercer de cebo irresistible con el que atraer a la preciada pieza que pretendía cobrar.

MINAKO

Ya había pasado un mes largo desde el episodio inexcusable con Mariví. Mis clases seguían avanzando con normalidad. Era martes por la tarde, *ergo* UNED.

–La semana que viene quiero que me traigáis un trabajo sobre Cervantes y la mujer. Indagad qué opinión sobre las mujeres se puede extraer de las principales obras cervantinas.

Vi por los murmullos y visajes de mis alumnos que se les antojaba un tema arduo y complicado, así que les aclaré que bastaba con que se hubieran leído el *Quijote* y alguna biografía cualificada, como la de Canavaggio, para poder exponer una opinión coherente y contrastada. Les recomendé que releyeran el discurso de la pastora Marcela en la primera parte del *Ingenioso hidalgo*..., y algunas de las opiniones vertidas por el personaje de Preciosa en *La gitanilla*.

–Con un par de folios bien estructurados, donde me deis ejemplos representativos que apoyen los puntos de vista defendidos, me basta y me sobra.

Al salir de clase me esperaba Marta, una de mis mejores alumnas, aunque algo atrevidilla, lo cual me causaba a veces no poca desazón. Mis armas contra las jóvenes rebeldes de veinte años no eran ya muy competitivas, por no decir que estaban embotadas y herrumbrosas. Muchas de las actitudes de mis alumnas me sobrepasaban.

Unos grandes y maliciosos ojos verdes, enmarcados por un

sombreado esmeralda y unas pestañas kilométricas, una nariz atractivamente torcida y una sonrisa inexpugnable y perenne se me acercaron a traición.

–Miguel, Cervantes tenía una buena opinión sobre la mujer, ¿verdad?

No me dejé amilanar por su ataque a quemarropa.

–De eso va el trabajo, no pretenderás que te lo sirva en bandeja.

–Vamos, profe, si se puede decir que ya lo sé, solo es por confirmarlo.

–De acuerdo, como pareces tenerlo claro, lo confirmaré: la tenía, al menos si la comparamos con la opinión común entre la mayoría de los varones, incluso los más prudentes, de su tiempo. A Cervantes le gusta la mujer bella y sobre todo libre. Relee el monólogo de Marcela, como ya apunté en clase. Espero que me des razones y soporte documental para apoyar esta hipótesis.

Me di la vuelta para marcharme, con la sonrisa de Marta todavía mortificándome, pero entonces decidí complicárselo un poco. Le dije por encima del hombro:

–Si quieres un sobresaliente, investiga la opinión mayoritaria sobre la mujer en los siglos XVI y XVII, por ejemplo, la opinión de Luis Vives o de Fray Luis de León, y contrástalas con la de Cervantes; creo que te sorprenderán los juicios de quienes, por otra parte, han sido considerados siempre como personas moderadas, inteligentes y cultas.

Me fui con la satisfacción, algo mezquina, de haberle complicado las horas libres de los próximos días. «Así aprenderá a no ir siempre tan sobrada», me dije para excusarme.

Paseé hasta casa disfrutando de la benevolencia del clima. Antes de recogerme en la «Leonera» –así había bautizado mi nueva casa, más por su ubicación en la calle del León que por mi desorden doméstico–, hice un control de avituallamiento en la taberna de Mariano.

Allí tuve mi primer encuentro con Minako, curiosamente –pensé más tarde–, el mismo día que había sacado a colación el tema de la mujer en mi clase de la UNED.

Me senté a mi mesa habitual, junto a la pared del fondo, donde colgaban unas cuantas fotos antiguas de equipos de fútbol. En todas ellas destacaba Mariano, que pareciera siempre empeñado en vestir una camiseta diferente al resto de sus compañeros.

–Servidumbre de los porteros, que han de diferenciarse del resto de los jugadores –me explicó él mismo, ya que yo de fútbol no entiendo demasiado.

Disfrutaba de un buen Rioja y del *Coloquio de los Perros*, compendio de las variopintas aventuras que el alano Berganza, perro de muchos amos, relata a su compañero, el prudente Cipión.

–Una de mis favoritas.

Al principio, embebido como estaba en los sabrosos diálogos de la pareja de alanos, no me apercibí de que aquellas palabras eran para mí. Cuando caí en la cuenta y alcé la vista del libro, me encontré con una joven mujer oriental de magnéticos ojos azules, a la que no supe qué replicar.

Viendo mi actitud apoplética, repitió:

–Digo, que esa es una de las obras que más me gustan de don Miguel.

Yo trataba de explicarme aquella aparición. No sabía si lo más extravagante era que una hermosa oriental se dirigiera a mí en la taberna de mi barrio, que lo hiciera en un correcto español o que conociera y le gustara Cervantes hasta el punto de haber leído y disfrutado de aquella novela ejemplar. Todo me pareció tan irreal que seguía mudo. No debió de ser mi mejor actuación.

–También a mí me gusta mucho, como se puede deducir de encontrarme leyéndola en un bar. –Fue la solemne tontería con la que quise demostrar que no estaba comatoso. No sé si lo logré.

A partir de ahí, iniciamos una conversación que se prolongó durante más o menos tres rondas de Rioja y de Rueda –ella prefería el vino blanco.

Resultó ser alumna de Literatura Española en una universidad americana que no había oído nombrar en mi vida; pero como supongo que hay miles de universidades de las que no tengo noticia, no le di mayor importancia. Había venido a Madrid para estudiar a fondo nuestra literatura del Siglo de Oro, de cara a su tesis doctoral. Se alojaba en una pensión cercana, porque quería patear las calles holladas en su día por sus héroes literarios, y porque era una zona bien comunicada y de hoteles no demasiado caros.

El azar. Qué cosa tan estupenda cuando baraja sus cartas y reparte algo tan hermoso como Minako, nombre que, según me aclaró ella, significa «niña bonita» en japonés.

Me contó que tenía veintiocho años y que, pese a su aspecto, era norteamericana, de padre californiano y madre japonesa. Lo de los ojos azules, no es necesario aclararlo, se debía a la rama paterna. Me dijo que se llamaba Minako Smith, y yo pensé enseguida en un oxímoron: un nombre tan bonito y un apellido tan vulgar, pero así es la vida, como lo era ella, puro contraste, oriente y occidente sublimándose en una criatura insólita e irrepetible.

Se alegró mucho de que yo fuera profesor de Literatura, «experto en Cervantes, nada menos». Y me rogó, en caso de no causarme muchas molestias, si podía hacerle de cicerone algunos días durante su estancia en Madrid, que pensaba dilatar dos o tres meses.

Acepté. ¡A quién que le tocara el gordo de la lotería, se le ocurriría negarse a cobrarlo!

Más tarde, ya en casa, me sentía reconfortado; hacía meses que no tenía relaciones con ninguna mujer –si exceptuamos el incidente Mariví, de cuya existencia no quería acordarme–. El inesperado encuentro, a pesar de la dolorosa diferencia de edades, había reavivado ese rescoldo en el pecho que los años mitigan, pero no logran apagar del todo.

Puse a buen volumen en el equipo de música a Argentino Luna, cantándole a *La pulpera de Santa Lucía:* «Era rubia y sus ojos celestes reflejaban las glorias del día...».

Ya en la cama, me costó más de lo habitual conciliar el sueño. ¡Tan mayor y tan tonto!

Lo último que me vino a la mente, justo antes de conseguir quedarme dormido, fueron los versos que Cervantes puso en boca de otra «niña Preciosa», la gentil gitanilla de una de las más atrayentes de sus *Novelas Ejemplares:*

Cabecita, cabecita
tente en ti, no te resbales...

UN SEÑOR DE LAS LETRAS

Una vez recuperado de mis heridas en la espalda, partimos mi nuevo señor y yo hacia Écija. La primera tarea que me encomendó, aparte de cuidar de las cabalgaduras -había comprado para mí una mulilla joven y andarina a la que bauticé *Libertad*, como homenaje a lo que sentía en aquellos momentos-, fue aprender a leer y escribir.

Ni en mis mejores sueños hubiera imaginado que yo, Andrés, el desventurado hijo de la Azumbres, indignamente engendrado a escote, alcanzaría un día a dominar los secretos de la escritura. Puse todo mi empeño y en poco más de un año leía con fluidez y escribía con algo más de dificultad, pero sin mayores problemas. Tuve el mejor maestro del mundo, pues mi amo, desmintiendo su actual oficio de recaudador, era en el alma mucho más poeta que funcionario, y aunque él en su modestia solía repetir: «Yo que siempre trabajo y me desvelo / por parecer que tengo de poeta / la gracia que no quiso darme el cielo...», para mis ojos inexpertos, que pudieron leer algunos de sus versos, aparecía como el príncipe de todos los poetas que en el mundo han sido y serán. De hecho, en alguna ocasión que lo encontré en mejor disposición, me llegó a reconocer que había dado a las tablas varias comedias «sin que se les ofreciese ofrenda de pepinos ni de otra cosa arrojadiza...».

Yo, un poco ensoberbecido, le aseguré que cuando dominara las nuevas habilidades literarias, las aprovecharía para dejar por escrito todos los avatares de mi asendereada vida. Mi maestro, mirándome con impostada severidad, me aconsejó que entonces debería ser bien veraz en lo que escribiera, pues «los historiadores que de mentiras se valen, habían de ser quemados como los que hacen moneda falsa». Yo juré que jamás una mentira saldría de mi pluma. Así de pretencioso me mostraba con mi futuro ascenso a los cielos de la escritura.

Andaba por aquellos días algo contrariado mi señor, pues se le habían negado de mala forma unas prebendas que pretendió en Las Indias aduciendo en un memorial sus muchos y grandes servicios a la Corona. Con cierta tristeza, me confesó lo que creía ser la causa de no obtener lo que tanto merecía: «Que yo no soy bueno para palacio, porque tengo vergüenza y no sé lisonjear». Pero yo, he de reconocerlo, me alegré de aquella negativa, porque así pude seguir disfrutando de la sin par compañía y protección de mi ilustre salvador.

A raíz de enterarme de que había combatido en Lepanto, yo le insté muchas veces a que me contara cosas de aquel glorioso episodio que tanto había oído mentar; pero ya sea por modestia o por no sufrir con el recuerdo de los cientos de camaradas muertos, mi señor se resistía a ello. Solo dos veces me habló sobre aquella gesta. La primera de ellas, me confió que el día de la batalla se encontraba afiebrado y descompuesto y su capitán le aconsejó quedarse en el sollado y no salir a cubierta a combatir, pero él no aceptó aquel mandato, escogió medirse con los turcos, y allí fue que recibió sus graves y honrosas heridas. La segunda vez que me habló sobre Lepanto, fue para alertarme del horror y la confusión que comportaba una batalla naval de aquel calibre, que tiñó de rojo las aguas del Mediterráneo. Me aseguró que en la barahúnda del combate, entre el humo de la pólvora, el griterío y la desorganización, a veces no se sabía a ciencia cierta quién era cristiano y quién turco. Había quien sostenía que solo al caer al agua los cadáveres podía saberse, pues los cristianos flotaban boca arriba, como buscando el paraíso, y los infieles boca abajo, como avistando el averno al que se dirigían sus almas corrompidas; pero él hizo hincapié en que eso era una solemne tontería, y que yo no debía dar nunca pábulo a supersticiones como aquella sin ninguna base cierta.

Como complemento al estudio de las letras, él me leía de cinco libros que portaba siempre consigo y a los que cuidaba como su más preciada posesión. Más tarde, cuando ya podía yo defenderme mejor con la lectura, me prestaba alguna de aquellas joyas para mi solaz. Mi alfabetización fue otro de los motivos por los que ni en cien vidas que viviera podría pagar al caballero sus desvelos conmigo.

También me hizo comprender que, a pesar de mis miserias, yo podía ser el más libre de los hombres, incluso más que nobles o príncipes que, como él decía, son presa de su destino.

Por ofrecer algo a cambio de todas estas desinteresadas enseñanzas, he de decir que a mi amo también le convenían mis recién adquiridas habilidades, porque podía así delegar en mí muchas de sus tediosas tareas burocráticas. En la vida de un recaudador, lo más de su tiempo, además de en pelear con los pecheros, se va en anotar todo con minuciosidad para rendir cuentas a los administradores reales, que son muy escrupulosos en exigir dichas cuentas, pero nada en el pagar a tiempo a sus funcionarios.

Poco a poco me fue encomendando más tareas de ese tipo, a medida que se iba convenciendo de mi creciente habilidad. Hasta que un día me dijo, recitando algún pasaje de sus muchos escritos, «determinó el águila vieja sacar a volar su aguilucho y enseñarle a vivir por sus uñas». Y de allí en adelante empezó a encargarme tareas de más calado, como quedarme a cargo de las cuentas cuando le entraba cierta nostalgia de la vida tranquila y familiar al lado de su mujer Catalina, y se iba a disfrutar de esas lentejas de los viernes, los duelos y quebrantos de los sábados y el delicioso palomino dominical.

Pero pronto parecían pasársele las necesidades de afectos familiares y volvía al polvo de los pueblos de Andalucía con bríos renovados, porque «el viajar hace a los hombres discretos» solía repetirme a menudo; y también «no hay viaje malo, excepto el que conduce a la horca», esto último creo que no me lo decía solo por ponderar la sana costumbre de echarse a los caminos, pues siempre me pareció apreciar en la frase un cierto matiz de advertencia.

Otras veces marchaba a Madrid, donde se acercaba gozoso a cierta taberna que no solo por el vino le engatusaba el alma, pues siempre portaba consigo algún juguete o golosina para la personita de la que tantas veces y con tanta ternura me solía hablar.

Empecé a ir solo a Sevilla, cuando no podíamos ir juntos, a llevar recados y pequeñas cantidades de dinero. Me causaba cierta aprensión y, por qué no decirlo, pavor volver a la ciudad de donde tuve que salir huyendo algunos años atrás; pero como me fui casi de niño y volvía ya mancebo, esperaba que mi furioso enemigo, si por azar llegara a cruzármelo, no me reconociese.

Mi amo revisaba todos los negocios que me encomendaba, aunque rara vez tuvo que rectificarme alguna cuenta y mucho menos reprenderme, cosa que jamás hizo.

Pero no todo era de color de rosa. Como comprenderá el lector, a la mayoría de los pobres exprimidos por unas desorbitadas contribuciones, que menguaban sus ya maltrechas haciendas, se los llevaban los diablos cuando aparecíamos por sus pueblos para esquilmar alhóndigas y almazaras, requisando su trigo y su aceite y entregándoles a cambio unos pagarés reales que a menudo eran papel mojado. Muchas veces tuvimos que ser protegidos por la guardia y estábamos preparados para sufrir todo tipo de insultos y acusaciones.

Los más beligerantes eran los religiosos: la mayoría de ellos se consideraban exentos de contribuir a la Hacienda Real, pretendían deber tributo solo a Dios, y llegaron a excomulgar a mi señor en dos ocasiones. Pero, como él decía, al Emperador y a su hijo, el Rey Prudente, también los excomulgaron en su momento y luego fueron rehabilitados.

Cierta vez, por la mala fe de un corregidor de nombre Moscoso, estuvo mi amo en prisión en Castro del Río durante unos días. Así de azarosa era la vida de un recaudador honrado, que de no haberlo sido y haber untado a jueces y corregidores, como hacían otros con liberalidad, bien que se hubiera ahorrado muchas preocupaciones, pues «el juez bien untado no chirría».

En Guadix, mi señor tenía una amiga que no le miraba con malos ojos cuando por allí pasábamos. Esta doña tenía una doncella a su servicio, llamada Cristinica, que era una criatura adorable. Como mi única experiencia con mujeres había sido el desgraciado encontronazo con Nicolasa, la salaz y bien cebada mujer del labrador, yo no estaba al cabo de requiebros y de amores. Cristinica fue mi maestra. Nunca había dado lecciones con más gusto, y salí bachiller tras mi paso por aquella dulce universidad.

A poco más de media legua de Guadix, camino de Estepa, ya se me empezó a hacer larga la separación de mi docta catedrática. Así de enamoradizo me descubrí desde entonces. Y a partir de aquellas lecciones, fui mejorando mis conocimientos y habilidades con otras cristinicas, en los distintos pueblos y ciudades por donde fuimos pasando.

Poco después de nuestra partida de Guadix, le llegó la mala nueva de la muerte de su madre a mi amo, el cual anduvo muchos días con el ánimo sombrío. Se recogió en una venta y durante casi una semana no salió de su habitación, encerrado con sus libros y el recuerdo de su señora madre. Una de las noches en que bajó a cenar conmigo al comedor de la posada, me confesó con palabras sentidas: «Fue la persona que más hizo por mí en este perro mundo, hasta mintió a las autoridades, haciéndose pasar por viuda, para conseguir el crédito con el que rescatarme de los piratas argelinos».

Pasada aquella semana de luto, volvimos a las obligaciones recaudatorias habituales, con sus conflictos y complicaciones. Y así se iban pasando los meses.

Entonces llegó la fecha fatal en la que mi benefactor me envió a Sevilla, a casa del banquero Simón Freire, con el dinero recaudado en los últimos tiempos bien escondido al fondo de un saco de cereales.

Habían llegado noticias de continuados asaltos de bandoleros a viajeros principales por los caminos de Andalucía, y mi amo pensó que era más improbable que me asaltaran a mí, un humilde sirviente, que a él con su porte de caballero. También conocía mi amistad con los rebeldes de La Sauceda, lo cual era casi como llevar un salvoconducto para circular por aquellas tierras. Por estas razones, además de por cierto asunto de importancia que requería la presencia inexcusable de mi señor en Écija durante un tiempo, fui yo el designado para llevar el último envío al banquero sevillano. Mi señor me encomendó que al llegar a Sevilla, pasara a entregarle el dinero a don Simón Freire a cambio de un último pagaré, y que luego debía esperar la llegada de mi amo en la posada de Tomás Gutiérrez, su gran amigo, que le custodiaba el resto de los pagarés del total de las recaudaciones. Cuando él pudiera reunirse conmigo recogeríamos todos los avales y emprenderíamos juntos el camino de Madrid para ir a depositarlos en la Corte de Cuentas.

La importancia del encargo me hizo sentir orgulloso de contar con la confianza de mi señor y, a la vez, que estuviera bastante preocupado por la tremenda responsabilidad que recaía sobre mis jóvenes hombros. Me daba verdadero pánico llegar a fallarle a quien tanto me había concedido.

¡Y cuánta razón tenía en preocuparme!

La moneda buscó su acomodo entre las páginas del *Manual de remedios medicinales* de fray Sebastián, y el lector cogió el sofisticado teléfono con el que, vía satélite, se conectaba con su gemelo a miles de kilómetros de distancia.

–¿Has establecido el contacto?

–Por supuesto. No ha habido ningún problema.

–¿Y cómo ves el objetivo, crees que te resultará fácil conseguir lo que te pedí?

–Será cosa de coser y cantar.

–Eso espero. Ya sabes que en mi manual de operaciones no se contempla el fracaso.

–No se preocupe. Ahora voy a pasar unos días lejos del objetivo, para repasar lecturas que me sirvan de pantalla y, de paso, cebar la presa con la incertidumbre de la espera.

–Está bien, pero no lo dilates demasiado. Tenme al corriente, y no olvides que exijo resultados que justifiquen la desorbitada suma que voy a pagarte.

La voz del hombre pertenecía a Orville Ramos, millonario de alma corva y ambición extrema, el dueño de la gran mansión de la bahía de Chesapeake. Había sido profesor de Historia del Arte en Princeton y poseía una licenciatura en Filología Románica y otra de Lengua Española por otras dos universidades de menos relumbrón. Carente de escrúpulos, su carrera docente no le procuraba los ingresos suficientes para costearse sus gustos, por eso había establecido una red de contactos para la compra de objetos de arte, casi siempre relacionados con la literatura, susceptibles de ser revendidos a precios desorbitados si se conocía a la persona idónea a la que colocarle el hallazgo. Persona idónea significaba, para Orville Ramos, alguien que estuviera dispuesto a pagar lo que él exigiera. Y siempre encontraba a esa persona entre la infinidad de sus opulentos conocidos. Había amasado así su inmensa fortuna, en más de treinta años de compraventas afortunadas. Y su red de lucrativos contactos se había extendido por todo el orbe.

Pero su predilección confesada, a quien estuviera dispuesto a escucharla, eran los libros y otros bienes culturales españoles del Siglo de Oro, pues el bisabuelo del marchante era de Sevilla, y él mismo había viajado mucho por España comprando bibliotecas enteras de familias de abolengo venidas a menos. Además del castellano, por descontado, dominaba con soltura otras cuatro lenguas. Su desiderátum era encontrar el manuscrito Porras de la Cámara, que había pertenecido al bibliófilo y liberal español Bartolomé José Gallardo, bibliotecario de las Cortes de Cádiz y diputado en Madrid. Este manuscrito, que incluía dos de las novelas ejemplares de Cervantes y una tercera apócrifa, se daba por perdido en una revuelta antiliberal organizada por seguidores del rey felón, Fernando VII, en 1823; algarada que terminó con todos los escritos de Gallardo en el fondo del Guadalquivir.

Pero Orville creía, pues así lo había escuchado de labios de su abuelo, que un antepasado suyo que participó en dicha revuelta se hizo con algunos de los libros supuestamente siniestrados, y que los vendió años después por unos buenos dineros. Ramos, desde que acabó sus licenciaturas, había intentado seguir esa pista, sin ningún resultado hasta el momento, aunque la falta de éxito no había supuesto ninguna merma en la intensidad de sus empeños.

Entre sus últimas y más afortunadas compras se hallaba el fondo de biblioteca que una antigua familia de Aranjuez había puesto a la venta, a un precio más que razonable. El abogado que se ocupó del remate no debía de tener grandes conocimientos de bibliografía, y tampoco se dejó asesorar por ningún experto.

Orville se enteró del remate. Hizo un viaje relámpago a Madrid, estudió el material, y se quedó con el lote.

Cuál no sería su sorpresa cuando, ya de vuelta en su mansión, y al pasar los libros viejos por su máquina de rayos X, –como hacía con casi todos los objetos que adquiría, para asegurarse de que no tuvieran desperfectos inapreciables a simple vista–, descubrió una moneda oculta entre las pastas de un manual de herbología del siglo XVI. El peso de la moneda estaba disimulado por el de los bullones y las cantoneras de metal del volumen. Cuando Orville la extrajo con cuidado y la limpió para devolverle su brillo, comprobó con satisfacción que era una moneda de oro muy valiosa. Así fue como aquel manual cobró un renovado interés a los ojos del anticuario, y como, al examinarlo con atención, había descubierto la interesante historia que un muchacho llamado Andrés había ido consignando en los reversos de las páginas.

Se leyó con avidez y casi de un tirón el relato autobiográfico de aquel desafortunado joven, y comprobó que fue él el que escondió la moneda. También se enteró de que dicha moneda pertenecía a un lote de sesenta y seis escondido por Andrés en algún lugar incierto de la ciudad de Sevilla, que el mancebo no había especificado en aquellas páginas.

El ambicioso Orville, nada más cerrar el mamotreto, ya se había marcado el objetivo al que iba a dedicar la mayor parte de sus esfuerzos: recuperar el tesoro que Andrés había escondido.

MAL DE AMORES

La mañana siguiente a mi encuentro con Minako ya no estaba tan eufórico como la víspera; el bajón de adrenalina, feromonas o lo que sea que altere nuestra frágil química interna, me había dejado deprimido. Mi madre solía decir que al que le gustan los tangos tiene un barniz de tristeza. Aunque creo que en mi caso esa pátina de supuesta amargura también me hace disfrutar más a fondo de los momentos felices.

Cuando analizaba el encuentro con la bella americana, me desanimaban las dudas: «¿Qué crees que ve en ti, sino un viejo profesor que apenas puede darle algún buen consejo sobre literatura? ¿A qué colgado de tu edad se le ocurrirían otras expectativas?».

«Un, dos, idiota... un, dos, iluso...» Hice algunos ejercicios de autoflagelación, con la sana intención de rebajarme los humos, o para colocar a mi ego en un lugar más acorde a sus posibilidades. Luego retomé la rutina de mis tareas cotidianas, intentando soslayar el encuentro de la víspera. Pero...

Durante los días posteriores la llamé varias veces al móvil. Saltaba la monótona grabación que vertía en mi oído su veneno con pertinaz recochineo: «El teléfono al que llama está apagado o fuera de cobertura». Se acrecentaban mis más oscuros presagios. Pensé que me había tomado el pelo, o que quizá se arrepintiera de haber dado carrete a un carca patético que se dedicaba a la absurda e improductiva tarea de leer a Cervantes por las tabernas de Madrid.

Decidí olvidar el asunto.

¡Como si fuera fácil olvidar aquellos ojos y aquel dulce acento!

Las mujeres… Nunca fui un mujeriego, mis relaciones con personas del sexo opuesto no habían sido ni muy numerosas ni demasiado intensas. Aunque mi aspecto algo desaliñado y tímido, con cierto aire de desamparo, solía provocar en las mujeres las ganas de cuidarme, y a las más maliciosas les suscitaba el turbio deseo de tentar a ese niño grande, que con sus ojos lánguidos y sus rizos oscuros de poeta romántico parecía necesitado de alguna perversión iniciática que despertase al garañón dormido. Algunas hubo que lo intentaron, aunque no demasiadas. Por otra parte, siempre he pensado que salir con muchas mujeres no le garantiza a un hombre el conocerlas mejor; mis contadas relaciones no me impedían llevarme bien con la mayoría de las féminas que conturbaron mis sentimientos y tampoco que, una vez apagado el fuego del enamoramiento, nos estimáramos mutuamente.

Mis divagaciones acabaron desembocando en la clásica pregunta que se hacen todos los divorciados: ¿por qué fracasó mi matrimonio? Lo cierto, es que yo ni siquiera pensaba en mi separación como un fracaso, sino más bien como una evolución, una fase en una relación de amistad-amor-amistad, que era como cerrar un círculo perfecto. Aunque creo que Mariví no opinaría lo mismo.

Tampoco me planteé nunca mis relaciones posteriores a Mariví como una imposible búsqueda de la mujer ideal, no aspiraba a tanto. Pienso que todas las mujeres con las que he salido fueron en su día la mujer ideal, y que la magia decayó cuando dejaron de serlo. Para mí, el contar con una relación estable en todo momento no fue nunca una prioridad –y menos después de la severa vacuna de mi fracaso matrimonial–, si surgía alguna y valía la pena, bienvenida era; pero si no, la vida me ofrecía muchas alternativas interesantes que no tenían que ver con el sexo contrario.

Tal vez esta falta de entusiasmo que estoy confesando fuera en parte la causa de que mi matrimonio no prosperase; Mariví esperaba una intensidad sentimental que yo no sabía ofrecerle, por lo que lo nuestro simplemente se enfrió o, como yo prefiero verlo, derivó hacia una buena camaradería con esporádicos episodios de sexo tranquilo, que a mí me satisfacía, pero a ella no.

Unos días después, Minako me devolvió las llamadas.

—Perdóname, Miguel, pero tuve que regresar a Estados Unidos.

—¿Algo grave? —dije alarmado, tras la euforia inicial por volver a escuchar su voz.

—No, no, qué va, un asunto burocrático que tenía que ver con la beca y con mi tesis. Me llevó poco tiempo solucionarlo. Pero aproveché para pasar unos días con mis padres. Ahora ya *estoy* toda tuya.

Me hizo gracia la trabucación. Pero pensé que quizá el *estoy* fuera lo más apropiado para nuestra relación hasta ese momento, el *soy* siempre conlleva un sentido más íntimo. Así que no la corregí.

Quedamos en vernos en la taberna de Mariano al día siguiente.

Como el día del primer encuentro, sentía una exaltación impropia de mis años y de mi carácter: estaba hechizado. Intenté concentrarme en la lectura, pero no avanzaba de ninguna de las maneras. Desistí. Entonces se me ocurrió ocupar el tiempo en trazar un plan de visitas culturales por Madrid y alrededores, que abarcaran temas que pudieran ser del interés de Minako, es decir, relacionados con la literatura y la historia del Siglo de Oro.

Yo tengo un dormir difícil, y trato de superarlo con horas de lectura en la cama hasta que se me cierran los ojos. A veces me consuelo diciéndome que ojos para dormir son ojos desperdiciados, pero eso no alivia la ansiedad que provoca el sueño cuando no quiere acudir, como esa noche en que mi ánimo no estaba para lecturas.

El sueño... ese bicho grande y esquivo –¿un rinoceronte?, me vale–. Me impongo la tarea de cazarlo contando con el escaso apoyo de un tirachinas de palo. Tras media hora de fallidas estrategias y emboscadas estériles, cambio el tirachinas por una navaja de Albacete... media hora más en la que apenas consigo arañar la piel acorazada del rinoceronte-sueño. Ahora voy a intentarlo con algo más adecuado: una espada de doble filo... pero solo consigo otra media hora de frustraciones, vueltas y más vueltas. Nuevo cambio, una lanza larga de acero templado. Por fin, se pone a tiro –creo que más por conmiseración hacia mis patéticos esfuerzos que por mi propia pericia de cazador–, ya está a punto de dejarse alancear... Buenas noches.

Por suerte, el día siguiente no tenía clases y pude levantarme más tarde de lo habitual. Hasta canté en la ducha emulando al recordado Gardel: «El día que me quieras...».

Tras el desayuno, me di una vuelta por el barrio para compilar los rincones que luego quería enseñarle a Minako. Practicaba para ejercer de cicerone concienzudo.

A mediodía, me dejé caer por la plaza de Santa Ana, siempre sediciosa, con su no resuelto pulso entre teatro y cervezas. La plaza ocupaba el hueco que dejó el convento de las carmelitas cuando José Bonaparte, emperrado en abrir grandes espacios en el Madrid de las callejuelas estrechas y los rincones oscuros, ordenó su demolición.

Me tomé una caña en la cervecería Alemana, sentado en uno de los clásicos veladores de mármol que son seña de identidad de casi todas las cervecerías de la zona. De ellos se rumoreaba que algunos procedían de lápidas mortuorias confiscadas en los cementerios madrileños y que, si pasabas la mano por su cara inferior, podías notar aún sus inscripciones...

Gertrudis Romero

R.I.P.

Tu querida hija y tu ¿querido? yerno no te olvidan

Cuando bajé por la tarde a la taberna de Mariano, Minako no había llegado. Me senté en la mesa del fondo tras agenciarme un tinto de verano en la barra.

Al hacer su entrada diez minutos después, todos los hombres cesaron por un momento de hablar y se la quedaron observando; muchas de las mujeres también. Tenía ese magnetismo especial que nimba a ciertas personas y que provoca que hasta los que están de espaldas sientan una presencia poderosa y no puedan evitar volverse.

—Hola, Miguel. ¿Me has echado de menos?

La sencillez y la naturalidad con la que me lanzó la comprometedora pregunta chocaban con el hecho de que aquella fuera apenas la segunda ocasión en que nos encontrábamos.

—Estaba desesperado, a punto de ir a preguntar por ti a la Embajada americana, porque estoy seguro de que te tienen que tener inventariada como monumento nacional.

No sonaba muy afortunado, pero al menos mejoró un poco la infausta actuación de mi *première*.

—Nunca me habían comparado con el Parque Yellowstone o el Cañón del Colorado, pero creo que podría acostumbrarme.

—No he querido compararte sino ponderarte, tu paisaje desluce las maravillas naturales. —Erre que erre, empeñado en doctorarme en cursilería.

Le pregunté qué quería tomar, y le pedí a Mariano un blanco de Rueda.

—¿Ya no lees las aventuras de Cipión y Berganza?

Me sorprendió que recordara el libro que tenía entre las manos el día que se acercó por primera vez.

–De momento, he dejado a los perritos recuperando fuerzas en la estantería, con vistas a nuevas parrafadas.

Intercambiamos someras biografías. Lo acostumbrado en primeras citas, por lo menos en las mías; tal vez por ser yo poco imaginativo con las damas en esos decisivos momentos iniciales, donde la rapidez mental y de lengua han de poner en juego todos sus floreos. Yo soy más de tranco largo con las mujeres, se me da mejor la carrera de fondo que los comienzos explosivos.

Le expliqué que había estado casado y que me llevaba bastante bien con mi exmujer, a la que aún trataba con relativa frecuencia. Que mi madre había muerto tres años atrás, cuando dejé el antiguo barrio y compré el piso de la calle León.

–Aquí mismo, en el portal de al lado.

Le hablé de mis clases, de mis relaciones con los alumnos, de un viejo maestro llamado don Joaquín Sola y Barberá, pieza primordial en mi inclinación a la literatura. También le hablé de ciertos gustos y aficiones musicales no muy reputados hoy en día. Todo bastante normal, o eso creo.

Cuando ella cogió el turno, me contó que su padre era un antiguo hippy californiano de los de paz, playa y marihuana, que se desprendió de la típica y astrosa furgoneta Wolkswagen floreada cuando conoció a su madre...

–Que le ponía mucho más que la maría –dijo con una picardía angelical (si es que eso es posible)–. Aunque en el fondo de su corazón seguía siendo el joven inmaduro que no cambiaba una hora de *surf*, cabalgando buenas olas, por el mejor de los negocios.

Afortunadamente, las riendas de la economía familiar las cogió su madre, que a la tenacidad nipona unía un gran talento artístico, y regentaba una afamada galería de arte moderno. La galería le reportaba ganancias suficientes para vivir holgados.

Mi sugestiva acompañante había estudiado Literatura Española, y había dedicado varios veranos a perfeccionar su español en diversas ciudades mexicanas. Allí fue donde adquirió su melódica entonación, tan característica, y que a mí me parecía muy seductora. Esperaba, en los próximos tres meses de estancia en nuestro país, completar su aprendizaje de la lengua y recabar información para su tesis, sobre algún aspecto de nuestro Siglo de Oro que todavía no tenía decidido.

–Así que te gusta el tango. A mí no mucho, es tristón.

Hice ademán de levantarme escandalizado y dejarla allí plantada.

–No seas *clown*.

–Payaso –la corregí, mientras me volvía a sentar con una sonrisa–. Ese anglicismo, aunque todavía lo recogen el diccionario y la letra de algunos tangos antiguos, dejó de usarse hace tiempo.

Ella, tras mi aclaración, insistió en ponderar la tristeza de algunos de los más afamados tangos. Yo quise justificarla:

–Pero es que la tristeza no es intrínsecamente mala. La tristeza nos hace expresar muchas veces los más hondos sentimientos de la manera más artística... y los tangos son arte. Acuérdate que el propio Cervantes dice que año de buenas cosechas no lo es de buenos poetas; a menudo es la pena la que estimula a los escritores en sus mejores creaciones: ahí quedan las coplas de Jorge Manrique, o la maravillosa elegía que Lope de Vega escribió a la muerte de su hijito Carlos Félix, o la que le dedicó Miguel Hernández a su amigo Ramón Sijé, «con quien tanto quería». No sé a qué poeta le oí decir una vez «soy tan feliz que rompo lo que escribo».

»Un tango es un desgarro hecho música; es una suerte de grito solidario que te atraviesa el alma haciéndote participar de manera casi íntima de la tristeza ajena; es una expresión de dolor fértil, como las avenidas del Nilo. El tango se canta con los dientes apretados para que no se te vierta el corazón del pecho. Aunque algunas veces los tangos también puedan ser un mero sarcasmo desencantado del que estando de vuelta de todo, desengañado de todo, se atreve a diseccionar el mundo con el bisturí de su verso.

Jamás había intentado explicar lo que significaban los tangos para mí...

–Para mí los tangos son mucho más que música, son un refugio al que acudir cuando me siento un poco a la deriva, una ensenada al abrigo de las tormentas vitales, y un asidero al que aferrarme para que no me tumben las frustraciones diarias. Además, me gusta cantarlos yo mismo, aunque desafine; y «si puedo cantar, olvidaré morirme», como creo que oí decir a alguien una vez. Y ahora, pese a mi torpe disertación, que no hace justicia a todo lo que significa el tango, solo espero que al menos puedas escucharlos con mejor disposición.

Ella sonreía... y yo le quería comer los labios.

–Está bien, te dejaré que me pongas algún tango de vez en cuando, a ver qué tal, pero no te prometo una adicción incondicional.

–Ya llegará. ¿Y a ti qué música te gusta?

Imaginaba, no sé por qué, que me iba a decir la ópera, la música barroca o la de cámara. Otra sorpresa.

–El folk americano: Woody Guthrie, Pete Seeger, Bob Dylan, y también Johnny Cash, Kris Kristofferson, Waylon Jennings, Kenny Rogers, y por el lado femenino, las tres «jotas»: Joan Baez, Judy Collins, Joni Mitchell.

–¡Vaya, eres una enciclopedia de cantantes de folk! Yo no conozco ni a la mitad de los que has nombrado.

–Pues ya te los presentaré.

–¿Y la música japonesa?

–¡Puaff!

En estas banalidades, tan agradables cuando estás en la compañía ideal, y tan insufribles cuando no te atrae la persona (o personas) con quien las compartes, se nos fue pasando la tarde.

–¿Tienes hambre? –Yo ya la tenía.

Ella confesó que también.

–¿Prefieres que vayamos a un restaurante o que pidamos una tortilla española aquí mismo? Mariano las hace estupendas.

La tortilla impuso su ley. Y mientras la esperábamos, el camarero pasó cerca de nuestra mesa con una cazoletilla de barro que emitía un olor característico. Minako hizo un mohín ambiguo al notar el fuerte efluvio que desprendía el plato.

–Ajo –le dije al notar su gesto.

–Ya sé que es ajo, no solo los españoles lo usan. Pero me ha chocado la intensidad de su olor. No comprendo cómo se puede soportar el aliento de quien se haya comido algo así –dijo señalando la mesa donde Mariano había depositado la cazuela.

–Es que el ajo es el condimento de la complicidad, necesita que los comensales sean todos cómplices de su disfrute, para que el goce de unos no provoque la repulsión en los otros. Exige una especie de ceremonia iniciática, un ingreso en el club de sus adoradores, que no siempre es fácil. –Ella se reía con mi panegírico a algo tan prosaico y humilde como el ajo–. Vamos, no seas cobardica; si te animas, puedo pedir unas gambas al ajillo con su punta de guindilla que sean tu bautismo de fuego.

Minako, aun con cierta prevención, aceptó el envite.

Por supuesto que, tras unos titubeos de neófito en las primeras pinchaditas, acabó mojando pan en el aceitillo sin ningún rubor, y, como yo esperaba, se dejó seducir con fruición por la liturgia del delicioso condimento.

La cena dio paso a una nueva entrada de animados diálogos. Ella parecía no cansarse de mis anécdotas sobre literatura y costumbres españolas, y a mí me encantaba verla tan atenta a mis palabras y hacerla reír con mis hablillas y chascarrillos.

Hasta que un extraño incidente vino a turbar la agradable velada.

Llegaron tres jóvenes que se aproximarían a la treintena y venían cargaditos de alcohol. Como una aguja imantada no puede distraerse del norte, desde su entrada en la taberna no pudieron apartar sus ojos de Minako. Según fueron pasando minutos y rondas, sus miradas se hacían más y más insolentes, y empezaron a subir de tono sus comentarios chabacanos.

La felicidad ha de ser indulgente con la envidia, y la suprema felicidad acostumbrarse a su íntima y furiosa compañía. Yo me sentía el hombre más feliz del mundo con aquella preciosa e interesante mujer a mi lado; en cierto modo, era comprensible que al verme así de exultante, esos caballeretes envidiaran mi situación, por lo que trataba de no hacerles caso, esperando que se aburrieran y se fuesen. No ocurrió así. El más lanzado de los tres se acercó a nuestra mesa y se dirigió a mí con una suficiencia rayana en la chulería.

–Digo yo, que tal vez a su hija le gustaría tomar unas copas con nosotros.

Lo de «su hija», como comprenderéis, era un dardo envenenado directo a mi corazón. Minako, estaba claro, no era hija mía, al menos no biológica. La alusión quería dejar patente que, en opinión del entrometido, yo ya no tenía edad para tontear con una mujer joven y guapa como aquella. Dejé de ser indulgente.

–Haga el favor de no molestar y vuélvase a la barra con sus amigos.

Mi comentario desabrido le hizo volverse a los otros componentes del trío calaveras.

–¡Pero bueno!, ¿es que ya no se puede en este país invitar a una chica a tomar algo?

Observé cómo Mariano, que no tenía ningún problema para sacudirse de encima a chulitos tabernarios, hacía ademán de salir de la barra. Más de una vez alguno se había ido calentito a casa y no precisamente por el vino.

Pero cuando el cantamañanas se volvía hacia mí para seguir insistiendo en sus impertinencias, un hombre alto y fornido de traje oscuro, facciones angulosas y barba apuntada, aunque seguramente se habría rasurado por la mañana, se llegó hasta nuestra mesa y se encaró con el importuno.

–Haga el favor de no molestar más y largarse por donde ha venido si no quiere acabar de mala manera su estúpida noche de juerga.

El interpelado iba a responder, pero la expresión y la talla del desconocido, así como la ferocidad con que había pronunciado lo de «estúpida», templaron sus humos. Tras un titubeo, acertó a decir con lengua estropajosa:

–¿Qué pasa, eres poli o qué?

–Sea o no sea policía, ahora te estoy dando un consejo como amigo; si tuviera que sacar la placa, la cosa ya no sería tan amigable y podría resultar bastante peor para los tres.

El aguerrido borracho volvió con los otros dos colegas, que se habían quedado mudos y serios tras la intervención del extraño. Acto seguido, pagaron y se fueron. Yo iba a agradecerle la oportuna intervención al hombre de negro, pero él salió justo tras los tres impresentables sin esperar mis parabienes.

Cuando volví mis ojos a Minako, me sorprendió ver que estaba muy pálida y que en su rostro se podía apreciar una expresión que rayaba con el miedo. Luego estuvo un rato observando con mirada ausente la puerta por donde acababa de salir nuestro salvador.

–¿Te encuentras bien?

No pareció escuchar mis palabras; estaba ensimismada. Cuando reaccionó, me dijo que había sido muy desagradable, que ya no tenía ganas de seguir allí, prefería irse a dormir.

La acompañé a la pensión y me volví a casa caminando despacio. Me embargaba una sensación agridulce por una velada que comenzó prometedora, pero que había terminado torciéndose de tan turbia manera.

Me preocupaba un poco la actitud de Minako tras el incidente. Era de esperar que una mujer tan atractiva como ella estuviera acostumbrada al incómodo revoloteo de cierto tipo de moscardones, incluso más agresivos que los que nos habían fastidiado el final de la velada. «Tal vez mi nueva amiga sea más sensible e impresionable de lo que me había parecido en un primer momento», la justifiqué.

JL

Afortunadamente, el extraño episodio de la víspera no pareció afectar a nuestras salidas posteriores. Minako estaba encantadora y alegre al día siguiente, y no lo estuvo menos durante todo el fin de semana, en que anduvimos recorriendo los lugares emblemáticos del Madrid histórico. Ni una pequeña sombra empañó nuestra incipiente relación, que poco a poco se iba convirtiendo en algo más que visitas guiadas culturales.

El jueves de la semana siguiente recibí una llamada de JL. Pensaba recalar en Madrid y, como siempre que venía a España, quedamos para tomar algo y hablar de todo lo divino y lo humano.

Hacía tiempo que no me veía con JL y lo echaba de menos, a pesar de su cinismo y su vulgaridad –sobre todo en asuntos de faldas–, o tal vez por eso mismo.

Predicaba el mal ejemplo de disfrutar de la vida. Y era mi mejor amigo, podría decirse que mi único amigo.

Inmaduro y atrevido, se comportaba como si siguiera siendo adolescente y solía arrastrarme a actitudes impropias de nuestros años, colocándome a menudo en situaciones embarazosas, aunque él se refocilaba con mis bochornos de persona tranquila y de orden.

Quizá una de las servidumbres de madurar sea aceptar que ya no puedes actuar como lo hace un jovencito, que la vida te ha ido poniendo puertas y porteros insobornables en ciertos sitios a los que antes tenías entrada libre. Y aunque se hace duro reconocer que has alcanzado el tiempo de segar el césped en vez de plantar árboles, de sentarte en la orilla en vez de nadar mar adentro, o de ponerte a cubierto en vez de danzar bajo la lluvia, yo trataba de comportarme consecuentemente con todas esas lógicas renuncias. Pero con JL a mi lado era necesario repetirme con asiduidad: «Entérate, imbécil, tienes casi cincuenta años».

No creo que todos los hombres, al acercarse al medio siglo, se obcequen en negarse a sí mismos el hecho de haber envejecido y que necesiten darse un cachetazo psicológico de vez en cuando para no olvidarlo. Pero a mí me ocurría en ciertas situaciones: una actitud provocativa de alguna alumna: «Entérate, imbécil…»; una salidita nocturna algo más desmadrada de lo habitual: «Entérate, imbécil…»; la mirada censora del espejo en una mañana de turbio despertar: «Entérate, imbécil…». Y es un hecho estadístico bastante fiable que la frecuencia de tales recordatorios mortificantes crecía exponencialmente cuando me juntaba con JL. Pero lo cierto es que mi amigo sacudía a dos manos mi monotonía, le ponía pimienta y coloreaba mi vida habitualmente sosa y gris, por lo que siempre terminaba perdonándole sus impulsivas salidas de tono y los gatuperios en los que me metía.

Tenía muchas ganas de hablarle de Minako, aunque sabía a ciencia cierta que me iba a vacilar ad náuseam cuando le descubriese mis incipientes, aunque cada día más sólidos, sentimientos hacia ella…

¡Pero qué torpeza la mía, ahora caigo en que no os lo he presentado como es debido!

José Luis Gálvez –JL, para mí–, profesor como yo, aunque él no da clases a jovenzuelos en Madrid, sino a estudiantes adultos de español en Dublín, en una suerte de academia que depende del Instituto Cervantes. Cuando él escogió la rama lingüística de la carrera y yo la de literatura, fue cuando nuestros itinerarios vitales empezaron a separarse. No obstante, seguimos en contacto a través de internet, medio que nos mantiene al corriente, sobre todo a nivel profesional, porque los temas personales nos gusta más tratarlos cara a cara con una buena botella de vino de por medio.

Soltero, mujeriego y noctámbulo hasta caer exhausto. Un poco poeta –él le quitaría el «poco»–, ha publicado un par de libros que no me consta que hubiera leído nadie salvo yo y alguna que otra de sus novias, abiertas a cualquier peligro proveniente de su idolatrado vate.

Pero, ante todo, fue mi ángel de la guarda durante mis años de colegio y universidad. Más alto y con mucha más mala leche que yo para las peleas, siempre me había defendido a capa y espada de aquellos compañeros crueles, que hacían burla de mis gafitas de empollón o que me mortificaban al saberme hijo de madre soltera. Muchas veces la protección que me brindaba le había supuesto algún cardenal o incluso algún punto de sutura, pero nunca me falló, siempre estaba ahí cuando hacía falta. Cómo no iba a estar deseando verle y soportar sus chascarrillos impertinentes y sus tópicos de taberna, enhebrados sin solución de continuidad, como Sancho Panza ensartaba refranes.

En nuestros años de estudiantes, yo trataba de compensarle sus desvelos protectores ayudándole con las materias que se le atragantaban; formábamos una simbiosis bastante aceptable. Era mi perfecto contrapunto, mi envés, mi yang, o como queráis llamarlo. A menudo me tildaba de hermano menor, aunque somos de la misma edad. Casi puedo aventurar, aunque suene algo cursi, que me mimaba.

Como JL era muy extrovertido y jaranero, pensaba que todo aquel que no estaba alegre las veinticuatro horas del día tenía que ser recuperado para la causa de la alacridad; por ello, las veces en que yo comenzaba a deslizarme hacia la misantropía, aplicaba un remedio que se le ocurrió la primera vez que ambos leímos del *Quijote:* me soltaba a bocajarro un casi existencialista «Metafísico estáis», al que yo debía responder inexcusablemente, si no quería recibir una colleja, con la segunda parte del verso que Cervantes pone en boca de *Rocinante:* «Es que no como». Esta tontería absurda siempre nos arrancaba una sonrisa y solía cumplir con su cometido de apartarme del ánimo sombrío.

Desde que JL se fuera a Dublín nuestros encuentros casi diarios de antaño se habían ido espaciando mucho, como es lógico –hay momentos en que la vida tira de un brazo y la amistad del otro–. Pero siempre que recalaba en Madrid, más o menos una vez al mes, salíamos de copas o de culturillas, como él llamaba a las exposiciones, presentaciones de libros o lecturas de poemas.

El sábado por la tarde habíamos quedado en una conocida cafetería de la Gran Vía, aprovechando su visita mensual. Tras ponernos al corriente de lo más superfluo y convencional de nuestra actividad laboral y tras media botella de Vega Sicilia, empecé a hablarle de Minako.

–Ni te la imaginas. Es… interesante, magnética, intrigante, no sé con qué epítetos acertaría a describírtela. Su voz es armónica y seductora, da la impresión de que nunca has escuchado una voz así, como si siempre estuviera improvisando timbres nuevos. Y sus increíbles ojos garzos refulgen con un brillo que parece no gastado en miradas habituales. Pero… si tuviera que definirla con una sola palabra escogería «enigmática»; en su presencia siento estar ante un enigma absoluto y paradójico que, desafiando la lógica, no sabes si deseas o no deseas desentrañar; o, por afinar más, ella es un cúmulo de enigmas. Enigmas que al ir esclareciéndolos uno tras otro siguen surgiendo nuevos; y tú deseas que vayan apareciendo más y más, cada uno sorprendente y distinto, para poder seguir descubriendo nuevas facetas de ella, aunque sin llegar a conocerla nunca del todo.

Él, como yo sabía de antemano, empezó a mortificarme con sus chanzas.

—¡Aleluya! ¡Que se besen Cervantes y Avellaneda, que aquí hay un caballero más enamorado que un trovador! —dijo mi amigo, levantando su copa al cielo en gesto teatral.

—No seas hiperbólico, si solo nos hemos visto unas pocas veces.

—Más a mi favor, los enamoramientos repentinos y fulminantes son mucho más profundos que esas relaciones de toda la vida, que no desembocan sino en una monotonía rutinaria de tardes de sofá y en el deprimente muro nocturno de espaldas recíprocas, que se alza inexpugnable en mitad del lecho conyugal.

Mientras me premiaba con una medio sonrisa que yo no era capaz de catalogar, quiso felicitarme a su manera:

—Veo que alguien ha tocado por fin diana floreada a esos sentimientos primarios que tenías tan adormilados. Me alegro por ti, hermanito.

—Tengo ganas de que la conozcas, aunque teniendo en cuenta tu mala reputación con las mujeres no sé si atreverme a presentártela.

—Me ofendes, jamás le levantaría la novia a un buen amigo, y mucho menos a mi hermano del alma.

—Ya, como cuando quisiste beneficiarte a Mariví.

—¡Hombre, no seas injusto! Ya te habías divorciado y, además, te consulté si te parecía mal que lo intentase. De hecho, creo recordar que me otorgaste la venia.

—Es cierto, te dije que yo ya no tenía jurisdicción en aquel fortín, que hicieras lo que creyeras conveniente. Pero me parece recordar que te dejaste los dientes.

—No ha sido una de mis mejores conquistas, no lo he de negar, aunque aún estoy a tiempo de corregir ese marcador desfavorable de 1-0 a favor de la ingrata y desconsiderada «nosabeloquesepierde» Mariví.

Esto lo dijo guiñándome un ojo, quizá para tratar de picarme. No lo consiguió.

—Allá tú si sigues pensando embarrancar en ese arenal.

—Pensar, lo que se dice pensar, no lo he pensado con mucho detenimiento, pero no sé qué tiene esa bruja deslenguada que me pone de lo más cachondo, con perdón. Y ya te he confesado otras veces mi creencia en que existe una relación inversa entre mi razonamiento y el tamaño del pene. Cuanto más me empalmo, menos pienso.

—Joder, JL, sigues tan sutil como un tiro en la nuca. Ni siquiera los años te aproximan un poco al terreno de lo razonable.

—Es que tengo el corazón incorregible, soy poeta, y el sexo es un poema en todos los metros.

—Pues ya vas teniendo edad para empezar a pensar en que también existe vida aparte del sexo.

—¡Vida! Los verdaderos poetas odian la vida, odian esos actos repetitivos, impuros del vivir diario que los apartan de la poesía. Por eso yo me refugio en la mujer, porque es más que vida, es magia, es ilusión, es misterio… poesía al fin. La vida son normas, es servidumbre, es un puto cinturón de castidad para el verdadero artista.

—Todo eso me suena a justificaciones a tu promiscuidad. Si la vida te ha puesto alguna vez un cinturón de castidad, será de madera de balsa, por lo fácil que te resulta desprenderte de él. A mí no me camelas con tus desvaríos del arte por el arte. Yo también he leído a Wilde, a Baudelaire y a Poe, y ellos al menos creían en lo que postulaban.

—Ahggg, no me imaginé tener que escuchar eso en boca de mi hermano. Yo soy más esteta que Baudelaire, más depravado que Wilde, más borracho que Poe.

Me lanzó una miradita burlona por encima de la copa, que se había llevado a los labios, como retándome a averiguar si hablaba o no en serio. Y remató los desvaríos…

—Yo soy poeta, el maldito, el antihéroe, el que abandona a Penélope para irse a vivir con Circe.

Y se quedó tan ancho.

—Pues recuerda que Platón aconsejaba desterrar a los poetas, y si estos eran como tú y el filósofo tenía hijas o sobrinas, no me extraña en absoluto. En cuanto a Mariví, adelante con ella, a ver si bien rogada con la plegaria de unos buenos versos, ¡que ya pueden ser magníficos!, la domesticas.

—Tampoco hay para tanto. Yo no les ruego a las mujeres, porque, como dijo el clásico, no hay mayor tirano que una mujer rogada.

—Pues no te iría mal encontrar una buena mujer, aunque tengas que rogarle. Una que aguante tus excentricidades y te quiera un poco, o al menos que te soporte, que ya sería suficiente sacrificio. En un abrir y cerrar de ojos te vas a encontrar viejo y solo.

—¡Eh, para, para, no creo que seas tú el más idóneo para dar tales consejos! Yo amo a la mujer en las mujeres. Y, pase lo que pase, siempre me quedará una mujer al azar, o el recuerdo de una mujer, que es algo mucho más fiel.

—Eres un caso perdido. Y un egoísta de tomo y lomo, no sé cómo me has ido llevando al tema de «las mujeres y JL» cuando estábamos hablando de «Minako y yo». ¿Es que todos los caminos han de terminar siempre en ti?

—Mi egoísmo, uno entre millones. Pero llevas razón, quizá he sido un poco insensible con tu arrobamiento de amor a primera vista, sigue contándome cosas de tu nueva amiga.

Nunca se sabía cuándo podía estar hablando en serio, pero me pareció que esto último lo dijo con sinceridad, así que le relaté con detalle todo lo que todavía no le había contado de mi bella americanojaponesa.

Al terminar mi relato, lo noté un poco reflexivo, algo impropio de su impulsivo modo de ser. Luego, tras un esfuerzo por superar su reticencia a decirme lo que pensaba, comentó:

—No quisiera desilusionarte, pero ¿no te pareció un poco raro ese primer abordaje en la taberna de Mariano? Justo una estudiante de Literatura Española guapísima que necesita un mentor y allí estabas tú, como caído del cielo.

–Mira quién habla, cuántas veces no te habrá abordado una hembra a vuelapluma, o lo habrás hecho tú en circunstancias de lo más singulares o extraordinarias. El hecho de que me viera leyendo a Cervantes fue el detonante para que se me acercara. Yo no lo veo tan insólito.

–Tienes razón. Tal vez es que estoy un poco celoso de que haya sido a ti, pequeño saltamontes, a quien se acercara la bella oriental y no a mí, que soy mucho más atractivo e interesante.

En eso, el que llevaba la razón era él, aunque no se lo dije, por supuesto; ya tenía el ego lo bastante henchido. JL siempre había entablado relaciones con mujeres con suma facilidad; su gran estatura y su dinámico porte, su cinismo simpático e irreverente, y unas facciones de chuleta marsellés –tipo Jean Paul Belmondo–: muy moreno, con la nariz algo torcida y la sonrisa perfecta, hacía que a muchas mujeres se les antojara irresistible. Salvo a su prometida, Julia, que lo dejó plantado con su esmoquin y su clavel blanco en la solapa delante del altar. Tal vez se dio cuenta justo a tiempo de que no estaba hecha para compartir a su futuro marido con la mitad de la raza humana. A JL este episodio de ópera bufa le volvió todavía más cínico y descreído con el sexo contrario. Y aunque solía repetir, citando a Larra, «Bienaventurado aquel al que la mujer dijo "no quiero" porque ese al menos oye la verdad», yo sabía que aquel golpe, tan despiadado como imprevisible, había dañado a mi amigo en lo más hondo.

Pero de todo eso hacía demasiado tiempo. Aquí y ahora, y como para demostrar la precisión de mis palabras sobre su atractivo sensual, entraron dos bellezas rubias con uniforme de azafatas a las que él sonrió, y ellas le devolvieron una sonrisa insinuante y sin recato antes de ir a acomodarse al final de la barra.

La mirada de JL las siguió durante todo el recorrido, prendida sin disimulo en la mitad sur de sus anatomías. Al darse cuenta de que yo había descubierto su indiscreta fijación, dijo con timbre declamatorio:

—Un culo es un hermoso paisaje con el horizonte vertical.

—Veo que has hecho un máster de lírica de lo más exigente.

—Es que en Dublín, con sus rigores climáticos innegociables, es más difícil tener oportunidad de apreciar la anatomía femenina en todo su esplendor que en los países del sur, donde los ropajes no encubren lo esencial. Además, las irlandesas no son mi tipo.

—Y yo que creía que *todas* eran tu tipo.

—No, mi tipo es el *cero positivo:* la donante universal —remató cínicamente.

—O sea, que te da igual españolas que extranjeras, guapas que feas. —A mí también me gustaba pincharle un poco de vez en cuando.

—¡Alto ahí, *mon ami*, no exageremos!, ya sabes que yo siempre huyo de las feas y del sentido común, no sea que me enganchen con su turbio y poderoso atractivo.

La agónica muerte de la segunda botella de vino nos había llevado a tales conversaciones de alto nivel.

Como si alguien hubiera tocado un clarín silencioso, hubo un cambio de tercio en el tipo de público que entraba en la cafetería: empezaron a menudear los abrigos de pieles que disfrazaban las miserias de sus dueñas, señoronas que acudían o salían de los cines y teatros de la Gran Vía del brazo de sus bien relacionados consortes, y cuyas miradas de desdén eran directamente proporcionales al volumen y el precio de sus abrigos. Alguien bajó la intensidad de las luces, lo que unido al progresivo aumento de alcohol en sangre le dio unas pinceladas conspirativas a nuestro diálogo.

—¿Has leído algún libro interesante últimamente? —le pregunté a JL, para intentar orillar el monotema de la mujer en todas sus variantes. Solo lo conseguí a medias.

–Pues no, la verdad, ninguno en este último mes me ha movido a coger el lápiz de cabecera. Ya sabes que, para mí, un libro es interesante cuando me urge a coger el lápiz; una música, a cerrar los ojos, y una mujer, a intentar olvidarla.

Tras estirar sin recato brazos y piernas sin preocuparse por las más elementales normas de urbanidad, JL acercó su cara a la mía, como si fuera a hacerme partícipe de alguna confidencia supersecreta.

–¿Qué te parece si nos metemos en el cine, como cuando nos pelábamos alguna clase coñazo en la carrera?

Pero ahora fui yo el que le pagó con la misma moneda de la frasecita ensayada.

–Ya sabes que a mí solo me gustan las películas en las que él lleva sombrero y ella tacón de aguja. Creo que de esas ya no hay pases en la Gran Vía, ahora todas son de catástrofes o de acción. Y yo, para acción, ya me leo el periódico todos los días.

–Veo que mi ausencia está provocando daños irreparables en tu calidad de vida, sigues siendo más aburrido que un ascensor sin espejo –me soltó un reproche habitual, que venía de muy atrás–. Voy a tener que recetarte unas tisanas de saliditas nocturnas y unas friegas de regodeo antes de que te apergamines. Como dirían los cachondos de la generación del 27, cuando todavía eran unos cachondos, te me estás volviendo un putrefacto, un carnuzo.

En estas y otras fruslerías parecidas estábamos, cuando JL se levantó sin decir nada. Yo pensé que había ido al retrete, pero al poco volvió con las dos rubias azafatas, me las presentó y se sentaron a nuestra mesa.

Eran escandinavas. De escala en Madrid, al día siguiente salían para Sudáfrica. Guapas y simpáticas: una bomba para cualquier hombre, no digamos para JL.

Le hicimos un quiebro de cintura al Vega Sicilia y nos pasamos al cava: un Anna de Codorniu. Fue la excusa perfecta para que mi hermano nos aturullara con su jarabe de pico y mostrara sus dotes a la hora de proponer brindis ocurrentes.

—Por las mujeres de altos vuelos y bajos instintos —fue la primera perla, a la que siguieron unas cuantas más de parecido jaez.

JL pidió una segunda botella de cava, pues las nórdicas bebían como cosacos deshidratados.

—Por la amistad en todos sus excesos —y mirando con descaro a una y a otra, remató—, y por los labios que deberían salir de fábrica con licencia de armas.

Las risas subían de tono, las indirectas se olvidaban de serlo y JL se envalentonaba surfeando sobre la cresta de su histrionismo.

—La noche es fértil cuando se la riega bien —les dijo a sus gustosamente embaucadas amigas, alzando otra vez (y ya iban...) su copa de espumoso.

—Pues esta noche ya está llegando a ubérrima —intervine yo, poniéndome en pie.

Estaba cansado y no podía beber ni una gota más. Tampoco tenía deseos, en aquellos momentos, de ninguna mujer que no fuera Minako. Me despedí.

A JL, a pesar de que protestó y me lanzó un: «¿Es que ya nada queda del ser hecho de audacias?», en el fondo no pareció sentarle muy mal que lo dejara a solas con las dos nórdicas. A ellas tampoco. Yo, sin retorcerle mucho el brazo a la imaginación, podía intuir el porqué.

DE LAS DECLARACIONES
DEL ALGUACIL CRISTÓBAL PÉREZ.
AUDIENCIA DE SEVILLA, PROCESO 165/1599

Una vez desecado el pozo de la casa de Simón Freire, la decepción se transforma en latigazos y golpes que el frustrado alguacil menudea sobre los lomos de los inocentes operarios. Lo que buscaban no estaba allí.

El sicario no quiere ni pensar en cómo se va a poner su jefe el Oidor cuando vaya a comunicarle la mala nueva. Reúne a todos sus hombres y reparte órdenes con la rabia punteando sus palabras.

–Preguntad a todos los vecinos del barrio, a ver si alguien conoce al muchacho que estuvo ayer en esta casa, y no volváis sin respuestas. Marlasca, Pinto, Cerdán y Portolés, vosotros id a los mentideros, plazas y mercados y corred la voz de que el Oidor dará una generosa recompensa a quien sepa algo sobre un joven que visitaba al mercader Simón Freire. Galán, tú organiza retenes y guardias en las puertas de la ciudad, y traedme a cualquier joven que vaya solo y parezca sospechoso o que no pueda dar razones claras de lo que haya hecho en Sevilla y de por qué la abandona.

Por suerte para Andrés, en el mismo momento en que se tomaban estas disposiciones, él salía de la ciudad del Betis con paso raudo y sin mirar atrás.

En palacio, el Oidor está conversando con otro caballero que por su acento y sus ropajes parece ser extranjero. Como siempre que halla ocupado a su jefe, el complaciente esbirro se queda en una esquina lejana, camuflado entre las sombras y los guadamecíes, mientras los dos hombres dialogan. El tono contenido no encubre la tensión que se adivina entre ambos.

–Puedo asegurar con toda firmeza que el dinero no llegará a poder del Rey –le dice con determinación el Oidor al caballero extranjero.

–Pues me han llegado rumores de que no sabéis dónde se encuentra, lo cual no parece ir de la mano con la seguridad que prometéis. No necesito recordaros quién os consiguió el puesto desde el que habéis hecho fortuna, y lo fácil que me resultaría dejaros caer y buscar un sustituto adecuado que sirva mejor a nuestros fines.

El que así amenaza al Oidor es el supuesto representante de los intereses comerciales de Inglaterra en Sevilla. Personaje muy rico y de gran influencia en la ciudad, a pesar de las tensas relaciones, si no abiertas hostilidades, que España e Inglaterra venían manteniendo desde hacía lustros. El intrigante cónsul, desde que Felipe II empezara a recaudar dinero y alimentos para dotar a la Armada Invencible, ha comprado con generosidad la colaboración de varias personas que ocupan cargos importantes y ha colocado a otros afines en varios puestos prominentes, desde donde pudieran estorbar la llegada de los fondos recaudados a su destino: el de aparejar la poderosa armada contra su país.

Entre los muchos que el cónsul ha colocado en lugares clave de la administración se encuentra el Oidor, ascendido meteóricamente desde un humilde destino en alguna covachuela de la justicia sevillana hasta el importante cargo que detenta desde hace ya diez años, por obra y gracia de las maquinaciones y los buenos ducados de su poderoso interlocutor.

El corrupto juez conoce los firmes respaldos con los que cuenta su otrora favorecedor, y está seguro de que habla muy en serio cuando amenaza con dejarlo caer a un pozo mucho más profundo y peligroso que el de la simple pérdida de su actual sinecura.

—Esos rumores de los que habláis son solo eso, rumores sin fundamento. Ahora mismo, mi fiel lugarteniente tiene prácticamente en sus manos el dinero extraviado. Su Excelencia no tiene de qué preocuparse.

—Espero que vuestras palabras se sustancien con hechos. Hoy parto de Sevilla, y a mi vuelta quiero que todo esté solucionado.

Tras las amenazantes palabras, el indignado personaje se retira sin ninguna muestra de cortesía. El alguacil, al verlo desaparecer por la puerta, abandona las sombras que lo cobijaban y se llega hasta su preocupado jefe.

—Espero por tu bien que me traigas las noticias que ansío.

—Temo decepcionarle, Excelencia, pero el pozo se encontraba vacío.

La lividez del rostro del Oidor muestra bien a las claras lo que le perturban las revelaciones de su fiel escudero.

—¿Cómo es posible? ¿Crees que el mercader nos mintió?

—No lo creo. Por lo que le afectó la mutilación de su esposa y lo quebrantado que estaba, yo diría que es casi imposible que tuviera arrestos para mentirnos. Me inclino más a pensar que el muchacho no cumplió las órdenes del banquero, no sé si porque no pudo o porque se volvió codicioso, pero lo primordial es detener al mancebo. Ya he dado órdenes estrictas encaminadas a tal fin, y he hecho correr la voz por toda Sevilla de que se retribuirá con una suculenta recompensa a quien nos dé detalles de su identidad.

—Fue una lástima que el banquero se nos muriera antes de decirnos quién era el muchacho y para quién trabajaba.

El alguacil no dice nada a esta última reflexión de su jefe, aunque en el fondo piensa que bastante aguantó aquel desgraciado con todas las perrerías que le habían hecho; y, rasgo extraño en aquel corazón de plomo, siente una cierta admiración por su entereza.

Desde que el bárbaro jifero mutilara a Andrés, su relación con la Candelas se había ido deteriorando. El carnicero reprochaba a su amancebada que el muchacho hubiera intentado acercarse a su hija, según él, por haber sido demasiado blanda para criarlo derecho.

Al año de la huida del joven, las peleas entre los amantes eran el pan nuestro de cada día, los golpes cada vez más inclementes del gañán no acallaban la lengua de la procaz vendedora de menudillos. Hasta que un día, los insultos de ella enervaron tanto al jifero, que en vez de puños tiró de cuchillo, desgarrándole bestialmente la cara. Aquello fue el fin de las relaciones y el comienzo de un odio de la barragana hacia el matarife, que se acrecentaba cada vez que veía su desfigurado rostro reflejado en alguna superficie o notaba el horror y el asco en las caras de los que se cruzaban con ella.

Andrés, que había regresado varias veces a Sevilla con comandas de su señor, unos años después de salir de ella con tres dedos menos, nunca volvió por la casa de su madre de acogida. Pero indirectamente, a través de terceros, supo de su ruptura trágica con el jifero y de lo mal que le habían ido las cosas al perder las sisas cárnicas con las que mantenía su negocio. Se disgustó mucho el muchacho al enterarse de que malvivía de la mendicidad, la cual solía ejercer por la zona de la Resolana y del callejón del Agua, y otras veces por los alrededores del mesón del Moro en la colación de la Santa Cruz, a la entrada de la judería, eso siempre y cuando no estuviera tan enferma como para tener que recogerse en el Hospital de la Misericordia, donde pasaba largas temporadas.

Andrés, que era un alma de Dios, no le guardaba rencor a su

madre adoptiva, más bien le estaba agradecido por el tiempo que lo cobijó bajo su tutela antes de su huida, por lo que siempre que se acercaba hasta Sevilla le hacía llegar unas cuantas monedas por medio de algún religioso o religiosa, escudándose en el anonimato.

Lo que no sospechaba Andrés era que los mendigos, al andar brujuleando de continuo por todos los rincones de la ciudad sin que nadie les preste demasiada atención, son buenos recolectores de informaciones y chismes de todo tipo. Así, la Candelas se había enterado de que Andrés visitaba alguna vez al mercader Simón Freire. Tenía en mente pillarle en una de sus venidas a Sevilla y sacarle algún dinero bajo la amenaza de alertar de su presencia al jifero, quien seguro que aún le tenía ganas.

Lo sucedido en casa del mercader y la oferta de la que toda Sevilla se hacía lenguas, le brindaba en bandeja a la Candelas la oportunidad de matar dos pájaros de un tiro: conseguir dinero por Andrés y vengarse del carnicero.

Los corchetes al principio ignoraron a la desfigurada gallofera; luego se la quitaron de encima sin miramientos, por suponer que no era posible que poseyera ninguna información útil. Pero, tras su terca insistencia y la firmeza de su resolución, terminan por llevarla de mala gana a la presencia de su jefe.

—Me han dicho que sabes quién puede ser el muchacho que escapó de la casa del mercader. Dime rápido todo lo que sepas, que como me hayas hecho perder el tiempo, tus espaldas van a desprenderse dolorosamente de lo único que les queda: el pellejo.

—No, su señoría, yo no osaría hacerle perder el tiempo a vuesa merced, yo estoy cierta en lo que tengo que comunicarle. Pero antes quiero mi recompensa.

El matón saca su daga y coloca la aguda punta en la garganta de la Candelas. Una pequeña gota de sangre surge de su cuello arrugado y reseco, crece lustrosa como un rubí recién tallado y empieza a deslizarse hasta desaparecer por el borde de la raída saya. Parecía mentira que tan escuálido y asqueroso cuerpo contuviera algo tan brillante en su interior, esa gota escarlata daba la impresión de contener más vida en sí misma que el resto de la yerma anatomía de la mendiga.

—Estás jugando con fuego, vieja puta. Dime todo lo que sepas ya mismo o te agujereo el pescuezo antes de que puedas decir amén. Una vez que me hayas relatado de la cruz a la fecha todo lo que sabes, y si lo que me dices es importante, hablaremos de la recompensa.

Con voz entrecortada por el terror, y tras empezar a considerar que había cometido una gran equivocación al venir a delatar a Andrés, declara el nombre del muchacho, cuenta todo lo referente a su adopción y describe la mutilación de su mano izquierda. Hasta ahí se atiene a la verdad, pero cuando explica cómo tuvo lugar dicha mutilación, y como pretende implicar al jifero a toda costa, para cobrarse una venganza largamente anhelada, culpa a su maltratador de haber entrenado al muchacho para ejercer oficio de matón a sueldo. Y se inventa que en una de aquellas sesiones de entrenamiento, un accidente le había costado los dedos, lo cual hizo que el jifero se volcara con su aprendiz y le cogiera más cariño, al sentirse culpable.

—Si hay alguien que sepa dónde está el Andrés, ese es el mentado señor de las carnes, al que podrán hallar en su mercado.

El alguacil juzga interesantes sus palabras y no cree ni por un momento que se trate de un embuste. No era concebible que aquella desharrapada se atreviera a venir hasta él para mentirle en su cara, sabiendo que se jugaba la vida. No obstante, manda que la retengan hasta poder dar con el jifero y contrastar las declaraciones. La Candelas, mientras se la llevan en volandas a las mazmorras, llora arrepentida de su delación, pero el llanto y los hipidos no impiden que siga exigiendo su dinero, jurando y perjurando que les ha dicho la verdad.

El alguacil convoca con premura a una cuadrilla de sus más

diestros secuaces y los envía al Mercado de la Carne con la orden tajante de traer al jifero a cualquier precio.

Mas el encargo no va a salir tal como él esperaba: con el carnicero en manos de sus verdugos para poder arrancarle toda la información posible sobre Andrés.

Sin embargo, el plan de venganza de la Candelas sí que va a verse coronado con la mejor de las suertes.

Los guardias ya han llegado hasta el mercado, donde empiezan a preguntar con apremio por el jifero. Este, al ver la disposición y los malos humos que traen, se da cuenta de que no se le requiere para nada bueno, y él no es hombre que se deje atrapar como un corderito. Sin mediar palabra, le tira una certera cuchillada al guardia más cercano que le parte el corazón, y antes de que los otros tres reaccionen, le da a un segundo un tajo en el brazo y se lo deja medio colgando. Ya los dos que no han sido heridos han sacado las espadas y aunque el carnicero los mantiene un rato a raya, su cuchillo al fin no puede con los dos aceros de más longitud, y uno de los guardias lo hiere en la cara. Enrabietado, se lanza a pecho descubierto a por los corchetes, y aún tiene arrestos para acuchillar levemente a un tercero antes de ser atravesado por las espadas de los guardias.

El único de los corchetes que ha salido indemne de la sangrienta reyerta acude al palacio y relata lo acontecido a su jefe que, tras escucharlo con contrariedad, hace traer de nuevo a la Candelas a su presencia y le cuenta, para la satisfacción bien disimulada de esta, que el objeto de sus odios se ha dejado el alma espetada en los aceros de sus hombres.

Como los muertos son tercos en su mutismo, intenta sonsacar a la mendiga la información que no han podido extraerle al jifero. Cuando queda convencido de que ella no conoce el paradero actual del mancebo ni ningún otro dato de interés, la despacha con unas cuantas monedas y con el encargo de que ande bien alerta por esas calles. Le promete muchos más cuartos si viene a contarle hasta el más mínimo detalle nuevo que le llegue sobre su hijastro. El alguacil sabe que es mejor tener ojos y oídos por todas partes, y está seguro de que la codicia hará que la mujer no dude en volver con cualquier dato obtenido por los oscuros canales de la mendicidad.

Despachada la Candelas, el alguacil se encamina a palacio, a reportar al Oidor lo que ha averiguado sobre Andrés: su nombre y su mutilación. Datos que van a ser de suma importancia para facilitar su búsqueda.

MISTERIOS DE MADRE

–Sabemos, por crónicas y archivos, que Cervantes tuvo una hija natural llamada Isabel, fruto de sus amores con la malmaridada Ana Franca, la cual, por cierto, regía una taberna en la calle Tudescos de Madrid. No pocos vinos se tomaría nuestro primer espada literario en aquellas mesas al ir a visitar a su amante y a su hijita. Pero… y he aquí la cuestión que os propongo esta semana, si acaso hubiera tenido un hijo, ¿cómo creéis que lo hubiera llamado? Pensadlo y rebuscad en sus obras a ver qué os encontráis.

Enrique Ruiz, otro de mis alumnos aventajados, con sus gafitas a lo John Lennon que le agrandaban desmesuradamente los ojos grisáceos, con su tez barbilampiña y pálida, casi de muñeca de porcelana, y su sempiterna cola de caballo recogida con una vistosa cinta, carraspeó.

–Y si ya lo supiera, ¿por qué esperar una semana?

La impaciente juventud al ataque.

–Adelante, si conoces la respuesta, puedes compartirla con nosotros.

–Promontorio. Creo que así nombra, en el *Viaje del Parnaso*, a un supuesto hijo que dejó en Nápoles.

–Efectivamente –le contesté con satisfacción–; muy bien, Enrique, haces que me sienta orgulloso de esta clase. Y volviendo al tema, ¿no os parece un muy extraño nombre para un niño…?, aunque sea italiano –dije con cierta sorna, aunque nadie sonrió–. Claro que no se puede afirmar su existencia real, pero, como muy bien dice Enrique, don Miguel lo menciona en uno de los tercetos del *Viaje:* «Llamome padre, y yo llamele hijo».

»Pero ¿por qué pensáis que le pudo poner tal nombre? –Nadie se lanzó–. ¿No estaría pensando Cervantes tal vez en el Vesubio, el imponente monte dedicado a Hércules que preside desde la distancia la ciudad napolitana, tan querida por nuestro manco universal y que tanto aparece en sus obras? En fin, quién puede saberlo –apostillé.

El tiempo, indomable, nos acosaba con la especial inquina de todos los martes.

–Está bien, como el pretendido misterio nos lo ha desvelado Enrique, no dejéis de leer unos cuantos pasajes del *Viaje del Parnaso* y comentaremos dicha obra la semana que viene.

La calle Argumosa, contaminada de terrazas donde la multiculturalidad se exhibía como en casi ninguna otra parte de Madrid, estaba especialmente animada esa tarde de temperatura benigna y alegría contagiosa. Yo la recorría con calma desde la plaza de Lavapiés hacia el museo Reina Sofía, que se erguía al fondo. Me detuve en A Cañada, un restaurante gallego de la calle Fúcar, donde me arreglé el cuerpo con un buen plato de pulpo, ruborizado por el beso picante del pimentón, y media botella de Albariño. Me sirvió de cena antes de recogerme en la Leonera.

El parpadeo nervioso del pequeño chivato rojo delató la impaciencia del contestador automático. El mensaje que parecía urgirle comunicar a la útil maquinita era de un despacho notarial: «Señor Saavedra, le rogamos que se ponga en contacto con nosotros, a la mayor brevedad posible, para un asunto de su máximo interés». Al escueto e intrigante anuncio le seguían los datos de contacto.

Sesión vespertina de lectura y luego a la cama, sin haber podido sacudirme la comezón de cuál sería aquel asunto de mi «máximo interés».

A las nueve en punto llamé por teléfono a la notaría. El tema por el que me habían contactado tenía relación con ciertas propiedades inmobiliarias, pero la secretaria con la que hablé no supo o no quiso aclararme mucho más. Como ese día, miércoles, tenía clase en el instituto, quedé en pasar por allí a la mañana siguiente para que me concretaran los detalles. El tiempo, caprichoso y elástico, se ralentizó durante el resto de la jornada. Intenté leer la prensa, pero mi mente no hacía sino darle vueltas al tema del notario. Supuse que tendría que ver con el testamento de mi madre, pero ¿quedaría algo por esclarecer tres años después de su muerte? Me temía lo peor, la obligación de abonar alguna tasa que no hubiera pagado todavía o una multa por alguna contribución atrasada. Como buen contribuyente hispánico, desconfiaba de cualquier papeleo oficial.

La mañana del jueves cogí el metro a las nueve y media y me presenté en la notaría poco antes de las diez.

–Miguel Saavedra. Me han llamado.

La secretaria hiperactiva que se parapetaba tras una mesa gigantesca apretó un botón. Apareció un pasante paliducho, que me alargó una mano flácida y sudorosa, como una bayeta mal escurrida, y me condujo a un cuartito de dimensiones poco mayores que una cabina telefónica. Allí me despachó con eficiente premura, dándome la impresión de estar deseando quitarse mi asunto de encima lo antes posible, para dedicar su valioso tiempo a proyectos más sugestivos o a las grandes multinacionales. Otro apretón lacio de la bayeta babosa y adiós muy buenas.

Salí a la calle Goya absolutamente anonadado. Opté por

refugiarme en la cervecería Santa Bárbara, donde tuve que aplicarme un doble de cerveza para que se me deshiciera el nudo de la gola —me vino al pelo aquello de acogerse a santa Bárbara cuando truena.

Y, ¡santa Bárbara bendita, vaya si tronaba! ¡Una herencia! Reventaba, tenía que abrirme a alguien. No lo pensé demasiado y llamé a Mariví.

—No te lo vas a creer, he heredado una casa en Cantabria de la que jamás mi madre hizo la menor mención. Y eso no es lo más impactante: resulta que mi madre cambió de nombre al venirse a Madrid, desterró el apellido paterno para adoptar el de su madre, Saavedra. Resulta que el padre de mi madre —me resistía de momento a llamarle abuelo—, que vivía en aquella provincia norteña, murió tres días después que mi madre, en una suerte de hospital de beneficencia. A su muerte, no se actuó con diligencia, o quizá alguien traspapeló algún documento, y el cambio de apellido de mi madre también contribuyó a complicar los trámites. No me han dado muchas explicaciones, pero el caso es que apareció una escritura de propiedad y resultó que la única heredera del fallecido era mi madre, que en realidad había muerto tres días antes que él. Resumiendo, que me estoy aturullando, soy el feliz propietario de una casa en un pueblo del que jamás había oído hablar.

—¿Me estás tomando el pelo?

—Te aseguro que no, acabo de salir del notario. He heredado una casa en un pueblecito llamado..., espera que me lo he apuntado por aquí, Bárcena Mayor, en el valle de Cabuérniga. Joder, joder...

—Cálmate, que te va a dar algo. Voy a la taberna de Mariano, estaré allí en una hora más o menos, tú ve hacia allá dando un paseo despacito para tranquilizarte, comemos juntos y me lo cuentas todo con pelos y señales.

Acepté la sugerencia. Medio ausente, caminé Goya abajo hasta llegar a la plaza de Colón, y luego a la izquierda por el paseo de Recoletos hacia Neptuno, embebido en mis recién descubiertos misterios familiares. Cuando llegué a la taberna, me instalé a mi mesa de costumbre y aún tuve que esperar a Mariví una media hora.

—No me repongo. Ya sé que tenía que existir un padre de mi madre por ahí, como lo tiene que haber mío, pero ese tema se desterró de nuestro universo familiar hace tantos años que siempre tuve la impresión de que ambos éramos el principio de nuestra estirpe, si se puede llamar así. Y ahora me entero del cambio de apellido y de la herencia de mi ignorado abuelo. Me pregunto cuántos secretos más ocultará la vida de mi madre en los años anteriores a mi nacimiento.

—Cualquiera sabe. Si contigo era poco comunicativa, conmigo era casi hermética. ¿Qué más te han dicho en la notaría?

—Poco más, se han escudado en que ellos solo son los encargados de la gestión, promovida por la Hacienda de Cantabria o algún otro estamento parecido, cumplen con lo estipulado y basta. Parece que tardaron en dar con mi madre por lo del cambio de apellido. Al final, no entendí muy bien de qué forma, pudieron certificar que era ella la beneficiaria y que, al haber fallecido, los derechos pasaban a su hijo, o sea, a mí. Incluso me pareció que el cadavérico pasante de la notaría usaba un cierto tono recriminatorio conmigo por no estar mejor informado de los asuntos de mi propia familia... ¡que le den! En la práctica, me leyó un documento oficial del que no entendí ni la mitad, me dio las escrituras y un juego de llaves, y comentó que tenía que pagar una pequeña plusvalía, luego «disculpe si no pierdo ni un minuto más de mi valioso tiempo con sus menudencias. Adiós, que le vaya bien».

—Resulta cuando menos inquietante todo este asunto.

—Pues sí, no sé qué pensar. Hasta la muerte de mi madre, y respetando sus explícitos deseos tantas veces expresados, nunca había intentado averiguar nada de lo relativo a mi padre. Si alguna vez me había picado la curiosidad por conocer su identidad, sabiendo cuánto la molestaba ese asunto, me había inhibido de cualquier pesquisa. Pero ahora, y mucho más tras la bomba de esta misteriosa herencia, ya no me siento obligado a continuar manteniendo esa postura de no intentar conocer los misterios de mi concepción y del pasado de mi familia.

–Entre los papeles de tu madre, ¿no había nada que hiciera referencia a esa casa, o a que tuviera parientes montañeses?

–Nada, en absoluto. Según ella no teníamos familia.

–Con la de primos y sobrinos (que Dios mantenga lejos) que tengo yo repartidos por toda la Piel de Toro, siempre me chocó tu falta de parientes.

–Sí, éramos mi madre y yo contra el mundo.

–¿Y tu padre...?

–Siempre fue un tema tabú, no se podía mencionar esa palabra delante de ella. Para mí, ella era el padre y la madre, y punto en boca. Lo cierto es que nunca le di demasiada importancia a no tener padre; mi madre, mis libros y mi «hermano» JL colmaban mis necesidades afectivas, el tema de la orfandad no me supuso ningún trauma infantil.

–Pues, chico, creo que si quieres desentrañar el misterio de la casa del pueblo, tendrás que irte a Cantabria –dijo lo de «el misterio de la casa del pueblo» como si fuera el título de un culebrón–. Y, si no, véndela por lo que te den, gástate el dinero a la memoria de tu madre y olvídate del asunto.

Consejos razonables, y aunque una parte de mí sabía que eso habría sido lo más sensato, mi inquieto magín de investigador –hasta ahora solo comprometido en fisgoneos literarios–, no podía conformarse con enterrar aquel enigma que me afectaba en lo más hondo. Y por si esto no bastase, también me incitaba una curiosidad, algo morbosa, por conocer los secretos de unas raíces familiares que mi madre jamás había querido revelar. ¿Cuáles habían sido las causas de aquel secretismo? El pasado me había salido al encuentro y ya no podía dejarlo correr.

–En cuanto pueda organizar la escapada, iré. Tal vez no consiga descubrir nada sobre nuestro pasado remoto, pero al menos podré ver la casa.

Bárcena Mayor, lo cierto es que el nombre sonaba muy bien, me gustaba. Ya me había autoconvencido de que podría resultar interesante ir a conocer mis «posesiones en provincias». Caramba, si hasta pensaba como un terrateniente.

Terminamos de comer. Antes de despedirnos, Mariví me recordó que no le había mandado el informe Dimas:

–Por cierto, ¿terminaste el informe del soneto de Cervantes? No me lo has enviado.

–Tienes razón, se me pasó. Pero aprovechando que estamos debajo de casa, mientras tú te terminas el café, yo subo y te lo traigo en un disco.

Dicho y hecho, a pesar de las protestas de Mariví, que dijo que no me molestase. No quería que se me olvidara de nuevo.

–¿Se lo vas a pasar a tus jefes? –le pregunté al darle el cedé con el informe.

–De momento no, ya les informé del tema cuando te traje el soneto para su análisis, y nadie parece estar interesado en profundizar en este asunto. Pero yo sí que quiero leer tu experta ponencia, será nuestro pequeño secreto... de alcoba.

Aquella tarde me recogí en casa y estuve intentando leer, pero las páginas pasaban sin dejar huella. Mis pensamientos se remontaban a mi madre una y otra vez: «¿Qué misterios encerrabas, madre?».

Me dio por rememorar los veranos que pasábamos juntos en El Faro, el pueblecito de la costa levantina donde alquilábamos un apartamento que era poco más que una habitación y un baño. Yo disfrutaba sobremanera de esos periodos estivales. En aquellos treinta días, que se iban repitiendo con alegre similitud durante toda mi pubertad y mi primera juventud, fue cuando estuvimos realmente unidos mi madre y yo; los restantes once meses de cada año se alzaba una suerte de barrera invisible entre ella y el resto del mundo, incluido su hijo.

Era reservada, bastante; y guapa, sin duda. Yo me convencí de ello cuando, a partir de mis once o doce años, empecé a notar cómo los hombres volvían la cabeza a su paso. Mas ella aparentaba no apreciarlo. Jamás mantuvo ninguna relación que no fuera superficial con ningún hombre desde que yo tuve uso de razón. Su rostro mostraba siempre una expresión distante, una especie de añoranza o de lejanía, que nublaba su mirada y la hacía más interesante a los ojos masculinos. Había algo dentro de ella que exportaba un toque de oscuro misterio al exterior y le confería la pátina y el atractivo de lo inalcanzable.

Radicalmente anticlerical, anticatólica y atea. Aunque disculpaba a los que creían de corazón, no aguantaba a los que hacían ostentación de su fe, pues solía repetirme que en el momento en que la religión excede el ámbito de uno mismo se convierte en farsa. Nunca hizo proselitismo de sus ideas, ni siquiera conmigo. Y ahora, cuando tengo ya los trienios suficientes para reflexionar con serenidad sobre ese tema, es cuando asumo su postura, y lo que no entiendo es la moda, cada vez más extendida, de ese ateísmo militante que gusta de hacer propaganda agresiva de su elección. Para qué convencer a alguien de que no crea en Dios, no le veo el sentido, allá cada cual. Qué gano yo, siendo ateo, con que otros lo sean. Es como tratar de convencer a alguien de que no le guste el fútbol porque a mí no me gusta.

Tras haberme ido un poco por las ramas, mis pensamientos volvieron sobre los pasos de mi madre.

Era orgullosa, no bajaba la vista ante nadie y no se cansaba de repetir que todo lo que tenía lo había logrado con su esfuerzo y su voluntad.

Casi nunca hablaba de su pasado. Solo una vez, cuando alcancé la edad suficiente para comprender las cosas, me hizo sentar frente a ella y me dijo, con una solemnidad agresiva que casi podía tomarse por fiereza:

–Ni tú ni yo hemos tenido padre. Grábate esto bien en la cabeza, porque ese tema no se volverá a tocar jamás. Bajo ningún concepto me preguntes nunca por ellos, ¡no existen! Nuestra familia somos tú y yo, ¿entendido?

Yo asentí. A pesar de mi juventud, comprendí por su expresión que aquello eran las tablas de la ley. Lo único que volví a oírle comentar sobre dicho tema en alguna otra ocasión fue el lacónico: «¡Nuestra familia somos tú y yo!».

Así que no es de extrañar que de mis primeros años no sepa nada. A mi madre tampoco le gustaban las fotos, y salvo alguna que me hicieron en el colegio, o que me pasaron los padres de algún compañerito, no guardo fotos de entonces.

Quizá por esa reserva tan suya y por su carácter ajeno a cualquier tipo de efusiones sentimentales, fuera por lo que los recuerdos más vívidos que conservaba de mi madre no eran precisamente de caricias, sino de palabras cabales y algunos –pocos– consejos, que como recios contrafuertes fueron apuntalando mis convicciones durante el periodo cenagoso de la adolescencia.

Por retazos de conversaciones, intuí que mi madre llegó a Madrid embarazada, y yo nací aquí, como consta en mi partida de nacimiento. En los comienzos, entró a servir de interna en una casa donde le permitieron cuidar de mí a la vez que lo hacía de los niños de los dueños. Las pocas veces que le escuché a mi madre hablar de sus tiempos de sirvienta, a pesar de su orgullo, lo hizo con gratitud hacia sus señores, quienes en aquellos tremendos años sesenta de franquismo y religión a ultranza, que debieron de ser angustiosos para una madre soltera y sin recursos, le brindaron la oportunidad de salir adelante sin recriminarle nada.

Cuando ya tuve edad para quedarme en la escuela durante el día, mi madre dejó el servicio y se colocó en unos grandes almacenes muy conocidos, y allí trabajó hasta el último de sus días. Con su tenacidad y rectitud a toda prueba, fue ascendiendo poquito a poco y pudo darme una educación por la que siempre le estaré agradecido.

La tarde se escurría lenta entre remembranzas, que a ratos empañaban mis miopes ojos de lector empedernido con una niebla espesa en tono sepia. Los miopes, como vemos mal hacia fuera, somos propensos a mirar más hacia dentro.

Me levanté del sillón en el que llevaba un par de horas sentado y coloqué un disco en el equipo: «Por su pinta poeta de gorrión con gomina...». Los altavoces reproducían la magnífica versión de *El gordo triste* del quinteto Contramarca, versos que Horacio Ferrer le dedicó a Aníbal Troilo, el *gordo Pichuco*, y a los que puso música otro de los grandes del tango, Ástor Piazzola... «Por gracia de morir todas las noches / jamás le viene justa muerte alguna, / jamás le quedan flojas las estrellas...», en la hermosa voz de Diego Valentín Flores, me parecieron unos versos adecuados al recuerdo de mi madre, un bonito y sentido homenaje.

Esa noche mi cena, muy baja en calorías, fueron recuerdos y tangos.

NÉCTAR Y AMBROSÍA

Habían pasado más de dos semanas desde que la notaría se pusiera en contacto conmigo por la cuestión de la herencia, semanas de relativa normalidad en lo referente a mis clases y a la vida diaria. Pero no así en mi agitado mundo interior, donde esa tranquilidad estaba de momento desterrada. Dos temas se batían en mi cerebro sin concederle un minuto de tregua, dos temas o dos mujeres, por mejor decir: mi madre y Minako. Cuando no estaba pensando en la una, los recuerdos se me iban a la otra. Con la medio japonesa había salido algunos días en visitas culturales, pero no había cumplido tanto como me había propuesto. Tuve que disculparme, y prometerle a ella, y a mí mismo, que cuando volviese de Cantabria, me centraría de nuevo en los vivos y en ir desocupando de la cabeza a los difuntos. Un chupito de Santa Teresa añejo me dio ánimos para llamar a Minako, a pesar de no haber quedado con ella ese día. Respondió al tercer timbrazo:

—Acaba de resultar premiada con una cena sorpresa en el restaurante de su elección, acompañada por un gentil caballero de gran cultura y agradable conversación. Solo tiene que acertar con el nombre del caballero.

—Lancelot du Lac.

—Brrrr, error. Le quedan 999 intentos.

—Pero si ya no quedan caballeros, me conformaré con un vulgar profesor de nombre corriente, como Miguel, con regulares dotes de conversador.

–Bella dama, aunque anda usted muy descaminada en lo referente a la extinción de los caballeros, como tendrá que reconocer tras la cena, se da por válida la respuesta. ¿Dónde quiere ser agasajada?

Escogió cenar de tapeo en el Mercado de San Miguel, donde ya habíamos hecho guardia alguna que otra velada anterior. Aquella tardenoche estaba animada de risas y alegre de vinos.

Ella, su sonrisa. Ella, sus palabras: Ella... terminaron de cambiarme la morriña por una suerte de euforia. También los ojos de Minako irradiaban una luz aún más espectacular esa noche.

Tras las tapas, dimos un paseo por la cercana Plaza Mayor. Atravesamos el Arco de Cuchilleros. Conversamos. Caminamos entre turistas que hacían fotos inexplicables y unas estatuas vivientes que trocaban su animación por algunas monedas, y que solo cobraban vida para agradecer alguna dádiva especialmente generosa con una corta actuación adaptada a su personaje.

Un joven ataviado de gondolero veneciano reconvertido en violinista, tocaba el *Adagio* de Albinoni; nos paramos a escucharlo hasta el final, agarrados del brazo bajo las intuidas estrellas madrileñas, sometidas por las luces de la ciudad, pero presentes en nuestro imaginario. Disfruté del *Adagio* a pesar de su tempo tristón, tanto que recompensé al músico con un billete de diez euros.

–Ha sido precioso, podrías haberle dado veinte.

Me quedé un poco cortado, hasta que vi que sonreía. Me estaba vacilando. Pero yo, en mi papel de caballero, recogí el guante y, volviendo sobre mis pasos, deposité otro billete de diez ante la mirada sorprendida del violinista gondolero, que esta vez me dio las gracias con un alegre *pizzicato*.

–Sus deseos son órdenes, señorita.

–En tal caso, le ordeno a mi gentil caballero que me lleve a conocer su palacio.

Las implicaciones de la petición me dejaron en suspenso, sentía un cierto temor a no estar a la altura de las expectativas de aquella maravillosa mujer veinte años más joven que yo, pero sus increíbles ojos garzos le dieron el último empujón a mi ánimo medroso.

Caminamos despacio hasta mi casa. Las calles me parecían desdibujadas, nada a mi alrededor tenía importancia. Me reconvenía: «¡Qué impropios de tus años estos nervios de primerizo, no seas patético!». Pero una cosa es cómo hubiera querido sentirme y otra muy diferente cómo me sentía: alterado, francamente alterado.

Abrí el portal y la dejé pasar. Mientras le sostenía la puerta, recordé aquella sentencia del amante más famoso de todas las épocas, Giacomo Casanova: «El mejor momento para el amante es cuando sube las escaleras». En aquel instante yo estaba muy de acuerdo con el veneciano, superadas ya las primeras dudas y temores, exultante ante la promesa de consumar aquel sueño. Unas horas después la frase me parecería absolutamente errónea, no sabría decir cuál del sinfín de momentos sublimes fue el mejor, pero lo que sí podía asegurar es que no fue el de subir las escaleras.

Con un gesto abarcador y a la vez exculpatorio: «Estas son mis posesiones, sé que es poco, pero es lo que hay», introduje a mi invitada en mi castillo.

Le ofrecí vino o ron, que eran las dos opciones plausibles.

–Ya he bebido todo lo que mi estómago puede admitir en una sola velada, pero ponte tú lo que quieras, yo te acompaño *in absentia*.

Abrí una botella de Zacapa XO que me habían regalado y que guardaba como oro en paño para una ocasión muy, pero que muy especial. Me serví una cantidad razonable en una copa de balón y, cuando iba a probarlo, Minako me lo arrebató y se lo acercó a la nariz.

–Huele estupendamente.

–Pues mejor sabrá. ¿De verdad que no te animas?

Se mojó los labios de mi copa y se relamió con picardía, pero declinó servirse una para ella.

Mi dedo se posó sobre el consabido triangulito del mando del equipo, entró en escena Hugo del Carril: «Corrientes 3, 4, 8, / segundo piso, ascensor. / No hay portero ni vecinos. / Adentro, cocktail de amor...».

Os juro que no lo preparé, pero los tangos son camaleónicos, se adaptan a las circunstancias con pasmosa precisión. Por eso me gustan, pintan retazos de vida por los que quien más quien menos ha transitado en alguna ocasión.

–¿Son tus posesiones? –preguntó, mientras pasaba la mano por los lomos de los libros que llenaban dos de las cuatro paredes de la sala.

–Sí, mis libros son mi reino, mi casa en las afueras; en ellos me he gastado lo que otros invierten en sus chalés de fin de semana, pero yo los tengo mucho más a mano, sin caravanas domingueras y sin el embarazoso y aburrido mantenimiento.

Cogí uno al azar y lo abrí para dramatizar mis palabras.

Minako me lo arrebató y lo devolvió a su lugar.

–Espero que por leer no se te vaya a olvidar el vivir –y me besó en los labios.

Si aquello era el vivir del que podían apartarme los libros, estaba dispuesto a encender una hoguera y entregar sin una lágrima toda mi biblioteca a las llamas, como hicieran el cura y el barbero con la de don Quijote.

Ya en la habitación, Minako, sin tener en cuenta el riesgo que corría mi ya talludito corazón, dejó que se deslizara su vestido hasta el piso con una naturalidad intrínseca, consustancial, de las que no se consiguen ni con años de entrenamiento. Por un momento, me imaginé estar presenciando el rodaje de un sofisticado anuncio de perfume francés. La ausencia de ropa interior me pareció lo más natural del mundo, lo contrario habría corrompido el instante mágico de contemplar su cuerpo por primera vez.

Lo que más me sorprendió de aquella noche iniciática, lo que realmente resultó un descubrimiento fue la morosidad y la precisión con que Minako exploraba mi cuerpo con sus manos, sus dedos, sus labios, su lengua, sus muslos, sus caderas... que recorrían caminos por los que nunca nadie había transitado de aquel modo, y que me acariciaban una y otra vez hasta colocarme en los umbrales del éxtasis, justo a un paso de ese punto más alto de la escala del placer, para en ese momento y muy poco a poco, con una exquisita dulzura, conseguir un ligero relajamiento que no dejaba de resultar tanto o más placentero... de nuevo me llevaba hasta el borde del paraíso, y luego calma expectante y gozosa por la promesa que encerraba... éxtasis, dulzura..., como un juego de contrarios que en realidad se complementasen, o como un mágico proceso en el que se fuera destilando gota a gota un néctar hecho solo para los labios de los dioses. «El orgasmo rápido es la satisfacción de los mediocres», me diría Minako a la mañana siguiente.

Ni en el más ambicioso de mis sueños me hubiera imaginado ser capaz de aguantarle medio asalto a una amante tan excepcional como ella, pero creo que superé con nota aquel delicioso doctorado; por lo que llegué a la conclusión de que en el sexo, al menos en lo que a mí respecta, el noventa por ciento de un buen desempeño depende de la pareja, más que de uno mismo. En cuestión de sexo, mis treinta años anteriores eran una sola nota y lo de esta noche, una sinfonía. Yo era, por decirlo de otro modo, una tábula rasa que Minako colmó con su maestría y sus pacientes enseñanzas...

Me sentí transportado a una solemne entrega de distinciones

académicas, en un aula magna luminosa y egregia, donde Minako era la única catedrática y yo el único doctorando. Ella desnuda debajo de la toga de raso negro, y yo caminando hacia el estrado, también desnudo salvo por el birrete, que con su nerviosa borlita, al balancearse con mis pasos impacientes, me cosquilleaba la nariz. Después de la entrega del diploma, ella dejó deslizarse la toga hasta el suelo e íbamos a proceder al gaudeamus sobre la misma tarima magistral, cuando, para mi desgracia, me desperté.

Me sorprendió ver la mitad de la cama vacía. Pensé por un momento angustioso que todo lo sucedido durante la noche no había sido más que un bello sueño, como el de la entrega del título. Luego, unos leves ruidos procedentes del salón me hicieron comprender que no estaba solo en mi piso aquella mañana.

Salí de puntillas y sorprendí a Minako rebuscando entre mis libros.

—Buenos días.

Dio un respingo, como un niño pillado con los dedos dentro del tarro de la miel.

—Me has asustado, tonto. Solo estoy curioseando tus libros, ¿te molesta?

—No, de ninguna manera; a mí también me gusta curiosear las lecturas del dueño cuando llego a casa ajena, dicen mucho sobre el carácter de una persona, sobre sus gustos e inquietudes.

—Eso trataba de hacer yo, catalogar a alguien por sus lecturas. Ahora mismo estoy intentando dilucidar si el dueño de esta biblioteca será o no será un buen amante.

—¿Y has llegado a alguna conclusión?

—Me temo que no. Voy a tener que averiguarlo por métodos menos especulativos y teóricos, más empíricos y prácticos.

—Pues espero que necesites muchas prácticas antes de emitir un veredicto.

Desayunamos con parsimonia, era sábado, ninguna obligación hasta el lunes por la mañana. Yo seguía en un estado casi beatífico. Estaba claro que con Minako aquello de la *tristitia post* era un mito de griegos o romanos semiimpotentes.

–No ha estado mal para un occidental decadente.

Me lo dijo sin ironía, mientras mordisqueaba la tostada con aceite de oliva y azúcar preparada a vuelapluma.

–¿Qué tiene que ver la occidentalidad?

–No es nada geográfico, sino más bien cultural; los occidentales estáis lastrados por una tradición judeocristiana que considera el sexo como algo indecente y aborrecible, salvo en el ámbito del matrimonio... y con matices. La cultura oriental es mucho más abierta a la sexualidad como disfrute, como una parte muy importante, si no la que más, del desarrollo integral de la persona.

–¿Dónde hay que firmar para apuntarse a ese club?

Me regaló un puchero exquisito, como fingiéndose enfurruñada por no tomarme más en serio sus palabras.

–Perdona, pero cuando soy feliz me da por decir tonterías: a más feliz, más tonterías. Pero lo cierto es que yo no me considero un occidental típico, al menos en el aspecto religioso. Si Dios ha estado preparando durante dos mil años el terreno para que yo crea, ha cosechado un fracaso milenario, digno de un Dios. Tal vez haya sido porque mi madre era una declarada anticatólica y sus enseñanzas, aunque pocas, se apartaban bastante de la ortodoxia imperante en su época. En las escasas ocasiones en las que ella y yo llegamos a hablar de temas relacionados con el sexo, recuerdo que solía repetir: «¿Cómo pueden considerar los católicos a su Dios como un ser de bondad infinita si les prohíbe el sexo como algo pecaminoso? ¿Qué padre bondadoso regalaría a sus hijos el mejor de los juguetes y luego les prohibiría jugar con él?».

–¿El mejor de los juguetes? –Minako me lanzó una sonrisa apicarada, como si le hubiera hecho gracia la comparación–. Ven, que te voy a enseñar un par de juegos nuevos –me dijo, con destellos de perversión en la mirada.

–Esto puede llegar a convertirse en un vicio.

–Pues adquirir un vicio solo vale la pena si es para refinarlo.

Me cogió de la mano y nos esforzamos en refinar el más gozoso y antiguo de los vicios.

Aquel fin de semana voló, dejando marcados a fuego en mi memoria de «occidental atípico» unos indelebles y sinuosos kanjis orientales, que di en interpretar que significaban «te quiero».

LITERATURA, TE AMO

El lunes no me cabía el gozo en el cuerpo, o sería la satisfacción; en cualquier caso quién me iba a decir a mí que volvería a sentir, a mis cincuenta, esos «viajes» de testosterona, como cualquier jovencito veinteañero encandilado por una novia de fin de semana. Me avergüenza confesar que hasta ensayé sonrisas en el espejo, mientras me lavaba los dientes, a ver cuál cuadraba mejor con mi nuevo estado. A las nueve me dirigí al instituto. Me parecía de lo más extraño que los transeúntes que se cruzaban conmigo por las calles risueñas no notaran mi plenitud, esa alegría que te apetece compartir con cualquiera que pase por tu lado: «Señora, soy muy feliz. Buenos días», «Caballero, la vida es maravillosa, que tenga un buen día». Pero estaba claro que el resto del mundo seguía siendo el mismo, mi felicidad no había mellado su discurrir indiferente.

Al llegar a mi destino, justo cuando iba a entrar en el aula, me topé con la secretaria del director, Lucrecia –adecuado nombre para una traidorzuela correveidile de falda corta y piernas casi del mismo largo que su lengua–. Era de esas mujeres que antes de que aparezcan por la esquina ya has presentido el terremoto, de las que hacen que los hombres sientan a su lado un desasosiego como si estuvieran en presencia de un artefacto peligroso que no supieran manipular. Me abordó para comunicarme que don Luis me quería en su despacho al acabar la clase.

–Hola, jóvenes. Hoy vamos a estudiar la obra teatral de Tirso de Molina. Abrid el libro por la página correspondiente.

Noté cierto disgustillo en los rostros de mi joven audiencia.

–¿No vamos a seguir con lo de investigar versos?

Paco Gil, un chaval larguirucho, desgarbado y con problemas de acné, expresó lo que parecía ser el deseo de la mayoría.

Yo ya me imaginaba que irían por ahí los tiros, pues desde el día en que los piqué con el estudio del verso de Góngora, eran pocas las veces que no me pedían analizar más versos, así que venía preparado. De hecho, con aquella petición seguía confirmando mi impresión de que había conseguido interesarlos en una materia que antes les provocaba hastío, cuando no verdadera repulsa. Aun así, prefería que fueran ellos los que me solicitaran proseguir con los comentarios de textos, en vez de recitar unos datos biográficos y una lista interminable de obras que, con el progreso digital, estaban al alcance de cualquier teléfono o tableta, con solo apretar un par de teclas o hacer unos movimientos predeterminados sobre la pantalla táctil.

–De acuerdo, si lo preferís, seguiremos investigando poesías. Ya hemos jugado a los detectives con un verso de Góngora, en el que observamos la importancia de que los acentos recayeran en unas vocales o en otras, y los efectos que pueden causar unos sonidos determinados sobre nuestra percepción del verso. Pero, como creo que os dije, hay muchísimos más elementos que un buen sabueso literario ha de investigar a fondo para llegar a desentrañar los misterios de un poema. Preparad vuestras herramientas y afinad vuestro instinto de investigadores porque hoy vamos a ver algunos más.

Me puse a escribir en la pizarra una octava que me sabía de memoria:

Todas con el cabello desparcido
lloraban a una ninfa delicada,

cuya vida mostraba que había sido
antes de tiempo y casi en flor cortada;
cerca del agua, en un lugar florido,
estaba entre las hierbas degollada,
cual queda el blanco cisne cuando pierde
la dulce vida entre la hierba verde.

–Esta es la estrofa 9 de la Égloga III de Garcilaso de la Vega, otro de los componentes del trío de GES mayúsculas de la poesía española: Góngora, Garcilaso y García Lorca. Es, en mi opinión, una de las mejores poesías que ha dado la literatura hispánica de todos los tiempos. La estrofa anterior a esta, para que os ubiquéis, nos explica que hay unas ninfas que salen del Tajo y se encuentran con una compañera muerta...

–Profesor, ¿qué es una ninfa? –preguntó la inquieta y pecosa Mari Luz.

–Las ninfas son deidades menores de los ríos y torrentes. Son como unas hadas de los bosques que, por lo general, prefieren vivir en el agua. Y volviendo al poema, hoy nos vamos a fijar solo en los dos últimos versos, así que sacad vuestra lupa y ponedla sobre ellos a ver qué encontráis y qué sentimientos os provocan.

–Es muy triste.

Marimar, la de las trenzas pajizas, se adelantó a sus compañeros.

–Exacto, al leerlo sentimos una pena honda, pero lo que tenemos que averiguar es cómo ha logrado el poeta transmitirnos ese sentimiento.

–Porque un cisne muerto es una imagen muy triste.

Asentimiento general.

–Eso es, pero ahora quiero que os fijéis en que ese cisne muerto no es un «cisne blanco» que sería un calificativo normal, sino un «blanco cisne», con el adjetivo antepuesto, lo cual le da un tono más personal, más subjetivo; esa blancura no es la blancura corriente y típica de cualquier cisne, es una blancura que impregna el corazón del poeta, que a su vez nos la transmite a nosotros, los lectores. También el lugar en el verso es importante, «blanco cisne» está justo en la mitad, lo que lo destaca y hace que el contraste con la «hierba verde», ahora con adjetivo pospuesto y en final de verso, sea mayor.

La mayoría de los atentos escolares asintieron a mi requerimiento.

–Ahora vamos con esa impresión de tristeza que habéis notado. ¿Os imagináis ir caminando por la ribera de un lago de ensueño y encontraros, entre el verde luminoso de la hierba, ese bulto blanquecino que ya ha empezado a perder el brillo vital? Grande es la pena que provoca el que un animal tan magnífico, que en vida se deslizaba majestuoso por la superficie del agua, sea ahora poco más que un bulto sucio; es terrible que ese esbelto cuello de orgullosa curvatura aparezca ahora flácido y retorcido a un lado, como un collar roto con el hilo desnudo y sus cuentas esparcidas. Por eso es tan triste esa imagen, y por eso el gran poeta hace que vibremos en su misma longitud de onda, como los diapasones afinados.

Vi que el interés no había decaído tras mi largo parlamento.

–Bueno, se hace tarde. Para el próximo día, pasad la lupa por el resto de la estrofa de Garcilaso, a ver qué encontráis.

Esperé a que saliera el último de mis alumnos y me dirigí al encuentro con el director.

Lucrecia me miró con descaro y me hizo esperar unos minutos antes de permitirme el paso al despacho de don Luis. No sé por qué, bajo el severo escrutinio de esos ojos insolentes, me asaltaron los recuerdos más comprometedores de mi fin de semana pasional, y me dieron ganas de restregárselos por la cara a la desvergonzada Lucrecia. Me contuve.

Cuando al fin me dio vía libre al despacho del director, este, muy serio, me ofreció la mano desde detrás de su mesa.

Curioso tándem este de Luis y Lucrecia; en un hipotético juego de las parejas nadie habría sido capaz de emparejar a tan dispares personajes, uno tan formal y quisquilloso y la otra tan provocativa y desafiante, pero ellos parecían llevarse bien, incluso creo haber observado cómo se le empañaban ligeramente las gafas a don Luis las veces en que no podía evitar que sus ojos se posaran en aquellos muslos de fábula. La vida te da sorpresas... Porque don Luis era poquita cosa, atildado y pomposo. Con su frente abombada, sus gafas oscuras de pasta y la barbita entrecana bien recortada. A mi mente, siempre que me lo cruzaba por los pasillos del instituto, acudía la imagen de un Juan Ramón Jiménez venido a menos, un Juan Ramón por el que jamás se habría suicidado una mujer despechada.

–Buenos días, Luis, ¿querías verme?

–Sí, sí. Tenemos que hablar de un tema muy importante.

Para él, cualquier tema era de suma importancia. Esperé en silencio a que continuara. Estaba convencido de que nada de lo que le preocupara al pequeño burócrata podría afectar a mi jubiloso estado de ánimo esa mañana.

Empezó titubeante y carraspeando varias veces, como si las palabras se le atascaran en las estrecheces de su cuello flaco, encintado por la sempiterna corbata oscura, que de tan apretada parecía sostenerlo erecto. Y mientras él buscaba las palabras, yo divagaba sobre el gusto de don Juan Ramón por los pequeños cementerios de Nueva York que le inspiraron varias de sus poesías. ¿Podría el estirado don Luis compartir esa atracción por aquellos remansos de paz a la sombra de los vigorosos rascacielos? Una paz humilde que parecía retar sin miedo a la soberbia de los colosos, sabedora de su triunfo a largo plazo sobre ellos...

–Verás –empezó don Luis, sacándome de la nube–, han venido algunos padres a quejarse de que en clase de literatura se jue..., bueno, que no se imparte la materia con toda la seriedad que se debiera. Piensa que es una asignatura troncal.

–Tan troncal que se han ido reduciendo drásticamente las horas semanales durante estos últimos años.

–El programa lo marca el Ministerio, quiero decir, la Comunidad.

Estoy seguro de que el director hubiera preferido que siguiera siendo el Ministerio el que llevara la batuta.

–¿Cuántos padres se han quejado, y de qué exactamente?

No quería ser muy beligerante, no me convenía llevarme mal con el jefe.

–He hablado con uno, y me han llegado noticias indirectas de otros.

–¡Caramba, qué unanimidad! Desde cuándo a la queja de un solo padre se le ha conferido tanta importancia.

–Solo te digo que has de ser un poco más… ortodoxo. Esa es la política de este centro, de la que nos sentimos muy orgullosos.

Sería él el que se sintiera orgulloso de aquella ortodoxia caduca. Contemporicé.

–Sabes, Luis, que por más ortodoxo que se sea, siempre habrá descontentos. El profesor no puede ir cambiando su forma de enseñar a medida que le guste a tirios o a troyanos. ¿Dónde queda la libertad de cátedra?

–Vamos, hombre, no te lo tomes a mal. Solo quiero que estés al tanto y que intentes poner más en valor la asignatura.

–¡Más en valor! –eso sí me molestó–. Muy pocos podrían poner más en valor que yo la literatura. Yo amo la literatura, vivo la literatura, respiro literatura, y lo que intento, con todas mis fuerzas y de la forma que creo la mejor posible, es que los chavales la amen al menos la mitad de lo que lo hago yo. Además, por lo que pude observar en clase, a la mayoría les ha resultado interesante lo que les he propuesto, creo que he conseguido que acudan con agrado a temas de los que antes renegaban. De todas formas, si me presentas tres alumnos que me digan que lo que les enseño les parece mal, estoy dispuesto a volver a la aburrida ortodoxia canónica de siempre.

Salí del despacho tan ufano, o más, que al entrar en él; hasta me atreví a guiñarle un ojo a Lucrecia al despedirme, que se debió de morder la lengua, pues no dijo nada en absoluto. El cara a cara con el JRJ esmirriado, como ya había supuesto, no había conseguido empañarme aquel maravilloso día.

Me merecía un homenaje adecuado a la satisfacción por mi alegato en favor de la literatura. No sé si fue un atavismo o el desgaste de proteínas y calorías del fin de semana, pero me acució una necesidad imperiosa de carne cruda: Fass, una jarra de cerveza alemana helada y un *steak tartar*. Dicho y hecho. No me arrepentí de mi decisión.

Tras la comida, aproveché para comprar, en la tienda de ultramarinos adyacente al restaurante, un combinado de salchichas de varios tipos y una buena mostaza: ya tenía cena para mi particular «día internacional de la cocina alemana».

Minako y yo habíamos decidido concedernos un descanso hasta el miércoles. Tras el brioso e intenso fin de semana, ambos teníamos obligaciones más prosaicas que atender. Pero esa tarde no tenía el ánimo adecuado para ocuparme de ningún tema que tuviera que ver con mis clases, así que me dediqué a la degustación de un Pampero Aniversario, orgullo de Venezuela, y a navegar por internet.

Andaba curioseando por YouTube, cuando me sorprendió una versión de *Malena* que un joven Joan Manuel Serrat, de camisita azul y corbata discreta, interpretaba en una grabación antigua de TVE1... «Tus ojos son oscuros como el olvido, / tus labios apretados como el rencor...», los versos me llevaron por un momento a rememorar el rostro seco de mi director. «No seas tan perverso —me reconvine—, tampoco es el coco, ni te puedes quejar del trato que te dispensan allí.» Efectivamente, aunque a mí me dolía la ignorancia y no siempre conseguía quitarme de encima la frustrante sensación de estar luchando con un enemigo muy superior a mis fuerzas, mis alumnos solían ser bastante civilizados. Cuando escuchaba las cosas que tenían que aguantar algunos compañeros docentes en otros institutos públicos de la Comunidad, se me ponían los pelos de punta y agradecía mi privilegiada situación, hasta llegaba a ver con ojos amables al estirado don Luis Ribagorza Cataplasma –perdón, Catarroja–, ortodoxo director de instituto, siempre dispuesto a clavarte el agudo aguijón de la sensatez.

Cansado ya de la navegación virtual, cambié el portátil por cuatro salchichas de formas y colores diferentes, que después de tostarlas a fuego lento en una gota de aceite de oliva, iban cada una aportando su particular y especiada nota de sabor en mi paladar. Tras la ecléctica salchichada, cogí el libro de don Manuel Fernández Álvarez *Cervantes visto por un historiador* y estuve leyendo mis buenas dos horas, para dar tiempo a la complicada digestión antes de meterme en la cama. Una cama que todavía desprendía el perfume de Minako. No había querido cambiar las sábanas. Sé que os puede parecer una marranada, pero vosotros no podéis entender lo que era seguir oliendo a ella mientras me arrebujaba gozoso en espera del sueño, ¡no podéis ni imaginarlo!

COMPARTIENDO EL MILAGRO

El miércoles por la tarde bajé al mesón de Mariano. Me arrellané en la mesa antaño conocida como «la de siempre» y ahora rebautizada como «en la que conocí a Minako». En la mano, un cubata de Pampero; de par en par el periódico, que se suponía que estaba leyendo, pero que de hecho llevaba un tiempo anclado en la misma noticia, mientras reflexionaba sobre cómo se me había dado la vuelta la vida como un calcetín. En pocas semanas, había pasado de la monótona tranquilidad de solterón aburrido, en la que me hallaba cómodamente instalado desde hacía lustros, a la vorágine en la que ahora me veía envuelto: entre los oscuros secretos de mi madre y la luminosa presencia de la californiana. Tenía la impresión de haberle dado un portazo a mi vida anterior, de no ser ya el mismo Miguel Saavedra que había sido hasta anteayer. Como si me hubiera desdoblado y el antiguo Miguel se hubiese quedado atrás, varado en algún rincón del pasado, mientras contemplaba al nuevo Miguel alejándose hacia un futuro del que no formaba parte, como el pasajero que se queda solo en el banco triste de carbonilla y adioses de una vieja estación viendo partir el tren que podría haber tomado hacia una nueva vida.

Me vino a la mente un viejo hidalgo manchego que, como yo, frisaba la cincuentena, y que harto de su vivir tranquilo y mediocre, decide escaparse lanza en ristre a buscar la pasión, el amor y la aventura que en esos diez lustros se le habían negado.

Una llamada de JL me arrancó de mis divagaciones.

–Aló, España. Me han llegado noticias de que hay por ahí un pajarito de vuelo torpe que se ha enviscado en mieles orientales.

–Cada uno se pringa donde le peta –le contesté como se merecía.

Me dijo que venía a Madrid a una boda y que llegaría, retrasos aéreos mediante, el día siguiente sobre las 11.30. Como él sabía bien que los jueves no tengo clases, me pidió que lo fuera a recoger a Barajas.

–Allí estaré, *maifrend*.

Pese a las pullas de apertura, me alegré de la inminente llegada de mi amigo; quería ponerle al corriente del tema de la herencia misteriosa y de mi próximo viaje a Cantabria, cosa que no había querido hacer por los fríos caminos digitales. Y también estaba impaciente por presentarle a Minako.

Lo recogí puntualmente en Barajas y nos dirigimos a su casa. JL tenía una casa en Madrid de la que no había querido desprenderse cuando se marchó a dar clases a Irlanda.

–La boda es el sábado. Creo que tú conoces al novio. ¿No recuerdas a ese primo mío que estudiaba Derecho, Jorgito?

Yo no recordaba al tal Jorgito.

–Sí, hombre, ese bastante plasta que siempre nos contaba y recontaba sus historietas de la facultad. El que solía repetir hasta el hartazgo el viejo chiste sobre sus profesores que, al echarse una amante, decía que se dejaban en casa la legítima para ir a encamarse con el tercio de mejora. Pues resulta que ahora es él el que va a casarse con el tercio de mejora, tras divorciarse de la legítima de toda la vida.

–¡Ya lo recuerdo!, el pijo de las gafas de sol, el que iba a mear con las Ray-Ban puestas.

–El mismo, solo que ahora ha cambiado las Ray-Ban por unas graduadas de diseño; por lo demás, sigue igual de gilipollas. Pero la familia es la familia, y he tenido que venir a su segunda boda. ¿Y a ti qué tal te va con tu nueva novia, donjuán? Me da la impresión de que esa sonrisilla de satisfacción, tan ajena a tu natural melancólico y distante, solo puede tener una explicación: mucho y buen regocijo de alcoba.

JL siempre tan diplomático, pero yo no estaba para incomodarme por minucias.

–No me puedo quejar. ¿Cuándo te la presento?

–A ver, mañana viernes tú tienes clase y yo tengo que ir a buscar un regalo para el dichoso primo, y el sábado es la puñetera boda. Pero el domingo podríamos vernos sin prisa, hasta el lunes no tengo billete de vuelta a la verde Erin.

–Estupendo, podemos ir a comer a El Escorial, Minako todavía no lo conoce.

–¿A qué hora, pues?

–A las diez te puedo pasar a buscar.

Cuando llegamos a su calle, insistió en tomar una cañita antes de despedirnos.

–Tengo ganas de una cerveza rubia y helada. En Irlanda, algo tan sencillo les parece una temeridad. ¡Estos bárbaros del norte!

–Como te escuchen, te van a declarar persona non grata.

Mientras nos bebíamos la cerveza, aproveché para tocar el tema de mi herencia.

–¡Vaya, quién hubiera sospechado que tu seria y callada madre escondiera tantos misterios! Ya me contarás cuando vayas a Cantabria qué hay detrás de esa herencia secreta, y lo quiero con todos los pormenores, estoy intrigadísimo. A ver si resulta que eres sobrino de un perulero que murió sin descendencia y ahora te van a salir los millones por las orejas. Espero que recuerdes quién te quiere a ti más que nadie en el mundo.

–¿Es que nunca te tomas nada en serio? Me parece que sea lo

que sea lo que averigüe, no te lo voy a contar. Te vas a quedar con la intriga.

–No, por favor, me portaré bien. Déjame ser partícipe de tu buena estrella –dijo hincando una rodilla en tierra y besando mi mano, como un buen vasallo medieval.

Y siguió con sus payasadas tomándome el pelo durante otro buen rato. Luego, cuando nos despedíamos hasta el domingo, le pregunté:

–¿Qué te parece si en vez de a las diez, quedamos aquí mismo, en esta cafetería, a las nueve y media? Desayunamos juntos y luego carretera y manta.

Le pareció de perlas.

Cuando al fin pude escapar de las dulces cadenas de la amistad, me fui al barrio, donde había quedado a comer con Minako.

El domingo amaneció claro y dispuesto. Cuando llegamos a la cafetería, JL ya estaba esperándonos.

Como suponía, cuando le presenté a mi «niña bonita», se quedó patidifuso.

–¡Dios, esto sí que es una real hembra; las demás, sucursales!

–Vaya, JL, no te conocía esa vena castiza –intervine asombrado–. ¿Desde cuándo castigas del Portillo a la Arganzuela?, ¿o acaso te has metido entre pecho y espalda las obras completas de Arniches o don Ramón de la Cruz?

–¡Hay tanto de mí que no conoces!

–Será por eso que te aprecio.

Minako asistía con una amplia sonrisa a nuestro pequeño duelo. Le expliqué que «desde el Portillo a la Arganzuela» era el territorio de caza del más famoso y castigador de los chulos madrileños: Pichi; si confiábamos en la letra del conocido chotis.

JL se puso a dar vueltas alrededor de Minako, contemplándola con sincera admiración, como un modisto observando su mejor creación. Ella se dejaba evaluar poniendo cara de mujer fatal y levantando un poco los brazos, como si bailase un sirtaki.

—No me explico cómo, con tus menguadas dotes de seductor, has podido camelar a una fémina de tal perfección, ¡a este hito de la belleza!

—Creo que me confunde usted con alguna princesa imperial.

JL tardó un segundo en captar el doble sentido. Cuando lo hizo, nos regaló su sonrisa perfecta.

—¡Y además ocurrente! ¿Habría alguna posibilidad de que dejaras al pavisoso de mi amigo y te vinieras conmigo?

—Solo si muriera... de muerte natural.

—Pues aquí «don Cervantes», con tal de fastidiarme, es capaz de morirse de muerte artificial. Hablando en serio, os doy la enhorabuena a los dos, a él por haber enamorado a la más hermosa y sugerente de las damas; y a ti, Minako, porque Miguel es un buen tío, a veces algo ingenuo y simplón, pero siempre se esmera en ir derrochando corazón a manos llenas a su alrededor.

—Muchas gracias, JL. Yo también tenía ganas de conocerte en persona, tras tantas y tantas batallitas tuyas que me han ido contando —dijo volviéndose hacia mí.

—Bueno, ya está bien de bombos mutuos. Vamos a desayunar —intervine, por hacerme notar.

Pero JL no estaba dispuesto a soltar la presa tan fácilmente.

—Solo hay un tema en el que debes mostrarte inflexible para que vuestra relación sea perfecta.

—¿En cuál?

—En impedirle que te atosigue cada dos por tres con anécdotas, citas y todo tipo de chascarrillos pseudointelectuales.

—Eso ya está estipulado desde los orígenes de nuestra relación: una cita literaria y un tango al día, ni uno más.

—Pues si logras que cumpla con ese compromiso, eres más perfecta todavía de lo que ya me parecías, casi sobrenatural.

¿No tendrás una hermana?, aunque solo se te asemejara un poquito, me conformaría. Por alguien como tú estaría dispuesto a no volver a mirar a otras mujeres.

Ya me tocaba volver a intervenir al escuchar tan disparatado aserto.

–JL, por favor, si mientes con tal desparpajo, qué va a pensar Minako de ti; eso de renunciar a las mujeres va contra tu naturaleza.

–No miento. Yo sé lo que soy, y sé también que hay una sola cosa que pueda hacer cambiar a un golfo redomado: una mujer tan excepcional que tenga más que perder sin ella de lo que podría ganar con todas las demás.

Durante gran parte del camino a El Escorial estuvieron charlando los dos, casi como si yo no existiera. A mí no me importó en absoluto, me hacía feliz ver que las dos personas que yo más quería habían conectado de tal forma.

La visita guiada por el monasterio, nuestra «gran piedra lírica», lo llamó Ortega –aunque en mi modesta opinión pienso que le cuadraría más «piedra épica»–, le encantó a Minako.

–Lo que hubiera podido suponer para la historia del arte si a Felipe II le hubiera gustado El Greco y hubiera sido él quien pintara todos sus frescos –comentó, cuando le hablé de la fallida prueba del pintor ante el Rey Prudente.

Tras quedar extasiada durante un buen rato admirando *La última cena* del Tiziano y algunos de los dibujos de Durero, terminamos la visita al monasterio y salimos a dar un paseo por la gran explanada de la Lonja, mientras las ásperas montañas no nos quitaban ojo.

–Hace mucho que no voy al Sala, ¿qué os parece si nos acercamos por allí a darnos un homenaje? –propuso JL.

—Me parece perfecto —acepté con agrado—, me encanta el Sala, esas gambas a la plancha están para sacarlas a bailar. Pero tendremos que comer en la barra, ya sabes que sin reserva encontrar mesa es un milagro.

Allá que nos fuimos los tres al cercano pueblecito de Guadarrama y, a codazos nos hicimos un sitio en la barra del restaurante, donde nos atiborramos de gambas y de medallones de merluza a la romana y de solomillo a la plancha, bien acompañado todo ello con dos botellas de Albariño. La incomodidad de comer de pie se vio contrarrestada por la simpática cercanía de unos con otros en la atestada barra. Yo no paraba de pelar gambas para Minako, que se quejaba de que aquellos bichos eran más difíciles de desnudar que una geisha con todas sus galas. JL no paraba de epatarnos con sus salidas de tono, y contagiaba con sus chistes y su buen humor a todos y, sobre todo, a todas las clientas de los alrededores, con algunas de las cuales terminó intercambiando teléfonos y direcciones de correo electrónico. La que le hizo más tilín fue una pelirroja esbelta de breve minifalda y un escote abrupto por donde despeñar con gusto la mirada; resultó tener algún amigo en común con mi locuaz hermano, aunque no le hubiera hecho ninguna falta ese vínculo para estrechar lazos con un JL siempre predispuesto a tales sacrificios.

El día sin una sola nube en un cielo azul pálido, la benevolencia de la incipiente primavera y la frescura del aire resaltaban la belleza de la sierra madrileña. Serena belleza que pudimos disfrutar, tras la suculenta comida, como tres colegiales al comienzo de las vacaciones de verano.

JL, embriagado de naturaleza y de otros excitantes algo más manufacturados, aprovechó el momento en que nos sentamos en el tronco vencido de un viejo roble. Se quedó mirando fijamente a los ojos a Minako y declamó: «Tu mirada deslumbra a ángeles y dioses», y se emperró en que tenía que escribirle un soneto laudatorio —lo que no pueda la conjunción vino-mujer hermosa en un alma de poeta...–. Ella, sosteniéndole la mirada con sus insospechados ojos desafiantes, le retó a que se atreviera a intentarlo.

En qué chorro de luz has recargado
esa mirada azul y retadora;
con qué pinceles mágicos la aurora
ha podido dar vida a lo soñado...

Aquí se paró el bardo de opereta y, entre las risas frescas de Minako, prometió terminarlo más tarde, con la calma que requería una obra inmortal.

–Aunque, pensándolo mejor –dijo con una turbia sonrisilla que presagiaba borrascas–, qué tal si lo termina Miguel, al fin y al cabo él tiene más elementos de juicio sobre ti. Y así sería un presente que te haríamos al alimón, un bonito recuerdo de este día fantástico.

–¡Ni hablar! –me defendí–, el poeta eres tú, y el que se ha metido en este lío.

–Vamos, no serían los primeros versos que escribes, sé que en la facultad más de una jovencita sirvió de musa a tus iniciales vagidos en el universo de la poesía romántica.

Minako me miró inquisitiva y curiosa. No tuve más remedio que disculparme.

–De eso hace casi treinta años, y eran versos tan malos que no conservo ninguno.

Mentí, alguno sí que me había guardado, por sentimentalismo y porque eran bien pocos los recuerdos que conservaba de mis años mozos. Pero esa era una baza que jamás le concedería a JL, ¡para qué más que se enterara de mi debilidad! No cejaría hasta que le enseñase aquellos versos de juventud, y eso sería el acabose, hasta el día del Juicio Final estaría restregándomelos a la menor ocasión con insufrible socarronería.

—Miguel, por favor —me suplicó Minako, con cara de niña buena que escondiera un puñal en la liga—, no voy a ser yo menos que aquellas niñatas de la universidad. Sería maravilloso.

No dije ni sí ni no, pero la sonrisa de Minako y el brillo de complicidad en los ojos de JL, lo daban por hecho. Ya tenía el puñal en la espalda. «Gracias, amigo.»

Luego de estas y otras tonterías de parecida factura y del largo paseo por prados y dehesas, para que el afamado blanco gallego fuera desapareciendo de nuestro torrente sanguíneo, nos volvimos a Madrid con la íntima satisfacción que producen esos días imborrables, que destacan con luz propia en el acervo de nuestros recuerdos y se disfrutan tantas veces como se rememoran.

Ya en el coche, con la tarde declinando rápida y solemne a nuestro alrededor, al bajar por la Cuesta de las Perdices, frente al Hipódromo de la Zarzuela, JL volvió a sorprenderme.

—Miguel, sé que te vas a enfadar, pero tengo que pedirte algo.

Cuando mi amigo empezaba medio disculpándose, la cosa no pintaba nada bien.

—Miedo me das.

—He quedado con Mariví para cenar.

Me quedé un poco extrañado por la revelación.

—Sigues empeñado, alquimista iluso, en conseguir la mezcla perfecta de agua y aceite, pero allá tú con tu obcecación. Ella es la única mujer que conozco que te pone los puntos sobre las íes sin despeinarse. Y yo no tengo por qué enfadarme por el hecho de que vayáis a veros.

—Ya, es que no es eso solo —ahora venía el susto de verdad—. Es que para que quisiera quedar conmigo le he tenido que decir que también veníais vosotros dos.

—¡Estás loco! No pienso meterme en medio de esa vuestra riña de gatos, y menos yendo con Minako —al decir esto la miré de reojo; pero al contrario de lo que me esperaba, a ella parecía hacerle gracia la situación—. Tendrás que arreglártelas tú solito.

–Vamos, hermanito, ¿vas a dejar que quede como un mentiroso?

–Exacto, vas a quedar como lo que eres, un liante.

–¿Y a ti, Minako, te importaría conocer a la ex de Miguel? –atacó por el otro flanco el cabronazo de mi amigo.

–Claro que no me importaría, sería... interesante.

–Veo que estáis conchabados, esto parece la conjura de los necios.

Al final, no sé ni cómo, pero transigí.

Habían quedado a las nueve en el José Luis de Serrano, para tomar un aperitivo y luego cenar en un restaurante italiano que estaba a la vuelta.

El encuentro entre las dos mujeres fue de una tensión contenida por las elementales normas de educación. Se saludaron, y luego se estuvieron calibrando todo el tiempo que duraron los aperitivos.

Durante la cena, no sé quién sacó el tema de mi inesperada herencia. Todos querían conocer más detalles, por lo que me tocó relatarles el asunto al por menor, lo que desembocó en mi madre.

No soy muy proclive a compartir los recuerdos y los sentimientos de mi relación maternofilial, pero estar allí con las tres personas más importantes de mi vida en aquellos momentos, mi recién adquirida plenitud sentimental y, seamos sinceros, el chispeante chianti aflojaron mi lengua y di rienda suelta a interioridades de las que acostumbraba a ser celoso guardián. Mariví y JL atendían serios e interesados a mis confidencias, pero en cambio, Minako no parecía sentirse cómoda escuchándome hablar desde lo más hondo del corazón. Me extrañó, y me hizo caer en la cuenta de que ella tampoco había compartido conmigo sus sentimientos más íntimos de su infancia o adolescencia. La llegada de los postres endulzó el ambiente. La situación se distendió, y la conversación derivó hacia ese jugoso ceremonial de veleidades que tanto le gustaba a JL y en el que era un consumado maestro.

Mi amigo, con inexplicable contumacia, seguía empeñado en tirarle los tejos a Mariví, y ella le toreaba con un arte que ya quisiera Curro Romero en la mejor de sus tardes de gloria en la Maestranza.

—El amor es lo que mueve al mundo, y creo que a ti —le decía el pretendiente a la pretendida— no te vendría mal una dosis más que generosa.

—El amor es a veces tan frágil que unas manos frías pueden espantarlo —le respondió ella, quitándole con brusquedad la mano que había dejado reposar sobre su muslo.

—Yo mataría por ti —declamó altisonante, como lo haría don Juan con doña Inés.

—Pues mata, cariño, mata. Extiéndeme una alfombra roja de cadáveres frescos.

—Me parece que no sabes apreciar mi encanto en todo lo que vale.

—El encanto es algo que se pierde cuando se presume de él. Te sobrevaloras mucho. Yo no soy una de esas tontas mujercitas a las que puedes camelar con tu sonrisa de chuleta simpático y tu labia barriobajera; deberías mirarte al espejo con ojos menos narcisistas y un poco más críticos.

—Yo rehúyo los espejos, siempre odié la confesión.

—Me alegra ver que ambos seguís con el arsenal bien cargado —me interpuse para que no monopolizaran la velada—. Como ves, Minako, estamos asistiendo a la mortal batalla entre la más afilada de las lenguas: una divorciada marisabidilla, contra la más falsa de las lenguas: un poeta.

Minako se sonrió e intervino también:

—Está siendo muy interesante este final de velada. Y teniendo en cuenta que la del sexo es la única guerra en la que se puede empatar, yo apostaría por el empate.

—Estoy muy de acuerdo en lo del empate —dije yo—, el empate es un final trunco, es la no victoria, lo que viene a garantizar la búsqueda de un nuevo y deseado enfrentamiento.

—Pues yo perdería entre sus brazos muy gustoso, milady —le dijo JL a Mariví.

—Ni lo sueñes, bonito.

—El hombre que no sueña envejece pronto, y solo soñando se llega a alguna parte, así que yo sigo obcecado en sueños imposibles contigo.

JL dirigió la vista hacia Minako, que se reía con las payasadas dialécticas del burlador.

Y así siguió la cosa durante un rato. Mientras, apurábamos los capuchinos, con cuyo turbión de nata nos pintamos los cuatro unos bigotes canosos, que quedaron inmortalizados en la foto que nos tiró la gentil camarera con el móvil de JL. Luego, Minako y yo nos despedimos, dejando enzarzados en la incruenta batalla a tan desiguales contendientes.

Esa misma noche, en la tranquilidad del lecho, con el libro descansando a mi lado me sumergí en los recovecos sentimentales de los últimos días con Minako.

Llegué a la conclusión de que me había lanzado a aquella relación de forma un poco kamikaze. Tal vez la brevedad del plazo: tres meses, aceleraba mi ritmo sentimental. La provisionalidad era una droga que me encendía las emociones. Era como enterarte de que te quedan tres meses de vida: o te desesperas y te abandonas en un rincón o decides comerte el mundo en esos noventa días. Yo, con Minako, había escogido la segunda opción.

Mi vida parecía una montaña rusa que hubiera discurrido

mayoritariamente por un tramo llano y que, traspasado el borde horizontal, había empezado a deslizarse de forma desbocada en un *looping* vertiginoso. Era como si con mi vivir corriente y tranquilo, de una doméstica vulgaridad, le debiera audacias a la vida, y que esta hubiera decidido cobrármelas todas juntas. He de reconocer que sentía cierto temor de no saber aguantar ese vértigo al que no estaba para nada acostumbrado.

Por otra parte, me apesadumbraba el recuerdo del distanciamiento que noté en Minako cuando me dejé llevar por las emociones. Me dije que tal vez ella, al contrario que yo, no se sentía todavía preparada para dar ese pasito más en nuestra relación, lo cual empañó las largas horas que estuve patrullando la noche en busca del sueño.

Por la mañana, antes de salir de casa para ir al instituto, sonó el teléfono.

—Es demasiado —lacónico mensaje de Mariví.

—¿Demasiado qué o quién?

—Demasiado guapa, demasiado lista, demasiado todo. Creo que hay algo que no es lo que parece en esa mujer; ten mucho cuidado, Miguel.

—¡Joder!, ¿os habéis confabulado JL y tú para prevenirme de que voy camino a la perdición?

—No he hablado de esto con JL —dijo con un tono serio, serio, que pocas veces se podía escuchar en su boca.

—Está bien, gracias por tu preocupación, pero ya soy mayorcito para decidir sobre mis relaciones de pareja, ¿no crees?

—Hasta otra, Miguel. —Y colgó.

Lo que más me sobrecogió fue que no lanzara ninguna pulla mordaz sobre lo de que ya era mayorcito. Que estuviera tan preocupada por mí me pareció cuando menos intrigante.

Me quedé pensando en lo paradójico que resultaba el hecho

de que cuando la vida te es tan propicia, los que más te quieren parecen no terminar de creérselo y deciden que deben prevenirte: «No seas tan feliz, no vayas a atragantarte».

Pero lo cierto es que el empeño de mis amigos me producía la desasosegante impresión de estar más expuesto, habían conseguido exacerbar esa sensación de fragilidad que siempre nos produce el sentirnos felices.

sol, cargando como una mula y comiendo como un jilguero. Llegué a echar de menos la rutina del pastoreo a pesar de todos sus fríos y asperezas, incluso extrañé la compañía de los dos asilvestrados mastines, que me ofrecían mucho mejor trato que los humanos de aquella fonda.

Solo una muchacha manchega, tan poco agraciada de rostro y de talle que de lo único que podía presumir era de la frescura de sus dieciséis abriles, y a la que explotaban casi tanto como a mí, se dignó a dirigirme la palabra como a un parigual en la desgracia. Y es que el abuso y la adversidad crean vínculos poderosos entre los sojuzgados bajo el mismo yugo.

Era también huérfana y, muertos sus padres, había quedado a cargo de un hermano de su madre, molinero de Bailén. Este salvaje la maltrataba con ignominia y la ocupaba en las labores domésticas como si fuese una esclava y no una pariente.

Más adelante me contó, a mi parecer con exceso de desparpajo tratándose de asunto tan escabroso, cómo a medida que se fue abriendo a la vida adulta, iba notando un cambio en la forma en que la miraba su tío. La esposa del molinero también debió de notarlo, pues le conminó a desprenderse de ella, «el que evita la tentación, ya tiene andada la mitad del camino al cielo», le repetía a su obsceno cónyuge, que no estaba por la labor de dejar escapar el dulce florecer de su sobrina. Pero un suceso desafortunado para el marido se convirtió en felicidad para la preocupada esposa: el molinero perdió en una mala racha de naipes una suma importante. No encontró más salida que ofrecerle la joya, todavía intacta, de su sobrina al viajante que le había desplumado, a cambio de la condonación de la abultada deuda, trato que se efectuó con la satisfecha aquiescencia de la bruja celosa, que por una vez alabó el mal vicio del juego que tenía tan enganchado a su consorte.

El viajante usó y abusó de la adolescente ganada, o mejor, perdida en la partida de naipes, hasta que se cansó de su grosero disfrute. La presencia de la joven, una vez superada la impronta de la novedad, empezaba a suponerle un engorro para sus trashumantes negocios.

Así que, en uno de sus viajes, a su paso por la venta, se la cambió al ventero por tres noches de posada.

Como veis, no solo a mí me vapuleaba la vida como a paños en batán.

No sé si fue mi triste soledad o un sentimiento de compasión hacia la moza maltratada, pero el caso es que yacimos juntos y nos dimos mutuo consuelo durante un tiempo. Y no es que ella me gustase, ¡ni envuelta en plata!, pero el corazón es un músculo friolero que necesita que se le arrope de vez en cuando, aunque el cobertor no sea de excesiva calidad.

Faltaban dos días para que se cumpliese el plazo que me diera el ventero. No había sabido nada de mi señor, y ya tenía decidido no quedarme allí por más tiempo, ni aun en el improbable caso de que quisieran contratarme.

Entonces fue cuando comprobé cuán solos estamos en este lodazal, donde se pueden contar con los dedos de una mano, en mi caso con los de la izquierda, las personas de las que puedas fiarte sin reservas.

Volvía esa tarde despreocupado del establo, donde les había repartido su cotidiana ración de alfalfa a los animales, cuando surgieron de improviso cuatro guardias armados con espadas y dagas, que me rodearon antes de darme tiempo siquiera a pensar en echar a correr. Comprendí que la omnipresente red de una justicia mal ejercida me había atrapado al fin. Mi desesperación al comprender lo que aquello significaba me hizo sopesar el intento de una imposible huida, aunque sabía muy bien las funestas consecuencias que tendría tamaña locura. Las miradas cómplices y las muecas de suficiencia burlona que se intercambiaban mis captores, como retándome a intentarlo, consiguieron que desistiera de ello.

Sin ningún miramiento se abalanzaron sobre mí.

Unos discretos golpes en la puerta hicieron que el lector utilizara de nuevo su original y valioso marcador y cerrara el libro.

—Adelante, John.

Sabía que era su jefe de seguridad y mano derecha desde hacía años, al que había convocado a su presencia para transmitirle instrucciones sobre el plan que se traía entre manos.

—Buenos días, señor. ¿Quería usted verme?

—Sí. Tengo noticias de nuestra enviada en Madrid. El objetivo va a estar fuera de su casa varios días y he pensado que nuestro hombre en la sombra puede aprovecharlo para ajustar la vigilancia sobre ella; deseo conocer todos sus pasos mientras no está con el objetivo y que se sienta vigilada, así evitaremos que se le pasen ideas inoportunas por la cabeza. Ya sabes que no es conveniente fiarse de nadie, y mucho menos cuando hay enamoramientos de por medio.

—Sí, ya leí el informe que nos llegó, en el que se hablaba del largo fin de semana sin salir de casa con que la señorita premió a nuestro sujeto.

—Efectivamente, las cosas no podían estar rodando mejor de lo que lo hacen.

—Ya entiendo —comentó el jefe de seguridad—, cuanto más intime ella con su objetivo, más fácil le resultará conseguir el informe que necesitamos.

—Esa es una buena razón, pero no la más importante.

Aunque la expresión de John dejaba bien patente que no tenía ni idea de a qué se estaba refiriendo su jefe, este no se dignó a aclarárselo. Y él, como servidor fiel y bien entrenado, no lo preguntó. Aunque sí aseguró que le haría llegar a su hombre en la capital de España las órdenes oportunas para que intensificara la vigilancia sobre la joven.

PREPARANDO EL VIAJE

Faltaban unos días para Semana Santa. Había tomado ya la decisión de aprovechar aquel paréntesis laboral para ir en busca de mis raíces, y tratar de desentrañar todos los misterios que mi madre jamás quiso desvelarme sobre el periodo de su vida anterior a mi nacimiento. Tenía reservado por internet un chalé en la aldea de La Miña y estuve, como una hormiguita atípica, que en vez de granitos de comida atesorara futuros deleites, toda una tarde recabando información cultural y gastronómica de la zona. Yo era partidario de dar satisfacción durante mis viajes tanto a la carne como al espíritu, ambas mitades contaban con sus necesidades particulares que yo me complacía en gratificar. Comprobé que la zona del valle de Cabuérniga poseía múltiples encantos: montaña, playas espléndidas, reservas naturales y una buena cantidad de restaurantes que aderezaban la rica y variada gastronomía norteña. En el plano cultural y en un radio de pocos kilómetros, se encontraban Comillas y Santillana del Mar, con las muy próximas cuevas de Altamira. Esperaba que mis indagaciones familiares no me absorbiesen a tiempo completo y no me impidieran disfrutar, aunque fuera de refilón, de aquella variada y apetecible oferta.

Ya le había comunicado algún tiempo atrás mi decisión a Mariví, a la cual le pareció bien mi viaje de agnición. Con Minako la cosa no fue tan sencilla, estaba empeñada en acompañarme a toda costa. Pero yo era consciente de que si accedía, sería como dejar caer diez bombas de Hiroshima sobre mi investigación. Por otra parte, no tenía ni idea de lo que podían depararme mis averiguaciones. Prefería sumergirme en mi brumoso pasado familiar sin ninguna distracción externa, para así sentirme en contacto más directo con el espíritu de mi madre. Era un peregrinaje íntimo, y aunque era una gran tentación compartir esos días con Minako en un paraje de ensueño, me mantuve firme en mi casi heroica determinación, ya nos regalaríamos una semanita de retozos y turismo en otras circunstancias. Se enfadó bastante, incluso me amenazó con irse a California, lo cual me pareció excesivo, teniendo en cuenta el poco tiempo que llevábamos saliendo y las buenas razones que me asistían para ir solo al encuentro de mi prehistoria. Al final, lo aceptó tras comprometerme a llamarla todos los días y no mirar a ninguna mujer de menos de cincuenta.

El ascensor del centro de la UNED de la calle Argumosa sabía de muchos sueños, sueños grandes de sobresalientes y sueños más modestos de aprobadillos raspados, él los acogía todos por igual sin la más mínima arritmia en su cansino traqueteo de máquina antigua pero fiable. Al salir de su cubículo gris y un poco agobiante, aquella última tarde de martes antes de las vacaciones de Semana Santa, me encontré con un ambiente enrarecido. Las miradas eran esquivas y las conversaciones escasas y cuchicheadas, como si alzar la voz fuera una transgresión intolerable. En la puerta del aula se había formado un corrillo en el que estaban Marta Mijares, Felicia Camps, Ángela Casas y Enrique Ruiz. Marta y Ángela lloraban quedamente, Enrique mostraba un abatimiento extremo y Felicia, la alta y desgarbada bisexual «Qué importa el sexo si el polvo es de primera», beligerante y exaltada, mostraba un gesto adusto y desafiante, con las mandíbulas apretadas y los ojos en ascuas.

—¿Qué pasa?

–¿Que qué pasa? Pasa que hay mucho machista hijodeputa en este país de mierda lleno de fachas y reprimidos. –Felicia disparaba a quemarropa.

Ante mi desconcierto por aquel caudal de exabruptos de los que ignoraba la causa, fue Marta la que soltó la bomba.

–A Fernando le han pegado una paliza, está en el hospital.

–¿Quiénes? ¿Por qué? ¿Es grave? –La preocupación hacía que se atropellasen mis preguntas.

Esta vez fue Ángela la que, entre sollozos, intentó ponerme al corriente.

–Unos tíos, en un bar. Tiene dos costillas y la nariz rota, aunque no parece muy grave.

–¿En qué hospital?

–El Ramón y Cajal –terminó de informarme Ángela.

Me quedé unos momentos consternado y dudando si dar la clase o no. Me decidí a impartirla a pesar de que maldita la gana que tenía de hacerlo, las dos siguientes semanas no había clases y tenía un calendario demasiado ajustado. Dar una sola clase de dos horas a la semana cundía poco para la enormidad de materia que suponía Cervantes y su obra, por lo que hice de tripas corazón.

–No tengo más remedio que dar la clase, aunque sea lo último que me apetece, es mi obligación...

–Miguel –me interrumpió Felicia–, ya lo hemos comentado y creo hablar por todos: podemos recuperar la clase otro día de la semana, ahora no nos sentimos capaces de atender a tus explicaciones. A no ser que no quieras venir otro día.

–¡Estoy dispuesto a venir el día y a la hora que queráis!, siempre que sea por la tarde, claro.

Entré en el aula y entre todos decidimos posponer la clase hasta el jueves a la misma hora.

Tras el acuerdo, Atocha y el cercanías, para ir a ver a Fernando. Íbamos las tres mujeres y yo, Enrique no disponía de tiempo aquella tarde, y nos dijo que él se acercaría al día siguiente.

En el tren, Felicia expresó su desolación.

–Es una putada que a las mejores personas les toquen siempre las peores vidas en el reparto. Fernando es uno de los tíos más majos que conozco y ha tenido que soportar una vida perra, desde el desprecio de un padre que no quería saber nada de él, hasta el dolor de una madre que deseaba cambiarlo a toda costa.

–Yo que tengo unos padres geniales, no me imagino lo que debe de ser vivir con una familia que casi ni te habla –apuntó Marta.

–Yo tampoco lo entiendo, aunque como huérfano de padre, no puedo hablar con mucha propiedad de lo que debe de ser soportar el desprecio del tuyo –añadí yo.

–A veces, un tabique te deja más huérfano que una lápida.

Miré a Felicia intrigado, había soltado la enigmática frase con tal resentimiento que a mí se me antojó que hablaba menos por Fernando que por propia experiencia. Pero mi alumna jamás comentaba nada sobre su familia, así que aquello quedó en la simple sospecha de que las relaciones de Felicia con sus progenitores tampoco eran ningún jardín de rosas.

El resto del trayecto hablamos más bien poco, cada cual iba enfrascado en sus propios pensamientos.

No nos permitieron subir a los cuatro a la habitación al mismo tiempo. Lo hicimos de dos en dos: Ángela y yo primero; Marta y Felicia se quedaron en la cafetería.

Se me cayó el alma a los pies, Fernando tenía peor aspecto de lo que había imaginado, estaba muy pálido y unos moratones le ensombrecían los dos ojos a modo de siniestro antifaz. Ángela se echó a llorar de nuevo.

–Pero, niña, ¿así vienes a darme ánimos?

Parecía estar mejor de humor que de aspecto. Hablaba con un tono nasal por el tapón de apósitos de la nariz.

Ángela fue a darle un abrazo, pero Fernando la paró en seco.

—Alto, alto, los abrazos me los debes, que mis costillas no están para achuchones, por mucho que me apetezcan.

—¿Cómo estás? —No se me ocurrió nada mejor para empezar.

—¿Tú qué crees? Jodido, en el peor sentido de la palabra.

—¿Qué pasó? ¿Tienes ganas de contarlo?

Fernando se quedó un rato pensativo, pareció dudar de si prefería guardarse las explicaciones.

—Estoy tan harto de las opiniones de la gente que nos insulta, de la que se excita y grita cuando se habla de este tema, o de los que piensan en la homosexualidad como una enfermedad...

Yo lo prefería así, un poco enfadado, ese era el Fernando vivo y punzante que a mí me gustaba y no el tristemente resignado.

—Es curioso que me haya pasado esto pocos días después de nuestro debate en el mesón cuando, imbécil de mí, dije que en España la cosa era más llevadera, ¿lo recuerdas?

Yo lo tenía dolorosamente presente desde que me enteré de su percance.

—Cómo no iba a acordarme, me impactó bastante todo lo que me dijiste esa tarde. Comprendo que te duelan a veces ciertas actitudes de la gente o lo que podamos decir en un momento irreflexivo, pero lo importante es la forma de actuar de las personas, no unas opiniones que muchas veces no se saben expresar o se dicen sin pensarlas. La gente que te quiere bien es la que no cambia su manera de apreciarte y de tratarte antes y después de conocer tu homosexualidad, esa es la que vale.

—Puede ser, pero las palabras también duelen, aunque sepas que a veces se sueltan sin reflexión. Y si todo lo que estuvimos hablando fue teoría, esto de ahora es la práctica de lo que traté de explicarte aquel día. La incomprensión, el machismo, la frustración que en muchos bárbaros explota haciendo daño a quienes son más felices que ellos.

Me dio la impresión de que Fernando sí que tenía ganas de contarlo, de intentar comprender lo incomprensible; y a pesar de los gestos de dolor que de vez en cuando afloraban a su rostro, prosiguió:

—Era una tarde tranquila en una cafetería como tantas, mi chico y yo, sin meternos con nadie. Pero a los perturbados les debió de molestar la terrible insolencia de estar cogidos de la mano y parecer felices. Empezaron a insultarnos sin dirigirse a nosotros directamente. Les ignoramos, ya estamos al cabo de todo esto, así que ni caso. Pero Omar fue al lavabo y, al volver, uno de ellos se le encaró y empezó a insultarle. Yo salí en su defensa, y me habría deshecho con facilidad de aquel imbécil al que le sacaba la cabeza, pero algún otro valiente me golpeó por detrás. Aun así, más de uno de aquellos mierdas se fue caliente a casa. El problema es que eran cinco, y cuando nos separaron ya me habían crujido a golpes. Lo único bueno es que se olvidaron de Omar por cebarse conmigo, y él está bien. Ha estado aquí todo el tiempo, pero ahora se ha ido un momento a casa a ducharse y cambiarse de ropa, me está mimando tanto que voy a tener que pelearme con cinco machotes gilipollas de vez en cuando para que me apabullen a arrumacos.

—Veo que no has perdido el buen humor, eso me reconforta.

—Si me lo tomara por la tremenda, no saldría de casa, ¿no crees? Por cierto, hay otra cosa buena en todo esto: que no tendré que aguantar tus clases durante algunas semanas.

—Ni hablar, vendré hasta el hospital para que no olvides lo poco que sabes. Y voy a hablar con tu médico para que te recete de seis a ocho capítulos del *Quijote* al día, como bálsamo de Fierabrás contra todo tipo de dolores y preocupaciones.

—Y yo te traeré los apuntes de todas las clases, que también hay vida fuera de Cervantes —intervino Ángela, que tras el alto a sus pretendidos abrazos, se había quedado muda en una esquina de la cama, mientras escuchaba nuestra charla con interés.

—Perfecto —rematé yo—, ya no podrás escaquearte por unas costillitas de nada.

Nos despedimos para dejar paso a las dos compañeras que esperaban turno para consolar al amigo. Ángela se quedó en la cafetería a esperarlas, tomándose un descafeinado, para después volver a casa con ellas. La dejé allí, melancólicamente sentada, en un banco al que se le escapaban las tripas de espuma por los descosidos, dándole vueltas y más vueltas con la cucharilla a su café tibio. Cuando le eché el último vistazo me dio la impresión de una niña grande a la que su madre ha dejado un momento sola, pero no tiene claro si va a volver a buscarla.

Yo me fui a la Leonera, porque deseaba estar solo y no quería mostrar lo tocado que me había dejado ver cómo aquel debate sobre la homosexualidad, que parecía una más de las charlas intrascendentes en el mesón, se había plasmado en una realidad sórdida que daba la razón a Fernando y, en parte, me la quitaba a mí. De cuántos temas que no nos afectan directamente opinamos pretendiendo conocerlos, para luego tener que constatar lo grande de nuestro error y lo vano de nuestra arrogancia.

La semana transcurría rauda. El jueves di la clase de recuperación y luego me acerqué a ver a Fernando que parecía mejorar a ojos vista, cortesía de su indómita juventud. Le llevé la edición de Cátedra de *Los trabajos de Persiles y Sigismunda* –yo tan pesado como siempre con Cervantes–. Me dio las gracias y me dijo que al día siguiente lo mandaban para casa. Estuvimos bromeando, como si quisiéramos quitarle importancia a lo sucedido, aunque a ambos, cada uno a nuestra manera, nos había afectado bastante aquel episodio.

El viernes me dediqué a preparar el equipaje. Minako llegó a casa sobre las siete.

–¿Sigues convencido de que yo sería un estorbo?

–Nunca he estado convencido de eso. Cómo voy a considerarte un estorbo si eres lo mejor que me ha pasado en muchísimo tiempo.

—Pues demuéstralo y déjame ir contigo.

—Ya te he explicado mis razones: es mi viaje, mi búsqueda esencial, y lo que sea que encuentre sobre el pasado de mi madre quiero poder enfrentarlo sin distracciones externas, por muy agradables y apetecibles que sean. Espero poder recompensarte a mi vuelta.

—No quiero recompensas. Además, cada día estoy más harta de la dueña del hostal, es una arpía menopáusica que cada vez que otro huésped me mira con ojos golositos, se sube por las paredes. No soporta la competencia.

—Es que tú eres una competencia muy, pero que muy desleal. Por más apañadita que esté la hospedera, cómo va a pretender que la miren a ella en vez de a ti. Sería como perderse una puesta de sol por mirar a un espantapájaros.

—Eso está muy bien, a partir de hoy voy a llamarla «Espantapájaros», me gusta.

—Me alegro, pero no le digas que te lo he sugerido yo, no quiero más enemigos de los necesarios.

Yo trataba con estas tonterías de endulzar una tarde un poco penosa. A pesar de mis intentos, no conseguí que Minako sonriera con la misma franqueza de otros días. Sugerí ir a cenar a un sitio alegre para disipar la morriña. Accedió sin mucho entusiasmo. Fuimos a un mexicano en el que los viernes por la noche actuaban mariachis. Pero ni la bullanga de los guitarrones ni la fanfarria de las trompetas pudieron derribar esas pétreas murallas de Jericó del mal rollo. Yo quería terminar la noche en casa, pero cuando lo propuse…

—Ni pensarlo. ¿Quieres acostarte conmigo y que mañana temprano, cuando te vayas de viaje, yo me tenga que vestir y quedarme en la calle, como un vulgar ligue de una noche?

Iba a protestar y a decirle que no tenía por qué marcharse

cuando yo lo hiciera, que podría quedarse el tiempo que deseara y luego cerrar la puerta al irse, pero no me dejó. Ella supo que no me había planteado la posibilidad de que se quedara en casa. Al día siguiente me iba a arrepentir de no haberlo hecho, pero en aquel momento se me notó el titubeo.

–Acompáñame a la pensión. Y ya nos veremos a tu vuelta.

Por la noche, hasta que me venció el sueño, no dejaba de repetirme que era un imbécil y un pusilánime, tenía que haber ofrecido a Minako quedarse en mi casa. No era lógico que ella siguiera viviendo en un hostal de tres al cuarto teniendo yo sitio en mi piso y tantas ganas de compartir mi tiempo y mi cama con ella. La preocupación por todo lo referente a la herencia y los preparativos del viaje me tenían un poco descolocado, y no había caído en esa posibilidad.

Sería un tema que tendría que resolver a mi regreso.

EN BUSCA DE LAS RAÍCES

Salí el sábado sobre las diez. Me hice el firme propósito de no darle más vueltas a mi relación con Minako y lo sucedido la noche anterior hasta que volviera a Madrid. Ahora lo primordial era tratar de esclarecer el asunto de mi inesperada herencia. Esperaba poder solucionar el desencuentro con mi «niña bonita» cuando regresara de Cantabria. La mañana era límpida y fresca, ideal para viajar. Dejé atrás la calle 30 y enfilé la N-1. El tráfico era fluido, pronto me encontré coronando el puerto de Somosierra. Al pasar por Milagros estuve tentado de parar a regalarme unos torreznitos, que allí los hacen excelentes, pero era algo temprano para esa bomba de colesterol y preferí reservar fuerzas para el almuerzo de huevos con morcilla que tenía en mente desde que salí de Madrid.

Y eso fue lo que encargué, poco después del mediodía, en el Landa, a la entrada de Burgos capital. Era parada obligada en mis escapadas hacia el norte. Presidido por una torre del siglo xiv, reconstruida piedra a piedra, conservaba algunos detalles de antigüedad conventual.

Llamé a Minako. Tenía apagado el móvil.

Me trajeron los tan esperados huevos con morcilla y comí con delectación, con pompa y circunstancia, como se comía en los salones de los grandes transatlánticos, o en los lujosos coches restaurante de los trenes de época, donde la exquisitez de las viandas no eclipsaría a esa humilde morcilla, como la que Góngora quería ver reventona en su asador «y ríase la gente».

La evocación de los trenes me trajo a la memoria una anécdota que me contó el dramaturgo José López Rubio, cuando coincidimos en unas jornadas literarias en El Escorial, sobre su buen amigo y compañero de aventuras cinematográficas en Hollywood Edgar Neville, que no se distinguía por ser parco en los placeres de la buena mesa. Pepe López Rubio me contó que, viajando en uno de esos trenes, fueron a comer al vagón restaurante. Quiso la mala fortuna que el filete que le sirvieron a Neville estuviera duro y seco como suela de zapato. López Rubio, viendo que cerca de su mesa había un buzón de sugerencias, le aconsejó que pusiera una queja. Neville, ni corto ni perezoso, agarró el filete entre el pulgar y el índice como quien coge un bichejo repugnante y lo introdujo tal cual en el buzón de reclamaciones. Genio y figura.

Unos canutillos de hojaldre con crema pastelera caliente me sacaron de mis divagaciones, y fueron el broche perfecto para un almuerzo ideal.

De nuevo en carretera. Vivar, tierras del Cid, camino de Aguilar de Campoo, donde el perenne olor a galletas recién horneadas recibe dulcemente al viajero desde varios kilómetros antes de alcanzar la ciudad palentina. En el reproductor del coche empezó a sonar *Garganta con arena,* la pegadiza melodía que Cacho Castaña le dedicó a Roberto Goyeneche, cuando el Polaco, con su voz arenosa, hizo mutis del teatro del mundo al asmático ritmo del blanco bandoneón de Rubén Juárez. Me vino a la memoria una versión que les escuché a Sabina y Adriana Varela de este famoso tango de letra pienso yo que mejorable.

Reinosa, el nacimiento del Ebro. Poco después enfilé la subida al puerto de Palombera. Tras coronarlo, el paisaje casi sin árboles de la cara sur cambia a la exuberancia cromática de la cara norte, por donde se desciende hacia el valle de Cabuérniga. Da la impresión de que todos los árboles hubieran decidido crecer en la misma ladera. Arces, robles y no sé cuántos tipos más de especies vegetales parecen medrar a sus anchas y envolver al venturoso viajero en un lecho fresco y acogedor. La naturaleza es allí un privilegio. Descubrí un pequeño mirador en una revuelta de la carretera y decidí hacer un alto para contemplar con mimo aquel vergel. Una cabrita rampante, cincelada en piedra, me hacía silente compañía. Los ligeros jirones de niebla que se distribuían entre las colinas no le restaban nada a la magnificencia del paisaje, antes bien le daban un toque interesante, como se lo da la espuma a una buena cerveza.

Recuperado el sinuoso camino y ya en pleno corazón del parque natural Saja-Besaya, me pareció entrever un sapo pintado dentro del círculo de hojalata de una señal de tráfico. Pensé que me habría equivocado. Pero no, allí estaba de nuevo el sapo un poco más adelante. Algo aburrido por la soledad del viaje, y para distraer mi mente de los recuerdos de mi madre, me dio por elucubrar sobre el significado de aquella insólita señal: «¿Será que en aquel paraje de cuento de hadas hay princesas o príncipes encantados, y que la señal marca dónde debe detenerse el buen samaritano para hacer uso de su beso restaurador?»... No, no era eso, un rótulo bajo la señal lo dejaba claro: «Paso de batracios». Me hizo gracia, y seguí elucubrando, ya se sabe que toda mente ociosa es una gusanera de estupideces, así que me pregunté: «¿Quién coño se habrá entretenido en comprobar que es justo por aquí por donde cruzan la carretera los batracios? ¿Acaso todos los batracios son tan educados y juiciosos que cruzan por el mismo sitio? ¿Serán anuros o urodelos?»... Con esas tonterías entretenía los últimos kilómetros de mi viaje.

La carretera, tras bajar el puerto de Palombera, recorre todo el valle enhebrando pueblecitos hasta llegar a Cabezón de la Sal: Saja, Fresneda, Cabuérniga, Selores, Renedo, Terán, Valle, iban sucediéndose muy próximos los unos a los otros.

Casi llegando a Barcenilla, la dulce voz enlatada de una señorita con muy buenos modales me sugirió girar a la derecha. No la defraudé. Y un poco más adelante, a la entrada de la aldea llamada La Miña, se hallaba enclavada la casa rural que había alquilado por internet, una preciosa casa que dominaba todo el valle desde su porche y sus ventanas. Había superado todas mis expectativas. Lo consideré un buen augurio para mi empresa.

No quise volver a coger el coche, así que me acerqué a una tabernita muy próxima a la casa, donde me agencié un bocadillo y un bote de cerveza. Volví con mi compra, me instalé tan ricamente en el porche y, mientras degustaba mi merienda-cena, la naturaleza me agasajó con una puesta de sol espectacular. No hubiera podido ni soñar con una bienvenida más sugestiva.

Cuando desaparecieron los últimos vestigios de luz, cogí el móvil y llamé de nuevo a Minako… una vez más tuve que escuchar el descorazonador «apagado o fuera de cobertura».

El día siguiente, tras el desayuno típico de la zona: café con leche y sobaos pasiegos, cogí mis escrituras, mi llave y mis íntimos temores y me dirigí sin más dilación al primer objetivo de mi lista: Bárcena Mayor. Tuve que recorrer en sentido inverso todos los pueblos del valle hasta Fresneda y allí coger la carretera de Bárcena. Atravesé un pueblecito con el curioso nombre de Correpoco y, al llegar a la entrada de «mi pueblo», me sorprendió encontrarme un enorme aparcamiento disuasorio para coches y autocares, pues no se permite la entrada de vehículos por las calles del lugar. Como era de esperar, servidumbre de los fines de semana, había bastantes coches aparcados.

La impresión fue mayúscula. ¡Todo tan cuidado! Las casas, con sus balconadas de madera labrada y nimbadas de flores de variado colorido, eran todo un espectáculo. Deambulé un buen rato por las adoquinadas calles del pueblo para familiarizarme con su fisonomía urbana y embeberme de aquella bucólica estampa, casi irreal por lo idílica. El minúsculo río con su puentecito de piedra parecía sacado de la portada de algún cuento de hadas. Tan solo te hacían volver a la realidad del siglo XXI los dos o tres restaurantes que tendían sus terrazas sobre el brillante hilo de agua.

Había viejos artesanos tallando la madera a la entrada de sus tiendezucas y, otra concesión al turismo de masas, varios comercios abarrotados de productos típicos de la zona conviviendo resignados con otros no tan típicos y no tan de la zona. Estaba dilatando el momento de ir a examinar mis recién heredadas posesiones. Releí la dirección, aunque ya la sabía de memoria, y pregunté a un paisano. La calle, mi calle, estab retirada del centro, las casas no lucían allí tan enjalbegadas ni restauradas. Pero ahí estaba, por fin la había encontrado.

Fue un puñetazo en el plexo solar. El derrotado balcón se vencía hacia un lado en precario equilibrio, como una sonrisa enfermiza y torcida, la fachada agonizaba entre desconchones y manchas de orín y la sarnosa puerta de entrada perdía pintura por múltiples llagas. No sabía si entrar o largarme pitando.

«¡Adelante, cobarde!», me di unos ánimos más que necesarios.

Comprobé que la llave funcionaba y me adentré en la casa. Por supuesto, la luz estaba cortada y no se me había ocurrido coger una linterna; allí, en aquella oscuridad opresiva, me sobrecogió la sensación de que la casa estaba muerta o, más exactamente, de que nunca hubiera albergado vida. Cuando me sobrepuse, me moví a tientas hasta encontrar una ventana. El interior no estaba tan mal conservado como prometía la fachada, salvo por la acumulación de un polvo grisáceo que todo lo matizaba, difuminando el relieve de los objetos y dándome la sensación de haber entrado en un mundo de dos dimensiones. Contemplé un saloncito humilde y pequeño, con una mesa y dos sillas tan desvencijadas que no habían merecido el esfuerzo de la requisa; a un lado una arcaica cocina de carbón y al otro una escalera de madera, que se perdía en una oscuridad espesa como un charco de betún. Empecé a subir los escalones con mucho cuidado; no obstante, la quejicosa madera aguantaba bien mi peso. Abrí el balcón tras convencerle a golpes para que abandonara su obstinada inmovilidad. Dos habitaciones medianas y un baño minúsculo ocupaban la planta superior.

Así que eso era todo, ni enseres ni muebles dignos de tal nombre y una casa destartalada y agorera; ya podía despedirme del título de heredero del mes.

Cuando salí, observé que, mirando hacia mi puerta abierta había un pequeño concilio de personas curiosas. Les sonreí, pero no me devolvieron la sonrisa.

–La he heredado.

Quise empezar ya a darme a conocer a mis nuevos vecinos. Pero los gestos con que fueron recibidas mis palabras no fueron muy cordiales, antes al contrario, lo que en principio parecía curiosidad se había transformado en franca hostilidad, y sin darme tiempo a poder dirigirles de nuevo la palabra, se disolvió el agrio «comité de malvenida», yéndose cada uno por su lado.

«Un comienzo inquietante», me dije, mientras echaba llave a la puerta tiñosa.

Decidí probar la comida de uno de aquellos restaurantes sobre el río, que prometían cocido montañés desde sus cartelones; quería entablar conversación con algún lugareño después de comer.

No me animé con el cocido. La calidad del paisaje superaba a la de la comida, aunque no estuvo mal del todo. El café, en un mesón del centro del pueblo, me dio pie para intentar averiguar algo más sobre mi abuelo materno. Los dos primeros vecinos con los que intenté el contacto me orillaron con evasivas y no muy buenos modos. El tercero, un robusto paisano de unos setenta años, con la piel bien curtida por los aires serranos, fue un poco menos arisco.

—Sí, conocí a tu abuelo, aunque yo era más joven que él.

Le puse al corriente de las circunstancias y de mi ignorancia de todo lo concerniente a un abuelo del que hasta hacía un mes no sabía ni que existiera. El no tan hosco vecino pareció meditar un buen rato lo que quería contarme, mientras observaba con persistente fijeza la copa de sol y sombra que en su gran mano callosa y nervuda parecía minimizarse.

—Tu abuelo no era muy querido en el pueblo.

Cuando vio por mi expresión que no me iba a afectar demasiado lo que pudiera contarme sobre él, decidió soltar un poco más de carrete.

—Era huraño y poco dado a confraternizar con sus paisanos. Trabajaba sus tierras, que terminó perdiendo por sus malos hábitos, y al volver de la labor se metía en casa, no sin antes calentarse el cuerpo y agriarse el alma con una abundante ración de aguardiente. Tenía mal vino, y a menudo lo pagaba con su mujer y su hija, tu madre.

Pedí una ronda, que tuve que pagar al momento ante la desconfianza del mesonero.

—Enviudó, tras la caída de su mujer por las escaleras de la casa —continuó informándome el vecino con su voz rasposa de cazalla y de monte—, lo que levantó no pocas suspicacias, aunque no se le pudo acusar de nada por falta de pruebas. Su hija, que por entonces tendría los dieciséis ya cumplidos, tuvo que soportar sus malos tratos durante otro par de años. Pero nada más alcanzar los dieciocho se largó, creo que a servir en la finca de una familia con posibles de Terán. Tu abuelo se volvió más intratable y más borracho todavía y le empezó a flaquear la cordura. Tras un par de incidentes que prefiero no contarte, por no estar acreditados del todo, se lo llevaron a una casa de locos y todo el pueblo se sintió aliviado cuando lo encerraron allí. Los vecinos se hicieron cruces para que jamás lo dejaran volver, como así sucedió.

Quise pagarle otra copa a ver si seguía obteniendo información de la única fuente que parecía dispuesta a proporcionármela, pero se excusó con que no tenía nada más que añadir y que ya había bebido bastante.

Aquello fue todo lo que saqué en claro en Bárcena Mayor, pese a algún intento más de pegar la hebra con otros paisanos. Mejor no tentar a la suerte, en los pueblos suelen llevar muy a mal que venga un advenedizo a remover viejas heridas, así que caminé hasta el gran aparcamiento y volví a recorrer la ya familiar carreterita del valle.

De camino, me vi metido en un pintoresco atasco rural, provocado por un grupo de vacas tudancas que se enseñorearon de todo el ancho de la carretera hasta que alcanzaron su prado de destino.

Ya en el chalé, contemplaba desde el porche cómo iban las sombras difuminando el apacible paisaje. Me gratifiqué con unas rebanadas de pan de pueblo tostadas ligeramente y bien cumpliditas con anchoas de Santoña, que había comprado por la mañana en una de las tiendas típicas de Bárcena.

Fue entonces, en la tranquilidad de mi retiro, cuando pude asimilar por fin todo lo que me habían revelado del pasado de mi madre. Ahora comprendía su afán por borrar de sus recuerdos a un padre alcohólico y maltratador del que había tenido que escapar con lo puesto. Uno de los fantasmas del pasado de mi familia había quedado desvelado, pero el asunto principal seguía en suspenso: ¿quién era mi padre? Cabía la posibilidad de que mi madre hubiera dejado el valle antes de quedar embarazada, pero algo en mi interior me decía que no era así.

Me sentía un poquito bajo de ánimo, decidí intentar de nuevo conectar con Minako a ver si hablando con ella recobraba nuevos bríos. Esta vez sí que me cogió el teléfono. No le pedí explicaciones por no haber respondido a mis llamadas, ni ella me las dio. Me preguntó por el viaje y la casa.

—Todo marcha según lo previsto, el sitio que he alquilado es un edén y ya he conocido mis posesiones. Por cierto, que si acaso te habías arrimado a mí contando con mi herencia, siento tener que decirte que no está a la altura de lo que mereces.

Tonteamos un rato y me complació notar que parecía ya más conforme con mi ausencia. No entré en pormenores sobre lo que ya había averiguado, le dije que a la vuelta se lo contaría con detalle. Prometí llamarla todos los días y colgué. Estaba más animado.

Me puse a planear los pasos del día siguiente. Si quería encontrar el rastro de mi madre cuando escapó de Bárcena, debía dirigirme a Terán y tratar de seguirle la pista en la casa donde entró a servir.

Terán resultó ser lo bastante pequeño para que las familias que se pudieran considerar adineradas —con posibles, en boca del paisano— no fueran legión; en realidad, solo tres. Así que no tardé mucho en enterarme de cuál de ellas dio cobijo a mi madre. Cuando llamé al timbre de la verja solo me contestaron los ladridos de un perro que llegaban apagados desde la parte de atrás. Varios timbrazos más y la misma respuesta canina me hicieron posponer la intentona.

Le concedí un descanso al investigador y dejé que aflorara el turista que todos llevamos dentro. Me fui al nacimiento de la Fuentona, en Ruente. Un apacible rincón de verdura y aguas mansas y claras, con bancos donde olvidarse del ajetreo del mundo, arrullado por el rumor del manantial. La mañana estaba fresca, pero el sol comenzaba a calentar lo suficiente como para acoplarse en uno de aquellos bancos y disfrutar del entorno. Me provocó el paisaje las ganas de leer allí un rato en comunión con la naturaleza; y nada mejor que Fray Luis de León, rapsoda de la vida retirada y del *locus amoenus*. Había previsto poder gozar de un momento como aquel, por lo que llevaba en el coche un ejemplar de las odas del belmonteño. Me dieron ganas de recitar en voz alta la oda *A Salinas*, siguiendo el consejo de una profesora de mi universidad, que solía repetir en clase que la buena poesía hay que leerla a viva voz para poder sentir su magia en plenitud. Me contuve, por no asustar a unos niños que jugaban en el césped vigilados por sus madres. Leí en silencio.

Era ya más de mediodía, así que decidí dejar para por la tarde una nueva intentona de contactar con la familia de Terán.

Tenía mucho interés en visitar Comillas: la universidad, el palacio, pero sobre todo el Capricho de Gaudí. Como estaba apenas a veinticinco kilómetros de allí, no lo dudé y me puse tras el volante.

No llevaba humor de tango, así que coloqué en el reproductor del coche un cedé de la Sole, Soledad Pastorutti, una cantante folklórica argentina de voz potente y con multitud de registros, que inició su pase con una bellísima *Luna cautiva* cantada a dúo con Jairo.

El Capricho colmó todas mis expectativas. En aquellas tierras norteñas donde el astro rey es un bien preciado, el venerable Gaudí había rendido un paradójico culto al brillante dios pagano –siendo él tan beato católico–, y había construido la mansión de manera que los horarios domésticos coincidieran con el sol. Así, por la mañana el sol despertaba a los felices propietarios en sus dormitorios, luego se desplazaba a la salita del desayuno, a la de lectura y al mediodía iluminaba el gran comedor de techo acristalado… Más de una hora estuve recorriendo aquella maravilla, a la que acudí, además de por inquietud cultural, también por la necesidad de recargar mis propias baterías solares tras el paso por las tinieblas familiares de Bárcena. Hasta que el estómago empezó a protestar por el prolongado abandono.

Salí de Comillas hacia San Vicente de la Barquera por tranquilas carreteritas secundarias bordeadas de una feraz vegetación. A mitad de camino, en una posición estratégica, con la magnífica playa de Oyambre a un lado y al otro la ensenada de San Vicente, hay un restaurante que vale la pena: La Gerruca; el festín consistió en unos chipirones a la plancha con verduritas y un rodaballo al horno. Un paseíto hasta los escarpados acantilados de vistas espectaculares que separan ambas playas me sirvió para ayudarme a hacer la digestión.

De nuevo en Terán, volví a darle una oportunidad al indiferente timbre que me ignoró por la mañana. Esta vez acudió a su campanilleo de carillón afónico una mujer flaca y severa de unos cincuenta años, que me preguntó qué deseaba. Le expliqué que pretendía hablar con los señores de la casa por un asunto personal y que apenas les robaría unos minutos. Me abrió la verja y me hizo pasar a un gran salón donde, a pesar de la buena temperatura, ardía un fuego de leña. Frente al hogar dormitaba una anciana en silla de ruedas, cuya silueta se perfilaba contra el vivo rescoldo anaranjado. Aparentemente, no se apercibió de mi llegada.

Me dejaron un par de minutos esperando, y los aproveché para curiosear por la habitación. Un tresillo de cuero viejo color chocolate con antimacasares de ganchillo en tonos marfil delimitaba una parte del salón; en la otra ala, una gran mesa de comedor con doce sillas de tipo isabelino y una araña de cristal cerniéndose sobre el conjunto. Completaban el mobiliario un par de mesitas de té con muchos adornitos de plata y ningún libro a la vista. Al fondo, unas puertas correderas de cristal dejaban entrever un florido jardín del que solo me fijé en unas inmensas hortensias rosas y azules que destacaban a ambos lados de las puertas. No es que yo sea muy experto en flores, pero las hortensias sí que las conozco.

Apareció una dama que parecía una figurante de un folletín del siglo XIX, compuesta y emperifollada como si en vez de en su casa se encontrara en una recepción palaciega de alto copete, salvo por el detalle discordante de un pequinés blanco con manchas marrones que venía escoltándola; una criatura innecesaria y desagradable que no paraba de ladrar y reñirme con sus gruñiditos. Con esa conjunción de orejas puntiagudas, ojos húmedos y hocico baboso se me figuraba un feto de dragón chino recién abortado. El animalejo debió de intuir mis ganas de pisarle el cuello, pues cuando le miré, se metió entre las faldas de su dueña, para desde aquel inexpugnable refugio seguir lanzándome sus ladridos escuetos y secos como tosecillas de duende asmático.

A medida que iba desgranando el motivo de mi visita, vi que la expresión de la mujer, ya de por sí altiva, se tornaba más seria y reticente. Al enterarse de que yo era hijo de aquella sirvienta que acogieron cincuenta años atrás, noté que la anciana del rincón abría mucho los ojos y se ponía a observarme con una intensidad que contrastaba con su modorra anterior. A partir de ese momento no me quitó ojo de encima.

–Sí, su madre trabajó aquí unos dos años y luego desapareció sin dejar rastro. Es todo lo que puedo decirle. Además, yo era casi una niña, apenas la recuerdo.

–Carmencita… –La voz temblorosa de la abuela sonó como si viniera del más allá.

–Calle, madre, siga durmiendo.

–Pero, niña…

Esta vez no se molestó en contestar.

–Tal vez su madre pueda darme algún dato más. Es muy importante para mí…

No me dejó terminar la frase.

–Lo siento. Tiene que marcharse. Precisamente estamos esperando al médico de mi madre, no está bien de salud y su visita parece haberla afectado. Ella no tiene la cabeza ya para poder serle útil en sus pesquisas –me dijo, empujándome leve pero constantemente hacia la puerta de la calle.

Antes de salir vi una mirada de pena en los ojos de la anciana que me causó una profunda desazón.

Sentado en el coche, estuve un buen rato reflexionando sobre la tensa entrevista. Había mar de fondo en aquella casa y yo había provocado la resaca. Algo en el ambiente y en la actitud de las dos damas hizo que no me sintiera satisfecho con la escueta explicación con la que me habían despachado. La vena de investigador pulsaba con virulencia en mis sienes, tenía que averiguar qué secreto escondían aquellas paredes. Me dio la impresión de que la anciana no había sido muy partidaria de cómo me había tratado su hija. Ella, por edad, debía de saber muchas más cosas acerca de mi madre. Si pudiera entrevistarme a solas con ella tal vez fuese más elocuente. Pero estaba seguro de que la estirada hija jamás me lo permitiría.

Me dirigí al pueblo de Valle, a escasos dos kilómetros de Terán, donde estaban las oficinas municipales de la zona. Esperaba que allí me pudieran dar más información sobre esta familia.

Me hice pasar por un investigador de heráldica que estaba elaborando un censo de las familias de abolengo de la comarca. Suponía –influjo nocivo del cine y la televisión– que ese tipo de argucias daban resultado. Pero no conseguí nada, incluso me miraron con cierta suspicacia, así que les di las gracias y abandoné las dependencias antes de meterme en algún embrollo.

No tenía ganas de compartir con otra gente mi desengaño, así que paré en un colmado al borde de la carretera y compré los ingredientes necesarios para una ensalada verde: endibias, pepinos, un aguacate y unos canónigos, amén de una botellita de vinagre de Modéna. Así pertrechado, inicié una retirada estratégica hacia mi cuartel general de La Miña.

Mi ánimo era el opuesto al de esa misma mañana, cuando quería recitar a voz en grito las odas de Fray Luis en plena naturaleza. No sé qué virus había en la mansión de Terán que me había contagiado una murria aplastante y perversa.

Otra de mis paradojas: en momentos así me animaban los tangos, a pesar de sus letras tristonas. Conecté el mp3 a los altavocitos portátiles que siempre llevaba conmigo en los viajes largos: «Tu padre era rubio, borracho y malevo, / tu madre era negra de labios malvón...». Qué adecuado me pareció que sonaba. Me dejé absorber por la historia de aquella mulata que tras ejercer de diosa de bronce veinte años atrás, en el conocido cabaret Folies Bergere... «Ahora te llaman moneda de cobre, / porque vieja y sola muy poco valés».

Ya tumbado en la cama, aparqué el libro de relatos de Clarín en el que no lograba concentrarme. Dejé sobre la mesilla de noche a esa mansa *Cordera* de la que se despedían con tristeza, cuando el tren se la llevaba al matadero, los dos niños que tanto la querían. «Equívoco nombre para una vaca», pensé, antes de abandonarme a un sueño algo menos renuente que en otras ocasiones.

La mañana renovó mis arrestos. Decidí que la mejor manera de abordar a la anciana sería montar guardia en las inmediaciones de la casa de Terán, hasta que se presentase una oportunidad. Me avituallé para una larga espera en el coche y aparqué a una prudente distancia de la verja de entrada de la finca.

Fue discurriendo el tiempo con desesperante lentitud. Estaba medio amodorrado con el solecito que empezaba a caldear el interior del vehículo, me había puesto música clásica que al no tener letra me distraía menos de la labor de observación. Sería ya cerca de mediodía cuando las vi salir. La anciana en su silla de ruedas, empujada por la seca doméstica.

Es algo consustancial a mi naturaleza: las letras de los tangos, adaptables a las más variadas situaciones, me vienen a la mente sin yo poder hacer nada por evitarlo. «Flaca, dos cuartas de cogote / y una percha en el escote, bajo la nuez...» «¡Che, don Carlos, ni que la estuvieras viendo», le dije en voz baja al malogrado cantor. El anticuado rodete en el pelo y la blusa color hueso con botones de madreperla abotonados hasta el cuello coadyuvaban para que le cuadraran como un guante a la desabrida mucama las ácidas pinceladas del *Esta noche me emborracho* de Gardel.

Se dirigieron a un pequeño parquecito triangular en el que crecían unos pocos castaños que se dirían centenarios por el grosor de sus troncos. El parque, conocido en la comarca como La Castañera, fue en su día una bolera típica de aquellas tierras.

No se me ocurrió otra opción mejor que abordar a la anciana a pesar de la indeseable carabina, aunque el resultado de mi ataque sorpresa fuera de lo más incierto. Me planté delante de la silla, con gran sobresalto de la conductora y una mirada tranquila de la conducida.

—Sabía que volvería a verte.

Lo dijo con una voz bastante firme para sus noventa años. Luego, volviéndose a la mujer, le ordenó que se fuera a casa, pues yo le serviría de acompañante-conductor en su paseo matinal a partir de aquel momento.

La interpelada, aunque se veía a las claras por su gesto de resentimiento que mi aparición le resultaba de lo más desagradable, no tuvo más remedio que obedecer.

—¡Vamos, conduce! Y no te preocupes por mi hija, aunque su perro guardián ya la estará llamando por teléfono, se fue esta mañana a Santander y no volverá hasta la noche. Podemos charlar con tranquilidad.

Ya no me quedaba ninguna duda sobre la lucidez de la anciana. Me coloqué a su espalda, y me quedé un momento con la vista fija en su pelo de un tono blanco azulado, que a pesar de los buenos oficios del peluquero, no lograba cubrir en su totalidad el cuero cabelludo: atisbos de rosa pálido entre las ondas de azul y plata.

Empecé a empujar la silla por las calles que rodeaban el parquecillo. Ambos nos concedimos unos momentos de silencio.

Contemplé el tronco de un castaño que, tal vez más anciano y cansado que sus hermanos del parque, reposaba horizontal a un lado de la calle.

Por indicación de la anciana, nos acercamos al cadáver vegetal, coloqué a un lado la silla de ruedas y me senté en uno de los tetones secos.

Durante todo el tiempo que duró la maniobra, sus ojos grises y tristes no se apartaron de los míos.

–¿Cómo te llamas?

–Miguel.

Otro largo silencio, como si necesitara a intervalos cortos y regulares cargar las baterías. Vi rebullir sus manos bajo una manta de cuadros que le cubría de la cintura a los tobillos, y sacó lo que me pareció una foto antigua. Cuando me la tendió, empezaban a rodar dos lágrimas por sus resecas mejillas aradas con saña por la reja del tiempo. Cogí la instantánea con prevención.

–Es tu padre.

Ahora entendí su empeño en que me sentara en el tronco. Me quedé sin fuerzas, como si mis músculos y huesos se hubieran transformado en gelatina.

–No puede ser. Pero si es…

–Sí, un sacerdote.

La anciana corroboró lo que mis ojos veían pero mi mente se negaba a asimilar.

–Los sacerdotes también son hombres.

La obviedad hizo que reaccionara ligeramente.

–Tiene que haber algún error. No creo que pueda ser posible.

–¿Un error? ¡Mira bien la foto!

La verdad es que el parecido era innegable, podía ver mis ojos de hacía veinte años en los ojos de aquel cura joven. Pero aún me resistía a aceptar aquel contradiós, aunque cada vez con menor convicción.

–Mi madre era ferviente anticatólica.

La media sonrisa irónica de la anciana me convenció mucho más que cualquier argumento que hubiera podido aducir. Entendí que la radicalidad de mi madre vino tras el embarazo, un modo de mostrar su rechazo total al segundo golpe bajo que le asestaba la vida en tan corto espacio de tiempo. No podía añadir nada. Pero de ahí a digerirlo... ¡Hijo de un cura! Ahora sí que estaban justificados los silencios. Así lo comprendió la nonagenaria.

–¿Quién es él? ¿Cómo fue? –pude por fin articular.

–Es mi sobrino. Y lo que pasó fue... lo normal entre dos jóvenes impulsivos que se frecuentan y se aprecian, si nos olvidamos de la condición de sacerdote de tu padre.

–Hombre, muy normal, muy normal...

–Ay, hijo, pareces tú el viejo carcamal intransigente y yo la comprensiva. Piensa que tu madre vino muy necesitada de cariño, como supongo que ya sabes si has llegado hasta aquí, y mi sobrino era un joven encantador, todos le querían y le apreciaban. Hacía apenas seis meses que había pronunciado los votos, a regañadientes y empujado por mi hermana. Tu madre conmovió todos los cimientos de su poco apuntalada fe. Y no debes culpar de flaqueza a tu madre, él le prometió fervientemente dejar la Iglesia y hacerla su esposa.

–Entonces ¿por qué no lo hizo? ¿Por qué no la desposó?

–No se lo permitieron. Eran otros tiempos, la Iglesia tenía un poder inmenso, y no estaba bien visto que un misacantano se arrepintiera a los seis meses y dejara plantada a tan egregia institución. Y no se enfrentaba a los poderes celestiales únicamente, la familia no quiso ni oír hablar del tema: ¡casarse con una sirvienta! Ya ves a todo lo que tenían que hacer frente los dos inexpertos pipiolos, tan solo faltaba la pareja de la Guardia Civil apuntándoles con los mosquetones.

–O sea, que somos parientes, yo soy la rama plebeya de la familia.

No pareció haber escuchado mis últimas palabras.

Tras un corto inciso, volvieron las lágrimas a surcar el arrugado rostro de la confidente.

–Hasta yo estaba en su contra...

Intentaba proseguir, pero el nudo en la garganta no se lo permitía. Se sacó un pañuelito de encaje de una de las mangas y se secó las lágrimas. Cuando fue capaz, continuó:

–Llevo toda la vida recriminándome por no haber salido en defensa de mi sobrino y de tu madre, pero fui cobarde. Tampoco estoy segura de que mi oposición hubiera cambiado las cosas, la opinión de las mujeres a finales de los cincuenta no era tenida en cuenta. Pero yo me hubiera sentido mucho más satisfecha conmigo misma si lo hubiese intentado.

Yo también tenía algo enorme atravesado en la garganta, así que no dije nada.

Había desaparecido el sol y empezaban a cuajarse unos nubarrones oscuros y feos como malos presagios. Cada uno a su modo combatía en silencio con sus propios demonios interiores.

Superado el trago, prosiguió la anciana tras echar una mirada al cielo.

–Creo que nos queda poco tiempo antes de que tengas que devolverme al claustro, y no creo que nos den otra oportunidad de hablar a solas, así que procuraré contarte todo lo que sé lo más aprisa que pueda.

»Cuando él estaba en casa, todo parecía iluminarse con una luz distinta. Jamás pude entender por qué se metió a cura, pero eso no le nubló la alegría, y para su madre fue todo un orgullo. También era como un hijo para mí, que solo tuve la hija que conociste ayer, y me apartaron de él para siempre. La Iglesia, con la complicidad de mi hermana, me lo arrebató.

Lo dijo con una fiereza impropia de su avanzada edad. Pero luego se sosegó un poco y prosiguió con algo más parecido a la resignación.

–Aunque mi hermana ya pagó por lo que hizo, y yo no quiero hacerme mala sangre. Ella tampoco actuaba con plena libertad, en el fondo solo estaba equivocada.

Me acordé entonces de la suave expulsión del día anterior.

–¿Y por qué su hija no quería que yo conociera la verdad sobre mis padres?

–No la juzgues con excesiva severidad, las apariencias lo son todo en su pequeño mundo de guiñol. A veces pienso que preferiría suicidarse a verse salpicada por un escándalo familiar. Piensa en lo que supondría para ella que tú pudieras exigir un reconocimiento que sacara a la luz todo aquel sórdido episodio. Incluso tal vez pensó que podrías venir a exigir tu parte de la herencia.

No había caído en ello. Intenté ponerme en su lugar: un advenedizo que aparece del pasado y viene a remover la mierda y a complicarle la vida, tenía razones para rechazarme, mezquinas, sí, pero sus razones al fin y al cabo.

La vetusta dama me devolvió al presente.

–Pero yo veo lo que ella con su estrechez de miras no puede apreciar: tus ojos, igual de francos y de buenos que los de mi desgraciado sobrino. Yo sé que tú no has venido a exigir nada, sino a resolver tus dudas. Y a mí me has dado la oportunidad de reparar en parte el daño que hicimos entre todos. En el fondo, he de darte las gracias, me has librado de una losa de décadas que me sofocaba el alma, lo que permitirá que me vaya más tranquila al encuentro con mis seres queridos, para lo cual me temo que ya no falta mucho.

A mí me quedaba muy poco que añadir. Mi tía abuela –supongo que podía llamarla así– me había calado con precisión de cirujano. No tenía el más mínimo interés en relacionarme con aquella familia de la aristocracia provinciana, y mucho menos si a la anciana le quedaba poco tiempo de vida. Que se metieran sus blasones y su dinero por...

Ella aceleró el relato a la vista del cada vez más tenebroso cielo.

–Cuando tu padre se enteró de que había dejado embarazada a aquella chiquilla tan seria y tan desamparada, nos comunicó su decisión de renunciar a los votos y casarse con ella. Mi hermana, que era amiga del obispo, fue a verle y, por lo que deduzco, entre ambos tramaron el secuestro. Convencieron al pobre incauto para que aceptara un retiro de un mes, tras el cual, si aún seguía pensando lo mismo, le aseguraron que le permitirían hacer su voluntad. Y lo mandaron a América, al Paraguay creo recordar, con la excusa de apartarlo de cualquier distracción que perturbara sus meditaciones. Una vez allí, le confinaron a un régimen carcelario y de continuas oraciones durante aquel mes estipulado. Él siguió en sus trece, pero entonces no le permitieron regresar, pensarían que el tiempo rectificaría sus «desviadas» intenciones. Supongo que harían uso de todo tipo de argucias, los curas son maestros de la dilación y el disimulo. Así pasaron otros tres meses. Y luego el mazazo: una escueta esquela del obispo a la familia comunicaba que había muerto de unas fiebres. ¡De pena me lo mataron! Y mi hermana, cuando comprendió que su hijo había muerto en parte por su culpa, enfermó de gravedad y lo siguió al poco tiempo. Esa es la tragedia que ensombrece nuestra casa y nuestras conciencias desde entonces.

–¿Y mi madre?

–Tu madre esperó paciente la vuelta de su amado, hasta la llegada de la esquela; ese mismo día desapareció con lo puesto. Y todas las pesquisas que hicimos para encontrarla después de la muerte de mi hermana, por haber recapacitado sobre la actuación de la familia, resultaron infructuosas.

»Ayer, como ya te he dicho, comprendí que tenía la oportunidad de descargar mi alma atormentada antes de dejar esta mierda de valle de lágrimas. Quédate esa foto y no seas severo con tus padres, ellos fueron los únicos decentes en toda esta sórdida historia. Y ahora déjame en el penal familiar y trata de ser lo más feliz que puedas. No dejes que te arrebaten la felicidad, defiéndela con uñas y dientes si fuera preciso, compensa en ti la que no tuvieron tus desgraciados progenitores.

Cuando llegué a la puerta de la finca, la estantigua estaba allí y su expresión era más feroz todavía que antes de dejarnos. La anciana me cogió las manos y las retuvo un rato entre las suyas trémulas sin decir palabra, fue un cariñoso y mudo gesto de despedida antes de volver a caer en las garras de la tarasca.

En ese preciso momento se soltó a llover con intensidad, el agua comenzó a calarme, pero no me daba ni cuenta. Retorné al cercano parquecito de los castaños y estuve paseando bajo la pertinaz llovizna. Nunca he sido demasiado sentimental, pero en esos momentos, bajo el aguacero norteño, añoré a mi madre como no lo había hecho desde que murió. Valoré mucho más su entereza y disciplina, y me enorgullecí de que, pese a sus dos dolorosos estigmas, hubiera sabido sacarme adelante y mantenerme alejado de aquellos abismos interiores a los que la condenó la vida. Mi madre sacrificó la suya propia para que yo tuviera una educación y un cariño familiar que a ella se le negaron con contumacia.

Estaba tiritando. No me importaba.

Hice un alto en mis remembranzas y cavilaciones al observar un ruinoso edificio colindante con el parquecillo. La oscuridad del día acrecentaba la lobreguez de la siniestra construcción. Era un enorme caserón de techo semihundido en cuya fachada de un gris sucio y oscuro, veteada por chafarrinones de lluvia y líquenes pringosos, destacaban un gran portalón de hierros desvencijados y los huecos irregulares de lo que fueron ventanas, cuadriculados por unas rejas oxidadas. Por todas ellas asomaba la maleza y se entreveían los montones de escombros que habían colonizado el interior.

Me dio por imaginar que la ruinosa construcción bien podría

haber sido, en tiempos pretéritos, uno de aquellos inexpugnables manicomios donde los médicos experimentaban sofisticadas torturas con los pobres pacientes, siempre en el nombre de la ciencia y con la excusa falaz de su improbable curación.

Fue entonces, a la vista de aquellas tétricas ruinas, cuando tomé la determinación de renunciar a mi propósito inicial de buscar la institución en la que había sido internado mi abuelo, aquel maltratador, lunático y tal vez uxoricida, origen de todas las desgracias familiares.

Para qué indagar más cosas sobre mi pasado; ya conocía lo suficiente, no quería seguir escarbando en mis miserias familiares.

No tenía ni idea del tipo de uso al que se había dedicado el edificio cuando estaba «vivo», pero no me importaba. Decidí que, para mí, en aquella ruinosa residencia era donde había sido encerrado mi abuelo, para alivio de muchos, y donde terminaba mi investigación. Punto final.

De esa manera podía cerrar con una cierta simetría mi abrumadora historia familiar. En Terán, pueblecito cántabro del valle de Cabuérniga, en los alrededores del pequeño parque conocido como La Castañera, había encontrado mis raíces. Entre aquellas dos construcciones vecinas, y hermanadas en sus dispares decadencias: el imaginado manicomio y la mansión en la que sirviera mi madre y donde supuestamente fui concebido, enterré las ganas de seguir indagando.

Y también allí mismo, como si hubiera tenido una revelación bajo la caricia purificadora de aquella lluvia lustral, decidí que vendería la casa de Bárcena por lo que quisieran darme por ella, no deseaba conservar un sitio donde tanto dolor y tantas desgracias habían acaecido.

Comparando la entereza y el valor de mi madre, humilde sirvienta que supo salir adelante sola con un hijo recién nacido, con toda aquella basura humana de clase social elevada, recordé las palabras de don Quijote a Sancho, cuando el fiel escudero se aprestaba a partir al gobierno de su ínsula: «... porque la sangre se hereda y la virtud se conquista, y la virtud vale por sí sola lo que la sangre no vale». Como casi siempre, Cervantes no podía tener más razón, ni expresarlo con mejores palabras.

Cuando volví al chalé de La Miña se me había incrementado la tiritera. Me tomé un vaso de leche caliente y un ibuprofeno, y me metí en la cama.

Cuatro días estuve allí encerrado entre calenturas y recuerdos. Solo me incorporaba a medias para llamar a Minako y mentirle que me encontraba bien, pues sentía un cansancio hondo, como de minero viejo. Al quinto día, me levanté con la sensación de haber sufrido una catarsis: aquel viaje había marcado un antes y un después en mi vida, eso era innegable.

En breve tendría que volver a mi lejana vida anterior, pero en el día de mi resurrección, que había amanecido soleado y risueño, decidí compensarme del decaimiento y ayuno de los precedentes.

Fui hacia Los Tojos, donde me habían recomendado un restaurante llamado La Bolera. Antes de enfilar la empinada y retuerta carretera que sube hasta el pueblo, hay que cruzar un arroyo de montaña con su elemental puentecito de piedra. A su lado florece un pequeño parque en el que merece la pena hacer un alto. Lo hice. Tomé asiento en un banco cuyas patas eran sendas rebanadas de árbol perpendiculares al asiento trasversal, y estuve contemplando la variedad de flores y plantas con el murmullo del arroyuelo como música de fondo.

Tras la recarga de naturaleza, el cocido montañés fue algo inolvidable. La Bolera es un sitio muy familiar y sin pretensiones, pero la comida es buena, abundante y a precios razonables, ¿quién pide más?

Me despedí de Cabuérniga el lunes de Pascua por la tarde con un paseo por el parque de Santa Lucía en la ribera del Saja, a poca distancia de Cabezón de la Sal, y con una cena ligera en el restaurante El Roblón de Renedo: una ensalada de escarola con queso de cabra a la plancha, frambuesas y avellanas.

Ya de vuelta en el chalé y mientras hablaba con Minako antes de acostarme, el remolino de emociones encontradas: por un lado, mis oscuros secretos familiares; por otro, la felicidad de escuchar la voz de mi amada y el saber que pronto iba a disfrutarla de nuevo, consiguieron que al fin se me soltaran unas lágrimas que hasta entonces se habían resistido. Tuve que parar en las varias ocasiones en que las palabras no alcanzaban a salir de mi pecho con la fuerza suficiente para rebasar la frontera de los labios, pero Minako, respetuosa, no hizo comentario alguno, y al fin pude despedirme de ella con un esperanzado «hasta mañana».

DECÍAMOS AYER...

La hermosa Casona del Peregrino con sus sólidos muros cubiertos de lustrosa hiedra, le puso el marco al último desayuno antes de volver a Madrid. A las diez de la mañana desandaba de nuevo la carretera del valle para dirigirme a Palombera. Después del puerto, la monotonía del tramo de autopista entre Reinosa y Burgos invitaba a recuerdos y divagaciones. Los tangos pasaron a ser un runrún de fondo y sus palabras perdieron significado, como una letanía susurrada y lejana. Vine a arroparme de nuevo con los recuerdos de mi madre.

Con luz propia, destacaba en mi memoria un episodio que me dejó una huella honda, y que puede servir de muestra para que comprendáis su sólido carácter...

Fue un verano en El Faro. Allí tenía una pandilla de amigos, aunque no tan amigos, la verdad sea dicha, pues a veces prescindían de mi compañía sin ninguna explicación y sin remordimientos. Pero tal desaire no me importaba demasiado; si me daban de lado, yo me enredaba en alguna lectura que compensaba con creces el abandono. Incluso otras muchas veces era yo quien los orillaba si el libro valía la pena. Tal vez por eso me tenían por un poco rarito y nunca llegué a estar plenamente integrado en la joven cofradía. Qué muchacho normal de quince años preferiría leer a andar corriendo aventuras o levantando novietas extranjeras en aquellas playas mediterráneas de principios del destape y de la democracia.

Aquel día habíamos ido todos juntos a hacer una chuletada al huerto del padre de Jacinto. Allí, entre los naranjos y limoneros que nos custodiaban en perfectas hileras verdes y fragantes, dimos cuenta de las chuletillas de cordero bien untadas en el potente alioli, al que tan aficionados son en la ribera mediterránea. A la caída de la tarde, volvíamos en grupo por la carretera sinuosa que delinea el contorno costero. Dicha carretera, en uno de sus tramos, se elevaba sobre la playa unos pocos metros, y abajo sesteaba un merendero que tenía en su tejado unas claraboyas de cristal. No sé de quién partió la idea, creo que de Carmen, la gordita revoltosa y mandamás, que con su simpatía desbordante y su hiperactividad muchas veces se erigía en la voz cantante del grupo y nos metía en todo tipo de problemas. El caso es que la primera piedra, lanzada con precisión contra una de las claraboyas, contagió a toda la chavalería, y la cosa terminó en una lapidación. Yo no participé activamente, pero jaleaba y reía como los demás según iban quebrándose una tras otra las apetecidas cristaleras. El dueño salió gritando y empezó a perseguirnos, pero el infeliz era algo cojo. Fue una persecución patética y desigual, con los gamberros parando para dejar que se acercase el perseguidor y retomando la carrera entre risas y burlas, hasta que, sin aliento, el enfurecido damnificado tuvo que desistir.

Los kilómetros de autopista se sucedían con mimética precisión. Otro pueblo, otra gasolinera: borrones imprecisos. Yo no reparaba en nada del exterior que viniera a distraer mi conciencia de los vívidos recuerdos de mi madre muerta...

No me enorgullezco de aquella barrabasada, pero lo jugoso del episodio vino más tarde, cuando llegó a oídos de mi madre —era un pueblo demasiado pequeño como para que se pudieran mantener secretos—. Me miró muy seria y me ordenó que la siguiera. Cuando vi que íbamos directos al chiringuito apedreado, me vino a la cabeza aquello que tantas veces había leído en los tebeos de entonces: «tierra trágame».

Se presentó al dueño y me hizo pedirle disculpas en nombre de todos. Sacó un talonario del bolso y rellenó un cheque por la cantidad que el asombrado hostelero estimó necesaria para reparar los daños. En el camino de vuelta no me dirigió la palabra, me dolió mucho más que si me hubiera abroncado con severidad. Una vez en casa, se sentó a mi lado y con una voz demasiado sosegada para mi gusto me dijo:

–Lo que habéis hecho es una gamberrada que considero indigna de ti, podríais haber herido a alguien...

–Yo no tiré ninguna piedra, te lo...

–¡No me interrumpas! Me da igual si tiraste o no una o varias piedras, tú ibas con los que las tiraron y huiste como ellos. Así que tendrás que apechugar con las consecuencias de tus actos. El dinero que le he pagado al dueño del merendero por los desperfectos tendrás que devolvérmelo hasta el último céntimo. Cuando volvamos a Madrid, trabajarás hasta reunir la cantidad necesaria. No obstante, tienes dos opciones: decirme quiénes iban contigo y dónde viven, para hablar con sus padres y pagarlo entre todos, o callar y trabajar el tiempo necesario hasta saldar tú solo la deuda al completo.

No tuve que pensarlo demasiado, no podía delatar a mis compañeros de aventuras. En todas mis lecturas juveniles los chivatos y acusicas estaban considerados la escoria de la escoria. Además, si ya no era lo que se dice popular, el chivatazo me hubiera condenado al ostracismo irremediablemente. «Por las barbas de Senaquerib y por el gran Batracio verde, que no voy a delatarlos», me conjuré a mí mismo, recurriendo de nuevo a esos tebeos que siempre acompañaron, como fieles escuderos, mis primeros años de lector. Pensaba por entonces que aquellos absurdos juramentos le daban fuerza y empaque a mi resolución de afrontar el castigo en solitario.

Comuniqué la decisión a mi madre y, aunque no me dijo nada al respecto, estoy seguro de que la satisfizo que no me convirtiera en delator para escurrir el bulto. Aunque la satisfacción no me libró de dos meses de trabajo como reponedor en los grandes almacenes, que mi propia madre me consiguió, hasta restituirle el monto total de la indemnización.

Burgos a la vista. Tuve que hacer un esfuerzo y atarme imaginariamente al volante de mi coche, como Ulises al mástil de su nave, para desoír el canto de sirena del Landa y sus huevos con morcilla; contaba con la ayuda inestimable de unos tan ficticios como efectivos tapones para mis frágiles oídos de recalcitrante pecador: la perspectiva de una paletilla de cordero en Lerma.

Fue en Casa Antón y, como siempre, el lechal asado en horno de leña, regio. Tras la comida, un paseíto por la monumental ciudad castellana, feudo del todopoderoso y corrupto valido de Felipe III y protector de Quevedo.

De nuevo al volante. En el equipo del coche empezó a cantar Rubén Juárez: «Después .../ La luna en sangre y tu emoción, / y el anticipo del final / en un oscuro nubarrón».

«Después.» Sí, después de mis averiguaciones ya nada podía ser lo mismo. Mi paso por el valle de Cabuérniga había trazado una línea en mi vida: un antes y un después.

La casa olía a cerrado. Abrí todas las ventanas de par en par, antes de llamar a Mariví para informarla de mi regreso, tal como le había prometido. Me urgió a que le contara todo en ese mismo momento, pero yo no me veía capaz de relatar mi historia por teléfono; además, no quería tener que repetírsela luego a Paco, así que le propuse comer en casa de sus padres el siguiente fin de semana y allí les pondría al corriente de las novedades. Ella, terca, insistía en un adelanto, pero me mantuve en mis trece y colgué.

También llamé a Minako. Cuando la oí y la presentí cercana, noté de una forma casi dolorosa lo mucho que había echado de menos su dulzura y su compañía. Mas como ya era bastante tarde y tenía que dar clase por la mañana, hice un hercúleo esfuerzo de voluntad, me tragué las ansias de abrazarla, y pospuse nuestro encuentro hasta el día siguiente.

En el instituto, el miércoles por la mañana, sentía como si hubieran transcurrido años y no solo un par de semanas desde mi clase anterior. Me acordé de Fray Luis de León, cuando volvió a Salamanca tras sus cinco años de cautiverio, y en las coincidencias de su vida con la de mi recién descubierto padre: ambos curas y ambos encarcelados por una Iglesia injusta, solo que mi padre no salió del trance y el agustino, aunque maltrecho, sí. Y recordé a otro religioso ilustre, san Juan de la Cruz, también encarcelado por sus correligionarios «calzados», que le propinaban con crueldad un «carrusel de azotes» un día sí y otro también, solo porque no desistía de su afán por «descalzar» a la Orden.

–Buenos días, jóvenes.

Esa mañana la clase fue totalmente ortodoxa, don Luis se hubiera sentido muy complacido con mis explicaciones canónicas y mis comentarios sobre obras y autores.

Al acabar, me fui a casa a esperar impaciente a Minako.

Dudas y más dudas: «To be or not to be». Como a un Hamlet plebeyo, tanto oscuro secreto me hacía concebir serias dudas sobre lo que debía contarle a Minako. «Cara», la moneda de la indecisión se decantó por la verdad, toda la verdad y nada más que la verdad. Al fin y al cabo, las circunstancias anómalas de mi concepción no tendrían por qué cambiar sus sentimientos hacia mí.

En el estéreo, administraba con maestría su voz arenosa el

Polaco Goyeneche, que pareció contener la respiración cuando llegó mi «niña bonita».

—Estás cambiado, cambiado por dentro.

Fueron sus primeras palabras, tras observarme apenas unos instantes.

Minako se había dado perfecta cuenta de que mi odisea había supuesto una catarsis que había completado al Miguel incompleto que hasta entonces no había tenido conciencia de serlo.

—Tú, sin embargo, estás igual de preciosa. No, más. Te he echado de menos, pero cuando te cuente todo lo que he pasado en estos últimos días, comprenderás por qué tenía que hacerlo solo.

Me llevó casi toda la tarde el relato exhaustivo de mis averiguaciones, ella apenas me interrumpió salvo para alguna que otra pequeña aclaración. Cuando terminé, me sentí mejor, como liberado de la carga que me oprimía el pecho desde que desenterré mis retorcidas raíces familiares.

—Tu madre debió de ser una gran mujer.

Me gustó que sus primeras palabras, tras oír mi historia, fueran un halago a mi madre.

—Lo era, sin duda. Y aunque comprendo su buena intención al mantenerme ignorante de la sordidez de las relaciones con su padre y del origen de mi nacimiento, cuando alcancé la edad adulta, podría habérmelo confiado todo sin ningún problema. Nada de aquello hubiera cambiado mi cariño y mi respeto hacia ella, antes al contrario, se hubiera incrementado mi admiración.

—Tal vez por eso te lo ocultó. Puede que ella valorara más tu cariño que tu admiración. Quizá pretendía ser una madre corriente y no una heroína a ojos de su hijo.

Minako había comprendido con nitidez lo que a mí se me había escapado. No dejaba de sorprenderme aquella mujer, mucho más joven que yo, pero, en algunos aspectos, mucho más sabia.

—Creo que tienes razón, parece que has entendido mejor que yo la causa de su silencio.

—Soy mujer, eso ayuda a comprender ciertas facetas del alma femenina. Tampoco debes descartar la posibilidad de que le provocara cierto embarazo haber tenido relaciones con un cura, ha de ser difícil para una madre confesar una cosa así a su propio hijo.

—Me parece más probable la primera de las razones, pero tampoco descarto que una mezcla de ambas hubiera pesado en su decisión. Quiso cargar ella sola con todos los estigmas y llevárselos a la tumba, para salvaguardar mi tranquilidad de espíritu. Si no llega a ser por la dichosa herencia jamás me hubiera enterado.

Minako se acercó hasta mí y me abrazó... y me abrazó, y me besó con delicadeza... y luego con menos delicadeza... y no dijimos ni una palabra más en muchas horas.

A la mañana siguiente al abrir los ojos, aún descansaba mi brazo en su cintura y una de sus piernas se enroscaba entre las mías. Me sentía renacido.

Ella dormía plácidamente y pude regodearme en contemplarla a mis anchas, mientras reflexionaba sobre lo fulminante de un enamoramiento tan impropio de mi forma de ser, de mi temperamento. La semana que había pasado lejos de ella me había hecho comprender que la prefería a mi lado aun a costa de renunciar a mi apreciada independencia. Y con la certeza de aquella resolución y con la tierna estampa de su dormir sereno, me vino a la cabeza el último verso del famoso soneto de Lope: «Esto es amor, quien lo probó lo sabe».

Muchas veces es agradable ver bailar a la gente desde un rincón, acomodado y ajeno, sin implicarte en el baile, pero hay ciertos momentos en que te asalta la necesidad de salir al centro de la pista. Quizá Minako llegó en el momento justo en el que tras un largo periodo de acomodaticia tranquilidad necesitaba desperezar esas pulsiones que tenía tan anquilosadas. Acariciando ya la cincuentena, tal vez me convenía un estremecimiento, una convulsión que removiera mi rutina, aunque esta no me desagradase: yo me consideraba bastante feliz con mis clases y mi grato aislamiento...

Y en esto, apareció Minako. Como un cometa *Halley* que no podrás volver a contemplar en tu vida si no subes a grandes zancadas a la azotea, ella pasó por mi cielo. ¡Cómo no iba a saltar escalones de tres en tres! ¡Cómo no iba a aferrarme a su estela!

COMIDA EN FAMILIA

El sábado cumplí con la promesa que le había hecho a Mariví, fui a comer a casa de Paco y Laura, mis exsuegros. Laura, de procedencia valenciana, estaba preparando un arroz al horno que le salía de fábula. Paco trajo dos botellines de cerveza, que empezamos a beber a gollete mientras esperábamos a su hija.

Siempre me había sentido cómodo en presencia de Paco; y creo que él también sentía lo mismo, a pesar de las vicisitudes y fases por las que había pasado ese vínculo complicado que nos unía con lazos más apretados que los de la simple y sincera amistad.

—Así que has hurgado en un oscuro pasado que desconocías; parece un episodio sacado de un drama romántico, *Don Miguel y la fuerza del sino*.

Paco descosía el inicial silencio con la ligera rechifla. Yo ya había asimilado los descubrimientos y no me molestó la broma, y menos tras el bálsamo Minako.

Cuando acabábamos de abrir la segunda ronda de botellines, a la que se había apuntado Laura, llegó Mariví con su aire de equívoca inocencia. Me miró un rato a los ojos, como hiciera Minako a mi vuelta de Cantabria, y también me caló —me jode ser tan transparente a los ojos de algunas mujeres—. Pero, para mi sorpresa, lo primero que soltó no fue una pregunta sobre mis raíces.

—Intuyo que ya te han consolado de lo que sea que te sobrecogiese en ese viaje tuyo. Tus ojos denotan una tranquilidad que no tenían tus palabras a tu vuelta, cuando hablamos por teléfono.

Tras ese ataque sorpresa, tuve que dejar que Minako entrara en nuestra conversación, y contarles a sus padres lo de mi reciente relación sentimental, ya que, por lo que se veía, Mariví no les había hablado de ello.

—Se llama Minako, que significa «niña bonita» en japonés. Es mitad japonesa, mitad californiana y me tiene enganchado, no lo niego.

—¿Enganchado por dónde? —Mariví siempre tan delicada.

«Árbitro, tiempo muerto», intenté escapar con una finta:

—No es de ella de la que he venido a hablar, sino de mí.

—Se pasa el arroz. —Laura me echó un capote.

—Dejemos todas las interesantes novedades para la sobremesa. —Toque de campana de Paco, mientras se levantaba para pasar al comedor.

Fin del primer round.

Sobre la mesa resplandecía esa maravilla culinaria que es el arroz hecho al horno en cazuela de barro con los restos del cocido, decorado con gruesas rodajas de patata fritas, grandes borrones de morcilla y una dorada y lustrosa cabeza de ajos presidiendo el centro del coso, como una cúpula ortodoxa en miniatura.

—Hay más luminosidad y brillo mediterráneo en esa cazuela que en un cuadro de Sorolla, Laura. Casi da pena meterle mano. —Fue un pelotilleo más que descarado, pero por el fastidio que le causó a Mariví, manifestado con un sonoro bufido, valió la pena la cursilería.

A la anfitriona no pareció molestarle demasiado el exceso de jabón, sonrió orgullosa, pero aun así, contraatacó con sorna.

—Si te da apuro empezarlo, te hago un bocadillo de sardinas en aceite, y *prou*.

—Mi apuro no da para tanto. Qué mejor destino para una

obra de arte como esta que terminar formando parte integrante de sus propios admiradores –rematé con descaro.

Una cosa era un cumplido y otra indultar al arroz. Acerqué mi plato para que me sirvieran una ración generosa. La guinda del banquete fue un etéreo y agridulce suflé de limón. Durante la comida habíamos convenido no hablar de nada relativo al tema del día: mi brumoso pasado. Pero nada más terminado el banquete, nos acomodamos en la sala para mi actuación estelar de cuentahistorias de antaño. Paco motivó mi garganta con un Brugal añejo, de una botella que yo le había regalado, y se sirvió otro para él; las mujeres optaron por sendas copitas de Baileys.

Los tres se mantuvieron absortos, yo diría que casi sobrecogidos, mientras duró mi narración. Cuando concluí, fue Laura la primera que rompió el silencio casi ceremonial que se había prolongado durante un buen rato.

–Siento mucho, Miguel, todo lo que habrás sufrido con tan brutales descubrimientos.

–No te angusties, Laura. Es cierto que al enterarme sufrí un cataclismo interior, pero ahora me he dado cuenta de que lo importante es que a pesar de la mezquindad de ese pasado, he tenido una madre ejemplar, que me procuró una infancia bastante decente. He llegado a ser lo que he querido en la vida, y eso es lo que de verdad importa, y no si nuestros orígenes son más o menos ortodoxos. Afortunadamente, los traumas antiguos que me he echado a la espalda esta semana me han pillado ya con la concha lo bastante dura, y no van a doblegarme. Solo lo siento por mi madre, ella fue la realmente maltratada por la vida. No sé si yo, de haber conocido todas estas adversas circunstancias, me hubiera comportado con ella de otra forma o hubiera podido ayudarla a sobrellevarlas mejor, pero de lo que sí estoy seguro es que no la hubiera querido ni más ni menos de lo que lo hice. Las cosas ocurrieron así, no hay que darle más vueltas.

–¿Y no crees que este tipo de descubrimientos tan sórdidos te puedan llegar a afectar psicológicamente? –me preguntó Paco.

–Nadie es libre a la hora de escoger sus obsesiones o sus neuras, pero si he podido pasar cincuenta años sin padre, ¿por qué voy a ofuscarme ahora que he conocido mi procedencia, aunque esta sea tan... peculiar?

Todos parecieron complacidos con mi aceptación. Mariví, tan encantadora como siempre, fue un poco más allá.

–Y esa japonesita también habrá ayudado a tu estoica serenidad, seguro.

–Pues sí. Es bueno tener un hombro de apoyo en circunstancias difíciles.

–Un hombro, ya.

–¡Mariví! –la reconvino su madre.

Tras el toque a su deslenguada hija, se volvió hacia a mí.

–Te veo muy ilusionado para llevar poco tiempo con ella, ¿cuánto hace que salís?

–La conocí hace unos dos meses, más o menos.

–Pues no tengas prisa, Miguel, a la felicidad hay que intentar llegar peldaño a peldaño y afianzando bien cada paso. La felicidad deslumbra cuando se adquiere de golpe.

–Supongo que el ser hijo de un cura te da un plus de morbo que puede provocar a la más casta; si lo llego a saber cuando estábamos juntos, creo que nuestra comunión habría sido más... litúrgica, por decirlo de alguna forma.

La cara de horror de Laura hizo que Mariví se diera cuenta de que se había pasado tres pueblos.

–Hija, a veces me da la impresión de que te has criado sin alma.

–¿Y qué es el alma, mamá, algo tan infiel que se larga en cuanto el corazón se para?

—Mariví, haz el favor de dejar de decir inconveniencias.

—Sí, mamá, ya me han dicho que tengo el corazón de un prestamista y la lengua de una verdulera. —Miró hacia mí, aunque no recordaba haber sido yo el que la definiera de tan acertada manera.

Laura no quiso seguir escuchando las atrocidades de su hija, se volvió de nuevo hacia mí y siguió preguntándome:

—¿Y ya te has comprometido con esa novia tuya?

No ocultaba su interés por saber hasta dónde llegaban mis intenciones. Creo que nunca dejó de añorar que volviéramos a unirnos Mariví y yo. Y aunque para mí era un halago, señal de que me consideraba un buen yerno, aquello era un imposible universal.

—No, de momento estamos en las primeras fases.

—Pues ya se te ha caído el noventa por ciento de la baba, vas a necesitar una transfusión y no sé si habrá suficientes caracoles en el mundo.

Mi irrespetuosa exmujer, con las uñas ya desenfundadas y humeantes, había dado un giro estratégico en su pretendida tarea de hacerme desconfiar de Minako, de los consejos serios tras presentársela había pasado a la ironía y el sarcasmo, mucho más acordes con su línea habitual.

—A mi edad y tras la vacuna Mariví, no le tengo mucha fe a los compromisos de pareja y menos a largo plazo. —Yo también podía soltar reveses.

—El compromiso es algo caduco, mamá —Mariví, tras el par de Baileys bien colmados, parecía dispuesta a pontificar—, ya no tiene sentido en esta época en la que la razón ha desplazado al oscurantismo del pasado, cuando los compromisos eran tan férreos para la esposa como livianos para el marido, que podía ajusticiar a la adúltera con la connivencia de una justicia hecha solo para hombres. Si no, acuérdate del tabernero sevillano Silvestre de Angulo, citado por Cervantes en una de sus obras, que cosió a puñaladas a su adúltera mujer y al amante mulato de esta, en presencia de una multitud enfervorizada, y a instancias de los jueces.

–Comprometerse no es malo, la sociedad que nos mantiene unidos nos exige el compromiso, el contrato social; si no fuera así, reinaría el caos, la ley de la jungla. –Paco introducía mesura en el debate que se había abierto a causa del encontronazo telúrico entre mi reciente relación con Minako y la pasada con Mariví.

–Pero no es lo mismo un compromiso, digamos, de acuerdo cordial o de no agresión, que el de «te seré fiel para toda la vida». Eso es lo que, ¡ya era hora!, estamos a punto de desterrar con la ayuda de la razón y de las costosas conquistas feministas.

–Al compromiso no lo excusa la duración, hija. Puedo admitir que toda la vida es un plazo muy largo, pero si la pareja no cuenta con un marco estable, la familia se desmoronaría. Nadie estaría dispuesto a tener hijos si no se fiara de su pareja. Esté o no esté firmado, me parece indispensable un lazo lo suficientemente fuerte para poder proyectar. –Paco puntuaba a su favor.

–Bueno, en eso podríamos llegar a un acuerdo. –Mariví transigió un poco. Con su padre casi siempre lo hacía, todo lo contrario que conmigo.

Tras el inciso del pequeño debate, Laura trató de prevenirme de nuevo. Con ese plus de sensatez que da el ser mujer y madre, veía con claridad lo fácil que es engañar a un idiota enamorado como yo.

–Miguel, sé precavido, aunque ahora te sientas el más afortunado de los hombres, no pierdas el cuidado y la prudencia, ser feliz es como caminar sobre un cristal, nunca sabes si con el siguiente paso se quebrará la base que sustenta la felicidad.

Mientras nos tomábamos otro Brugal, la tarde se disipaba entre la bruma de las antiguas anécdotas, que siempre extendían su manto agradable a pesar del desgaste de la repetición, o tal vez gracias a dicho desgaste, que doma las aristas y costuras más incómodas de lo novedoso con el bálsamo de la complicidad.

–Este es uno de los pocos placeres que ya nos van quedando –le dije a Paco, levantando mi copa.

–Cuando envejecemos, cambiamos el placer por la comodidad, lo cual tampoco es tan malo –me contestó él, con cierta complacencia resignada, acaso cimentada en la modorra alcohólica.

–Puede que no sea malo, pero prefiero esperar unos añitos antes de llegar a esa fase.

Paco me regaló una sonrisa conmiserativa. Luego, tras preguntarme por JL, a quien también tuvo como alumno y siempre le había caído en gracia, cambió de tema.

–Me habló Mariví de la carta de los Montalbán. Recordé a aquel inquieto licenciado que quería descubrir un manuscrito inédito de don Miguel de Cervantes.

–No hay duda de que nos retrotrajo al Pleistoceno.

–A ambos nos produjo un inmenso placer desentrañar juntos los misterios del supuesto soneto de Cervantes, ¿a que sí, Miguel? –intervino Mariví, con una malicia que esperé sinceramente que sus padres no notaran.

–Siempre es reconfortante enfrentarse a un reto y superarlo –respondí mirándola a los ojos, para sembrar la semilla de la duda en la mente de mi dulce enemiga, sobre a cuál de los dos retos de aquella tarde me estaba refiriendo, al del soneto o al de nuestra locura sexual transitoria.

–Y al final, ¿en qué quedó la cosa? –preguntó Paco.

–En un informe que le pasé a tu hija y poco más. No hay suficientes datos como para poder lanzarse a posteriores averiguaciones. Si acaso, había pensado darme una vuelta por Aranjuez, más por gusto que por inquietud investigadora.

–Me gustaría leer ese informe. Cuando te acuerdes, hija, me lo envías por mail.

La petición de Paco fue el broche que cerró la velada.

El lunes a primera hora, la solícita Mariví cumplió con los deseos de su padre y le envió por e-mail el archivo.

Era la primera vez que el informe Dimas corría por las etéreas venas de la red de redes. Rebosaba de suculentas palabras clave que la araña cibernética, siempre al acecho, había estado esperando ansiosa.

MINAKO SE UNE AL CLUB

El martes siguiente la clase se acercaba a su término con una discusión interesante que yo propuse, y los alumnos se encargaron de alimentar, acerca de las ideas erasmistas de Cervantes, y la influencia de Lutero y la Contrarreforma en la literatura del Siglo de Oro. Al acabar, bajamos al mesón donde continuó por un corto espacio de tiempo la discusión de clase, aunque luego derivó hacia ideas políticas y sociales de mayor actualidad. El Socialismo real y su papel en la Historia se hacía un hueco en la mesa cuando apareció Minako. Yo ni me había planteado presentarles a mis alumnos a mi flamante amiga, por lo que su inesperada presencia me dejó un poco fuera de juego.

–¿Qué... qué haces por aquí?

Tartamudeo y estupor que alertaron al grupo más que si hubiera sonado una alarma nuclear. Menudearon las miraditas cómplices y los guiños indisimulados.

Repuesto ya de la primera andanada de desconcierto, pensé que puesto que ella había decidido personarse en nuestra palestra, no tenía por qué tener yo ningún escrúpulo en presentarla a mis alumnos, es más, me sentí orgulloso de poder hacerlo.

–Esta es Minako, mi pareja actual.

¿Por qué no usé otra palabra más comprometedora que «pareja»?, no lo sé; tampoco «actual» era muy preciso, daba a entender que yo iba de idilio en idilio, lo que no era cierto. Pero a veces nuestro inconsciente es el que toma el mando y las palabras nos salen así, sin meditarlas demasiado, aunque ello no signifique que no se sustenten en íntimas razones.

–¡Coño, vaya bombón! Qué callado te lo tenías, profe. –Uno de los chicos expresó lo que estaban pensando la mayoría de los presentes.

–No sé qué es lo que habrás visto en este abuelillo pedante, estoy segura de que tienes tantos hombres por tus huesos que podrías escoger entre diez o doce docenas de tiarrones con mejores hechuras que él. Pero si a ti te gusta, adelante y enhorabuena –dijo la desvergonzada Marta, aunque suavizó su impertinencia con la vaselina de un guiño.

Tras ponerles un poco al corriente de sus datos personales básicos y de las curiosas circunstancias que habían concurrido para que nos conociéramos en el mesón de Mariano, la conversación retomó el hilo de tintes sociopolíticos donde la habíamos dejado.

–El Socialismo real históricamente ha supuesto un fracaso, eso es innegable, y cuando ya no se sostuvo por convicción, lo sostuvieron con fusilamientos o con gulags. Los escasos focos que quedan en la actualidad no parecen demostrar el éxito de tales presupuestos –dije yo, tras unas cuantas intervenciones más favorables a las tesis de Marx.

–Pero los oprimidos por los empresarios codiciosos o por la alta burguesía insensible, egoísta y acaparadora, necesitaban una revolución que cortara dicha opresión. Las condiciones de trabajo eran inhumanas, los sueldos apenas daban para comer, a los obreros se les había colocado en una situación en la que no tenían nada que perder, así que fueron a por todas. –Felicia me daba la réplica.

–Sin duda, las cosas no funcionaban bien, eran evidentes la injusticia y la arbitrariedad, por supuesto que los obreros estaban explotados y se requería un cambio, pero volcar la injusticia hacia el otro lado convirtió la revolución comunista más en una revancha que en una solución.

–Toda revolución tiene un componente revanchista. Desde que el mundo es mundo, para cambiar el statu quo siempre ha sido necesario que corrieran ríos de sangre. –Felicia seguía buscando mi mentón con sus ganchos de izquierda.

–Pues yo confío en que vayamos evolucionando, ahora pueden correr ríos de bits en internet con más capacidad de forzar los cambios que la que antes tenían los de sangre. Afortunadamente, hoy casi cualquier injusticia puede ser desenmascarada con un simple teléfono que todos llevamos en un bolsillo.

–No te creía tan ingenuo –intervino Marta–. No obstante, el Comunismo supuso un golpe de atención, un aldabonazo en la conciencia del mundo, aunque al final fracasara por no poder llevar a la práctica sus utópicos principios.

–Es muy posible que así sea, pero te voy a contar algo que yo mismo pude observar de primera mano. –La presencia de Minako me envalentonaba–. Hace años visité la Polonia socialista, a principios de los ochenta. Por aquel entonces, me sentía bastante inclinado a comulgar con los ideales de la izquierda, tal vez por el hecho de acabar de salir, como quien dice, de una dictadura de derechas que abominaba. Pero lo que allí me encontré no era ningún paraíso, la gente vivía bastante peor que en la España del tardofranquismo que yo conocí, y no a cambio de más libertad, por cierto. No obstante, eso no hubiera supuesto una desilusión total si a cambio hubiera habido pan, vivienda y educación de calidad y gratuitas. No era el caso: las casas se caían a pedazos y las jóvenes estudiantes se prostituían para poder comprarse un vestido o llevar carne a las mesas familiares, y lo peor de todo, lo que acabó de convencerme del futuro fracaso de dicho sistema político fue la tristeza, la falta de ilusión que se podía apreciar en la gente. El ideal del «todos iguales en la miseria» no parece mover al progreso ni llenar de alegría el corazón de los seres humanos. Flotaba una tristeza resignada que lo empañaba todo. Nadie atendía con simpatía, ni siquiera con cierta amabilidad, total si iban a cobrar lo mismo trabajaran o no, para qué tomarse interés. Por otra parte, si a partir de cierta edad no te queda el consuelo de poder dejar algo a tus hijos al morir o darte algún capricho, qué estímulos te pueden mover ya al esfuerzo. En fin, que lo que más me defraudó del Comunismo fue darme cuenta de que, en realidad, suprime la satisfacción del esfuerzo recompensado a cambio de la promesa de que tampoco la alcancen los demás. Lo cual se asemeja bastante al tan manido «mal de muchos…»

–«Bella teoría, especie equivocada». –Primera aportación de Minako al debate, citando al sociobiólogo Edward Wilson que, con una concreción genial, expresó cómo la utopía socialista podía cuadrar a abejas, hormigas u otros insectos sociales, pero no a los más complejos, por no decir intrínsecamente egoístas, seres humanos–. Trabajar para la colmena nunca saciará los anhelos del hombre de conquista y trascendencia –remató la californiana.

–Pues yo creo que un ideal no debe ser abandonado por muy grande que sea la dificultad –intervino Fernando.

–Eso es muy loable, siempre que para alcanzar ese ideal no haya que fusilar en masa. –Fue Marta, la práctica y exuberante Marta, la que recogió el testigo–. Además, ahora contamos con la perspectiva histórica del fracaso del Comunismo, todos retenemos en nuestra memoria las imágenes de la esperanzada y alegre demolición del Muro de Berlín.

–Pues yo estoy más con Revel en que fue la construcción del Muro y no su demolición lo que demuestra su fracaso.

–El Comunismo ha sido una revolución en lo que era un Purgatorio para alcanzar… el Infierno –volvió a intervenir Minako, que junto con Marta, eran las únicas del grupo que no se enfrentaban a cara de perro conmigo.

Me vino entonces a la cabeza una frase que solía repetir JL, las pocas veces que discutíamos de política con otras personas: «Si me tengo que dejar pisotear, prefiero que me sobornen a que me amenacen o encarcelen. Prefiero el unto al acojone, tal vez por eso me siento más inclinado al Capitalismo que al Comunismo». Pero no me pareció oportuno caldear más el ambiente, así que intenté rebajar el tono, que se había «sulfurado» un poco.

–Bueno, no nos pongamos tan trascendentes.

Pero no conseguí aplacar a Felicia, a la que no le gustaba soltar la presa.

–Contigo no se puede hablar de política, no atiendes a razones.

Eso me picó un poco.

–¡Ah caramba, parece que solo quisieras debatir con quienes opinan lo mismo que tú!, eso no sería un debate. ¿Por qué tengo que atenerme a *tus* razones? ¿Desde cuándo las opiniones se han de expresar en función de los gustos del que las escucha?

–A eso le llaman algunos educación –dijo Minako.

–No, eso se llama hipocresía –dijo Enrique.

–Quizá es que la educación, cuando te induce a ocultar lo que piensas, porque sabes que vas a molestar a quien lo escucha, puede considerarse una hipocresía *light,* en cierto modo, justificada –dijo Marta, que siempre barnizaba los temas con su pizca de cinismo.

Me pareció un buen momento para cambiar de tercio: pedí la cuenta al camarero. Con la invitación, quería hacerme perdonar por haber excedido un punto el tono de mis últimas réplicas; además, me sentía rumboso con Minako a mi vera.

Mientras yo aflojaba la mosca, la conversación derivó a las tan socorridas banalidades, con el vino esparciendo su efecto balsámico. Recordé la cita de Terencio: «¿A quién no hicieron elocuente las copas generosas?». Además, hablando de moda, de cine o incluso de literatura es más difícil que se «encalabrinen las beligerancias». –Me gustaba esa sonora expresión que le había escuchado a Paco en varias ocasiones.

Estábamos a gusto y eso prolongaba los martes algo más de lo políticamente correcto. Al final, tras despedirnos, quedó flotando un rescoldo de risas y camaradería cuando abandonamos el mesón.

Y cada mochuelo se fue calentito hacia su olivo de hormigón.

A todos les cayó bien Minako, no pareció importarles las ideas conservadoras que había expresado a lo largo del debate; quizá su origen americano-oriental le otorgaba cierta bula que a los oriundos no se nos concedía con tanta facilidad. No opuso resistencia para aceptar la invitación a compartir, los martes que pudiese, nuestras charlas de mesón.

Mi «niña bonita» y yo nos fuimos caminando hacia el Barrio de las Letras. La noche estaba cálida y tranquila, sugerente, la luna, que en las grandes ciudades suele ser un bien escaso, esa noche nos daba su redonda bendición. Como eran más de las once de un día de diario, no había mucho movimiento por las calles de Lavapiés.

–¿Te ha molestado que me presentara sin avisarte? Es que quería verte en tu salsa, con tus alumnos, y lo cierto es que lo he disfrutado. Ha valido la pena aparecer así, saltándome lo convencional del preaviso. Por cierto, tienes alumnas que no están nada mal, no sé si debería sentirme un poco celosa.

–No seas tonta, son unas crías –solté, sin caer en la cuenta de que Minako era solo un poco mayor–. Y no, no me ha molestado que vinieras, tan solo me ha cogido por sorpresa al principio. Me alegro de compartir contigo cada momento posible de mi tiempo. Y ahora que te hago esta confesión, aprovecho para pedirte que te vengas a vivir a mi casa hasta que tengas que volver a California. Es hora, si quieres, de dejar esa pensión de mala muerte.

Minako se quedó callada. Una eternidad después, me miró a los ojos.

—¿Estás seguro de que eso es lo que quieres?

La besé en los labios.

—Totalmente seguro.

Esa misma noche recogimos sus cosas, que no eran muchas, y se trasladó a mi piso y a mi vida a tiempo completo.

EL ADIÓS DE UN FIEL ESCUDERO

Los cuatro corchetes me maltrataron a su antojo antes de atarme sin miramientos. Luego le tiraron unas pocas monedas a mi joven compañera de trabajos forzados, por haber interpretado su papel de Judas con tanta eficacia. Y es que la moza había escuchado una conversación a los guardias cuando comían en una mesa de la venta. Les oyó comentar que andaban buscando a un muchacho con la mano mutilada, y que ofrecían una jugosa recompensa a quien diera noticias sobre él. La traidora ató cabos y no dudó en cambiar mi libertad y mi vida por unas cuantas monedas. Cuando las recibió, se dio cuenta de que no era ni mucho menos la cantidad de la que habían estado hablando. Pero al reclamar a los guardias, estos la amenazaron con quitarle las cuatro perras que le habían entregado por su felonía y darle una mano de azotes de propina.

Así, por unas miserables monedas, fui vendido y traicionado; mi vida en aquel momento valía todavía menos que lo poco que se había pagado por mi libertad.

La cobarde delatora no tuvo el valor de sostener mi mirada cuando me ataban como a un cerdo camino del mercado, y corrió a esconderse en el establo.

Yo no quería culparla a ella, sino a su mísera existencia en la que ningún bien conoció que le marcara el camino correcto. Maldecía más bien mi sino que tras tantas peripecias y sufrimientos sin cuento, no me iba a permitir reencontrarme finalmente con mi amado señor.

Nos pusimos en marcha hacia Sevilla. La suerte estaba echada. Me llevaban con una soga al cuello atada a los aperos de una de sus mulas. Cuando caía, me arrastraban durante un trecho, pero luego me dejaban incorporarme porque me querían vivo. Los corchetes sabían muy bien que si me dejaban morir sin haber podido rendir cuentas ante su jefe, ellos habrían corrido idéntica suerte.

Durante dos días anduvimos acortando la distancia que nos separaba de la capital andaluza, del tormento y de mi cruel destino final. No me habían registrado a fondo, supuse que lo harían en Sevilla, por lo que la moneda de oro y el papel doblado que llevaba escondidos en la costura de mis calzas seguían allí de momento. Yo iba comido por una sola pesadumbre: la de si sería capaz de resistir el tormento sin descubrir el secreto que mis captores perseguían con tanto ahínco. Unas veces creía que sí, pero otras, las más, lo dudaba seriamente.

Mi desesperación alcanzó el máximo grado cuando escuché al cuadrillero jefe mentar a mi amo en una conversación que mantenían entre ellos. De ese modo me enteré de que se encontraba preso en la cárcel de la calle Sierpes. Aquello fue el mazazo definitivo, ya no tenía ningún noble objetivo que me ayudara a aguantar el suplicio. Recordé con amargura una de las frases que mi amo más había repetido a lo largo del tiempo que compartimos: «La libertad, Andrés, es uno de los más preciosos dones que a los hombres dieron los cielos; con ella no pueden igualarse los tesoros que encierra la tierra ni el mar encubre; y, por el contrario, el cautiverio es el mayor mal que puede venir a los hombres».

Mis captores se demoraban en remansos de riachuelos o claros de espesura. No parecían tener ninguna prisa en entregarme y tener que volver a obligaciones más arduas que el transportar a un inofensivo prisionero por aquellos agradables parajes. Bebían más de la cuenta, sin pensar ni por asomo que yo pudiera llegar a causarles algún trastorno. De vez en cuando me lanzaban pullas y alguno me propinaba un mojicón, entre las risas y jaleos de los demás.

Risas y algarazas que se incrementaron con saña cuando, en una de mis caídas, me golpeé con una piedra del camino y se me abrió la ceja como una clavellina reventona. Medio inconsciente, sentí como me arrastraban, la sangre me corría por el rostro y no podía abrir el ojo izquierdo por culpa del río viscoso que lo anegaba, también notaba un escozor inmisericorde en la nariz, desollada con el roce por la tierra sin haber podido hacer uso de la defensa de los brazos a causa del desmayo. Al verme en tan lamentable estado, no creáis que se apiadaron y permitieron que me lavara las heridas, el vino peleón que habían trasegado en abundancia les movió antes a escarnio que a lástima, las carcajadas de aquellos depravados se me clavaban en el alma y me dolían más que las heridas físicas.

Atravesábamos un montecillo con una vegetación algo más tupida cuando se desató el pandemónium. Cayeron sobre los desprevenidos guardias como galerna sobre barquichuela. En cuestión de segundos los cuatro quedaron degollados, tiñendo de rojo el verdor de la hierba.

–Y con este, ¿qué hacemos?

Preguntó uno de los matachines, que tenía rebanadas ambas orejas, al que parecía ser el jefe de la partida. Este se acercó hasta mí y ambos nos reconocimos en el mismo instante.

–¡Pardiez, Andresillo, eres tú! Cualquiera te reconoce con esa cara de crucificado que te gastas, los hideputas de los corchetes se han cebado contigo, no hay duda.

«¡Qué pequeño es el mundo!», pensé, al reconocer en ese oso barbudo y maloliente a aquel León Mellado que me llevara con él a La Sauceda cinco o seis años atrás.

–León, ¡qué alegría verte de nuevo!

–Alegría para ti que no para nosotros; pues lo que creíamos un reo de lujo que nos iba a compensar por liberarle, resulta ser un mozo desharrapado y carirroto que no tiene donde caerse muerto. No sé si mis hombres soportarán el desengaño sin cortarte algún trozo más de tu esmirriada anatomía para aderezar la olla podrida. Empiezo a aburrirme de salvarte el pellejo.

Tras este breve diálogo, el bandolero me contó que se había desgajado de sus compañeros de La Sauceda el día en que el intratable Pedro

Machuca dejó de serlo y firmó un compromiso con el Rey. Por el citado pacto, se amnistiaba a todos los rebeldes a cambio de abandonar sus desmanes y reinsertarse a la vida legal. Pero León se preguntaba qué podía hacer él entre la gente corriente si solo sabía saltear y ser libre. Así que se largó de allí antes de que entraran los soldados de Felipe II.

Escapó con tres compinches que como él no aceptaban el yugo de la legalidad: el Retórico –al que la Inquisición había cortado la lengua por hereje–, el Afeitao, que perdió sus orejas por ladrón –la justicia, al igual que los buenos toreros, también cortaba orejas– y el Niño, un chaval de diecisiete años con cara de ángel y alma de Satanás, que era el más peligroso de todos, a decir de León.

Tras alejarnos un poco de la degollina, a la que empezaban a acudir cientos de golosas moscas de todos los colores, celebramos el reencuentro, ellos cuatro con unos buenos tragos de vino de una bota expropiada a los guardias, y yo con una hogaza de pan y un queso de cabra que me ofrecieron, y que me supo a gloria tras los dos días de ayunos y maltrato a los que me habían sometido mis captores.

Una vez satisfechos los apetitos básicos, nos despedimos, sin que cumplieran la amenaza de cortarme la media libra de carne. Mientras desaparecían en la espesura, pude escuchar a León Mellado entonar, con voz aguardentosa, las coplas del famoso valentón Pisarrecio:

> ... que al que me enfada
> lo despacho en un momento
> y cuando mato un corchete
> me da gracias el infierno.

Todo este episodio me dejó claro que mis perseguidores no iban a abandonar mi búsqueda en pocos meses, como había supuesto ingenuamente. No podía permanecer en Andalucía sin andar a un paso de la tortura y de la muerte, y menos tras el asesinato de los cuatro corchetes. Así que, después de quedarme solo, y conociendo que mi querido amo y protector estaba preso sin saber por qué ni hasta cuándo, decidí acometer el intento de cruzar Despeñaperros, dejando atrás el comprometedor nombre de Andrés que me pusiera mi madre, para rebautizarme a mí mismo con un nuevo nombre: Dimas, con el que me buscaría la vida de ahora en adelante. Cuando me llegaran noticias de la liberación de mi señor, si es que alguna vez me llegaban, trataría de reencontrarme con él en Madrid, soslayando así el peligro andaluz.

Me enfrentaba a una nueva dificultad: cómo afrontar el paso del puerto sin ser detenido por los guardias que vigilaban todos los vados. Según me iba acercando a las estribaciones, seguía dándole vueltas a cuál sería la mejor manera de burlar la vigilancia, sin encontrar ninguna solución satisfactoria.

Mas la fortuna iba a repartir por una vez la mano a mi favor. Un encuentro que muchos hubieran evitado como al mismísimo diablo a mí me abrió las puertas de la libertad.

Sesteaba a resguardo de un bosquecillo de alerces, cuando escuché el sonido inconfundible de las tablillas de San Lázaro, trozos de madera que tienen obligación de hacer sonar los infectados de lepra, para que la gente se vaya apartando a su paso. En un primer momento pensé en escapar de los leprosos, pero luego caí en la cuenta de que el mismo cielo podía haberme puesto en el camino de aquellos desgraciados.

Salí a su encuentro y mi proposición les pareció aceptable. Yo les acompañaría como un apestado más, para lo que me vino al pelo la falta de los dedos, y a cambio les serviría de mandadero en los pueblos, a los que se les prohibía el paso, pues yo podía entrar sin el sayo y conseguirles las provisiones que necesitaran.

Acepté el riesgo de contagio como mal menor ante la casi certeza de ser torturado y ejecutado.

Los guardias, cuando escuchaban las tablillas, ni se acercaban a comprobar identidades. Y así pude atravesar Despeñaperros sin sobresaltos.

Una vez que dejamos atrás Andalucía, me despedí de mis desgraciados compañeros de viaje, tras hacerles una última comanda en la noble villa de Valdepeñas.

Por suerte, el cielo me preservó del contagio, aunque ahora sé, estando como estoy en manos de la peste y a un paso de la hoyanca, que de hecho solo me concedió una ligera tregua. Pero entonces yo era feliz por haber dejado atrás la tierra que tan mal me había tratado y haberme liberado del lastre de los leprosos, con los que se demoraba mucho la marcha.

Y así llegué a esta bella ciudad de Aranjuez, donde me acogió la familia a la que he servido los últimos dos años y medio. Mis pesquisas para saber de mi amo han sido infructuosas. No sé si seguirá preso o si habrá recobrado la merecida libertad. Pero la muerte ya no me concede más prórrogas.

Cuando presentí que la peste había señalado mi frente con su dedo maligno y ponzoñoso, me lancé a narrar mi historia, como homenaje a quien me enseñó los rudimentos de la escritura y me salvó en dos ocasiones la vida.

Mi ama, una vez que supo que yo sabía de números y que podía leer y escribir con soltura, me encomendó algunas tareas de registro de cuentas y de inventario de la hacienda. Así tuve acceso a los materiales de escritura y no extrañaba a nadie verme escribir a cualquier hora. También me había autorizado a leer los libros de su bien surtida biblioteca. Allí fue donde encontré este libro olvidado en un rincón, y al descubrir que los reversos de sus páginas estaban en blanco, decidí aprovecharlos. Todas las noches robaba horas al sueño para avanzar en mi escritura. Durante el día, quedaba el tomo bien escondido debajo de mi jergón.

A mi querida Juana, sirvienta como yo en esta bienaventurada casa, y que ha endulzado mis dos últimos años como ninguna otra mujer lo supo hacer, le he encomendado que a mi muerte coloque el libro en su lugar, para que no lo condenen a la hoguera como harán con el resto de mis escasas pertenencias.

Aunque estuve sopesando si entregársela para aliviar su necesidad, al final no le he hablado de la moneda de oro que escondí en el libro. No lo he hecho porque tendría que explicarle su procedencia y eso habría sido peligroso para ella; además, así dejo la prueba palpable de que mi relato es verídico. Como mi amada Juana no sabe leer, no creo que llegue a enterarse de su existencia.

Ya había decidido también, en cuanto noté los primeros síntomas, encomendarle a mi ama, que es persona honrada y cabal, el soneto con las claves del escondite, pues pienso que si lo dejo entre las páginas de este libro, podrían pasar muchos años sin que nadie lo saque de su estante y lo lea. Espero que gracias a su elevada posición y a sus contactos en Madrid logre hacérselo llegar a mi benefactor.

Anoche, entre mis delirios febriles, recordé vívidamente, como si me encontrara de nuevo en aquella iglesia sevillana de la que ya nunca conoceré el nombre, cómo bajé del púlpito donde me había refugiado y me fui acercando con el máximo sigilo al pequeño ataúd blanco. Recordé cómo alcé los ojos a un gran crucifijo que había sobre el altar mayor y pedí perdón a Dios por lo que iba a hacer a continuación. Con suma delicadeza, incorporé el frío y diminuto cuerpecillo del infante y coloqué la bolsa con la caja debajo de la tela de raso púrpura sobre la que descansaba el difunto. Caja en la que yo había introducido el cuadernillo manuscrito de mi amo, con el fin de demostrar, gracias a la firma que aparecía en todas sus páginas, que parte de ese dinero pertenecía a mi señor. Deposité acto seguido el pequeño cadáver encima de la tela y recoloqué los pliegues que se habían visto alterados por mi maniobra. Incluso imaginé, en lo más álgido de mi delirio, que la faz del niño muerto se veía más bella aún, tras quedar en posesión de todo aquel tesoro.

Estoy seguro de que mi amo y señor, con su preclara inteligencia, sabrá muy bien unir las dos piezas del rompecabezas que yo quise mantener separadas por si me detenían los corchetes. Cuando le llegue al fin el soneto modificado y además vea publicado como si fuese suyo el poema «A un templo sevillano», que yo añadí en el segundo cuadernillo antes de enviárselo al editor Bacas –imitando su letra y su firma–, no me cabe duda de que él atará cabos y podrá recuperar el dinero del Rey y rehabilitarse.

Con esa esperanza iluminando mi agónico último trecho, puedo esperar la muerte con mayor serenidad...

La pluma ya no me aguanta en la mano, mis días de sufrimiento están a punto de terminar, Dios se apiade de mi alma.

Y vayan para mi querida Juana y para mi ilustre señor don Miguel de Cervantes Saavedra mis últimas bendiciones.

Orville Ramos cerró el libro y colocó la moneda en un estuche forrado de terciopelo negro. Miró su Patek Philippe de oro, prendió una pipa de espuma de mar con movimientos precisos y pausados, casi litúrgicos, y se puso a fumar con complacencia. Cuando llegó el momento acordado, pulsó la tecla de rellamada en el teléfono especial.

—Todo bien —escuchó el escueto parte que llegaba desde el otro lado del Atlántico.

—¿Ya tienes el informe?

—No, pero ya lo tengo localizado, y he organizado las cosas para poder acceder a él sin problemas, como muy tarde la semana que viene estará en mi poder. En cuanto lo tenga, se lo enviaré por internet.

—¡Ni se te ocurra! Quiero que me lo traigas personalmente. Internet es vulnerable.

Se podía intuir la decepción al otro lado de la línea. Pero, tras unos tensos segundos, el millonario escuchó lo que quería escuchar.

—De acuerdo. Así lo haré. Y en el momento de la entrega me paga lo estipulado y me largo, no quiero volver a oír nada relativo a este asqueroso asunto.

La comunicación se cortó. Al oír Orville el despectivo tono de ese «asqueroso», en su rostro se dibujó una leve sonrisa de complicidad: los sentimientos de su interlocutora se le aparecían diáfanos, y se adecuaban a la perfección a sus futuros planes.

Él ya sospechaba, por el escaso interés que el informe había despertado en las personas que lo habían leído y por los detalles que le transmitía su arisca enviada, que era muy probable que dicho informe, incluso sumado a los datos sobre la vida de Andrés del Manual, no fuera una herramienta suficiente para recuperar el tesoro que tanto anhelaba poseer. Sus sospechas se vieron confirmadas cuando sus ordenadores capturaron el informe Dimas; por lo que puso en marcha su plan alternativo, que requería más sutileza, y suponía un desafío que le seducía mucho afrontar.

Y acababa de corroborar que un paso importante de su ajustado esquema progresaba en la buena dirección, al quedar constatados los fuertes vínculos emocionales establecidos entre el gancho y su víctima.

NI ES CIELO NI ES AZUL

Los jueves no tengo clases ni en la UNED ni en el instituto, por lo que son un regalo del cielo, una isla en medio del árido océano semanal de ocupaciones y compromisos. Los jueves se me figuran días hechos a medida para mí, días exclusivos. Es pura gloria bendita que cuando todo el mundo tiene que ir a trabajar yo pueda dedicarme a ir a contracorriente, acercarme a los lugares de interés sin colas ni apreturas, incluso no quitarme el pijama en todo el día. Es cuando el *carpe diem* cobra todo su sentido etimológico para mí. Además, los jueves eran mis días de chocolate con picatostes. Mi madre solía preparármelos todos los domingos durante mi infancia y adolescencia, por lo que siempre he asociado ese crujiente pan frito en aceite limpio, espolvoreado de azúcar glas o miel de caña, con el sabor de lo festivo, de la alegría. Y en la actualidad, ese sabor de fiesta lo había trasladado a los jueves, que eran para mí domingos de incógnito, más apetecibles, por lo singular y heterodoxo, que los domingos reales, tan resobados por la mayoría.

Al principio, los picatostes me los preparaba yo en casa, pero en una de mis conversaciones con Mariano, surgió ese tema y se empeñó en que le enseñara a hacerlos. Desde entonces, los jueves hay chocolate a la taza con picatostes en la taberna como oferta especial, y la verdad es que cada vez hay más adeptos que se dejan caer por allí ese día para degustar esa deliciosa fruta de sartén que ya no suele verse por los bares de Madrid, donde la bollería fina o los churros, generalmente fríos y remojaditos en prisa o en estrés han ido monopolizando los desayunos de los madrileños.

Y ese jueves, por añadidura, tenía a Minako conmigo. Me vino a la mente aquel refrán tan pasado de moda «Tres jueves hay en el año que relumbran más que el sol...». Otra de mis tonterías de ebrio de felicidad: para mí, todos los jueves relumbraban.

Si un tiempo atrás alguien me hubiera dicho que iba a compartir con gusto mi torre de marfil... Y ahí estaba yo ahora, cediendo espacio a manos llenas, de mi casa y de mi corazón, a una persona que hace apenas tres meses ni sabía que existía.

Llevábamos más de dos semanas viviendo juntos y había disfrutado cada momento que habíamos compartido. En aquellos quince días, fuimos explorando muchos de los rincones del Barrio de la Letras, desde la imprenta de Juan de la Cuesta en la calle Atocha, donde se imprimió el primer *Quijote*, hasta el convento de las Trinitarias donde está enterrado Cervantes, aunque se desconoce el lugar exacto. Don Miguel es otro de los muchos personajes insignes cuyo cadáver se nos ha extraviado a los despreocupados madrileños, como el de Velázquez, el de Lope de Vega, el de Jorge Juan, el de fray Bartolomé de las Casas, hasta tal punto hemos sido descuidados, que se ha llegado a afirmar que Madrid es la ciudad del mundo que más muertos ilustres ha perdido.

Bares y restaurantes de los alrededores tampoco se libraron de nuestro escrutinio, desde el café cantante Casa Pueblo, justo enfrente de la Leonera, que expone a su entrada un antiguo y amarillento recorte de diario donde se explica el origen del nombre de la calle, hasta la taberna La Dolores, con excelente cerveza de barril y pinchos de artesanía.

Pretendía hablarle a mi apadrinada de tantas y tantas cosas que incluso sentía cierta desazón por lo mucho que podía dejarme en el tintero.

–No sé si habrás leído que muy cerquita de aquí se abrieron al público los dos primeros teatros dignos de tal nombre.

Minako negó con un suave movimiento de cabeza que hizo ondear su melena negra, poniéndole destellos de noche a la mañana madrileña.

–El del Príncipe y el de la Cruz. Y, aunque sea difícil de creer, sus respectivas bancadas de forofos, conocidos como «chorizos» y «polacos», se embarcaban en trifulcas que hubieran oscurecido las de los más violentos derbis deportivos de hoy en día. Muchas veces acudían a reventar los estrenos del teatro rival, portando sus enseñas distintivas que, en vez de camisetas de su equipo, eran para los «chorizos» una banda de seda dorada y para los «polacos» una azul. Tan famosos llegaron a ser sus enfrentamientos que se han inscrito, con tinta castiza, entre las contiendas míticas de dos banderías, al modo de Capuletos y Montescos, Güelfos y Gibelinos o, sin salir del *Quijote*, los Niarros y los Cadells. Hasta cuentan sus célebres disputas con una zarzuela que les dedicó el maestro Barbieri.

Le hablé, cómo no, del Mentidero de Representantes, que se encontraba en nuestra misma calle del León, y que podía ser considerado el Hollywood del siglo XVI, pues allí se contrataban comedias y actores y se comentaban las últimas noticias y comidillas del mundo de la farándula. Aunque su decorado distaba mucho del oropel hollywoodiense, pues apenas constaba de un deslucido enlosado y unas humildes acacias. Minako quiso saber el significado de la palabra «mentidero», y yo intenté explicárselo apoyándome en unos versos de Moreto, referidos al más famoso de los mentideros, el de la Villa, situado en las gradas de San Felipe el Real al comienzo de la calle Mayor:

Que yo con esas gradas me consuelo
de San Felipe donde mi contento
es ver luego creído lo que miento.

–Te aclaro que *luego* en castellano antiguo significaba «enseguida», y creo que aún se conserva con ese significado en algunos países de Hispanoamérica.

–Sí, en México lo he oído alguna vez. «Qué lueguito que viniste, manito» –me soltó, remedando con gracejo el acento charro y meneando un supuesto e inimaginable mostacho en aquella preciosa cara mezcla de geisha y top-model.

Le pareció curioso que existieran lugares institucionalizados desde donde se lanzaban bulos y rumores que se esparcían como un reguero de pólvora por el Madrid de los Austrias.

–Los mentideros de hoy en día son Facebook y Twitter.

Y le arranqué una sonrisa con mi descabellada comparación.

Ese jueves disfrutábamos de la relativa tranquilidad de las diez de la mañana, mientras desayunábamos con parsimonia en casa –no me importaba perdonar los picatostes de Mariano a cambio de disfrutar de Minako–. Yo apreciaba, como nunca lo había hecho, aquellos pequeños momentos de doméstica rutina y me solazaba con la presencia de mi «niña bonita». A través de la ventana se veía un maravilloso cielo azul sin una nube, lo cual me recordó…

–Te voy a poner un tango que te va a sorprender.

Minako puso cara de incredulidad, o tal vez de resignación, pero yo no me arredré. Me dirigí al equipo de música y coloqué la canción seleccionada.

Adriana Varela comenzó *Maquillaje* con un corto recitado: «Porque ese cielo azul que todos vemos / ni es cielo ni es azul. Lástima grande / que no sea verdad tanta belleza…».

Paré la canción justo antes de que Adriana pronunciara el nombre del poeta al que pertenecía aquella estrofa. No aprecié reconocimiento en los ojos de Minako.

–La tanguista argentina los ha modificado un poco, pero ¿no reconoces esos versos?

Como vi que no reaccionaba, la ayudé un poco.

–Argensola...

–¡Ah, claro, Argensola!

Por su poca convicción, me pareció que no lo conocía, y el que no me preguntara a cuál de los dos hermanos me estaba refiriendo, también abonaba esa idea. Pensé que era muy raro que una experta en el Siglo de Oro desconociera a los Argensola, pero tal vez en los Estados Unidos el programa universitario difiriera del español. Decidí aclarárselo.

–Es de Lupercio Leonardo, un humanista muy amigo de Cervantes, que luego lo traicionó cuando no quiso llevárselo a Nápoles con él... –No me dejó seguir hablando, se me acercó muy ladina y, con una sonrisa y un arrumaco, disipó cualquier sombra de extrañeza que me hubiera causado su desconocimiento.

Una vez recuperado de aquel ataque sorpresa, le propuse una visita a El Prado y después, atravesando el Retiro, ir a picar algo a la calle Doctor Castelo, donde hay varios sitios excelentes para ejercitarse en ese deporte de riesgo que son las tapas en Madrid.

El Prado estaba tranquilo aquella mañana, pudimos recrearnos sin agobios en las salas escogidas. A Minako, cómo no, le encantaba Velázquez. Estábamos contemplando uno de los cuadros de Felipe IV pintados por el maestro sevillano, cuando recordé el conocido poema del mayor de los Machado.

–Sabes que don Manuel Machado fue el primero que en España escribió un poema completo recreando una pintura. Decía el poeta que en Velázquez veía la vida. Tal vez por ello escogió un retrato del sevillano, de los muchos que le hizo a Felipe IV, para glosarlo en sus versos, aunque con ciertas licencias.

–Calla y observemos en silencio toda esta maravilla, ya me contarás tus batallitas después.

Hice un gesto de enfado, pero soy consciente de que a veces me pongo un poco pedante y es bueno que me lo recuerden sin acritud. Además, con Minako se me exacerbaba el prurito de sacar a colación citas y versos por el hecho de sentirme su cicerone.

–Te vas a enterar luego –sonriendo, la amenacé por lo bajini.

Apurado el óleo del pasado, nos fuimos a mojar pan en el más sustancioso aceite del presente. Empezamos por esa extraña promiscuidad de anchoas y boquerones, especialidad de La Castela, primera posta de un recorrido digno de un rey... y de una reina.

Acabamos la tarde en casa.

Tal vez por tener fresca la impresión que las pinturas de El Prado le habían causado, o quizá por ser hija de una galerista y haber crecido entre cuadros de todas las corrientes, Minako me hizo notar su extrañeza por el hecho de que no tuviese ni cuadros ni láminas colgados en mis paredes. Intenté explicarle algo que nunca me había planteado con anterioridad.

–Cuando era joven, decoraban mi habitación dos grandes pósters que yo mismo había copiado al carboncillo. Uno era de Gustavo Adolfo Bécquer y el otro, el mundialmente conocido del Che Guevara, con su boina revolucionaria (que creo que se compró aquí en Madrid) embridando su melena desbocada. También Gustavo Adolfo lucía su melena y perilla románticas. Por entonces creía que mis ideas y mi temperamento habían sido la causa de que fueran ellos y no otros los que decoraran las paredes de mi cuarto. Ahora pienso que mi elección tuvo más que ver con la estética que con las ideas: los dos estaban retratados en su apogeo, los dos lucían un físico muy fotogénico, por decirlo de alguna manera, los dos eran inconformistas y los dos murieron jóvenes, con lo que eso estimula el mito. Con el tiempo, tal vez favorecido por mi torpe copia y por las sombras del carboncillo, el revolucionario y el romántico se fundieron en mi memoria en una sola imagen simbiótica, que conformó uno de mis iconos de juventud. En aquellos exaltados años de universitario, me enorgullecía llenar el espacio de mis paredes con algo que le gritara al mundo «esos son mis ídolos, mis valores, mis ideas». Pero ya no tengo ganas de gritarle nada al mundo, y prefiero ocupar cada centímetro de pared en colocar libros. Será que me he hecho viejo.

–Los libros son ahora tus ídolos, tus valores y el soporte de tus ideas, en el fondo no has cambiado tanto.

–Es cierto, los libros siempre han sido maestros que no riñen y amigos que no piden.

Minako, tras esa pequeña digresión sobre mi pasado remoto, cambió sutilmente la forma de mirarme, le puso un pellizco de malicia...

–Y respecto a la tesis de que te has hecho viejo, yo podría rebatirla con sólidos argumentos... si me dejas.

Y la dejé, por supuesto. Y ella, como casi siempre, tenía razón: quién puede sentirse viejo cuando una persona de la que estás perdidamente enamorado te transporta al paraíso del goce hasta que el tiempo deja de existir. No quiero entrar en demasiados detalles, solo os diré que del salón pasamos al dormitorio, o como dijo el poeta: «A batallas de amor, campos de pluma».

Cansado, satisfecho, exultante, le estaba acariciando con delicadeza un pecho que había escapado de la censura de las sábanas, cuando me retiró la mano con ternura, y con una seriedad repentina que contrastaba con la exaltación precedente, dilató unos momentos su mirada en la mía.

–Te das cuenta de que esto no tiene un gran futuro. Yo estoy aquí por tiempo limitado, no me gustaría que confiaras en un mañana o en unas esperanzas que es muy difícil que puedan verse cumplidas.

–A qué estúpido le podría preocupar el mañana cuando te tiene hoy al alcance de sus labios –repliqué mientras los acomodaba en ese pecho pugnaz que seguía, rebelde, desafiando el encierro de la tela.

Cuando levanté la cara de aquella dulce posición, había desaparecido del rostro de Minako cualquier atisbo de seriedad.

Antes de cenar, me puse a trabajar un rato en mi portátil. Minako remoloneaba por mi espalda mientras lo encendía, como una polilla curiosa, pero luego se sentó en un sillón con un libro que tenía empezado. Tras un rato de lectura en silencio, me preguntó:

—¿Has hecho algún trabajo relacionado con Cervantes últimamente?

Me chocó esa pregunta un poco extemporánea. Hasta el momento no le había hablado de la carta de Dimas, ni del informe, quizá por cómo acabó la velada con Mariví aquel viernes, que parecía ya tan lejano. Pero por qué ocultar el tema de Dimas ahora que Minako preguntaba; tampoco era secreto de estado.

—Lo último en lo que he trabajado ha sido en un informe sobre un supuesto soneto de Cervantes que halló Mariví en una biblioteca antigua…

Le conté por encima las circunstancias del caso, sin mencionar el perturbador e inesperado fin de fiesta, por supuesto.

Ella quiso que le explicara más cosas sobre el informe, pero le aseguré que no era muy prometedor y no valía la pena perder el tiempo con ello. No insistió, y volvió a enfrascarse en su lectura.

Cuando me incorporé para preparar algo de cena, levantó la vista del libro.

—¿Te importa dejarme tu ordenador encendido?, quiero leer mis correos.

Ella tenía su portátil, con el que trabajaba normalmente, pero no me sorprendió que ya que el mío estaba dispuesto lo usara un momento.

Me fui a la cocina. Cuando salí, algo después, para preguntarle si quería tomar un poco de vino antes de cenar, pareció sobresaltarse.

—No, gracias, ya bebí bastante durante la exposición universal de tapas de la comida.

Me volví a terminar de preparar la cena, y la noche siguió su curso.

Al día siguiente, cuando regresé de mis clases matutinas, Minako me comunicó que había decidido usar uno de los billetes de avión con destino a California que le regaló su madre al venirse a estudiar a España.

–Tengo ganas de ver a mis padres. Y quizá decida contarles algo acerca de un arcaico profesor que no para de hablar de literatura y de escuchar una música antigua y tristona.

–Como hables así de la mula, mal la vas a vender.

–Podías haberte comparado con otro animal más noble.

–No encajaría con el dicho popular y yo soy muy respetuoso con la tradición; además, las mulas están infravaloradas, son unos animales trabajadores y constantes que merecen ser reivindicados. –Tonterías que no disfrazaban mi desánimo–. ¿Cuándo piensas irte?

Minako, como siempre, leyó con acierto mis sentimientos.

–No te entristezcas, solo serán unos días y te aseguro que volveré con más ganas de ti. He llamado a la aerolínea y hay un vuelo el domingo a las 13.45, la vuelta no la he cerrado, pero no pienso pasar allí más de una semana, te lo prometo.

Aquello me animó un poco. Teníamos medio viernes y todo el sábado para una despedida en condiciones.

Decidimos aprovechar la mañana del sábado para hacer una escapada a la ciudad natal de Cervantes: Alcalá de Henares, que ya era una ciudad importante en tiempos romanos, cuando Madrid no estaba ni pensada.

Cubrimos los treinta kilómetros en poco más de media hora. La ciudad complutense tiene tantas cosas que ver que preferimos deambular y empaparnos de su ambiente general. Paseamos por la calle Mayor, dimos una vuelta alrededor de la catedral y del palacio arzobispal, y luego recorrimos la plaza de Cervantes donde se alza su estatua. A Minako le llamó la atención la gran cantidad de cigüeñas, cuyos nidos despeinan todas las cúpulas y espadañas.

De la extensa oferta de edificios ilustres, decidimos limitar nuestras visitas a la universidad. A Minako le causó gran impresión el aula magna, allí nos sentamos unos minutos, en las gradas de madera, contemplando su artesonado dorado y la famosa cátedra que presidía la pared de enfrente. Hablé en voz baja, para no perturbar a los fantasmas de los estudiantes que habían asistido a clase allí durante trescientos años:

—En esta universidad era tan difícil superar el examen de doctorado, ¡un examen oral de más de nueve horas!, que en los tres siglos largos de actividad solo unos cuatrocientos eruditos lo habían conseguido, poco más de uno por año. Ni el propio Cervantes pudo estudiar aquí.

—Es impresionante, parece que se respira un aire distinto aquí dentro, como de serena sabiduría —me contestó una arrobada Minako.

Salimos del paraninfo y fuimos a recorrer los patios. Nos sentamos un buen rato en uno de los austeros bancos de piedra del Patio de los Filósofos, cogidos de la mano. La atmósfera y la quietud te transportaban al siglo XVI. Allí el tiempo detenía su abuso y parecía indultar al viajero de los minutos que disfrutaba en aquella burbuja mágica; solo el canto de los pájaros, que tan bien se armoniza con el silencio del estudio, insinuaba que la vida seguía su curso.

—Jamás pensé sentirme como me siento en este momento.

Puse una expresión de no terminar de entender lo que quería decirme y ella me lo aclaró:

—Quiero decir que cuando llegué a España traía una idea predeterminada, influida por mis correrías mexicanas. Porque en México, aunque la excusa principal era aprender español, mi intención siempre fue el pasarlo lo mejor posible. Y si vine aquí en principio con pretensiones parecidas: disfrutar al máximo de todo lo que España pudiera ofrecerme, ni en mis mejores sueños podía esperar algo como esto...

Los ojos azules de Minako hicieron un recorrido admirativo alrededor del patio, dando a entender que no era capaz de expresar lo que sentía. Yo esperaba que la admiración que se intuía en la suspensión de sus palabras me incluyera también a mí. Mientras contemplaba los imprevistos ojos de mi «diosa ojizarca», caí en la cuenta de que los retazos de cielo que permitían entrever los frondosos árboles tenían el mismo tono de azul. No me cansaba de ir del uno a los otros. Fue un momento inefable, un éxtasis perfecto que se grabó en nuestras conciencias como algo irrepetible, y que ella selló con un beso leve, apenas un roce de sus labios sobre los míos, que me conmocionó como una descarga eléctrica. Pero luego una ligera sombra se cruzó por su mirada mientras me decía con voz seria:

—Miguel, no te imaginas lo que estos días han supuesto para mí, ahora mismo no me cambiaría por nadie en el mundo. Este maravilloso entorno, tú... pero has de tener en cuenta que todo es efímero y no debemos aferrarnos a la dicha momentánea como si fuera un bien inmutable. La felicidad es escurridiza como una anguila, cuando crees que la has atrapado se te escapa entre los dedos.

Yo escuchaba sus palabras, pero no me las tomé tan en serio como hubiera debido. Unos días después, al rememorarlas, me di cuenta del alcance de lo que entonces no supe o no quise entender.

De vuelta a Madrid, paramos a comer en el restaurante Las Moreras, en el puente de San Fernando de Henares que se tiende sobre la N-2. A la entrada, una gran parrilla humeante desprende ese olor antiguo de cocina de leña o de carbón vegetal, aroma de goce sensual, que comienza en el del olfato, e insinúa la casi inmediata satisfacción del gusto.

Minako, nada más entrar, se quedó mirando con desagrado la gran cantidad de trofeos de cabezas y cornamentas que abigarraban las paredes. Comentó que a quienes matan tantos seres vivos por placer o por presunción les será demandado algún día en el más allá.

—Entonces toda la nobleza española desde el rey al último hidalgo estarán remando en las galeras del infierno por toda la eternidad.

—No te burles. ¿Te parece ético quitarle la vida a tantas criaturas solo por gusto?

—Yo no lo haría, pero no quiero ser injusto con los aficionados a la caza, al fin y al cabo yo me como animales a los que también hay que matar. No conozco a ningún hombre que se deje morir de hambre por no matar un pollo o un conejo.

—Pero eso es... como si dijéramos, defensa propia: es para comer, o para preservarse del frío, necesidades atávicas de la humanidad; no tiene nada que ver con matar por el orgullo de colgar un trofeo en una pared.

—¿Esta animadversión a la caza te viene de tu mitad oriental o del influjo de tu padre hippy?

—Pues ahora que lo dices, mis padres, los dos, habrían estado totalmente de acuerdo en este punto, sin lugar a dudas, y me enorgullezco de ambos.

Yo no quería entrar en una discusión de ese tipo, porque en el fondo a mí tampoco me parecía bien el matar por matar, pero no dejaban de ser animales. Lo que yo pensaba es que había muchos problemas más urgentes y graves en el mundo que anteponer al de la ética de la caza. Y al observar detrás de la barra la gran cantidad de jamones y embutidos ibéricos colgados, quise quitarle hierro a la discusión.

—Mira. Esos cuartos de animales sí que no me molesta que anden decorando las paredes. Recuerdo una loa *En alabanza del puerco*, de Agustín de Rioja, que viene aquí que ni pintada:

... la longaniza, el pernil
que las paredes y techos
mejor componen y adornan
que brocado y terciopelo.

A Minako le hizo gracia la ocurrencia barroca, y relajó un poco su sentimiento de tristeza por los animales abatidos.

–Los españoles del Siglo de Oro le hacían versos a todo lo que se meneaba, como decís vosotros. Un oriental jamás consideraría algo así como poesía.

–Lo que es verdadera poesía son las finas lonchas de una de esas lustrosas extremidades que nos van a servir ahora mismo en el plato. Estoy seguro de que si en la aduana de tu país no fueran tan pacatos y estrictos, harías muy felices a tus padres llevándoles un buen acopio de este regalo de los dioses... y de las bellotas.

Ella no hizo comentario alguno a mi sugerencia, y pareció quedar unos momentos en suspenso tras haberle mentado a sus padres. Luego, tras los dos platos de jamón, unas mollejitas de lechal con ajito y perejil, que se derretían en la boca, fueron un perfecto complemento.

Al salir del restaurante, observé de refilón que un hombre que estaba leyendo el periódico dentro de un coche oscuro en una esquina del aparcamiento, nos echaba una larga mirada por encima del diario. No le di demasiada importancia, todos los hombres miran a Minako, pero a ella le cambió el humor durante el camino de vuelta, y pareció recogerse en sí misma. Yo, equivocado de nuevo, lo achaqué al viaje que debía emprender al día siguiente.

ARANJUEZ

–El objetivo principal del *Quijote*, como bien sabemos, era parodiar unos libros de caballerías que habían causado furor desde mediados del siglo xvi; tanto era así, que se puede rastrear dicho éxito en los nombres con los que los conquistadores españoles bautizaron algunos de los territorios que iban descubriendo, como California, llamada así en honor de un paraje fabuloso citado en una de estas novelas; o Patagonia, que deriva del nombre del gigante Patagón, y es debido a que los indígenas de aquellas latitudes tenían una gran estatura.

–Pero Cervantes no condena a la hoguera todas las novelas de caballerías en el escrutinio del *Quijote*. –Enrique intervino con cierta timidez en la voz.

–Efectivamente, Enrique, puedes afirmarlo sin miedo, don Miguel parece conceder, librándolas del fuego, valor literario a algunas de aquellas obras. Y por eso quiero que me hagáis un trabajo sobre estas novelas y su influencia en la vida y la literatura de los siglos xvi y xvii.

Acabada la clase nos reunimos en el mesón.

Pepa Bello, la irreverente profesora de Gramática, discutía sobre el tema candente del machismo en el lenguaje. Trataba de convencer a Ángela, a la que le parecía bien la actual postura feminista y políticamente correcta del uso de formas duplicadas para masculino y femenino, de que eso era un esfuerzo innecesario.

–Tú crees que el supuesto machismo de la lengua lo soluciona multiplicar por dos muchas de las palabras de un discurso, logrando que con ello se aleje cada vez más el discurso hablado del escrito, o el habla de la calle de la lengua oficial.

–No sería necesaria esa multiplicación, se pueden usar palabras que engloben los dos sexos, como «estudiantes» en vez de «alumnos-alumnas» o jóvenes en vez de «chicos-chicas» –alegó Ángela.

–Pero eso desembocaría en el absurdo de que un padre que tenga dos hijos y una hija, para evitar que se le tache de machista, tuviera que decir: «Mi progenie se compone de tres unidades», en vez de lo más lógico y económico: «Tengo tres hijos» –intervine yo.

Ángela, al verse rebatida por su profesor, agachaba la vista como si quisiera guardar la mirada en el bolso. Y me hizo sentir algo culpable, al ver que se tomaba mi intervención como un reproche, cuando no era esa mi pretensión.

Hubo opiniones para todos los gustos, aunque la mayoría opinaba que la lengua en ese aspecto estaba bien como estaba, que lo del lenguaje sexista era una moda del momento que no creían que fuera a prosperar.

Mientras mis contertulios cambiaban de tema y de ronda de bebidas, recordé que hacía algunos años a mí no me parecía mal lo de procurar limar diferencias entre los sexos con el uso de ciertas palabras, pero ahora, quizá por el hartazgo de la intransigencia de algunas personas, ya no creía que aquello fuera necesario. Al fin y al cabo, lo del uso del masculino como genérico no era más que una convención ancestral, su uso no implicaba que se menospreciara al otro sexo. En esto, como en otras muchas cosas, mi criterio había ido modulándose con los años. Había quienes me reprochaban dichos cambios –como Mariví, tan testaruda e inamovible, manteniendo sus opiniones como si estuvieran talladas en mármol–, pero yo creo que el hecho de ir evolucionando con la edad, cambiando de ideas o de criterios a medida que se va echando uno a la espalda años y vivencias, favorece la comprensión de los demás. No me fío de los que mantienen una opinión contra viento y marea, o una idea fija como si se aferraran a un salvavidas.

Volví a la tierra cuando intervenía Pepa Bello. La conversación había derivado hacia los llamados «paraísos artificiales», a los cuales algunos escritores son proclives a ir a buscar su inspiración.

–Cada artista es libre de escoger las circunstancias desde las que se siente más capaz de crear. Recordemos que Onetti escribía desde la cama, de la que casi no se levantaba en sus últimos años. Otros se sienten en mejor disposición creativa con la ayuda del opio o de la absenta, qué decir de Poe. A algunos lo que los inspira es la depravación: Sade; la ludopatía: Dostoyevski; la necrofilia: Cadalso, o incluso la marginación. Miguel creo que nos podría hablar del mejor Cervantes del *Rinconete y Cortadillo* o de *La gitanilla*, que deben tanto a su paso por la cárcel o al ambiente del hampa de Sevilla.

–O sea, que hasta la depravación puede servir al artista. –Se asombraba Ángela, siempre tan cándida.

–Pues yo brindo –remató Pepa– por la suerte que tenemos nosotros los «normales» de que existan criaturas depravadas que no dudan en sumirse en sus infiernos hondos y oscuros para sacar a la luz obras inmortales –dijo emocionada, levantando la copa.

Todos brindamos un poco exaltados con la arenga de Pepa.

De regreso a casa, tomé la decisión de acercarme dos días después a Aranjuez.

La magnífica estructura de la estación de Atocha inauguró mi mañana de jueves. Me senté a una de las mesas del vestíbulo, disfrutando de lo insólito de tomarme un café rodeado de una feraz vegetación tropical, que había cambiado la salvaje libertad de los cielos amazónicos por la seguridad y el confort de las cristaleras cenitales madrileñas. Tras el café con leche y exuberancia, me dirigí al andén número cuatro a coger mi tren. Me acomodé en un asiento de ventanilla para el trayecto de menos de una hora hasta Aranjuez.

Durante todo el camino, me sentí desasosegado y nervioso. Lo achaqué a la ausencia de Minako y a las pocas expectativas de hallar algún rastro de los señores de Dimas.

Llegué con poco retraso pero muchas inquietudes. Mis pasos desganados me acercaron hasta el ayuntamiento. Una cola y una espera, primer chasco. Cambio de planta, otra cola y otra espera. Desde mi segundo fracaso me derivaron a la Concejalía de Cultura. No creo necesario describir los pasos por archivos municipales que me llevaron toda la mañana.

Cerca ya del mediodía, conseguí averiguar el nombre de un abogado que, según un funcionario solícito y bien informado –por fin–, se había ocupado de todos los trámites relativos a la familia de la hermana de los Montalbán.

Afortunadamente, pude pillar al abogado antes de que se fuera a comer, por lo que me ahorré tener que volver por la tarde. Con una amabilidad que no me esperaba, y que me hizo reconsiderar un poco mi opinión sobre los leguleyos, me invitó a pasar a su despacho, y en cosa de poco más de diez minutos salía de allí con todo lo que era posible saber del caso.

El letrado me informó de que seis meses atrás su bufete se había ocupado de la venta de la propiedad inmobiliaria de la familia a un consorcio, para edificar un hotel de lujo. Los libros fueron adquiridos por un anticuario del que no podía darme más datos por ser confidenciales. Lo que sí me confirmó es que no había cartas ni documentos. Al ver mi frustración, sugirió que si tenía mucho interés en conocer la identidad del comprador, en el Ministerio de Cultura quizá me podrían informar.

Eso fue todo lo que pude averiguar. Y como por entonces pensaba –erróneamente, como comprobaría más adelante– que entre los libros de la biblioteca familiar no podría haber nada relativo al pobre Dimas o a los esfuerzos del primogénito de los Montalbán para contactar con Cervantes, desistí de seguir buceando en más burocracias en busca del desconocido comprador.

Decidí compensar mis infructuosos esfuerzos con una buena comida y un paseo por los famosos Jardines Reales, para relajarme un poco antes de volver a la capital. En el viaje de vuelta también me acució la incómoda sensación de que alguien me vigilaba. Yo procuraba observar de reojo a todos los pasajeros que me daban mala espina, pero no pude constatar mis sospechas, todos parecían gente de lo más normal, si es que la normalidad se puede aventurar por las facciones.

El sábado a mediodía volvía Minako. Quise ir al aeropuerto a recogerla, pero ella insistió en que no me preocupara, prefería que me quedase en casa preparándole una comida especial de bienvenida.

Cuando llegó, ya tenía yo preparado un besugo para meter en el horno y un salmorejo en la nevera, esperando recibir los recortes de jamón y huevo duro con los que íbamos a engalanarlo en nuestros platos.

Le pregunté acerca del viaje. Pero no parecía haber vuelto muy comunicativa.

–¿Qué les ha parecido a tus padres lo de nuestra relación?

–La verdad es que no se lo conté.

Aquello me incomodó de alguna manera.

–¡Pero si me dijiste que ibas a hacerlo!

–Iba a hacerlo, pero las circunstancias que me encontré al

llegar no me parecieron las más idóneas. Ya se lo contaré en mi siguiente escapada.

—Que espero que se retrase lo máximo posible, no quiero tenerte lejos de mí.

Mi halago le arrancó una sonrisa algo desmayada.

—Pero ¿tus padres están bien? ¿Qué circunstancias son esas que te impidieron hablarles de nuestra relación?

—Están bien, no te preocupes, no pasa nada grave, solo algunos problemillas de mi madre en la galería, muy aburridos para entrar en detalles.

Una vez satisfecha mi curiosidad, pasamos a satisfacer el hambre y la sed. Después, Minako se echó un rato la siesta, venía cansada del viaje. La dejé dormir dos horas y luego entré en la habitación. Estuve un buen rato contemplándola, antes de introducirme bajo las sábanas, para proporcionarle el «dulce despertar según Miguel».

A la caída de la tarde, Minako me comentó que, estando ya embarcada en el avión de vuelta, se percató de que se había dejado olvidado el portátil en casa de sus padres.

—¡Qué fastidio, tendré que comprarme otro para trabajar aquí!

—No es necesario. Puedes usar el mío cuanto quieras.

—¿De veras que no te importa?

—Claro que no. La contraseña es «Sigismunda», úsalo cuando lo necesites.

Pareció complacida con mi ofrecimiento.

Como ella no tenía ganas de salir a cenar, lo pospusimos para el día siguiente.

Y durante todo aquel domingo, a pesar de la alegría que sentía por tener a Minako junto a mí, tras el paréntesis de su escapada, no pude sustraerme a la impresión de que la que había vuelto del viaje no era la misma Minako que se había marchado una semana antes. No me considero especialmente hábil en penetrar en el interior de las personas, la naturaleza no me ha dotado con una fina percepción psicológica. Aventuré que su melancolía tendría que ver con los problemas domésticos, quizá no eran tan insignificantes como me los había pintado. Me dije que ya me lo aclararía cuando lo creyera conveniente. Yo, aun melancólica, la disfrutaba.

EL FINAL DEL HECHIZO

El lunes por la mañana quise ofrecerle un beso a Minako antes de marcharme, pero se la veía tan dormida que lo dejé estar. Me pareció un poco raro que no se hubiese levantado aún, pues no era para nada indolente.

La noche anterior, mientras ella dormía a mi lado, inspirado por los acordes de su acompasada respiración, había logrado terminar el soneto que comenzara JL en la sierra madrileña. Pretendía ofrecérselo a mi geisha aquella mañana, para tratar de rescatarla de esa especie de melancolía con la que había regresado de su escapada californiana. Con mucho sigilo, lo dejé sobre la mesilla de noche.

Tras echarle una última mirada y ver que aparentaba seguir durmiendo, le dije desde el umbral, sin despegar los labios: «Ya me compensarás con creces, cuando vuelva de clase, el malogrado beso de buenos días».

Salí de casa, cerrando la puerta con cuidado de no hacer ruido.

–Durante este curso hemos estado convirtiéndonos poco a poco en expertos investigadores literarios. He intentado inculcaros esa inquietud que ante una obra de arte debe sentir todo espíritu sensible. Hemos buscado juntos los tesoros escondidos entre las palabras de los poemas, en los que los grandes escritores nos transmiten muchas más cosas de las que se pueden apreciar a simple vista. Ya os comenté que un buen poema es como un iceberg que solo muestra en superficie un porcentaje de su capacidad, o como esos llamados «Huevos de Pascua» que esconden los juegos de ordenador a los que os aplicáis durante horas. Bajo esa capa superficial de las palabras hay una gran cantidad de contenido extra que tanto placer produce descubrir.

La clase, aquella mañana de primavera madrileña, exudaba una atmósfera de grata atención. Era de esos días en los que sabías de antemano que todo iba a salir bien, que todo ocupaba su lugar en el orden natural de las cosas.

–Hoy quiero enseñaros otra de las «mañas» que nuestros escritores utilizan para dar más sentido y musicalidad a sus composiciones, la aliteración. Como ya debéis saber, es la repetición de ciertos sonidos que potencian la armonía y la expresividad del poema.

»Ya nos hemos atrevido con versos sueltos y con estrofas de algunos genios del Siglo de Oro, así que hoy vamos a dejar correr unos siglos la historia de la literatura, para vérnoslas con un poema más actual, de Rubén Darío. ¿Alguien sabe cuál era su verdadero nombre y su lugar de nacimiento?

Esperé unos instantes, pero nadie se lanzó.

–Félix Rubén García Sarmiento, nicaragüense y padre del Modernismo. Como ya vimos en clases anteriores las características de ese movimiento literario, hoy vamos a analizar un sonetillo de Darío que empieza así –lo escribí en la pizarra.

> Miré al sentarme a la mesa,
> bañado en la luz del día
> el retrato de María,
> la cubana-japonesa

No lo escogí adrede, os lo juro, pero ahora, al verlo escrito, mi pensamiento se recreó por un momento en la última estampa que tenía bien grabada en la retina de mi bella californiana-japonesa dormida en mi cama. Tal vez mi elección había tenido otra vez su porqué subconsciente.

–Ya sabéis el procedimiento: leerlo varias veces, sentir esa importante primera impresión antes de entrar al detalle.

Les dejé un par de minutos y proseguí.

–He traído este poemita menor de Darío porque sirve a la causa de repasar las características del Modernismo y comprobar la aliteración, que se observa muy bien en esas tres «emes» del primer verso: «Miré al sentar*me* a la *me*sa», ¿a que nos causan una impresión de deliciosa expectativa ante lo que vamos a encontrar sobre esa mesa tendida?, parece que estamos «u*mmm*» relamiéndonos por anticipado ante un festín.

Dejé que lo rumiaran durante un rato. Luego, para que la idea germinara en sus mentes, me pareció adecuado recurrir a lo más tópico. Volví a coger la tiza.

–Pero el ejemplo más famoso de aliteración nos lo da de nuevo Garcilaso:

> En el silencio solo se escuchaba
> un susurro de abejas que sonaba.

–¿Qué notáis en estos versos?

–Que hay muchas eses –dijo un «avispado».

–Leedlo todos en voz alta.

Cuando se apagó la barahúnda, proseguí.

–¿A que parecía oírse una especie de zumbido de abejas?

–Sí –dijeron muy contentos.

–Eso es lo que ha conseguido con maestría Garcilaso, que al leer el verso nos parezca estar escuchando a esas traviesas abejitas que rompen el silencio de la tarde estival con su bisbiseo.

Tras el paradigmático paréntesis garcilasiano volví a los versos de Darío, para hacerles notar la importancia de la primera palabra: «Miré», un verbo sensorial, tan típico del Modernismo, como también lo era el gusto por la dualidad: «la cubana-japonesa». Dualidad muy apreciada por Rubén, que había dedicado uno de sus poemas más extensos a los centauros, personajes duales por excelencia.

Y la clase terminó sin sobresaltos.

El sobresalto me esperaba en casa. Regresé dando un largo y tranquilo paseo por el Retiro, como hacía siempre que el tiempo era lo bastante agradable para disfrutar de la magia del parque. Todo estallaba en fértil colorido, todo era vida y contento. Las parejas de enamorados se hacían arrumacos a la sombra de los pinos en los grandes parterres de crujiente hierba. Otros guardaban cola para embarcarse a remar en el estanque, por donde las barquichuelas se movían con parsimonia. Ellos remaban y las enamoradas reían, con la risa fresca y primaveral de la despreocupada juventud.

Todo aquel cuadro se armonizaba a la perfección con mi estado de ánimo. Yo también iba al encuentro de mi enamorada, quizá me faltara juventud, pero me sobraba la insolencia de amar a pesar de la diferencia de edad.

Salí a la calle Alfonso XII atravesando el Bosque del Recuerdo. Era uno de mis lugares preferidos del parque. Me paré un momento a la sombra del que quizá sea el árbol más viejo de la ciudad: un ahuehuete. Siempre que pasaba por aquel rincón, era un ritual inexcusable presentarle mis respetos a ese árbol, como el acto de cortesía que se debe a todo anciano venerable.

Recordé cómo se lo había enseñado a Minako, como quien muestra una joya, la primera vez que la llevé a aquel rincón tan querido, y cómo me sorprendió la solemnidad con que ella lo miró, mientras yo le contaba que el centenario coloso fue el único árbol que se salvó de la quema, en sentido literal, cuando estuvieron acantonados en el Retiro los frioleros soldados napoleónicos. Tras escuchar la anécdota, se acercó al árbol y le dirigió unas palabras en japonés, de las que no quiso explicarme su significado «pues se rompería el hechizo». A mí me parecieron tristes.

El vacío me caló hasta los huesos nada más abrir la puerta. Quise consolarme con que Minako habría salido a dar una vuelta, todavía era pronto para ir al restaurante que habíamos acordado. Pero me extrañó que se hubiera dejado mi ordenador encendido sobre la mesa de trabajo. Me acerqué a él con un mal presentimiento. A su lado encontré, escrita en grandes letras mayúsculas, en el reverso de la cuartilla del soneto, la infausta nota: «LO SIENTO.»

Frío en el alma, un frío inclemente y pernicioso que se metía por cada poro de mi cuerpo con la intención de alojarse allí definitivamente.

Pero tal vez solo se estuviera refiriendo a una tontería que pudiera haber ocurrido mientras yo no estaba, quizá hubiera roto un plato o borrado algún fichero del portátil sin querer... Mas no parecía muy lógico utilizar el papel de la poesía para una nota intrascendente.

Fui al dormitorio y allí comprobé que mi angustia estaba más que justificada. Se había llevado todas sus cosas. En el baño tampoco quedaba ni rastro de su presencia.

La llamé al móvil de prepago... «apagado o fuera de cobertura».

El día, ese día tan promisorio, se estropeó de golpe. Más bien, se jodió. ¡Vaya si se jodió!

Pasé la tarde postrado, casi cataléptico, entre el deseo de una llamada explicativa y la certidumbre de que no se iba a producir. No tenía fuerzas ni para buscar qué error mío podría haberla molestado. Solo quería esperar, esperar, esperar... el tiempo que hiciera falta hasta que ella regresara y me diera una explicación entre beso y beso. Porque iba a regresar, ¡tenía que regresar!, me estuve repitiendo durante toda la tarde, sin soltar el papel que aún llevaba en mi mano, pese a haber transcurrido varias horas...

En qué chorro de luz has recargado
esa mirada azul y retadora;
con qué pinceles mágicos la aurora
ha podido dar vida a lo soñado...
LO SIENTO
Qué simbiosis de mundos ha cuajado
en una perfección tan seductora;
imprevisto milagro que a deshora
rescató un corazón ya desahuciado.
LO SIENTO LO SIENTO
Atrévete a soñarme entre tus sueños,
como yo me atreví con lo imposible
de tenerte en mis brazos y en mis días.
LO SIENTO LO SIENTO LO SIENTO
Búscame en tus anhelos más pequeños,
como yo te busqué en lo inconcebible
de quererte, y saber que me querías.
LO SIENTO LO SIENTO LO SIENTO LO SIENTO LO SIENTO
LO SIENTO LO SIENTO LO SIENTO...

Mientras releía los versos y se me clavaban en el alma las dos malditas palabras, pensaba en la cruel simetría de mi historia de amor y desamor: comenzó con un soneto de Cervantes-Dimas y se cerraba con otro de JL-Miguel, que se había revuelto contra mí como un bumerán rabioso.

Un remolino de angustias y desesperación giraba en mi cerebro, el agotamiento psíquico me sumió en una duermevela en el sillón, de la que desperté de madrugada, sobresaltado y con tortícolis.

La mañana se esforzaba en iluminar mi sombrío mundo interior, y yo, necio, en brindarle un resquicio, en seguir apostando por que todo era un malentendido. Volví a llamarla varias veces sin ningún resultado.

Por intentar hacer algo que me distrajera de mi pesadumbre, me senté ante el ordenador y, trasteando un poco, comprobé que el último fichero que se había abierto era el informe Dimas: la mañana anterior, alrededor de las diez, alguien lo había copiado. Me sorprendió que Minako me hubiera pirateado ese informe justo antes de su espantada. Por momentos me estaba resultando más y más incomprensible todo lo sucedido. ¿Sería posible que por conseguir el informe Dimas fuera por lo que había estado fingiendo su afecto durante los últimos dos meses? Aquel informe no era, lo mirase por donde lo mirase, un asunto secreto; si alguien me lo hubiese solicitado, se lo hubiera entregado. Por eso se me hacía indigerible que pudiera ser la causa de la traición de Minako –ya se asomaba la palabra «traición» a mi vocabulario.

Pero lo cierto es que ahora, haciendo balance, me pareció sospechoso el interés de ella, casi desde el primer día, por poder usar mi ordenador; incluso el olvido del suyo al volver del último viaje, si es que en realidad hubo tal viaje, parecía demasiado oportuno: así podía estudiar el mío con detenimiento cuando yo no estuviera en casa. También empezaba a pensar que las lagunas en sus conocimientos filológicos no se debían a diferencias en los programas de estudios, y que la intervención del hombre de negro y mis sospechas de ser observado no eran paranoias mías. Al final, ella había copiado el informe y luego había desaparecido. Tenía que existir una conexión entre todos estos hechos, aunque todavía me resistía a creer en una conspiración.

Ahora, tras el cachetazo inclemente del abandono y el traumático despertar de la decepción, no me cabía la menor duda de que de no haber estado hechizado por aquellos ojos imposibles y ese magnetismo insalvable desde el momento en que la conocí, habría notado todas las irregularidades y contradicciones de aquellos meses.

Esa tarde, como cualquier otro martes, tenía que dar clase en la UNED. Ir fui, pero la clase realmente no la di. Ni siquiera recuerdo de lo que estuve hablándoles a mis alumnos antes de volver a recogerme en mi Leonera a rumiar mi desconcierto y mi pena.

MARIONETAS

El tren de aterrizaje del Airbus-340 en el que viajaba Minako contactó con suavidad con el asfalto de una de las pistas del aeropuerto Dulles de Washington, desprendiendo una pequeña nube de humo blanquecino. Tras pasar los insalvables y enojosos trámites aduaneros, un mercedes 600 negro, conducido por un chófer de impecable uniforme azul marino, la recogió, dirigiéndose sin demora a la mansión de Orville Ramos, para quien ella había estado trabajando los últimos cuatro meses.

Durante el trayecto de dos horas, aprovechó el perfecto aislamiento acústico del lujoso automóvil y la comodidad del habitáculo trasero para rememorar todo lo que había vivido desde que se presentara, con un día de retraso, en la inmensa mansión del millonario.

Al principio, aparte de por la importante suma de dinero, la propuesta la sedujo por el reto intelectual que suponía: debía completar una exhaustiva preparación de más de un mes, para poder hacerse pasar por una licenciada en el Siglo de Oro español a los ojos de un verdadero experto. Los desafíos siempre la habían estimulado y aquel le parecía digno de su inteligencia, y ponía a prueba también su capacidad de seducción para embaucar a un hombre, y eso le agradaba, para qué negarlo.

Aunque ya contaba con una preparación académica adecuada y un buen dominio del español –de no ser así no la hubieran contratado–, tuvo que leerse todas las obras de Cervantes y las biografías más importantes, amén de una densa bibliografía sobre el Siglo de Oro español. También tuvo que estudiar el completo perfil biográfico y psicológico de su objetivo: Miguel Saavedra.

En la reunión inicial que habían mantenido, su futuro jefe ya le dejó muy claro que debía intimar con el mentado profesor, para arrebatarle una carta en la que se transcribía un soneto cervantino. Los ordenadores del millonario habían interceptado una comunicación interna enviada a sus superiores por la descubridora de la carta, la exmujer de Saavedra, donde se mencionaba el soneto que un tal Dimas le adjudicaba a Cervantes. La comunicación informaba de la entrega de una copia al profesor Saavedra, en calidad de experto, para que este procediera a su exhaustivo análisis.

Orville le comentó que había estado esperando para ver si su red espía le proporcionaba más datos. Con el paso de los días, y como no le llegaba ninguna otra información interesante, ideó un plan, donde ella jugaría un papel estelar, para hacerse con aquella carta, en la que esperaba encontrar la información que tanto ansiaba.

Entre las obligaciones que Orville le asignó a su joven empleada no estaba la de acostarse con el profesor. Él quería la carta, lo que tuviera que hacer la joven para conseguirla no le importaba en absoluto.

A Minako no le pareció mal el acuerdo, no contemplaba fallar, pero aun en ese supuesto casi impensable: Al menos habría disfrutado de unas vacaciones pagadas en España.

Cuando el millonario se enteró posteriormente de que la carta era en realidad una fotocopia expurgada del original, y que el profesor había elaborado un informe sobre el caso, le pidió que se olvidase de la carta y se concentrase en traerle el informe: «Para qué conseguir un documento difícil de interpretar si te lo pueden servir ya desentrañado».

El coche avanzaba a la velocidad permitida hacia el sinuoso borde costero de la bahía de Chesapeake.

Minako rememoró a continuación su mes largo de preparación en la finca a la que se dirigían. Allí estuvo trabajando dieciséis horas diarias, supervisada por varios empleados de su jefe que no le concedían ni un respiro. Rara vez se cruzaba con el enigmático Orville.

Sus recuerdos volaron a España, a su primer encuentro con Miguel, preparado con gran meticulosidad, en aquella taberna del viejo Madrid. Lo fácil que pensó que iba a ser engatusar a aquel maduro hombre de letras. Recordó su decisión, tomada en ese primer momento, de jugar un poco con el ingenuo profesor y disfrutar a tope de un Madrid que siempre la había fascinado, todo a expensas de un jefe que nunca le cayó bien: «No te voy a conseguir tu dichosa carta en un abrir y cerrar de ojos, voy a disfrutar de esta bella ciudad a tu costa, para cobrarme ese agobiante y agotador mes de entrenamiento en el que me has hecho sudar tinta».

Empezó, pues, a tejer sin ninguna prisa la red donde atraparía a Miguel cuando así lo decidiera.

Pero las cosas no se desarrollaron con la sencillez que prometían: Minako empezó a sentir afecto –no se atrevía a llamarlo de otro modo– por ese maduro catedrático de instituto que había quedado prendado de ella desde el primer golpe de vista. El mazazo psicológico que supuso para su víctima enterarse de su oscuro pasado familiar, que acrecentó su indefensión, provocó en Minako el efecto contrario al que podría esperarse de sus malas intenciones iniciales: deseaba consolarle, no aprovecharse de su debilidad.

Y lo que jamás se le había pasado por la cabeza: que terminaría acostándose con Miguel, lo hicieron posible ese halo de ingenuidad y de desamparo, unido a la magia de la noche madrileña en aquella velada de la Plaza Mayor.

Al implacable apremio de Orville, cada día más desagradable en sus comunicaciones con ella, se le vino a sumar el cambio de objetivo: ya no quería que le consiguiera una carta casi ajena al profesor, sino un informe elaborado por este. Tal expolio, pensó al escuchar la petición de su jefe, suponía unir a la traición el robo del esfuerzo y el trabajo de Miguel. Por otra parte, Orville había deslizado en una de sus conversaciones que su propósito final era hacerse con un tesoro histórico relacionado con Cervantes, lo cual añadiría, de eso estaba segura, todavía más sal y vinagre a las heridas que ella iba a causarle al profesor.

Mientras el automóvil se acercaba a su destino, Minako iba rememorando todos estos detalles. Recordaba también con qué cariño y atención la había tratado Miguel, y el orgullo que se traslucía en su mirada cuando la compartía con amigos y conocidos. Recordaba la generosidad de su afecto, el amor con el que le abrió las puertas de su casa, su absoluta candidez y confianza en ella... Y a medida que iba recordando todo esto, su rabia hacia ese jefe despiadado, que como último agravio la había hecho ir en persona a llevarle el fruto de su deslealtad, crecía exponencialmente.

En fin, ya no podía volver atrás, se dijo con poca convicción la bella joven, mientras traspasaban la enorme puerta de hierro por la que se accedía a la mansión.

–Buenas noches, encantadora dama –dijo el obsequioso Orville, mientras le cogía una mano que aproximó a sus labios sin llegar a rozársela–. Una mano puede ser el más bello de los paisajes.

Retuvo la mano un rato observándola con detenimiento, como si en vez de un cumplido, fuera verdad que se extasiaba ante esos valles y colinas sedosos de la mano femenina, surcados por los ríos tenues de las venas.

A Minako, aquel exceso le pareció un gesto maligno e insidioso, como pisotear una flor. Le dio un escalofrío, que trató de disimular...

–Hace frío aquí.

–Ordenaré que suban la calefacción.

Minako, sin más preámbulos, le tendió el *pen drive* con el informe robado.

–Veo que no eres muy amiga de las cortesías sociales; es una lástima.

Entró un camarero con una botella de champán, la abrió y escanció en dos estilizadas copas de cristal de Murano parte de su contenido, antes de retirarse sin haber dicho ni una palabra.

–Prueba esta maravilla que me llega directamente de la campiña francesa. Mientras, yo le voy a echar un vistazo a lo que me has traído.

Orville tomó su copa y el lápiz de memoria y salió por una puerta lateral, para dar la impresión de ir a examinar un informe que ya conocía al dedillo, pues Minako no sabía que al mandárselo Mariví a su padre por correo electrónico, los ordenadores del sótano lo habían capturado. Y cuando Orville leyó lo que Miguel exponía en el informe, se convenció del acierto de su sospecha inicial: iba a ser necesario mover hilos más sutiles para alcanzar sus fines.

Entonces fue cuando empezó a forzar de verdad el incipiente rencor hacia él que se adivinaba en la muchacha. Las objeciones de esta a sus ordenanzas en las siguientes conversaciones le sugerían que, como siempre, los títeres se movían de acuerdo a sus manejos. Para subir un punto más la animosidad de Minako hacia él, le dejó caer, como por descuido, lo del expolio del tesoro cervantino; sabía que el incremento de su afecto por el profesor, que Orville percibía de manera diáfana, y la relación de este con Cervantes, harían que aquello molestara sobremanera a su bella marioneta.

Orville recordaba todos estos pasos mientras bebía despacio de su copa de champán y dejaba pasar el tiempo necesario para fingir que estaba leyendo el informe.

Esa noche, se ufanaba orgulloso, le pondría el colofón a su proyecto.

–Estoy bastante satisfecho con tu actuación –dijo, saliendo por la misma puerta por la que se había retirado una hora antes.

Minako apenas había probado el champán y Orville le preguntó si prefería cualquier otra bebida. Ella declinó la oferta.

–Acércate, que te voy a enseñar algo –le dijo su jefe, dirigiéndose a una elegante mesita que había en un rincón de la estancia.

Minako se aproximó. Sobre la mesa había un libro que se veía bastante antiguo, abierto por una de sus páginas.

–Este es el primer eslabón de la cadena que nos ha traído hasta aquí. Lo compré en Aranjuez, una ciudad cercana a Madrid, y vale su peso en oro.

Se notaba la satisfacción que sentía al enseñárselo. Luego, como hablando consigo mismo, el ladino anticuario remató:

–Si el incauto profesor Saavedra hubiera podido echarle el ojo, no le habría resultado muy difícil alcanzar esa efímera gloria a la que aspiran todos los filólogos de tres al cuarto: la de encontrar un manuscrito original de alguna gran figura literaria.

A Minako esa jactancia y ese motejar a Miguel de filólogo de tres al cuarto, la terminaron de enojar.

–Solo quiero mi dinero y no volver a saber nada más de este turbio asunto.

–Vaya, vaya, qué adjetivo más desagradable, ni que no hubieras «disfrutado» con tu cometido.

El tono con el que pronunció el «disfrutado» dejaba traslucir que estaba al corriente de la relación íntima que se había establecido entre Minako y Miguel.

–Verás, mi bella y seductora empleada –continuó Orville, mientras se acercaba a pocos centímetros de la joven–, aún te resta un servicio con el que pondrás un broche de oro a tu soberbia actuación, y luego te pagaré hasta el último céntimo de lo estipulado. He quedado impresionado con tus habilidades para ganarte al profesor, y no me gustaría que nos despidiéramos sin conocer de primera mano hasta dónde llega tu talento.

Minako no daba crédito a lo que estaba oyendo: ese demonio de carísimo esmoquin y cráneo afeitado quería acostarse con ella. Estaba anonadada.

–Está loco –acertó a decir–, nunca me dijo que entrara en mis obligaciones contractuales el acostarme con usted.

Minako se escudaba en esa jerga pseudojurídica para imponer distancia entre ellos y ganar tiempo.

–Me temo, querida niña, que las cláusulas de tu contrato acaban de cambiarse por imperativo categórico. Además, si no te resultó odioso acostarte en varias ocasiones con ese profesorzuelo, no veo que tenga que ser peor hacerlo una sola vez con quien te va a pagar con notable generosidad.

–Pues si tengo que explicarle la diferencia, es que no entiende nada de mujeres. Alguien como usted, que solo consigue sus deseos abusando del poder de su dinero, podrá llegar a acariciar esa gloria con los dedos, pero nunca podrá librarse del regusto a podredumbre que llevará en la boca y en el corazón. –La indignación hacía que se le atropellaran las palabras.

Minako sopesó salir de allí sin más dilación… Pero recapacitó; siempre había confiado en su poder de seducción para llevar a los hombres a su redil, ese vejestorio asqueroso no iba a descolocarla, no le daría la satisfacción de verla salir huyendo como una quinceañera temerosa.

Se tomó un tiempo simulando que bebía de su copa de champán, mientras reflexionaba sobre cómo salir de aquella trampa de la forma más airosa posible. Orville se había sentado ante la mesita de marroquinería donde se encontraba el *Manual de remedios medicinales* de fray Sebastián y pasaba con parsimonia sus ajadas páginas.

—Está bien, me acostaré con usted, aunque tenga que taparme la nariz para hacerlo. Necesito el dinero y no voy a preocuparme ahora por remilgos de colegiala. —Minako parecía haber claudicado, en vista de lo mucho que podía perder si no se doblegaba—. Pero no va a ser esta noche, vengo agotada del largo viaje y ni siquiera me he podido duchar. Dejémoslo para mañana.

Orville pareció contrariado, pero aceptó la proposición.

—De acuerdo, será mañana. Mandaré el coche al hotel a recogerte sobre las cinco de la tarde, para una velada que supongo va a ser inolvidable.

—No, prefiero que en ese hotel, donde a usted le conocen tan bien, no se enteren de que me ha mandado a buscar para que le pague su derecho de pernada. Déjeme conservar algo de dignidad.

Orville, por primera vez desde que lo conociera Minako, dejó escapar una risa, aunque sonara impostada.

—Derecho de pernada, ja, ja, ja. ¡Qué melodramática! Pero me gusta, me hace sentir como uno de aquellos nobles medievales que tenían en sus manos vidas y haciendas.

Minako se esforzaba para no arrojarle la copa a la cara.

—No hay problema, ven por tus propios medios —dijo el demonio—, y ya que quieres discreción, dejaré dicho al guardia de la puerta de servicio que te facilite el acceso y la salida sin preguntas ni chequeos embarazosos. ¿Te parece bien así?

—Sí, me parece bien. Aquí estaré sobre las cinco. Tenga preparado el cheque, a las putas les gusta cobrar antes de prestar sus servicios.

—Veo que sigues empleando palabras inadecuadas. Descansa, y mañana ven con otro talante, no me gusta acostarme con señoritas malencaradas y agresivas. Quiero que me deleites con todos tus dulces encantos, el lote completo, del que a buen seguro disfrutó el profesor español.

Minako salió de allí antes de que la cólera pudiera echar por tierra los planes de venganza que ya había empezado a elaborar.

Y mientras la traidora se enfrentaba a su peor pesadilla, la otra marioneta rumiaba su congoja y su desconsuelo en un pequeño piso de la calle del León, en pleno Barrio de las Letras de Madrid.

MIENTRAS TANTO EN MADRID

Tanto la tarde del martes como durante el día siguiente volví a llamar varias veces a un móvil que con toda probabilidad estaría en el fondo de un contenedor de basura.

Me hubiera gustado poder llorar sin escrúpulos, pero las lágrimas, embarrancadas, no lograban superar el dique de ese absurdo prejuicio de guardar a toda costa la compostura, de esa tonta dignidad de las formas que las retenía. Había alcanzado ya el punto álgido de mi obstinación en no aceptar lo evidente. Y lo evidente era que habían jugado conmigo y con mis sentimientos hasta unos extremos lacerantes.

Me daban ganas de pararme ante el espejo, apretar los puños y gritarme a la cara: «Eres un infeliz de marca mayor, un presuntuoso abatido por fuerzas muy superiores a las tuyas. Un mindundi, un quídam, un pelele...».

Pero mi rabia y mi desconsuelo no me impedían comprender que yo también era en cierto modo culpable. Las veces que Minako había intentado enfriar con sus palabras una relación que ella sabía muerta de antemano, yo no había querido prestarle atención. Al principio aceptaba la provisionalidad con cierto desapego: «Lo que dure, dure. No voy a dejar de disfrutar algo tan maravilloso por el simple hecho de que vaya a terminar a los tres meses». Pero esa despreocupada actitud de *carpe diem* fue cambiando a medida que me iba enamorando con más intensidad; y, en mi soberbia, pasé a pensar que mi amor haría mudar de opinión a Minako, y que, cumplido el plazo, decidiría quedarse a mi lado. ¡Pretencioso estúpido!

Miércoles por la tarde. Desesperación. Sentado sobre los pedazos rotos de nuestra relación, pensaba en ella. Un tropel de sentimientos encontrados se balanceaban de un extremo a otro, de la aceptación a la negación, sin que terminaran de acoplarse en mi conciencia desestabilizada.

No te das realmente cuenta de lo solo que puedes llegar a estar hasta que tienes una relación que te completa... y luego la pierdes.

Con pocas ganas, o menos que pocas, había cumplido con el trámite de mi clase matutina. De vuelta a una casa que ahora se me antojaba casi hostil, que me apretaba el pecho como una garra crispada, me senté ante el ordenador y releí el informe Dimas. Quería revisarlo a fondo por si encontraba algo que justificara el desafuero. Mas, como ya había supuesto, no apreciaba nada que me sugiriera la importancia de dicho informe.

Me administré una copa de Zacapa XO, el mismo que disfruté con ella aquella primera noche, otra mortificación añadida, y puse la música adecuada: *Desencuentro*, de Aníbal Troilo, interpretado por un Rubén Juárez que se acompañaba a sí mismo con ráfagas espasmódicas de su blanco bandoneón: «Creíste en la honradez / y en la moral.../ ¡qué estupidez! / Por eso en tu total / fracaso de vivir, / ni el tiro del final / te va a salir».

Podría parecer masoquismo ponerme un tango de letra tan tremenda, pero al escuchar esas penas desorbitadas en una grabación, una y otra vez, en cierto modo trivializaba mi dolor, le ponía distancia a la congoja, pues mi propio dolor, al mezclarse con el de ficción, parecía diluirse. Ya los griegos clásicos habían ensalzado el efecto catártico de la tragedia, las desgracias de dioses y héroes en un escenario servían para exorcizar las humanas penas de la vida real.

Es un hecho aceptado que el dolor, cuando se padece en un entorno de felicidad, se vuelve, por contraste, mucho más insufrible. Yo me rodeaba de la tristeza amiga de los tangos para mejor sobrellevar el mío.

No sé cuántas copas más de ron me tomaría antes de meterme en la cama, totalmente vestido, a los acordes de *La última curda*, ¡qué adecuado título! Ni siquiera recuerdo cómo llegué a la cama.

Cuando amanecí ese mediodía de jueves y retiré las sábanas arrugadas, me quedé durante un buen rato contemplando mis pies calzados, incapaz de comprender lo anómalo de haber dormido con los zapatos puestos. Quizá suponía necesario entender ese detalle absurdo y asimilarlo para poder recuperar la sensatez. Desde el salón me llegaba una música atenuada, era el *Polaco* Goyeneche que, gracias a que había dejado pulsada la tecla de repetición en el equipo, se había tirado toda la noche salmodiando los mismos amargos versos. Titubeante, salí de mi cubil y le di el merecido descanso al tanguero. Me metí en la ducha –desnudo, ahora sí–. Al salir me encontraba algo mejor, los aguijonazos de la resaca me hacían sentirme más vivo que la paralizante atonía de los tres días anteriores.

Aprovechando mi libranza intersemanal, empecé a asomar la cabeza del oscuro abismo en el que me habían sumido la traición y el abandono. No podía seguir compadeciéndome de aquella manera, así que me senté en mi sillón de lectura con la intención de reflexionar con más serenidad sobre todo lo sucedido, algo que desde que me noqueó la felonía de Minako había sido incapaz de hacer.

Me daba cuenta de que quizá debería odiar a Minako, pero me resultaba de todo punto imposible. Estaba claro que todo había sido una gran mentira, pero no me resignaba a aceptarlo. Deseaba creer, lo necesitaba, que en algún momento tuvo que ser auténtico, para que esa brizna de veracidad subsanara tantos días de embustes y fingimientos. Sin embargo, también podría ser que fuera solo mi ego maltratado el que necesitara justificarse, aferrándose a ese instante de autenticidad.

Dudas y más dudas. Pero, me dije, de ser mi caso el de un amante herido solo en su amor propio, preferiría no haberme cruzado con la que me traicionó, y no estaría pensando, como lo hacía, que valió la pena la traición, que no me importaba una mierda aquel expolio de dignidad con tal de haber conocido a Minako. Conclusión: no debía de ser mi orgullo lo más maltratado. Si pudiera hacerla regresar tragándome siete toneladas de orgullo, ya estaría engullendo a toda velocidad.

Volví a repasar los momentos alegres que habíamos compartido. Recordaba su risa contagiosa y en cierto modo excepcional, pues no la prodigaba demasiado, su delicada y sutil manera de acariciarme, su incansable y sin embargo dulcísima forma de hacer el amor. Qué decir de aquella noche irrepetible en la Plaza Mayor o aquel momento milagroso en el Patio de los Filósofos... No, no y no, era imposible que hubiese estado fingiendo de esa forma en tantas ocasiones, nadie es tan buen actor, nadie puede ser tan sibilino. Y pese a que todas las circunstancias sugerían la infidelidad más absoluta, yo estaba convencido de que al menos un poco me había querido.

Algo más animado tras este chute de autoconmiseración, decidí dar un paseo por el barrio, eso siempre me relajaba. Aunque la tarde amenazaba lluvia, no lo pensé dos veces y ya me iba a lanzar a la calle cuando sonó el teléfono.

–Hola, hermanito –me soltó nada más descolgar–. ¿Qué tal sobreviven sin mí las mocitas madrileñas? ¿Hay llanto y crujir de dientes por mi prolongada ausencia?

–Hola, JL.

¡Para chanzas o chirigotas estaba yo en aquellos momentos! Mi saludo poco entusiasta puso en alerta roja a mi amigo.
–Percibo borrascas en Madrid Centro. Cuéntale tus penas a tu hermano y protector.

Ni con una prospección en toda regla hubieran aflorado las ganas de hablar con nadie, y menos por teléfono, pero tampoco quería mentir; así pues, franqueza y concreción.
–Minako se ha largado, todo ha sido una maldita farsa.

JL se quedó mudo durante unos instantes. Luego, con voz preocupada...
–¿Que se ha largado, así, sin más? ¿Y por qué dices que todo fue una farsa?

Sin entrar en pormenores, le puse al corriente del decepcionante y repentino abandono de la semijaponesa y plenitraidora.
–Lo siento mucho, imagino que estarás más jodido que Isabel II rodeada de generalitos pintones. Esto va a requerir altas dosis de mi láudano especial de mujeres y risas. –Yo iba a protestar, pero no me dejó meter baza–. Como te llamaba para comunicarte la buena nueva de que mañana viernes voy a aterrizar por Madrid, ve haciendo flexiones de hígado y propósitos de olvido rápido. A reina muerta, reina puesta... y dispuesta. Voy a pasarme por tu casa nada más llegar, sobre las seis de la tarde, y hasta la hora de la cena te dejaré mi hombro, o los dos, para que llores de despecho. Una vez que hayamos drenado el manantial de lágrimas negras, nos vamos a cenar y a empezar el tratamiento antidepresivo especial marca de la casa.

Iba a decirle que no estaba de humor para sus placebos tabernarios, pero pensé que mejor se lo decía al día siguiente cara a cara.

Retomé mi deseo interrumpido y me dispuse a salir a la calle a dar una vuelta. Acababa de abrir la puerta, cuando reparé en el libro que tenía entre las manos, *Cinco horas con Mario*. Ligera extrañeza, no recordaba ni haberlo cogido. Lo dejé con cuidado en el suelo al lado del quicio, antes de cerrar la puerta y lanzarme a las calles con las manos vacías, con el alma vacía; quería huir de allí y de todo tan solo con lo puesto.

Bajé por la calle Cervantes. Al principio caminaba rápido, como si quisiera dejar atrás las penas, pero iban bien cogidas de mi brazo, así que moderé mis pasos. En mi cabeza no conseguía hacerse un hueco nada que no tuviera que ver directa o indirectamente con Minako y mi desairada posición de abandonado como un perro. Irascible y sombrío, si me cruzaba con alguien que pareciera feliz o satisfecho, me entraban ganas de pararlo y soltarle a la cara: «Eres un imbécil si crees que la vida te va a consentir esa sonrisa durante mucho tiempo». Qué contraste con ese otro día, no tan lejano, en que quería compartir mi felicidad con cualquiera que se cruzara conmigo.

Cuando llegué a su plaza, Neptuno parecía que acabara de destripar con su tridente alzado las espesas nubes grises, pues comenzaron a descargar su furia. Gruesas gotas dibujaban círculos oscuros en el pavimento grisáceo, se escuchaba el petardeo sordo de un trueno lejano y las calles se vaciaron como por ensalmo. Regresé a casa por Prado y me refugié en Lamucca, una gran cafetería abierta poco antes, casi en el mismo lugar en que debió de estar en su día el Mentidero de Representantes. Lucía unos techos altísimos soportados por estilizadas columnas, unas paredes sobrias de ladrillo visto, grandes mesas rectangulares de madera oscura y unas soberbias cristaleras que daban a la calle del León y a la del Prado.

Para entrar en calor pedí un té con un chorrito de anís, que me sirvieron en una coqueta teterita de metal rojo oscuro. Me senté con mi infusión frente al ventanal que daba a Prado. La lluvia tras los ventanales me producía una sensación de fragilidad, de extrañamiento del mundo, de inapetencia de futuro, una especie de deseo absurdo de que no dejara nunca de llover y así no tener que abandonar jamás la seguridad de mi rinconcito-refugio a cubierto del tiempo, tanto atmosférico como vivencial.

Estos delirios de escapismo introspectivo asociados a ciertos días lluviosos me venían sucediendo, aunque no con la intensidad del de hoy, desde que, tras mi divorcio, decidí hacer un viaje para desalojar de mi espíritu el poso de fracaso que todo rompimiento sentimental significa. El destino que escogí fue el más alegre que se me ocurrió: Cádiz. Me sumergí durante una semana en la alegría perenne y luminosa de aquella tierra andaluza, que es capaz de levantarle el ánimo hasta al más desalentado de los deprimidos. Además, siempre he tenido la impresión de que las penas se soportan mejor a orillas del mar.

Uno de aquellos terapéuticos días gaditanos fui a visitar las ruinas romanas de Baelo Claudia, en la playa de Bolonia, muy cerca de ese agudo espolón de la península que es Tarifa. Te sentías transportado a tiempos pretéritos contemplando el templo de Minerva, los depósitos de *garum*, el paté de pescado que gustaba a los más exquisitos de los paladares romanos, o ese coqueto anfiteatro, tan bien conservado que podías imaginar allí a Edipo clamando al cielo con sus ojos recién arrancados en la mano.

La mañana empezó a oscurecerse después de mediodía. Busqué refugio y comida en un merendero de la playa colindante con las vías romanas. La temporada baja –bendita seas– y el desapacible cambio de clima propiciaron que el restaurante estuviese casi desierto. Aposenté mis reales en aquel chiringuito. Me envolvían el mar a la izquierda, desdibujado por la luz grisácea y el empañado de los vidrios; las ruinas romanas a la derecha, que parecían mucho más arcaicas e impresionantes que a pleno sol y, frente a mí, lo que se suponía una duna gigante, pero que era solo bruma y esfumado.

Tras el arroz con carabineros arreció el diluvio, las nubes descargaban como si lloraran la muerte de Dios. Me aislé de recuerdos desagradables observando hipnóticamente el sinfín de gotas que resbalaban por los ventanales en un recorrido errabundo y caprichoso; al principio perezosas, luego acelerando su velocidad según cargaban con más lluvia a sus espaldas, para ir a acabar, con suicida premura, muriendo en el alféizar. Me embargó la angustiosa certeza de que no iba a parar de llover hasta que el océano se desbordara, tragándose todo a su paso y convirtiendo las ruinas romanas en una nueva Atlántida.

Desde aquel día, me asaltan esos destellos de orfandad y extrañamiento cuando me instalo detrás de grandes ventanales a contemplar la lluvia. Y hoy esa orfandad se veía exacerbada por la herida abierta de Minako que supuraba sin descanso.

Aproveché que había escampado un poco y me volví a mi redil sin muchas ganas. Allí me esperaba otra sorpresa mayúscula, que iba a trastocar un poco más mi ya muy perturbada existencia.

PROSIGUE LA FUNCIÓN DE TÍTERES

Minako salió de la habitación del hotel de cinco estrellas, donde se alojaba por cuenta de Orville Ramos, y se dirigió a una pequeña tienda de telefonía móvil en un barrio periférico. Compró un móvil desechable con un nombre falso –en aquellos andurriales no eran demasiado estrictos con las formalidades burocráticas–. Luego se dirigió a una agencia de alquiler de vehículos y alquiló un coche bastante modesto, que podía devolver en el aeropuerto Dulles a cualquier hora, bastaba con aparcarlo en el sitio establecido y dejar las llaves en el buzón de la empresa. Volvió conduciendo despacio hasta el hotel. Con el teléfono recién adquirido, compró un billete electrónico de avión. Pidió un sándwich al servicio de habitaciones y se echó un rato la siesta, para estar descansada cuando tuviera que entregarse a Orville.

A las cuatro y media, vestida y maquillada con elegancia, se encaminó a su cita con el millonario. La entrada de servicio de la finca, de una vulgaridad práctica y funcional, y que se usaba para descargar las mercancías necesarias para el funcionamiento de la mansión, se le apareció tras un corto tramo de carretera sin asfaltar. Al verla llegar, el guarda uniformado que sesteaba en la garita le abrió la barrera sin preguntas embarazosas, tal como le había prometido Orville el día anterior. Ya en el interior de la mansión, Minako depositó su móvil desechable en una bandeja, y le inspeccionaron el bolso a fondo antes de permitirle la entrada a las habitaciones privadas de Orville.

—Estás deslumbrante.

Fueron las primeras palabras que el astuto maestro de títeres le dirigió a su empleada.

Sobre una mesa se encontraba un cubo de plata con una botella de Moët & Chandon. Orville se acercó a rellenarse la copa con los últimos restos de la botella. Casi en el mismo momento, entró un camarero que cambió el cubo por otro, abrió la nueva botella y le sirvió una copa a Minako, que la joven cogió sin decir nada.

«Así que ha estado celebrando por anticipado mi humillación —pensó ella, al observar la maniobra del camarero—, pues mejor que mejor.»

—Espero que no haya olvidado lo que le dije ayer.

Orville, sonriendo, le señaló un talonario de cheques que reposaba sobre la pequeña mesita, justo al lado del *Manual de remedios medicinales* abierto, que daba la impresión de haber estado releyendo.

—Por el glorioso término de un acuerdo muy especial —propuso Orville levantando la copa.

—Glorioso y definitivo —fue la respuesta de Minako.

Mientras se terminaban la botella, Orville le estuvo haciendo preguntas sobre su estancia en Madrid y su relación con Miguel, a las que Minako malditas las ganas que tenía de contestar, pero como no quería malquistarse de momento con el viejo demonio fue respondiéndolas sin mucho entusiasmo.

Sobre las seis, pasaron a un pequeño comedor contiguo, amueblado con un gusto exquisito, donde les sirvieron una magnífica cena regada con varios tipos de vino.

—Deberías sentirte orgullosa, pocas mujeres han tenido el placer de disfrutar de una cena íntima en mi mansión.

Minako se dio cuenta de que su anfitrión arrastraba un poco

las palabras. Parecía que el champán y el vino, que él bebía sin recato, y ella con más prudencia, empezaban a afectarle.

–Me conformo con sentirme bien pagada.

De vuelta al salón, Orville se sirvió una copa de Armagnac, que Minako rechazó. Empezó a escucharse una suave música clásica que ella no pudo descubrir de dónde procedía ni quién la había puesto en funcionamiento.

La bestia se acercó a la bella y le rozó el rostro con el dorso de la mano.

–Una piel perfecta para un cuerpo de diosa.

Minako tuvo que reprimir una mueca de asco.

El anfitrión se dirigió entonces a un moderno interfono bien disimulado en una de las paredes del salón.

–John, desconecta las cámaras de esta parte de la casa. La señorita y yo no queremos ser observados de ahora en adelante.

Minako pudo apreciar cómo las lucecitas rojas de las dos cámaras se apagaban al unísono.

Orville no perdió un momento y se le echó encima, la besó con torpeza en el cuello y en la boca. Minako no pudo evitar dar un paso atrás.

–Voy a lavarme los dientes y a adecentarme un poco. A ti, por supuesto, no te hace ninguna falta, estás impecable –dijo con una media sonrisa–. Cuando regrese, espero que no te eches atrás de nuevo si quieres que firme ese papelito por el que estás vendiendo tu alma y tu cuerpo.

La torpeza de su lengua se incrementaba, el odio de Minako también.

Cuando salió de la habitación, ella se aseguró de que las cámaras seguían apagadas. Sacó del bolso un paquete de chicles, extrajo una papelina idéntica a las demás, pero en cuyo interior había un polvo blanquecino que vertió en la copa del anticuario. Luego simuló leer el Manual de fray Sebastián.

Cuando Orville volvió, Minako trató de poner su mejor sonrisa.

–Ahora sí quiero esa copa de coñac.

–Perfecto, yo también me pondré un poco más. Espero que no te lo tomes como si fuera un anestésico, ja, ja.

La joven no le rio la gracia, mientras chocaban sus copas y bebían un buen sorbo.

De lo que Minako no se percató es que Orville había cambiado su copa antes de rellenarla con más bebida.

–Bueno, ya va siendo hora de que pasemos al tálamo, mi bella dama –dijo el anfitrión, mientras agarraba del brazo a la joven y se encaminaba a unas puertas dobles de madera labrada que hasta entonces habían permanecido cerradas.

Una vez en el dormitorio, Orville se sentó en el borde de la inmensa cama con baldaquino, que a Minako le pareció recargada y cursi. Con ojos turbios, el sumo sacerdote contempló cómo la víctima sacrificial se quitaba el vestido.

Fue lo último que observó, antes de caer hacia atrás en el lecho y quedar fuera de combate.

Minako lo colocó, como si estuviera dormido, debajo de las crujientes sábanas de seda de color marfil. Se volvió a poner la ropa que acababa de quitarse y abandonó la habitación, apagando las luces al salir.

Dejó pasar una hora, que ocupó en leer algún fragmento de la vida de Andrés, para dar tiempo a que los empleados de seguridad creyeran que se había consumado su ignominiosa entrega. Una vez transcurrido el periodo prudencial, cerró el libro y se lo guardó en el bolso. Cogió un talón en blanco de la chequera y aprovechó su conocimiento de la mansión para evitar las cámaras activas de los pasillos por los que fue pasando. Finalmente, salió por una puerta lateral hasta el jardín, y de allí a las cocheras, donde se montó en su utilitario de alquiler. Evitó la entrada principal de la casa, donde debería haber recuperado un teléfono que no le importaba un carajo, porque sabía que allí le hubieran registrado el bolso antes de permitirle la salida.

Condujo sin percances hasta la puerta de servicio, donde esperaba que no le pusieran trabas para abandonar los terrenos de la propiedad.

Sin embargo, la barrera no se levantó cuando pegó el morro del vehículo al poste levadizo. Lo que sí se abrió fue la ventana de la garita, por la que asomó una cabeza con gorra de plato y una gran sonrisa dibujada en la cara.

—Buenas noches, señorita. Espero que el patrón haya disfrutado de su compañía. Pero ¿no es un poco pronto para dejarnos?

—El tiempo es algo tan relativo... —Minako quería aparentar una tranquilidad que distaba mucho de sentir—. Estoy segura de que tu jefe habrá disfrutado de esta última hora como de una eternidad en el paraíso. Al menos, me ha pagado como si ese fuera el caso —dijo, agitando el talón que había cogido de la chequera—. Creo que en este momento lo que más precisa es un merecido descanso. Y conociéndole, a mí no se me ocurriría molestarle para nada que no sea una guerra nuclear hasta bien entrada la mañana.

El guarda, que ya había sufrido más de una vez las intemperancias de su jefe, pareció estar bastante de acuerdo con aquellos consejos.

—Espero que disfrute de su paga —dijo abriendo la barrera.

Minako aceleró. Cuando salió de la línea de visión del guarda, paró en la cuneta para templar unos nervios que se le habían descontrolado con el susto. Rasgó con cierto deleite el cheque en blanco que le había servido de falso salvoconducto y arrancó de nuevo, ya más calmada. Sacó la mano por la ventanilla y dejó que la brisa nocturna dispersara los trocitos de talón bancario, que se alejaron volando como mariposas torpes.

Se dirigió al motel discreto de las inmediaciones del aeropuerto que había reservado. Una vez allí, se quitó la ropa y se dio una larga ducha de agua casi hirviendo, que le ayudó a despojarse de las últimas caricias de las manos y los labios de Orville, que como miasmas, tenía la desagradable impresión de llevar adheridas a la piel. Ya más tranquila se recostó, sin llegar a dormirse, hasta la hora de ir a coger el vuelo que tenía reservado.

Mientras Minako salía de la mansión por la puerta de servicio, en las habitaciones del piso principal, un totalmente sobrio Orville –casi inmune a los efectos del alcohol– y su jefe de seguridad, mantenían una conversación.

–Acaba de cruzar la barrera de salida, señor. Peter la ha parado, para que no sospechara de una excesiva relajación en la vigilancia, y luego la ha dejado salir.

–¿Tendremos bien grabada toda la velada?

–En alta definición y desde dos ángulos distintos. Se ve con total nitidez cómo le echa el somnífero en la copa, supongo que será el que le proporcionamos nosotros mismos cuando la mandamos a España, por si lo necesitaba para apoderarse del informe. También se observa bien cómo roba el libro y lo esconde en su bolso.

–Perfecto, ya tenemos nuestro as en la manga para proseguir con la partida. También supongo que se instaló sin problemas el chip de localización en el libro.

Poco podía sospechar el pobre Andrés que en el hueco en el que él alojara la moneda de oro poco antes de morir, cuatro siglos más tarde se iba a colocar un artilugio que ubicaría el libro en cualquier lugar del mundo donde se hallara.

–Así es –respondió el fiel empleado–, el chip está colocado y operativo, podremos conocer en todo momento dónde localizar el libro, aunque ya imaginamos su próximo destino. Ha sido magistral la forma en que ha manejado a la joven para que acabara haciendo lo que usted quería que hiciera.

–No es tan difícil manejar a los peones en una partida. Cuando dispones todas las piezas milimétricamente en el tablero, el resultado solo puede ser el previsto. Además, en este caso el peón era una mujer muy bella, y la belleza siempre será esclava de la interpretación. Los verdaderamente bellos, como les sucede a las estrellas de cine o de la canción, viven en una impostura constante: la del que se sabe observado de continuo. Para ellos vivir es actuar. Minako quería ser la protagonista, y nosotros le hemos proporcionado todos los elementos para que creyera ser ella la que llevaba la batuta.

–¡Soberbio! –se admiró el jefe de seguridad–. Y si no lo he entendido mal, las piezas en el tablero eran de dos tipos, las psicológicas: el odio hacia usted y el afecto hacia el profesor, y las materiales: saber que disponía de un somnífero que no nos había devuelto, dejarla venir en su vehículo, el apagado de las cámaras, facilitarle el acceso de entrada y de salida, la importancia que para el profesor tiene el libro que iba a robar...

–Sí, sí, en efecto, esos eran los pequeños engranajes que debían encaminarla por donde queríamos que fuera, pero lo primordial fue escoger a la joven idónea, que por su belleza, su carácter y su rebeldía pudiera atreverse a hacer lo que ha terminado haciendo; esa primera elección fue lo verdaderamente relevante.

–¿Y si ella hubiera accedido a acostarse con usted y a cobrar el cheque?

–Era bastante improbable, pero, en tal caso, una noche con esa diosa oriental no era una mala alternativa ni mucho menos. Después habríamos tenido que forzar al profesor a hacer lo que pretendemos que haga para nosotros por medios menos sutiles, de aquellos que prefiero no emplear salvo en casos extremos.

»Y ahora tenemos que dedicar todos los esfuerzos a otro aspecto vital de nuestro plan: la sincronización. No podemos permitir que al profesor español se le ocurra entregar el libro a las autoridades, o que se lo enseñe a quien no deba. Antes de que tal cosa se le pase por la cabeza, tenemos que "convencerlo" de lo que le conviene. Así que, en cuanto verifiques que el destino escogido por nuestra bella ladrona es el que suponemos, nos pondremos en marcha. Ocúpate de que el avión esté preparado, y avisa a nuestro hombre en Madrid.

UN REGALO ENVENENADO

Salí del Lamucca, aprovechando que se había calmado la insistente lluvia, y subí a mi piso con la misma pena con la que lo dejé un par de horas antes. Giré la llave como quien desconecta a un ser querido del respirador artificial, ni el paseo ni el té habían calmado la marejada que me abatía. Jamás había entrado en mi casa, en mi querida Leonera, con menos ganas. Pero un nuevo sobresalto vino a convulsionarme.

En el salón, encima de la mesa, me habían dejado un gran libro que parecía muy antiguo, con una nota de papel encima.

Lo primero que pensé, antes de recordar que ella ya no tenía llave de mi puerta, fue que Mariví habría pasado por casa sin avisar para obsequiarme con ese viejo mamotreto. Pero al coger la cuartilla comprendí que aquello no tenía nada que ver con mi exmujer. La firma al pie de la nota me estalló en los ojos como un fogonazo:

¡Minako!

Reparé entonces en que también me había dejado, al lado de la nota, la llave que le di en su día cuando se vino a vivir conmigo.

Tuve que esperar unos segundos para sosegarme antes de leer la escueta misiva:

Querido Miguel.

Sé que lo que te he hecho no tiene perdón, y no te lo estoy pidiendo. Tampoco veas como una excusa lo que te voy a contar, no pretendo excusarme, sino tan solo que conozcas la verdad.

El caso es que me pagaron, y muy bien, para que te quitara la carta de la Montalbán que te entregó tu exesposa, cosa que creí poder conseguir sin implicarme mucho contigo. Que luego me exigieran robar tu informe me molestó algo más, pero lo acepté: era mucho dinero (ya ves que quiero ser franca contigo).

Lo que no estaba en el guion fue la noche de la Plaza Mayor, yo misma todavía no me explico muy bien lo que pasó. Y aunque sé que no estoy en posición de pedir que me creas, aquello fue sincero en la medida en que se pueda abstraer de la mentira inicial.

La mujer frívola y amoral, a la que no le importaba herir los sentimientos de un desconocido, ha desaparecido. Los dos últimos meses que pasamos juntos me han cambiado. Para demostrártelo, y para reparar en parte el daño que te he causado, te dejo este libro que mi exjefe compró en España. Cuando lo leas, comprenderás por qué ansiaba tanto hacerse con la carta y con tu informe. Espero que te sirva para alcanzar tu sueño de encontrar un manuscrito literario de Cervantes.

Ya te he dicho que no aspiro a tu perdón. Así que esta será nuestra última comunicación.

Deseo fervientemente que la vida te trate mejor de ahora en adelante.

MINAKO

Leí la nota varias veces. Si creía en las palabras de la traidora –y estaba muy inclinado a creerlas–, yo había tenido razón en pensar que no todo había sido falso; lo cual tendría que hacerme sentir mejor, de no ser por la drástica despedida que cerraba la nota. Ella no quería pedir perdón… ¡pero yo quería perdonarla! Me daba igual que nuestro comienzo fuera pura falsedad, me daba igual si había pensado traicionarme por dinero o por cualquier otra causa… yo quería tenerla conmigo. Yo la quería aquí y ahora, todo presente, sin echarle en cara nada de lo sucedido hasta ayer. La deseaba, la necesitaba.

Pero todo esto se lo estaba diciendo a un pedazo de papel. Ella había dejado claro que no nos íbamos a volver a ver, mas yo no quería aceptar ese hecho. Y no lo iba a aceptar... pero qué podía hacer.

Pensé en las posibilidades de encontrarla y convencerla de que nada de lo pasado tenía importancia, que lo único importante era que volviera conmigo. Se me ocurrió que podría ir a California a buscarla, pero ¿adónde?, no conocía ni siquiera la ciudad en la que vivían sus padres. Eso suponiendo que lo de California no fuera otra mentira más, al igual que su apellido Smith, tan sospechoso. Comprendí, apesadumbrado, que era imposible localizarla con los pocos datos que ella me había dejado conocer en realidad.

Estuve el resto de la tarde dándole vueltas, sin hallar ningún resquicio de esperanza. Tan embebido estaba en tratar de encontrar un modo de localizarla, que ni me había vuelto a acordar del libro que tenía sobre la mesa.

Manual de remedios medicinales, rezaba la portada. Aunque el título me pareció de lo más anodino y su escrutinio inapropiado en aquellos momentos, lo abrí. Comprobé que el autor era un tal fray Sebastián, sin más aclaraciones. Editado a mediados del siglo XVI, estaba impreso, solo por una de sus caras, con una serie de características y propiedades de plantas y flores inventariadas por orden alfabético. Los reversos de las hojas impresas contenían dibujos hechos a mano y algunas notas aclaratorias o complementarias. Así pues, se había imprimido solo a una cara con el objeto de dejar espacio a fray Sebastián, o a otras personas, para que pudieran incorporar sus dibujos y explicaciones posteriores, pensé.

Me resultó curioso, no recordaba haber visto manuales de ese tipo, pero tampoco es que yo fuera un experto en tales compendios sobre ciencias naturales, a las que tan aficionados eran en aquellos tiempos de novísimos descubrimientos, con todos los increíbles hallazgos que llegaban en las bodegas de los galeones americanos.

Avancé algunas hojas... y entonces encontré la explicación de por qué Minako me había dejado el libro: «Andrés. Así solía llamarme...».

Empecé a leer los fragmentos diseminados por los reversos de algunas de las páginas, donde el joven mancebo refería su corta y penosa vida. Al principio, aunque era un documento curioso y entretenido, leía sin implicarme demasiado, tal vez solo para distraer mi mente del tropel de pensamientos oscuros que la contaminaban.

Cuando comprendí que aquel Andrés daba a entender que había sido rescatado de la muerte dos veces por don Miguel de Cervantes y que estuvo a su servicio durante varios años, ya no levanté los ojos del libro, casi ni respiré hasta que pude terminar, ya bien entrada la noche, de leer la autobiografía del muchacho. Al llegar al pasaje en el que Andrés se convertía en el Dimas de mi informe, entendí por fin la importancia que dicho informe podía tener para el poseedor de este libro. Determinadas piezas sueltas empezaron a acoplarse, aunque había aún muchas incógnitas por despejar.

Algunas de esas incógnitas se iban a aclarar al día siguiente, pero yo eso en aquel momento ni lo sospechaba.

Como ya era bastante tarde y tenía clase por la mañana, me metí en la cama.

Me costó Dios y ayuda conciliar el sueño.

LAS CARTAS BOCA ARRIBA

Tras dormir unas escasas cuatro horas, me levanté ese viernes, en el que habían desaparecido las nubes del día anterior –las atmosféricas, que no las sentimentales–, y me fui a cumplir con mis obligaciones pedagógicas, aunque maldita la gana que tenía de aguantar hoy a aquellos mocosos; me hubiera encantado motejarlos con una de esas tríadas de insultos rimbombantes que tanto agradaban a mi viejo profesor de Literatura: «Buenos días, calandracos, zascandiles y lipendis». Lo pensé, pero me mordí la lengua, mis alumnos no tenían la culpa de mi corrosiva situación anímica.

Hasta para el más abnegado de los maestros hay días en que una clase es un calvario. Hoy era uno de esos días para mí.

De vuelta a casa, arrastrando mis miserias y mis pies desganados, el destino se iba a complacer en seguir golpeándome como al *punching ball* de un gimnasio de barrio un sábado por la mañana. Abrí la puerta de la calle y entré en mi Leonera. Llevaba en mente releer despacio las anotaciones de Andrés para no descuidar ningún detalle de aquella asombrosa historia, pero...

En el salón, dos hombres me esperaban en silencio. Habían allanado mi casa y parecían estar esperándome con una desconcertante tranquilidad. El uno, bien vestido y algo mayor, aunque de mirada penetrante y astuta, estaba sentado frente al abierto manual del metódico fray Sebastián. El otro, un hombre alto y

347

fuerte que se mantenía de pie detrás del primero, y que supuse un matón o un guardaespaldas, no me quitaba los ojos de encima; la tensión que se apreciaba en sus facciones y músculos delataba su disposición a lanzarse sobre mí en caso necesario.

–¿Quiénes son ustedes? ¿Cómo han entrado en mi casa?

Ante el silencio y la sonrisa displicente del más viejo, eché mano al bolsillo de la chaqueta.

–Voy a llamar a la policía.

El hombre joven se acercó con celeridad y me sujetó el brazo, sin dañarme pero con bastante firmeza. El viejo empezó a hablar.

–Creo que le conviene escuchar lo que tengo que decirle antes de cometer una estupidez que no nos beneficiaría a ninguno de los dos, y mucho menos a su idolatrada Minako. Tome asiento y présteme atención.

La mención de Minako terminó de conmocionarme por completo. Me quedé aturdido y sin saber qué pensar. El hombre sentado irradiaba una firmeza carismática, parecía el dueño de la casa y yo el intruso cogido in fraganti. Era de esas personas que hacen desplazarse el centro de gravedad de un lugar cuando entran en él, aunque, en su caso, ese núcleo gravitacional se me figuraba tiránico y oscuro, hasta el punto de provocarme un escalofrío.

–Lo primero, como exigen las más elementales normas de cortesía, es presentarme: mi nombre es Orville Ramos, estadounidense, aunque tengo ascendencia española. Soy anticuario y coleccionista de obras de arte. Por ejemplo, este libro del siglo XVI que casualmente tiene usted sobre su mesa es de mi propiedad. Y ambos sabemos por medio de qué bella señorita ha llegado hasta sus manos. Como supongo que ya lo habrá leído, podemos pasar al motivo por el que me encuentro ahora aquí en su… casa. –El titubeo dejó claro que en vez de casa iba a escoger algo más ofensivo; cuchitril, quizá… tabuco, tugurio, zorrera, cochiquera...–. Quiero recuperar la caja que escondió en su día el joven Andrés, y espero contar con su inestimable ayuda.

–¡Está usted loco, por qué razón iba yo a ayudarle a expoliar nuestro patrimonio cultural!

–Por esto –dijo, mientras me mostraba un estuche plano de plástico que se sacó de un bolsillo de la americana. Hizo una seña al matón, y este encendió un portátil que habían traído con ellos. Orville habló de nuevo.

–Como estaba absolutamente seguro de que por dinero no iba a poder contar con su colaboración, le he traído este presente que supongo le hará mostrarse más receptivo a mis proposiciones.

Le pasó el disco óptico a su fornido subalterno y este lo puso en el lector del portátil.

–Acérquese a disfrutar de este pase especial en su honor.

Me coloqué a su lado con reticencia, y empezó la filmación. En ella pude contemplar a una Minako espléndida, con un vestido de fiesta que le sentaba como un guante, echando con decisión lo que parecían unos polvos en una copa de balón que contenía dos dedos de un líquido amarronado. En el siguiente fragmento de película, vi a Orville caer desmayado sobre su inmensa cama, mientras la medio japonesa se quitaba el vestido con estudiada lentitud. Un fundido en negro y se la veía volviéndose a vestir, colocando en la cama a Orville y tapándolo con cuidado con la sábana. Por último, y ya fuera de la habitación, Minako cogía el libro y se lo guardaba en el bolso justo antes de salir de allí.

–Lo que ha visto es solo un resumen, pero supongo que es lo suficientemente revelador para que le haya quedado claro que si le entrego esta grabación a la policía de mi país, que es bastante más severa que la del suyo, por cierto, nuestra común amiga va a tener que pasar al menos quince años en prisión: robo, tráfico de mercancías robadas, agresión... porque yo me he cuidado de guardar la copa personalizada con sus huellas y con restos de un fuerte somnífero que pudo causarme daños irreversibles. Además, usted tendría que dar algunas explicaciones muy embarazosas sobre cómo ha llegado a su poder un objeto de gran valor robado en el extranjero, y del cual yo poseo la factura legal que demuestra que me pertenece.

—Es usted un canalla. Haga lo que quiera con esa grabación, ella es una traidora a la que le estará bien empleado todo lo que le suceda. Yo no tendré ningún empacho en contar a la policía la verdad sobre cómo ha llegado su libro hasta mi casa.

El canalla se rio con cinismo.

—No creí que fuera usted tan incauto. De verdad piensa que la policía se va a creer que una novia suya le trae un libro muy valioso y se lo deja en su casa en contra de su voluntad. No sé si aquí colará un argumento tan absurdo, pero le aseguro que los siempre desconfiados y severos jueces federales americanos, cuando sepan que el libro acabó en sus manos, van a cursar una orden de extradición para interrogarle.

Pensando en oponer objeciones al chantajista, me vino a la cabeza la cuestión de las dificultades legales para sacar un libro antiguo de las fronteras españolas.

—Si ese libro fue comprado en Aranjuez, no creo que pudiera sacarlo de mi país por medios legales, así que con ese estúpido farol de la factura no va a conseguir arredrarme.

Yo no era un experto en la legislación vigente sobre exportación de bienes culturales, pero algo había leído sobre el tema. Sabía que desde 1972 era muy difícil poder sacar de España un libro del que no se tuviera la certeza de que existían al menos tres ejemplares inventariados. El *Manual de remedios medicinales* se podía dar por único y, por tanto, inexportable, al estar incluido de facto en nuestro Patrimonio Bibliográfico.

El facineroso millonario volvió a reírse en mi cara.

—No se preocupe por esa minucia; en mi factura, que pasaría sin problemas todas las pruebas de autenticidad, consta que el libro se compró en Laredo, estado de Texas, donde hay una persona que jurará habérmelo vendido y un abogado que dará fe de haber intervenido en la transacción.

A mi pesar, empezaba a comprender que mi enemigo tenía la mayoría de los triunfos en su mano. Me iba a ser muy difícil justificar que una novia, con la cual había estado conviviendo, me había dejado un libro robado en mi casa sin mi consentimiento. Aun así, me resistía a que aquel miserable se pudiera apropiar de un manuscrito de Cervantes que pertenecía al pueblo español. Por otra parte, pensar que Minako podría tirarse quince o veinte años en prisión por haber intentado compensarme, me revolvía las tripas. El astuto Orville debió de captar mis dudas.

—Si lo que le preocupa es la pérdida del manuscrito de Cervantes, le diré que estoy dispuesto a que se quede con él para legarlo a la institución pública que usted prefiera, a mí me interesan más las joyas y las monedas de oro... como esta. —Sacó el estuche y me enseñó la valiosa moneda, explicándome cómo y dónde la había encontrado—. Esta preciosidad es la prueba de que lo que cuenta Andrés es creíble. Además, la urgencia por hacer llegar a Cervantes el soneto en clave cuando ya la muerte le besaba los párpados, también resulta bastante convincente. ¿No cree?

Empezaba a tomar en consideración la posibilidad de hacer lo que quería el pirata. La necesidad perentoria de salvar a Minako primaba sobre mi natural doméstico y fiel cumplidor de las normas establecidas.

—¿Y qué es lo que pretende de mí?

—Quiero aprovechar al máximo sus conocimientos sobre Cervantes y su habilidad para husmear por archivos y bibliotecas, quiero la inestimable ayuda que le pueda proporcionar su exmujer para abrirle esas puertas que a otro le estarían vedadas, y quiero, por último, la seguridad de que lo que se investigue se hará con la máxima discreción, para no alertar a unas autoridades que nos arrebatarían el hallazgo sin dudarlo un momento. Todo eso quiero, que no es poco. A cambio le ofrezco la libertad de su amada y la gloria del descubrimiento de un manuscrito de don Miguel de Cervantes.

Me quedé anonadado al comprobar cómo aquel demoníaco personaje conocía hasta el mínimo detalle de mi vida y de la de Mariví y todo lo relacionado con la carta de los Montalbán y el informe Dimas.

–¿Cómo puede saber todo eso?

Orville sonrió.

–El caso es que lo sé. Y eso debe hacerle entender que será mejor que no se le ocurra dar ningún paso en falso, debe desechar cualquier pretensión de engañarme. Ni lo intente, se lo digo por su bien y el de todas las personas que le importan en el mundo, desde sus amigos a los padres de Minako o de Mariví. Queda advertido. Si todo se resuelve a mi plena satisfacción y cumple usted con su papel, no me volverá a ver, y nuestro pequeño negocio en común quedará en una simple anécdota de la que nadie tendrá noticia.

Una vez considerada la posibilidad de aceptar el encargo, me incomodaban muchas dudas, sobre todo la enorme dificultad de encontrar el tesoro sin despertar sospechas en las autoridades.

–No sé si podré saltar todos los obstáculos que presumo se nos van a interponer.

–Los obstáculos se irán superando de uno en uno, para ello contará también con mi ayuda, tanto material como de personal. De hecho, en todas sus pesquisas lo acompañará uno de mis mejores hombres aquí en España, al que creo que usted ya conoce, porque les sacó de apuros una noche en un mesón.

–Así que el enigmático hombre de negro, el que creímos que era un policía solícito, era en realidad su empleado.

–Y muy eficiente. Podemos llamarle García de ahora en adelante. Él se ocupará de la logística en general cuando empiecen sus investigaciones. Puede estar seguro de que le será muy útil en muchísimos aspectos, no dude en solicitarle cualquier cosa que necesite. También será el canal de comunicación entre usted y yo.

–Y mi niñera.

–Siempre viene bien tener quien le cuide a uno. En fin, creo que poco más tenemos que decirnos. Si tiene alguna duda...

–Quiero una cosa más antes de implicarme en la búsqueda de su tesoro: la identidad y la dirección de Minako.

–No está usted en posición de pretender nada y no me gusta que me exijan, pero como un último gesto de buena voluntad, le doy mi palabra de que si me consigue lo que quiero, y una vez que lo tenga a buen recaudo, le daré a conocer dichos datos, por los que veo que suspira.

–Por desgracia, no me queda más remedio que plegarme a sus exigencias; solo espero que cumpla lo prometido.

–Una última cosa: no quiero dilaciones, ya me ha llevado más tiempo y recursos de lo que pensaba este asunto. Póngase en marcha inmediatamente; mi paciencia es muy limitada, y si veo que está mareando la perdiz, como se dice aquí en España, daré por perdido el tesoro y le haré llegar el vídeo a la policía, no lo dude.

El miserable maestro de títeres se levantó con parsimonia y, señalando el libro, se dirigió por última vez a mí.

–Le dejo mi libro para que lo repase las veces que crea oportunas. Cuando acabe su tarea, García se hará cargo de él. Y creo que no es necesario que le recomiende prudencia. Si llegara a los ojos de quien no debe, me vería obligado a presentar la denuncia.

Cuando me quedé solo, fui por un vaso de agua, con la que intenté, inútilmente, tragar toda aquella quina. Eran ya pasadas las cuatro. En poco más de dos horas aparecería JL, y antes tenía que elaborar una estrategia sobre qué pasos seguir, tras los sorprendentes acontecimientos de los dos últimos días.

«Mi casa, mi castillo –pensé–. ¡Vaya mierda de fortaleza!» Parecía que cualquiera se podía colar en ella con más facilidad que en el metro. Me daban ganas de emular a Lutero con el martillo y clavar en mi puerta un cartel con la recomendación: «Si tiene algo con lo que sorprenderme, pase y sírvase usted mismo, no se corte».

Me senté en mi sillón de lectura con una taza de té, quería reflexionar tras el pequeño estallido de rabia, que tuvo un ligero efecto calmante.

Lo primero, pensé, era decidir a quiénes podía involucrar en mi obligada búsqueda. Tenía bastante claro que debía contar con la ayuda de Mariví, como ya supuso con acierto Orville, y lo que ahora debía dirimir es si le contaba toda la verdad, con lo que la involucraría en un delito que, en caso de descubrirse, le costaría su carrera, si no la cárcel. Llegué a la conclusión de que, a pesar de los riesgos, era la única salida. Mariví me conocía lo bastante bien para averiguar si mentía, mis dotes de mentiroso no eran proverbiales. Así pues, decidido, le contaría toda la verdad. Si ella no quería involucrarse, lo entendería y trataría de buscar el manuscrito sin su ayuda, aunque eso complicaría mucho las cosas. Si aceptaba ayudarme, entre los dos estudiaríamos si decírselo o no a su padre, del que siempre se podían esperar sensatos consejos y útiles contactos.

Me quedaba JL. Poco me podía ayudar en la tarea principal de investigación, pero ocultarle todo lo que me había pasado en los últimos días se me antojaba casi como una traición a quien siempre me había tratado como a un hermano. Tendría que pensarlo más despacio y, tal vez, debatirlo con Mariví a ver qué le parecía. Por lo pronto, hoy no le contaría nada a mi amigo sobre el libro ni sobre Orville Ramos.

Eran ya casi las seis de la tarde, JL no iba a tardar en aparecer, así que recogí el Manual y lo guardé en la librería de mi habitación.

Llamé a mi ex y le pregunté si podíamos vernos al día siguiente, pues tenía algo muy importante que tratar con ella.

–¿Te casas?

–No, guapa, no. Tú ya me vacunaste contra ese virus. Discúlpame, no te he llamado para echar ningún pulso dialéctico. De verdad que necesito hablar contigo.

–Caray, si me pides disculpas por tan poca cosa, es que debe de ser muy importante lo que sea que vayas a contarme. ¿A qué hora quieres que nos veamos?

–¿Qué te parece a las cinco en mi casa?

–Allí estaré, como un clavo.

LA BÚSQUEDA. PRIMEROS PASOS

Mientras Miguel, sentado en su gastado sillón, se devanaba los sesos tratando de conciliar su ética personal con las acciones que tendría que emprender en los próximos días, Orville y su perro guardián se dirigían a las instalaciones aeroportuarias de la base de Torrejón en un lujoso coche de alquiler.

–¿Ha dispuesto ya García la vigilancia?

–Sí, señor, en ningún momento se podrá mover el profesor sin que sepamos adónde va y con quién se ve. No se preocupe.

–Siempre es buena una pequeña dosis de preocupación; a los despreocupados, por muy hábiles que sean, termina pillándoles el toro, y aquí en España todavía más.

El leve toque de ironía, tan poco habitual en el anticuario, venía a demostrar que se encontraba muy satisfecho de cómo se iban desarrollando las cosas: tal y como estaban escritas en su milimétrico guion.

–¿Y esa oferta que le hizo al profesor de que se podrá quedar con el manuscrito?, que yo sepa no estaba prevista. Pensaba que dicho manuscrito era la parte mollar del tesoro.

–Ahora entenderás, John, por qué quería venir yo en persona a convencer a nuestro peón. Los pequeños cambios oportunos y las nuevas decisiones que hay que tomar sobre la marcha son a veces más importantes que todo un plan de días o de meses elaborado con precisión. Hubo un momento en que me dio la impresión de que no iba a aceptar nuestra propuesta. Temí que

357

para su estúpida moral de erudito de opereta iba a pesar más la pérdida de ese cuaderno de puño y letra de Cervantes que las consecuencias de arrostrar la aparición del libro en su casa y lo que pudiera pasarle a su amada, así que le ofrecí el manuscrito. Por supuesto que no tengo ninguna intención de cumplir mi promesa. Si lo encuentra, García intervendrá y se lo arrebatará quiera o no quiera. Ese manuscrito, si existe y está en buenas condiciones, tiene mucho más valor que las joyas y las monedas; de hecho, su valor sería incalculable... aunque yo sí que me atreveré a calcularlo, y conozco a dos o tres mecenas a quienes no les importará pagar la astronómica cifra en la que lo tasaría.

El guardaespaldas asintió con admiración ante la explicación de su jefe. Y Orville se retrepó, satisfecho consigo mismo, en la suave tapicería de cuero de la berlina, cuando ya alcanzaban las inmediaciones de la zona para vuelos privados del aeropuerto de Torrejón.

A las seis y cuarto apareció JL por mi casa, y antes de decir nada me dio un prolongado abrazo.

La reticencia a ser consolado por mi amigo, que me asaltara el día anterior, había quedado vencida por la necesidad de apoyo y consuelo consubstancial a la frágil naturaleza humana.

Una necesidad que se vio reforzada con los consejos cantados por Rubén Juárez, que parecían hechos a la medida de JL, y que había estado escuchando justo antes de su llegada: «Vos que tenés labia, contame una historia. / Metele con todo, no te hagas rogar. / Frename este absurdo girar en la noria / moliendo una cosa que llaman "verdad"...».

–Bueno, hermanito, ahora cuéntamelo todo despacio.

Y yo me desahogué, le conté todo... menos la aparición del Manual en mi casa y el episodio de esa misma tarde con el millonario chantajista. Sí le expliqué que Minako me había pirateado el informe Dimas, del que ya le había hablado en su momento, aunque disfracé los supuestos motivos de la ladrona.

−¿Y ya habías sobrepasado la barrera del sonido de un «te quiero»? −ante mi mudo asentimiento, JL silbó, como si aquello fuera lo más grave del caso.

Yo seguí relatándole el guion adaptado de mi desventura.

−Creo que salió conmigo solo para conseguir un buen material para su tesis, y debió de pensar que el informe le podría servir a tal efecto. En el fondo, no ha resultado ser más que una trepa que no vio en mí sino un escabel desde donde empinarse para alcanzar sus metas. Me siento de usar y tirar.

−Pues a mí no me importaría que me dieran tal uso muchas mujeres menos atractivas e interesantes que ella.

JL y su forma tan sui géneris de consolarme. Yo intentaba, me temo que sin mucho éxito, no mostrarme ante mi amigo todo lo abatido y vulnerable que en realidad me sentía, pero no podía acatar en silencio sus intentos de trivialización de mi desgracia, aunque surgieran del peligroso pozo de las buenas intenciones.

−Es fácil decir eso cuando lo que buscas en una relación no es más que fuego de artificio, como sueles hacerlo tú, pero no puedes verlo de ese modo cuando te implicas hasta la médula y te dejan helado el corazón.

Mi pulla no pareció hacerle mella, él seguía en su línea:

−Más veces se congelan los pies que el corazón, y a menudo es incluso más peligroso. No te angusties tanto por esa lagarta de ojos rasgados.

−Más que lagarta, ha sido una tigresa con colmillos de espuma que se ensañaron con mi yugular sin que lo notara. He sido un ingenuo patético.

−No lo has sido, *eres* un ingenuo, pero eso siempre ha supuesto uno de tus mayores atractivos, no has de verlo como un defecto. ¿Crees que sin ir enarbolando tu ingenuidad por bandera hubieras disfrutado del paraíso Minako durante estos dos meses? Porque de lo que estoy seguro, habiéndola conocido, es que han sido dos meses gloriosos, así que disfruta de los bellos recuerdos y borra ese final indeseado de tu mente. Ella se aprovechó de tu ingenuidad y tú de su adorable compañía y su fantástico cuerpo, tómatelo como un *do ut des* y reza para que aparezcan muchas minakos que logren aliviar tu anodina vida de profesor responsable y solterito aburrido.

El prisma optimista de mi amigo se empañaba con la visión más completa que yo tenía de todo el asunto, pero había que reconocerle su empeño en borrar de mi alma cualquier rastro de tristeza: era encomiable su tesón por animarme a toda costa.

–Pero tú ya sabes que a mí me gusta la vida tranquila, no soy nada aficionado a ningún tipo de sobresaltos, en el fondo solo soy un cobarde.

–No te preocupes por eso, casi siempre suele ser más interesante, con más recovecos y sinuosidades, un cobarde que un héroe. Los héroes son monolíticos y aburridos como ellos solos.

Por más que JL siguiera empeñado en colocar todos mis errores en el platillo de las virtudes, yo no podía quitarme de encima la aplastante sensación de fracaso que me embargaba desde hacía cinco días.

–Intento ser como tú, verlo todo por el lado amable y optimista, pero no dejo de repetirme que todo fue mentira, y yo creía ser feliz viviendo esa falacia. ¡Qué bien nos miente la felicidad!

–Resulta tremendamente cómodo aceptar las mentiras que se ajustan a nuestras expectativas, hermanito. Además, la mentira es consustancial al ser humano, como dijo el poeta: «El aire lleva mentiras / el que diga que no miente / que diga que no respira».

–Desde que ella se fue, me siento otro yo, como si no encajara en mí mismo, estoy descolocado psíquica y emocionalmente. He estado yendo a dar mis clases con la sensación de haberme encajado una máscara que no es mi verdadera cara.

–Todos alquilamos una máscara al empezar a relacionarnos en sociedad y luego se nos olvida devolverla, llevar una máscara es de lo más normal desde que el mundo es una verbena de vanidades. Lo importante es acomodarte a tu máscara, adaptarte a ella.

–O sea, que según tú, todo es un baile de máscaras, nada hay de cierto ni perdurable en las relaciones humanas, y menos en las relaciones entre un hombre y una mujer. No me puedo creer que seas tan cínico.

–No, quizá no me he expresado bien. No pienso que todo sea relativo o falso, pero tampoco creo en verdades absolutas, la duda es un lujo de los hombres civilizados; los bárbaros no dudan, casi ni disimulan, y qué sería de la civilización sin el útil cosmético del disimulo.

–Pues yo, en mi ingenuidad, todavía quiero creer en ciertos valores y sentimientos positivos e inmutables: en la Verdad, en el Amor...

–Por qué darle tanta importancia a la Verdad, cuando tan pocas veces parece necesaria; ni al Amor, cuando casi siempre termina haciéndonos daño. La Verdad y el Amor no dejan de ser solo palabras.

–Sí, pero hay palabras que se merecen un renglón para ellas solas, como hay edificios que ocupan toda una manzana.

Era irremediable, no sé cómo se las arreglaba JL para que en nuestros debates siempre acabáramos yéndonos por las ramas. Aunque es posible que en este caso no fuera más que una táctica para distraer mi atención de la herida causada por Minako. Y en parte lo había conseguido.

–Me gusta que me des la réplica oportuna, eso demuestra que los percances amorosos no embotan tu capacidad de raciocinio. Sabes que yo aprecio en gran medida tu instinto de conversación, que es mucho más estimable en tu caso que el de conservación. Y eso hay que celebrarlo con una cerveza.

Sus juegos de palabras corroboraban mi reflexión anterior: mi amigo procuraba distraerme con el cotorreo y la polémica. Le traje su cerveza, y un ron para mí. Yo seguía quejándome de casi todo y él animándome a su manera un tanto peculiar.

Pasaban las horas y aunque estábamos ya un poco achispados, y a pesar de su energía contagiosa, mi amigo no conseguía sacarme del estado de hundimiento anímico que la ausencia de Minako había provocado.

–El destino no descansa nunca, JL, no para de masticar, es como un rumiante terco de dientes de metal… y nosotros solo somos pasto, luego bolo alimenticio y, al final, humeante estiércol.

–¡Joder, lo de «Metafísico estáis» hoy no nos va a servir, estás mucho peor que metafísico, estás penumbroso y tétrico!

–Sí, la pena tizna cuando estalla, ya lo dijo Miguel Hernández.

–Parece que el éter de caña no ha cumplido hoy con su función estimulante, será mejor que nos vayamos a cenar algo por ahí antes de que acabemos los dos sumidos en un abismo insondable de negatividad.

–No tengo ganas de salir.

–Pues acátalo como una prescripción, lo necesitas; tampoco te tomas con gusto un antibiótico cuando tienes una infección, pero lo haces. Deja ya de compadecerte y lloriquear, recuerda que Heine dejó escrito, con sabia precisión, que aun tras el llanto más sublime termina uno por sonarse los mocos, así que tira de moquero y a por todas, hermanito. Retócate los labios y date rímel que vamos a desvirgar la noche, y si no fuera ya algo tan desfasado, te diría, como aquel personaje de *Luces de Bohemia*, «vámonos a estuprar criadas».

–No seas plasta, que no estoy de humor para hacer de carabina de tus devaneos.

–Sepa usted, señorito alicaído, que los requiebros y el juego amoroso son una de las artes más nobles de las sociedades avanzadas, no los despache usted con ese despectivo «devaneos». Ya está bien de esa apática y resignada autocompasión, el que acoge el presente con resignación no se merece el futuro.

–Eres mi Virgilio, JL, mi guía hacia el abismo.

–Peores cosas me han llamado. Además, caer en la tentación siempre ha sido un buen quitapenas, así que vamos a caer y a recaer en ella tantas veces como sean necesarias. Me arrastró a la calle, como no podía ser de otro modo. El aire fresco de la noche incipiente me sentó bien y despejó los malos humos que el ron me había insuflado esa tarde. Dimos una larga caminata por el paseo del Prado y Recoletos y después nos sentamos en una concurrida terraza de la plaza de las Cortes, al pie de la estatua de Cervantes y vigilados por los leones del Congreso. Yo me senté de frente a unos felinos que parecían acechar a las presas humanas, que bebían y reían sin preocuparse por tener a tales depredadores a su espalda. Y mientras JL me hablaba de cosas a las que no prestaba la más mínima atención, me puse a pensar en el cuento de Leopoldo Alas *León Benavides*. En él, se le daba voz y apellido a uno de aquellos dos leones que me observaban impávidos, concretamente el que tenía a mi izquierda, el situado más cerca de la Puerta del Sol. *Clarín* creía apreciar en el felino una arruga en la frente de la que carecía su gemelo, lo que implicaría una idea y, por lo tanto, una vida para aquella bestia de metal. Creo recordar que, al final, la arruga resulta ser la cicatriz del disparo fatal que le privó de su anterior vida animada, antes de reencarnarse en estatua de bronce.

Divagué sobre si también a mí me saldría alguna arruga parecida, a causa del metafórico disparo traicionero de Minako. ¿Contemplaría al mirarme al espejo la aparición de nuevas cicatrices y arrugas en mi rostro? Por dentro, de eso estaba seguro, las había, ¡vaya si las había!

Eran casi las cinco de la tarde del día siguiente, esperaba impaciente la llegada de Mariví. A JL no le conté que había quedado con ella, me pareció mejor ocultarle la cita que mentir sobre los motivos del encuentro. La noche anterior casi tuve que darle esquinazo para poder librarme del bienintencionado de mi amigo, pero al fin lo conseguí. Y también conseguí que no pasara hoy por casa, como pretendía hacer a toda costa. Tras muchos y bien argumentados esfuerzos le convencí de que necesitaba estar solo, de que ya había sufrido una dosis demasiado elevada de consuelo y amistad como para soportar otra en tan corto espacio de tiempo.

Recordarlo ahora, mientras esperaba a Mariví, me llevó a elucubrar sobre el exceso de bondades o de virtudes, que no siempre garantizan buenos resultados ni la consecución de lo que se persigue. Pensé en Plácido Domingo cantando tangos, su exceso de voz los convierte en piezas de bel canto. Pero al tango le van mejor los rincones oscuros y algo sórdidos, con el humo de los puchos anestesiando los pechos para mejor recibir el tijeretazo del verso en el corazón. Al tango le cuadra la voz quebrada del Polaco o amarga y sentida de Amelita Baltar, que parecen escupir las frases más que cantarlas. El tango has de percibir que te crucifica, que te clava a lo humano, no que te eleve a paraísos en do mayor. Encendí el equipo y le di la oportunidad a Amelita, con un tango bien arrastrado, *La última grela*, de apoyar los argumentos de mis reflexiones.

A las cinco y diez mi dulce enemiga llamó a la puerta. La llave que solía usar me la había devuelto cuando Minako se vino a vivir conmigo. Con un giro de botón corté de raíz «su hastío, su tos y su melodrama» a esa última representante de una «pequeña y extinguida raza con ojeras», y salí a abrir.

—A ver, ¿qué es eso tan importante?

—Ya ni saludas. Buenas tardes. Pasa y siéntate.

—Déjate de formalidades, no te das cuenta de que me tienes en ascuas.

La calmé como pude, y le pedí por favor que antes de contarle nada se leyera la biografía de Andrés en el *Manual de remedios medicinales.* Al llegar al pasaje en el que Andrés decide cambiarse el nombre, cuando tiene que huir de Andalucía, levantó los ojos del libro.

–¿Es el Dimas de nuestro soneto?

Asentí, y ella siguió leyendo con más atención si cabe. Terminada la lectura, se quedó ensimismada en un silencio reflexivo, que yo respeté.

–Es un relato apasionante –dijo tras el paréntesis–, y una joya para los cervantistas si lo que cuenta Andrés de que fue escudero de Cervantes durante más de cinco años es cierto. ¡Qué paradójico resulta que el pobre muchacho no llegara a saber que don Miguel usaría algunas de sus experiencias para adjudicárselas al personaje de Berganza en la novela que ya tenía proyectada, y que por eso le nombra así en varias ocasiones!

–Y qué casualidad también que sea Andrés el nombre del muchacho al que libera don Quijote cuando lo está azotando su amo, el rico labrador Juan Haldudo –le recordé ese pasaje por si lo tenía algo olvidado.

–¡Es cierto! Y en otro orden de cosas, he notado que casi todas nuestras suposiciones sobre el soneto eran acertadas, salvo la de considerar al bueno de Dimas un ladrón, en eso sí que andábamos descaminados. También queda patente por qué no reveló el emplazamiento de la tumba en el soneto: porque nunca llegó a saber el nombre de la iglesia y porque contaba con que Cervantes lo averiguara cuando viera publicado el poema que incluyó entre los del librillo que mandó a Bacas.

–Así es. Queda resuelto el enigma.

–Lo cierto es que lo complicó bastante. Eso de describir las características del templo en un poema, y en otro distinto la ocultación del manuscrito y el lugar exacto del escondrijo dentro de la iglesia es muy alambicado.

—Sí, fue realmente astuto. Parece que a pesar de las zancadillas de su origen humilde y de falta de educación que le puso la vida, Andrés tenía una inteligencia y una imaginación notables. Como él mismo nos dice al final de su historia, quería hacer llegar a Cervantes todos los detalles que recordaba de aquella iglesia, pero sin que Jerónima de Alarcón ni nadie que registrara la casa de su benefactora pudiera encontrar los datos que señalaban con nitidez el emplazamiento. Si consignaba las características del templo en un papel aparte, no podía dejarlo en casa de doña Jerónima. Pero tampoco era prudente llevárselo consigo junto con el soneto modificado, pues ambas piezas unidas podían ser interpretadas por sus posibles captores. Así que dejó los datos del templo camuflados entre los poemas de Cervantes, de tal forma que no levantara sospechas al ser un romance más entre todos los del librillo. Pero sí que se llevó con él, también enmascarados en otra falsificación de un poema cervantino, los detalles del lugar específico donde escondió la caja.

—No hay duda de que aprovechó al máximo las enseñanzas de Cervantes.

—En lo que me temo que ya no estuvo tan brillante fue en la redacción del romance «A un templo sevillano».

—¿Por qué dices eso?

—Veo que no recuerdas la carta que encontré en Sevilla hace veintitantos años.

—Cómo no, hablamos de ella en el café Barbieri cuando te traje la de los Montalbán.

—Sí, pero presumo que no recuerdas bien su contenido. Lo cual es comprensible después de tanto tiempo.

Me acerqué a la librería y rebusqué en el cajón donde guardaba los papelotes de mis años de facultad. Encontré la fotocopia de la carta sevillana y se la tendí a Mariví. La leyó con atención. La cara se le iluminó cuando comprendió la relación entre las dos cartas.

—¡Joder, están relacionadas! El librillo que encontró el editor sevillano en el arcón de su padre era el que le hizo llegar Andrés por medio de doña Jerónima de Alarcón, el gemelo del que depositó en la caja enterrada.

—Eso es. Parece que a Andrés y a mí nos jugó una carambola el azar, a él con las dos intervenciones de Cervantes cuando estaba en serios apuros y a mí con las apariciones de las dos cartas con veinticinco años de diferencia. Y a lo que iba, si has repasado con atención la carta de Bacas, habrás notado el comentario negativo del editor hacia esa última poesía, y su suspicacia con la letra y la firma de Cervantes. Parece claro que Andrés no era tan buen falsificador, ni tan buen poeta, como para engañar a un editor avezado. Y eso queda bien patente porque sabemos que el romance «A un templo sevillano», por desgracia para nosotros, no se editó en la *Segunda Flor de Bacas*.

—¿Por qué por desgracia para nosotros?

—Porque si se hubiera editado, tendríamos la descripción precisa del templo donde se encontraba la tumba de Rafael de Medina.

—¡Claro, qué tonta, no me había parado a pensarlo! ¿Y no se publicaría en alguna otra recopilación posterior de poesías de Cervantes?

—Estoy seguro de que no. En toda la obra de Cervantes no hay un poema con ese título.

—Cambiando de enigma. ¿Por qué ningún historiador habrá mencionado nunca la posibilidad de que Cervantes tuviera un sirviente y ayudante de tal importancia en sus años de recaudador?

—Ya sabes que en la vida de don Miguel hay muchas lagunas que nadie ha sido capaz de llenar. Esta puede ser otra de esas lagunas. En cuanto a Cervantes mismo, es posible que no estuviera convencido de la inocencia de Andrés, sería bastante lógico si tenemos en cuenta que nunca se recuperó el dinero ni volvió a tener noticias del pobre muchacho. Tal vez pensara que iba a salir muy mal parado ante los censores reales si reconocía haber confiado a un vulgar sirviente el dinero de la Corona, y por eso jamás lo mencionara. Aparte de que la justicia ya tenía un sospechoso de haber desaparecido con el dinero: el banquero Simón Freire.

Mariví se mostró de acuerdo con mis especulaciones. Luego, señalando al libro dijo…

–¿De dónde has sacado esta maravilla?

–Este libro es el último eslabón, aunque en su momento fuera el detonante, de una historia rocambolesca que voy a pasar a relatarte. Ponte cómoda y abre bien la mente, porque es un poco larga y difícil de digerir en ciertos aspectos que te atañen directamente.

Le referí todo lo que sabía, desde que me entregara la carta de los Montalbán hasta el allanamiento de mi piso por Orville y su matón.

–No sé qué decir. Me temo que estamos metidos en un buen enredo. Ya me parecía a mí que esa orientalita era demasiado perfecta, como creo que te advertí. –Su dedo índice se agitaba delante de mi cara, como el puntero de una institutriz severa reprendiendo a un alumno cerril–. Tendremos que pensar muy bien lo que vamos a hacer para que la mierda nos salpique lo menos posible.

–Tienes razón, y siento mucho haberte sentado sobre este polvorín, pero sin ti sé que no sería capaz de salir bien parado.

–Tampoco es culpa tuya. Por lo que me has contado, la causa inicial de que Orville se interesara por nosotros fue la carta de la Montalbán que te fotocopié y, sobre todo, la comunicación que elevé a mis jefes donde se mencionaba tu nombre como experto colaborador, así que puede decirse que de hecho fui yo la que te metí a ti en el enredo.

Un puntal de silencio nos sostuvo a cada uno en nuestro propio laberinto, rumiando ese futuro que se nos presentaba tan complicado. Fue Mariví la primera en romper el trance.

—Y por qué crees que habrá montado Orville el tinglado de mandar a una ladrona a hacerse con el informe, cuando podía haber intentado contratarte por una generosa cantidad de dinero, inferior a todo lo que le habrá costado este montaje.

—Porque tendría que haberme mostrado el *Manual de remedios medicinales*, y arriesgarse a que no lo denunciara por sacarlo ilegalmente de España, cosa que sin duda yo habría hecho al no contar él con ninguna baza con la que extorsionarme. No dudo de que en cuanto salieron a relucir nuestros nombres, nos investigó a fondo, por lo que sabía que me negaría. Además, contratarme legalmente también hubiera supuesto tener que dar unas comprometidas explicaciones sobre cómo se enteró de la existencia de la carta de la Montalbán, violando las comunicaciones de un estamento oficial del estado español.

»Por otra parte, y según me dio a entender el propio Orville, desde que cayó en su poder el informe Dimas, a raíz de que tú se lo mandases a tu padre por correo electrónico, se dio cuenta de que no le iba a servir para hallar la caja oculta. Entendió que por nuestras especiales circunstancias profesionales formábamos la pareja idónea para conseguirle el tesoro que tanto ansiaba, y comprendió también que necesitaría algo más efectivo que el dinero para lograr nuestra colaboración, y así ha movido los resortes que ha movido para tenernos en sus manos... al menos a mí.

—Bueno, pues no nos desanimemos. ¿Crees que podríamos deshacernos del libro anónimamente en alguna institución y dejar que Minako cargue con sus culpas?

—No creo que sea posible. Aparte de la amenaza lanzada sobre nosotros y sobre tus padres, juraría que su gorila me habrá grabado con el libro aquí en algún momento. Además, he echado en falta la nota que Minako me dejó junto con el libro, estoy casi seguro de que se la han guardado para incriminarme si fuese necesario. Si de verdad hubiera creído que no buscando la caja podía solucionarlo, te hubiera dejado al margen.

–Primera posibilidad descartada, pues.

–No nos queda más remedio que buscar la caja, y debemos hacerlo sin alertar a las autoridades. Por desgracia, eso sí que no puedo hacerlo sin ti.

–Nada de por desgracia; si lo vamos a hacer, aceptémoslo como un reto, puede ser de lo más interesante. Imagínate, encontrar un manuscrito de Cervantes, sería la bomba. Qué más da que se quede el mafioso con unas monedas y unas joyitas. ¡Que le aprovechen!

Mariví tenía razón, y al oírle comentar la insignificancia de los tesoros comparados con el valor del manuscrito, empecé a pensar en una posibilidad en la que hasta ese momento no había reparado.

–¿Y si Orville me ha mentido, y lo quiere todo en realidad?

Mi pregunta descolocó un poco a Mariví. Se tomó unos segundos para asimilar lo que le estaba insinuando.

–Sería terrible, pero tendríamos que prepararnos para esa eventualidad.

Le estuvimos dando vueltas al tema, hasta que creí hallar algo parecido a una salida.

–Lo mejor sería llevar preparado un cuaderno que pueda pasar por el manuscrito de Cervantes. Si al final encontramos la caja, y las circunstancias nos permiten abrirla, tendremos que dar el cambiazo. Por lo que habrá que crear algún tipo de maniobra de distracción que aleje al gorila que he de llevar pegadito al culo durante toda la búsqueda, según ha dispuesto Orville. Así, en el caso de que pretendan arrebatárnoslo todo, solo se llevarían el falso manuscrito.

–Pues ese tema déjalo de mi cuenta, conozco un falsificador estupendo, no como el pobre Dimas, que hace tiempo que me debe un favor –lo dijo de forma un tanto enigmática, si no pícara. Luego, tras reflexionar unos instantes, expuso sus dudas–. Pero aunque engañemos al sicario, no creo que se la podamos pegar a Orville, y cuando se sienta burlado y estafado podría decidirse a cumplir su amenaza.

—No se me ha pasado por la cabeza que podamos engañar a un experto como Orville, pero cuento con ganar el tiempo suficiente. Cuando el hijo de perra se dé cuenta del cambiazo, el manuscrito ya estará en las seguras instalaciones de Patrimonio Nacional y será inalcanzable para él. Y si algo me ha quedado claro en mi encuentro con mister Ramos es que la codicia es el único motor de su existencia, nada que no le suponga un considerable beneficio será tenido en cuenta por su mente avariciosa. No creo probable que se embarque en una venganza por despecho que no le reportaría ninguna ganancia, al contrario, si decidiera sacar a la luz el robo del libro, él mismo se pondría en una situación muy comprometida y podría perder el resto del tesoro.

Mariví asintió con una mirada un punto más dulce y menos burlona que la que solía regalarme con exasperante asiduidad. Quizá apreciaba mis esfuerzos por enfrentarme a una situación que me superaba a todas luces, o acaso no quería descorazonarme si es que no compartía mis esperanzas de que Orville renunciase a una venganza estéril.

Una vez puestos de acuerdo sobre cómo solventar ese primer obstáculo, decidimos repasar los datos con que contábamos para empezar la búsqueda.

—El dato primordial es el nombre del niño muerto: Rafael de Medina —dije yo, empezando la recapitulación—, y el otro dato importante que conocemos es la fecha de la desaparición de Simón Freire con el dinero de Cervantes: 1595. Partiendo de tan escasos apoyos, habrá que intentar averiguar en qué templo fue enterrado el infante y si sigue en pie actualmente.

—Yo moveré mis hilos, extraoficialmente, entre mis amigos archiveros de todas las bibliotecas e instituciones donde sea factible encontrar algún dato relevante. Creo que lo mejor será empezar por el Archivo de Simancas, por el de la Chancillería de Granada y los dos o tres más importantes de Sevilla.

–Es de suponer –añadí yo– que si el perseguidor de Andrés logró que se le mantuviese en busca y captura durante tanto tiempo, y si pudo hacer desaparecer sin problemas a un banquero de cierto renombre, como don Simón Freire, es porque era un personaje influyente, y a la vez rico y poderoso, dada la gran cantidad de recursos que puso en funcionamiento para lograr sus fines. Lo más lógico es que fuera un alto cargo de la administración de justicia de la ciudad de Sevilla, por lo que es factible que pueda quedar algún registro en los archivos de los tribunales sevillanos de aquella época.

Mariví estuvo de acuerdo conmigo, sobre esta hipótesis empezaríamos a trabajar. Acordamos esperar una semana para ver si sus múltiples contactos nos facilitaban algún dato útil.

Tras un corto debate, en el que ella llevó la voz cantante, decidimos no involucrar a su padre ni a nadie más de momento; cuantas menos personas supieran del caso, mejor. Solo como último recurso acudiríamos a terceros.

Cuando nos despedimos y me quedé a solas con mis preocupaciones en aquella lúgubre noche sabatina, decidí prepararme una ensalada. Fui a la cocina y saqué del cajón de la fruta un par de cogollos, un tomate y una cebolleta y los descuarticé con saña, descargando sobre las pobres hortalizas la rabia que me ardía en el pecho. Volví al salón y, mientras me comía sin ganas la ensalada aliñada con unas gotas de despecho y muchas de desaliento, me puse a escuchar mis recurrentes tangos, para variar: «¡Corazón! En aquella noche larga / maduró la fruta amarga / de esta enorme soledad. / ¡Corazón! En las nubes de qué cielo / la tristeza de tu vuelo / sin consuelo vagará».

Hernán Frizzera prestó su voz a aquella *Fruta amarga*, tan amarga como la bilis que había estado tragando en esta última semana.

QUIEN NO HA VISTO SEVILLA...

El curso se encaminaba a su conclusión. La semana entrante impartiría mi última clase en la UNED antes de los exámenes de junio. En el instituto aún me restaban algunas semanas más hasta el final del curso, por lo que necesitaba unos días libres para dedicarlos a la búsqueda del manuscrito. Tendría que pedírselos al director, y no le iba a hacer ninguna gracia.

El domingo fui a despedir al aeropuerto a mi amigo JL, que se volvía a Irlanda. Me arrancó el compromiso de que me acercaría por Dublín a pasar unos cuantos días con él en cuanto acabaran mis obligaciones académicas.

Y la semana empezó con la misma angustiosa sensación de vacío con la que terminó la anterior.

La casa se me caía encima. Después de haber vivido tanto tiempo solo, disfrutando de una confortable independencia casi eremítica, me parecía increíble que en apenas poco más de un mes que había compartido mi piso con Minako, hubiera cambiado de tal modo mi percepción de la soledad: ya no la veía como algo gratificante. Y es que la soledad es agradable cuando tú la buscas, pero si llega sin ser deseada, se convierte en abandono.

El lunes por la tarde bajé a la taberna de Mariano a leer el periódico. Prefería mezclarme con los parroquianos antes que mortificarme encerrado entre cuatro paredes tristes.

–Buenas tardes.

Alcé la vista del diario, y reconocí enseguida a aquel coloso trajeado de negro: el señor García había decidido entrar en escena.

–García, supongo.

–Puede llamarme así.

–No pude agradecerle su intervención la noche en que los tres pelmazos nos molestaban en esta misma mesa; y tras la desgracia de haber conocido a su jefe, ya no me siento inclinado a agradecerle nada.

–Pues no lo haga. Solo quiero que sepa que me tendrá siempre pegado a su espalda como una lapa, seré su maldita sombra hasta que resolvamos el asunto que nos incumbe a ambos. Pero, como buena sombra, no interferiré en sus investigaciones, salvo que necesite darle un empujoncito a alguna voluntad remisa; en tal caso, solo tendría que indicarme la dificultad y yo la allanaría para usted. Soy bueno inclinando voluntades hacia el lado más conveniente.

–De eso estoy seguro.

Me dieron ganas de descargar violentamente mi rabia sobre él, como había hecho el sábado sobre las indefensas hortalizas. Pero sabía que era absurdo: García, con una mano atada a la espalda, me tumbaría en menos de tres segundos. Además, yo siempre había abominado de la violencia. Sin embargo, comprendí que la violencia está en nosotros, sojuzgada por la razón y la educación, pero latente, y puede aflorar cuando el hombre es colocado en situaciones límite. Tal como me sentía en ese momento, llegué a plantearme si la mansedumbre no es a veces una lepra para el alma, si no sería preferible alzarse aunque se tuviera la certeza de ir a ser derribado por un doloroso empellón.

–Podría intentar pegarme, pero eso no calmaría su dolor.

Hasta los matones de taberna eran capaces de analizarme con acierto. Ante mi cara de extrañeza, él, erre que erre, siguió interpretando lo que pasaba por mis desordenados pensamientos.

–Soy licenciado en Psicología y tengo un máster en Ciencias Sociales. No debería juzgar a las personas solo por su apariencia externa, lo tenía por más inteligente.

Por orillar el cabreo que me corroía, acrecentado por mis mansas renuncias y sus acertadas presunciones, tiré de ironía.

–Es consolador saber que el que vaya a atizarte lo hará con una educación esmerada, avalada por diplomas y licenciaturas.

–Veo que sigue sin entender las cosas. Yo no estoy aquí para atizarle a usted, estoy para ayudarle, creo que ya se lo demostré la noche que nos conocimos.

–Ya. Aun así, espero que no me sea necesario hacer uso de su carnet de ángel de la guarda.

–Mi jefe me paga en un mes más de lo que usted cobra en un año, y todavía no he tenido que matar a nadie para ganarme el sueldo.

–Es reconfortante, la Humanidad debe de estar en deuda con usted.

–Estaré por aquí –dijo, algo amoscado por el sarcasmo de mis últimas palabras, y desapareció como por ensalmo.

Ahora ya había conocido en persona a mi musculosa «niñera», y empezaban a encajar muchas de las sospechas que me habían inquietado las semanas precedentes. También comprendí los cambios de humor de Minako, pues aunque conocía y aceptaba la posibilidad de ser vigilada en todo momento no por ello dejaba de molestarle, especialmente cuando esa vigilancia se intensificaba.

El martes por la tarde acudí a mi última clase en las aulas de la calle Argumosa, en pleno barrio de Lavapiés.

–Bueno, jóvenes y no tan jóvenes que me habéis aguantado durante los pasados ocho meses, esto está tocando a su fin. Desde que empezamos nuestra andadura, allá por octubre, con un mancebo de diecinueve años tocayo mío, que estrenaba su vida adulta y sus primeros pinitos literarios en Madrid, de la mano de su maestro López de Hoyos, hemos ido recorriendo todos sus pasos conocidos y analizando su obra, que espero que os haya interesado lo suficiente para que no abandonéis esas suculentas lecturas a lo largo de vuestras «esperoquelargas» vidas. También aspiro a que todos los que estáis aquí aprobéis sin problemas mi asignatura.

–Seguro que sí, profe –intervino Marta que, como casi siempre, se autoadjudicaba la portavocía del grupo–. Su asignatura es fácil.

–¡Fácil! Si os oyeran los miles de cervantistas que se han dejado el alma y las pestañas indagando por archivos de parroquias y ciudades que no habéis oído ni nombrar, no sé si estarían de acuerdo en que nada de lo relativo a Cervantes sea fácil.

–Pues yo prefiero las asignaturas de Lingüística a las de Literatura, son más racionales y objetivas, menos dependientes de los caprichosos gustos de cada profesor, sobre todo a la hora del examen. –Felicia puso el dedo en la llaga, eternamente abierta, entre los alumnos de Filología: Lingüística versus Literatura.

–Está bien, allá cada uno con sus gustos. Solo quiero agradeceros vuestra asistencia, habéis sido una clase ejemplar y yo también he aprendido mucho de vosotros. ¡Ah, y espero no veros a ninguno, en esta asignatura, el año que viene! Y ahora, para todo el que quiera bajar al mesón, tendré el gusto de invitar a una ronda por vuestro futuro y seguro éxito académico.

No fue el discurso de cierre convencional, era cierto que aquella clase había sido de las mejores a lo largo de mi dilatada vida docente, y que contribuía a completar un año excepcional por múltiples motivos, no todos agradables.

Ya en el mesón, en nuestra gran mesa del ventanal, dejé que fueran ellos los que llevaran la batuta de la conversación. Mi mente, por desgracia, estaba recorriendo caminos más oscuros y laberínticos que los que transitaban esos esperanzados y nerviosos estudiantes, enfrentados a la inminente culminación de un año de duros esfuerzos.

–¿Y tu espectacular novia semioriental no quiere compartir con nosotros esta «última cena»? –Marta, con la retranca que le era connatural, me puso en un compromiso.

–Digamos que no atravesamos nuestro mejor momento –dije evasivamente–, ella es demasiado madura para mí.

–Eso es muy cierto –comentó Felicia con mala baba–, más vieja no, pero más madura, sin duda.

Amenacé con suspenso general si seguían por ese camino. Y entre bromas, nervios y melancolías mal disimuladas acabó esa agridulce velada.

El miércoles por la tarde estuve haciendo labor de investigación con la herramienta más poderosa –y quizá por eso tan temida, sobre todo por los enemigos de la libertad– que los nuevos tiempos han puesto en manos de los hombres: internet.

Empecé buscando datos sobre la Sevilla de finales del siglo XVI. La conclusión, tras dos horas de intensa navegación virtual, fue que uno de los mayores expertos en la materia era don Francisco Morales Padrón. Pese a ser canario de nacimiento, había vivido muchos años en Sevilla y la había querido como pocos de sus hijos que presumían de pedigrí sevillano de toda la vida. Vi que tenía publicada una extensa bibliografía sobre su amada ciudad. Me conecté a la página web de Iberlibro, que usaba con asiduidad para pedir ejemplares difíciles de encontrar en las librerías a pie de calle, y encargué la obra de don Francisco que me pareció más ajustada a mis necesidades de información: *Historia de Sevilla III. La ciudad del quinientos*.

Después me centré en reflexionar sobre lo que había dejado escrito Andrés en el *Manual de remedios medicinales*. Aunque encontrar el templo era lo primordial para llegar hasta la caja, concluí que nos resultaría más fácil buscar, en archivos y crónicas, el nombre de una persona relevante y poderosa que el de una iglesia de la que no sabíamos casi nada, ni siquiera si seguía en pie; y teniendo en cuenta, además, que gracias a mis últimas investigaciones y lecturas sabía que por aquel entonces en la ciudad de Sevilla pasaban del centenar las parroquias, iglesias, conventos, ermitas, beaterios y emparedamientos.

Todas estas reflexiones sobre lo que había leído y releído en las páginas del Manual me hicieron apreciar que entre las experiencias de Andrés, el mancebo del siglo XVI, y las de Miguel Saavedra, profesor de Literatura del XXI, se daban unos curiosos paralelismos. A pesar de las profundas diferencias de edad y de educación, no dejaban de apreciarse ciertas similitudes en nuestras trayectorias vitales, que hacían que la desgraciada odisea del muchacho me llegara con intensidad a lo más hondo del alma.

Ambos éramos huérfanos, ambos compartíamos una admiración incondicional por Cervantes, ambos perseguidos por un villano poderoso y cruel, ambos traicionados por dinero por una mujer, ambos coautores de unos sonetos, compuestos con las mejores intenciones, pero con los que ninguno de los dos habíamos logrado nuestros respectivos objetivos: el suyo hacérselo llegar Cervantes y el mío conmover y alegrar a la traidora... Solo esperaba que mi aventura tuviera un final menos trágico que el del joven escudero sevillano.

El jueves, cuando llegó Mariví a casa para ponerme al día me encontró escuchando la voz ronca y tan característica de Adriana Varela: «Al mundo le falta un tornillo / que venga un mecánico... / Pa ver si lo puede arreglar». Dejé que terminara la canción antes de apagar el aparato, y Mariví, por una vez, escuchó el desencantado alegato lunfardo sin protestar, incluso asintiendo de vez en cuando, como si aprobara lo dicho por la tanguista. Nos sentamos el uno frente al otro.

–Mi capitán, una vez recogidas las redes que dejé tendidas desde el lunes, hemos hecho algunas capturas informativas que paso a detallarle –recitó, simulando la voz sumisa y falta de matices que le dirigiría un grumete modélico a su superior–. Me puse en contacto con mi antiguo compañero de estudios Herminio, un fenómeno del Archivo de Simancas, para ver si podía averiguarme los nombres de las figuras más importantes relacionadas con la justicia en Sevilla, por las fechas en que desapareció el banquero Freire. Me ha pasado una lista con seis nombres, que te he reenviado, envueltos para regalo, a tu correo electrónico.

–Esta tarde no he mirado el correo, lo siento.

–No importa, tampoco es que tú pudieras hacer mucho con la lista. Ya me he encargado yo de pasársela al resto de mis contactos, junto con una sinopsis ligera de los puntos más relevantes de la actuación del personaje que buscamos, para que sepan a qué atenerse y no nos dispersemos demasiado; ellos me mandarán escaneados los documentos que juzguen interesantes en los que aparezca cualquiera de estos nombres. Llevará algo más de tiempo, pero les he apremiado para poder contar lo antes posible con el material. Casi todos me deben favores, y los que no, se quieren acostar conmigo, lo cual también sirve a los intereses de nuestra sacra cruzada.

–Espero que no tengas que entregar tu flor para sacarme del apuro, no podría vivir con esa tremenda carga sobre mi ya bastante atribulada conciencia.

–No te preocupes que de la flor ya te encargaste tú, y lo de ahora, que ya más que flor es frutita madura y muy dulce, solo lo disfruta quien a mí me apetece, y en ningún caso la doy a cambio de favores de archivo.

–¡Ufff, qué peso me has quitado de encima! –le dije sonriendo a la vez que me pasaba el dorso de la mano por una supuesta frente sudorosa.

—Por otra parte, mi buen amigo Nicolás, que se mueve como pez en el agua por los archivos judiciales de la Audiencia de Sevilla y de otras capitales andaluzas, ha prometido buscarme cualquier documento relacionado con un prófugo llamado Andrés, en los últimos cinco años del siglo XVI.

—Ya sabía yo que sin tu colaboración no podría embarcarme en esta titánica tarea. Te agradezco de todo corazón lo que has hecho y estás haciendo por mí.

Las palabras, que reflejaban mi gratitud, me salieron de dentro con sincera fluidez, me sentía emocionado al ver que Mariví era capaz de dejar de lado nuestras habituales rencillas y piques en estos momentos de apuro.

—Lo estoy haciendo ¡por nosotros! —me corrigió—. Recuerda que yo me considero tan culpable como tú de haber caído en la trampa del mafioso Orville. Y ya puestos, en vez de agradecérmelo de corazón, agradécemelo de bares. Quiero disfrutar de la tarde primaveral y olvidar por unas horas a Cervantes y la madre que lo parió.

—Doña Leonor de Cortinas, por más señas.

—Venga, déjate de rollos, y recarga la cartera que voy a ponerme de marisco hasta que me sangren las encías.

Por el momento, parecíamos haber superado los resbalones de sensiblería, lo cual evitaba la incomodidad de experimentar algo que a ambos nos resultaba extraño.

Y nos fuimos de bares, por supuesto. Y pudimos olvidarnos durante algunas horas de Dimas, Orville, García —que casi seguro que nos estaría siguiendo de cerca— y del resto del elenco de esta tragicomedia… excepto de Minako. Esa espina no conseguía arrancármela ni por un instante.

A la mañana siguiente, cuando acabé la clase en el instituto, me fui a ver a don Luis. Me colé en la guarida de la bestezuela, tras golpear levemente la puerta con los nudillos –Lucrecia no andaba por allí en aquel momento, por lo que no pudo anunciarme–. El director se había quedado un poco adormilado con el tibio solecito primaveral que entraba por los ventanales del despacho. Sus gafas yacían encima de unos papelotes extendidos por la mesa y el nudo de la corbata parecía menos apretado que de costumbre.

–Hola, Luis, ¿estás ocupado?

–No, claro que no. Pasa, Miguel –dijo recuperando las gafas y el palo de escoba que solía llevar adosado a la columna vertebral.

–Tengo un problema con ese asunto de la herencia de mi madre del que ya te había hablado –le mentí con descaro, pero no era el momento de andarse con remilgos de sinceridad–. Es probable que vaya a necesitar una semana libre antes de que acabe el curso, para poder solucionar ciertos enrevesados flecos legales.

–¡Pero eso es imposible! ¡Es... totalmente anómalo! ¡Es un desastre!

–Vamos, Luis, no te pongas trágico. El temario está casi concluido, las pocas clases que restan son de repaso y no importa demasiado si un suplente se queda con los chavales. Yo les dejaré marcadas unas tareas, no creo que vaya a tener ninguna influencia en su calificación final mi ausencia durante dos o tres días lectivos.

El sobrio y adusto director no parecía muy convencido, pero pude apreciar que alguna fisura en su coraza de «cumple las normas a toda costa» empezaba a insinuarse.

–No te lo pediría si no fuera indispensable. Recuerda que en todos los años que llevo en este instituto no he faltado nunca a mis obligaciones, y tú lo sabes.

–De acuerdo, pues, si no queda otro remedio, y en memoria

de tu madre que era una señora seria y cabal. Pero que conste que es muy irregular.

Me picó por un momento el gusano inquieto del remordimiento, ante la mención ponderativa de mi madre en ese contexto de pequeñas falsedades, pero lo superé diciéndome que mentía por una buena causa.

–Gracias, sabía que podía contar con tu comprensión.

Un poco de coba tampoco venía mal, podía engrasar voluntades reticentes.

Por la tarde bajé a la taberna de Mariano con mi periódico, mis angustias y un libro bajo el brazo.

–Buenas, Profesor. ¿Qué le pide el cuerpo en esta estupenda tarde madrileña?

–Un Pampero Aniversario, Mariano, y que sea con Coca-Cola, que tengo sed.

Cuando ya tenía mediados el cubata y el diario, se sentó a mi mesa quien ya me imaginaba que iba a hacer su aparición en cualquier momento.

–¿Quiere tomar algo, señor García?

La educación no tenía por qué estar reñida con mis sentimientos negativos hacia mi fornida niñera; además, la excitación de sentirme inmerso en plena campaña de búsqueda del manuscrito de Cervantes había sofocado mis impulsos violentos del encuentro anterior.

–Un café con leche, gracias –contestó, sin dejar de mirarme fijamente a los ojos.

–Supongo que su jefe querrá saber cómo van nuestras pesquisas.

–Está muy impaciente, no quiere ni pensar en que no se esté haciendo todo lo posible por terminar nuestro negocio a la mayor brevedad.

–No le creo tan ingenuo como para esperar que un misterio de siglos lo vayamos a solventar en un par de días; si fuera fácil ya hubiera recuperado él solito el botín sin embarcarme a mí en esta descabellada empresa.

–Lo que desea es comprobar que se avanza, que se están dando los pasos adecuados. Yo tengo que ofrecerle algo tangible o a ambos nos irá muy mal.

–Algo se está haciendo, no se preocupe. Por el momento, mi exmujer está recurriendo a todos sus contactos y un poco vamos adelantando. De hecho, hemos acotado a seis nombres la identidad del perseguidor de Andrés, por ese hilo habrá que ir desentrañando la madeja. Puede decirle a su jefe que la semana que viene seguramente tendré que desplazarme a Sevilla, que es donde debe de estar el quid de la cuestión.

–Pues iremos a Sevilla, ya sabe que yo le acompañaré allá donde vaya.

–Estaba seguro de su fidelidad.

–Si fuera tan amable de comunicarme cuándo parte y dónde se va alojar, me ahorraría un poco de tiempo y algunas molestias, y el resultado sería el mismo, no lo dude.

–Por supuesto que no lo hago, sus habilidades de sabueso no se pueden poner en duda. No se preocupe, se lo haré saber, prefiero poner todas mis cartas boca arriba, para que el desenlace de nuestra común empresa llegue a buen término en el plazo más breve. No se ofenda, pero me gustaría recuperar mi libertad cuanto antes y no tener que llevar engrilletada a mi tobillo una sombra tan «pesada».

La cara de palo no se inmutó. Yo confiaba en que contándole casi todo, podría sustraer a su escrutinio los detalles que no deseaba que conociera, como lo del manuscrito falso que pensábamos colocarle.

–¿Y de qué forma le transmito los datos cuando los conozca?

–Puede dejarle a su amigo Mariano un sobre a mi nombre

con toda la información que quiera hacerme llegar. Yo sabré recompensar al tabernero su labor de intermediario.

Terminó su café y pagó todo, dejando una jugosa propina y a mí allí sentado con lo poco que me quedaba de Pampero y lo mucho de periódico.

El sábado Mariví volvió a pasar por mi piso con interesantes novedades.

—Bueno, Marlowe, esto parece que prospera. Mi amigo Federico, el del Archivo de la Real Chancillería de Granada, al que le pasé la lista de los seis nombres, descartó tres de ellos que por diversas circunstancias no se ajustaban al perfil del que andamos buscando. De los otros tres estuvo recabando datos. Descubrió que el más prometedor de ellos, un oidor de justicia, aparecía implicado en un proceso sobre bienes raíces. Cuando le echó un vistazo al dossier, se extrañó de la falta de algunas hojas y de que otras muchas partes aparecieran tachadas. Picado su orgullo profesional, se metió a fondo a investigar las causas de la mutilación de un legajo sin aparente importancia. Pero no quiero aburrirte con procedimientos y trucos de bibliotecarios de pata negra como Federico o como yo misma, modestia aparte. Así que tráeme una cerveza bien fría.

La muy ladina se había dado cuenta de la ansiedad con la que asistía a sus explicaciones y quería tenerme un buen rato con el alma en vilo. No obstante, no dije nada, me tragué la impaciencia y fui a la cocina por un par de latas.

—¡Qué rica!

Un sorbo… una pausa… una miradita vacilona… otro sorbo…

—Vamos, suéltalo ya, o me va a dar un jamacuco.

Había conseguido lo que pretendía, que terminara rogándole la continuación.

—Resumiré, pues tus cortas entendederas no creo que alcancen a comprender la sutil complejidad de los mecanismos que ha de manejar un buen bibliotecario.

Tuve que morderme la lengua. Ella, con su mirada y su sonrisa más condescendientes, continuó.

–Después de muchas pesquisas y consultas y tras un hábil cruce de datos y fechas, Federico al fin topó con un informe que un archivero de leyenda, Toribio Quincoces, había redactado a principios de los años cincuenta. En dicho informe se detallaba el hallazgo, en enero de 1951, de unos cuantos legajos que habían permanecido ocultos en un cuartito tapiado de la Audiencia de Sevilla, que se descubrió al procederse a la remodelación de una de las salas. Toribio estuvo estudiando los casos y se percató de que en todos aquellos juicios aparecía implicado algún funcionario de la Administración de Justicia sevillana de finales del siglo XVI. Por ello, llegó a la conclusión de que habían sido «traspapelados» intencionadamente para evitar el quebranto de confianza que hubiera supuesto tal número de procesos contra funcionarios. Don Toribio supuso que si hubieran salido a la luz todos aquellos casos, el más alto magistrado de la ciudad, hombre de título, poderoso e influyente, habría sido destituido de forma fulminante por el nuevo rey, Felipe III, al que no le hubiera venido mal dar un escarmiento ejemplar y echar mano de las riquezas de algún personaje importante al comienzo de su reinado.

Mariví hizo otro alto para apurar el resto de la cerveza antes de que se calentara.

–Conclusión: la justicia sevillana en aquellos días estaba más que agusanada –dije yo, para que quedara constancia de que no perdía el hilo–. Y eso ¿adónde nos lleva?

–Tranquilo, bonito, no pierdas la dulzura de tu carácter, que ya llegamos a lo nuestro. Don Toribio Quincoces, archivero de pro, dejó una lista adjunta al informe con los nombres de los implicados en alguno de aquellos procesos y las referencias del juicio en que aparecían, antes de archivar los legajos y dedicar sus esfuerzos a otros menesteres. Aparentemente, nadie se ha interesado con posterioridad por los legajos perdidos y hallados tres siglos y medio después. Nadie, hasta que Federico, al que tendremos que hacer un regalo de categoría, ha exhumado el asunto y ha podido constatar que las partes tachadas del proceso de bienes raíces en el que aparecía el oidor sospechoso hacían referencia a uno de esos legajos salvados del emparedamiento, un proceso que se instruyó por alta traición en Sevilla en 1599. Su consejo es que nos acerquemos al Archivo de la Audiencia sevillana a solicitar toda la documentación referente a dicho proceso, a ver qué encontramos. Así que no te va a quedar más remedio que subirte al AVE y bajarte al sur, como ya supusimos desde el principio. En la capital andaluza se encuentra otro gran compañero: Nicolás, del que también te hablé el otro día, él te facilitará acceso preferente a todos los legajos que te puedan interesar.

–Parece que arrancamos con buen pie. Por mi parte, he apalabrado con el director del instituto la escapada. Con reticencia, y una ligera ayudita de mi madre, me ha dado permiso para cogerme unos días. Tengo pensado dar la clase del lunes y desplazarme a Sevilla el martes. De ese modo, la semana entrante solo me perdería una clase, la del miércoles, porque el viernes es fiesta en el centro. Luego, llegado el caso, podría disponer de algún día de la semana siguiente si fuese necesario.

–¿Y de la investigación, has adelantado algo?

–Me estoy leyendo varios libros sobre la Sevilla del Siglo de Oro y recopilando información en internet sobre templos y monasterios antiguos. También he tenido un par de encuentros con nuestro guardaespaldas particular, el señor García; quería que lo pusiera al corriente de los adelantos de nuestra investigación, para calmar la ansiedad de su irascible jefe.

–¿Vas a contarle que viajas a Sevilla?

–Claro, hemos de aparentar que estamos dispuestos a colaborar al máximo. De cualquier forma, me seguiría y me encontraría sin demasiado esfuerzo. Pienso que si le contamos casi todo, nos resultará más fácil que se confíe y así colarle de extranjis el falso manuscrito. Por cierto, ¿cómo va ese asunto?

–Falsificar un manuscrito del siglo XVI no es algo tan sencillo, pero confío en las mágicas manos de mi contacto –como ya me sucediera la primera vez que Mariví mencionó al falsificador, me pareció notar un cierto retintín que barnizaba de doble sentido lo de «mágicas manos», pero lo dejé pasar sin ningún comentario, no era momento para el cruce de guantes–. Me ha asegurado que en una semana lo tendrá preparado.

–A ver si hay suerte y lo tiene listo el martes, para podérmelo llevar conmigo. Si no, tendrás que encargarte tú de hacérmelo llegar a Sevilla.

–No hay problema, de todos modos pensaba ir en persona, no creerías que me iba a perder un magnífico *finde* contigo en la capital andaluza.

También fue muy poco sutil la sorna con la que pronunció estas últimas palabras, pero yo seguí sin darle la réplica. En el fondo, me apetecía su compañía, y me sería muy útil para vadear obstáculos burocráticos.

Cuando se marchó, me sumergí en el libro sobre la Sevilla del siglo XVI de Morales Padrón durante varias horas.

Mi clase del lunes abrió una semana que prometía ser decisiva. Por la tarde, volví a pasar por la taberna de Mariano, con la intención de dejar un recado a García sobre mi inminente partida hacia Sevilla. No hizo falta dejar la nota, se presentó en cuerpo mortal e invadió mi mesa casi por completo. No quiso café.

–Mañana mismo me marcho a Sevilla, a comprobar todas las pistas que nos han proporcionado los contactos de mi exmujer –dije antes de que me preguntara nada.

Le hablé de la posibilidad de que hubiéramos encontrado al

perseguidor de Andrés, y de la existencia de un sumario en el que aparecía como imputado. Le di el nombre del hotel donde me iba a alojar y la hora prevista de salida del tren.

Me agradeció las informaciones y desapareció en plan Houdini, como siempre. No dejaba de sorprenderme que un hombre tan corpulento pudiese ser tan sigiloso; encarnaba con milimétrica perfección su papel de sombra.

EL PROCESO 165/1599

Como poeta trasterrado: ligero de equipaje y con mi torpe aliño habitual, me fui a la estación de Atocha a coger el AVE a Sevilla. Mariví se había puesto en contacto conmigo la noche anterior. Todavía no tenía en su poder la falsificación.

Trozos inconexos del mundo pasaban por mi izquierda a 300 kilómetros por hora, era como intentar ver el paisaje a través de un caleidoscopio. Desistí de mirar hacia fuera. Cerré los ojos y me recogí en una sesión de divagaciones acordes con el momento y el lugar... «¿Qué hubiera escogido Cervantes si en vez de varios días de ventas y caminos peligrosos hubiera podido ir de Madrid a Sevilla, cómodamente sentado, en menos de tres horas?», me pregunté. No tuve que darle demasiadas vueltas: los caminos y las ventas eran el crisol donde se fraguaron sus obras maestras. El *Quijote* jamás hubiera podido escribirse sin el roce de su autor con esas gentes de toda laya y condición, sin esos jugosos diálogos con los que se distraían las largas jornadas a pie o a lomos de alguna cabalgadura, sin esas veladas de charlas y de lecturas en voz alta, sin esas peripecias inesperadas que se agazapaban detrás de la siguiente loma, sin esas maritornes que caldeaban las frías noches del caminante, sin esas... No me cabía la menor duda, al Cervantes genio contribuyó de manera decisiva el Cervantes viajero. Él jamás hubiera escogido el camino fácil y cómodo... y yo ya había alcanzado Sevilla, compartiendo el fugaz trayecto tan solo con mis pensamientos. Así nunca llegaría a escribir como un genio.

Caminaba por el centro de la capital andaluza, y a pesar de la siempre contagiosa alegría de esa hora de aperitivos y chismes recién salidos del horno de la actualidad, mi ánimo no estaba para muchas distracciones, así que me fui directo al hotel.

En los últimos días, con el ajetreo de las pesquisas y los preparativos del viaje, el recuerdo de Minako me había mortificado con sordina. Pero ahora, en la formal y anodina habitación de aquel hotel sin pretensiones, la eché de menos con una punzante intensidad. Pensé en lo que hubiera sido compartir con ella el encanto de la hermosa ciudad sureña, pasear de su mano por la calle Sierpes, subir despacito por las rampas de la Giralda, visitar la catedral y deambular por la judería, sentarnos en un banco de la plaza de Santa Cruz, o cenar en algún restaurante de la ribera del Guadalquivir, bajo la mirada atenta de la Torre del Oro y con el olor a jazmines inundando la noche de primavera.

Pensaba salir a cenar cualquier cosa, pero no tuve arrestos, me quedé tumbado en aquella cama que no era la mía, recordando los momentos irrepetibles que pasamos en Madrid cuando, pobre iluso, la creía enamorada de mí. Solo cuando el alba empezaba a susurrar con timidez en la ventana, conseguí quedarme dormido.

La nueva jornada vino a desterrar en parte aquel ataque de melancolía de la noche anterior. No podía consentir que mis murrias y lamentos entorpecieran la delicada labor que tenía por delante.

El archivo de la Audiencia fue la primera estación de mi particular vía crucis de investigador a punta de chantaje. Con mis credenciales de catedrático y la inestimable ayuda de Nicolás, no tuve ningún problema para acceder a sus fondos. Proporcioné al compañero de Mariví el nombre y la fecha que nos había indicado Federico, el de Granada, y al poco tiempo apareció con el completo dossier de un juicio clasificado con el número 165 del año 1599; sumario instruido contra un tal Antón de Vallejo, oidor de la Audiencia de Sevilla, y contra el alguacil Cristóbal Pérez, por los cargos de alta traición a la Corona de España. Cogí el pesado volumen, bastante deteriorado, y, tras agradecerle a Nicolás su ayuda, me acomodé en un puesto de lectura. Allí estaba todo. Todo lo que Andrés, el hijo de aquella patética daifa de la mancebía sevillana, motejada como la Azumbres, no pudo llegar a conocer jamás. En aquellos desgastados y amarillentos folios, redactados por la mano pulcra de un escribano minucioso y concienzudo, se encontraba la clave de la enconada persecución que sufrió el muchacho, y se detallaba con cruda precisión el macabro final que tuvieron sus perseguidores. El relato, a pesar del estilo forense y las casi inexistentes florituras verbales, resultaba apasionante. Estuve leyendo embebido durante más de cuatro horas. Cuando terminé, Nicolás me fotocopió las partes más importantes, para poder repasarlas en el hotel con más tranquilidad.

A la caída de la tarde, me puse en contacto con Mariví para notificarle la buena nueva: habíamos encontrado al Oidor.

Le conté cómo la muerte de los cuatro corchetes que lo custodiaban y la desaparición de Andrés, sumadas a la nueva situación política entre España e Inglaterra, tras la muerte de Felipe II y el ascenso al trono de Felipe III, habían sido las causas de que el poderoso caballero inglés, quien había elevado al Oidor a su cargo y montado una red de espías con idea de entorpecer la recaudación de dinero y provisiones para la Armada española, tuviese que huir de nuestro país con mucha premura. Tanta que no tuvo tiempo de destruir la correspondencia y los documentos acumulados durante sus años de maquinaciones y espionaje. Papeles incriminatorios que no tardaron en dar con los huesos del Oidor y su secuaz, el alguacil Cristóbal Pérez, en las mazmorras de las cárceles reales.

El alguacil, martirizado sin clemencia, pactó una muerte rápida y sin más torturas a cambio de contar todos los pormenores de la conspiración. De ese modo quedaron fielmente registradas en aquellos pliegos todas las atrocidades cometidas por el prevaricador Antón de Vallejo desde que fuera ascendido a oidor, gracias a los buenos oficios y los buenos doblones del inglés.

Confesó el alguacil al detalle toda la conjura que rodeó al asesinato de Simón Freire y de su esposa, entre otra larga nómina de bárbaros desmanes que no inciden directamente en nuestra historia. También dio noticia de la enconada persecución a la que sometió el mal juez, haciendo uso de todos los resortes de su poder, a un mozo llamado Andrés, del que se sospechaba que se había apropiado del dinero que tenía el banquero en custodia.

La horca terminó con el ya medio muerto alguacil. Su cuerpo quedó balanceándose durante varios días en las murallas de la ciudad, para disfrute de cuervos y de urracas.

Pero peor suerte aún corrió el Oidor, pues el castigo por traición era ser descuartizado. Tras someterle a un sinfín de perrerías, como las que él había practicado muchas veces con pobres inocentes en los sótanos de su palacio, le ataron las extremidades a cuatro caballos y se los azuzó en direcciones distintas. La multitud estaba ansiosa por ver cómo un personaje, otrora poderoso y temido, era hecho cuartos sin ninguna piedad. Cuartos de miserable que, una vez colocados en estacas, terminaron aprovechando a los perros y a los cerdos que correteaban a sus anchas por las calles de las ciudades de entonces.

–No sé si Andrés –le dije a Mariví–, de haber conocido la suerte que corrieron sus enemigos, se hubiera alegrado, o con la piedad cristiana que parecía adornarle, hubiera lamentado su espantoso final. Pero lo cierto es que los que tanto mal le causaron acabaron muriendo casi al mismo tiempo que a él lo consumía la peste negra. Justicia poética de la que nunca llegó a tener noticia el joven prófugo.

Tras el alegrón inicial por el descubrimiento del legajo, comprendí que salvo para corroborar la historia de Andrés, que ya teníamos por cierta, no aportaba ninguna pista sobre el posible escondite de la caja de caudales. Ni el alguacil ni su jefe llegaron a conocer su emplazamiento. Tampoco se mencionaba para nada la relación de Andrés con don Miguel de Cervantes: o bien los condenados no llegaron a saber para quién trabajaba el muchacho, o el escribano no lo juzgó tan relevante como para reflejarlo en el sumario. Tal omisión había sido sin duda la causa de que el legajo pasara inadvertido. Si hubiera aparecido el nombre de Cervantes en alguno de sus folios, don Toribio Quincoces no lo hubiera dejado descansar en una anónima estantería, habría alertado a los más relevantes estudiosos cervantinos.

Casi en el mismo momento en que Miguel relataba a Mariví todos los pormenores del proceso, García se ponía en contacto, vía satélite, con la Costa Este de los Estados Unidos.

–El profesor ha estado toda la mañana en los archivos de la Audiencia y salió de allí con un puñado de cuartillas, por lo que supongo que ha debido de hallar algo interesante. Luego se ha recogido en su hotel y no ha vuelto a salir. Yo estoy apostado en una cafetería de la acera de enfrente.

–Pues ve a su habitación y que te cuente todo lo que ha averiguado. Quiero estar informado de cada paso que vaya dando, que no deje de notar nuestro aliento en la nuca. Aumenta un poco la presión para que se sienta intimidado.

Dudaba si salir a tomar algo, cuando la puerta de mi habitación resonó como si unos nudillos de acero quisieran echarla abajo.

—Señor García, qué curioso azar el ir a encontrarnos tan lejos de nuestro punto habitual de reunión –le dije a mi guardián, abriéndole la puerta.

—Queremos toda la información de lo que haya encontrado en el archivo de la Audiencia esta mañana.

—Eso si que es ir directo al grano. Le habrá aleccionado su jefe para que golpee duro y a la cabeza, como con esa pobre puerta que no le ha hecho nada, ¿no?

Le señalé el montón de folios que estaban sobre la mesilla de noche.

Se leyó de cabo a rabo todas las fotocopias.

—La justicia no se andaba con chiquitas por aquellos años –dijo al dejar en el montón la última de las cuartillas.

—Eran tiempos duros, y los malhechores eran muy conscientes de que se jugaban el cuello, entre otras muchas partes del cuerpo, a poco que se desviaran del camino de las ordenanzas reales.

—No está mal que haya podido averiguar el nombre y el doloroso final del Oidor, pero no veo en este dossier nada que nos acerque a la meta.

—Efectivamente, estas páginas corroboran lo que ya sospechábamos por la feroz e ininterrumpida persecución a que sometieron a Andrés: ni el Oidor ni el alguacil llegaron a conocer qué hizo con la caja de caudales el muchacho; de haber sabido algo, sin lugar a dudas que bajo la terrible tortura lo hubieran confesado.

—Así pues, estamos como al principio.

—No seamos derrotistas, no deja de ser una pieza más del rompecabezas. Ahora que hemos cerrado esta línea de investigación, nos dedicaremos en cuerpo y alma a buscar la iglesia donde se dio sepultura a un niño llamado Rafael de Medina. Pero eso será mañana; ahora, si no le importa, me gustaría descansar un poco.

Tras echarme una mirada nada tranquilizadora, el hombre de negro se marchó de la habitación sin pronunciar ni una sola palabra más.

No sé si fue esa mirada o la incomodidad de la vigilancia a la que estaba sometido, pero lo cierto es que se me habían quitado las ganas de salir a buscar un sitio para cenar. Llamé a la recepción con la intención de encargar alguna cosa, pero no subían comida a los huéspedes: el servicio de habitaciones consistía en hacerte la cama y gracias. En vista del éxito, pasé de comer nada, ya desayunaría fuerte al día siguiente.

Propósito que cumplí la mañana del jueves a primera hora, en una cafetería bien surtida que se hallaba muy cerca de la inmensa catedral. Había pensado empezar mis pesquisas sobre los templos sevillanos por el más importante de todos ellos.

Ya dentro del templo, hice un recorrido rápido por la nave central, recordando con gusto todas las maravillas artísticas que contenía. Traté de pegar la hebra con alguien que estuviera dispuesto a compartir información. Un bedel de edad más que suficiente para estar jubilado hacía años, aunque jovial y animoso, me informó de que la persona que más sabía de historia antigua de Sevilla era un canónigo del Cabildo, el padre Alfaro. El anciano bedel también tuvo la amabilidad de contarme que a esa hora el canónigo solía estar en su bar de costumbre, en la calle de los Alemanes, tomando su café con pan migado de media mañana.

–No tiene más que salir por el Patio de los Naranjos y se encontrará de frente con la cafetería.

Seguí las precisas instrucciones, y no tuve que esforzarme demasiado para reconocer al canónigo entre la numerosa clientela seglar del establecimiento. Estaba el buen padre de pie en la barra, enfundado en una sotana clásica, por nombrar con indulgencia plenaria aquella ajada prenda.

La cara como cuero seco, la afilada nariz y unos mechones blancos que se levantaban como púas por la parte posterior de la cabeza le daban cierto aire de abubilla presta a levantar el vuelo. Se había enrollado las mangas hasta medio brazo, para que no lo estorbasen en su concienzuda dedicación a un enorme tazón de café con leche, en el que iba echando trozos de pan que pellizcaba de una chapata pequeña recién horneada. Su escasa estatura le obligaba a ponerse de puntillas para pescar cada trozo de pan, que una vez bien empapados de café, deglutía con un ligero sonidito de succión.

–Buenos días. El padre Alfaro, supongo… –lo abordé, cuando vi que ya había terminado con el desayuno, pues no me pareció de buen gusto interrumpir su suculenta liturgia matutina.

–Supones bien, jovencito. ¿Y tú eres…?

–Miguel Saavedra, catedrático de instituto en Madrid. Me han dicho que es usted una eminencia en historia eclesiástica de su ciudad.

–Uy, eso de eminencia me suena al clásico peloteo de quien pretende algo de este humilde sacerdote.

Los muchísimos años que denotaban sus apergaminadas facciones no le restaban un ápice de agudeza mental.

–Sí, es usted muy perspicaz, es cierto que le he abordado porque me gustaría recabar información acerca de los templos y monasterios de Sevilla de finales del siglo XVI. Es para un libro que estoy pensando en escribir. Por cierto, ¿le apetece otro café o alguna otra cosa?

–No, hijo, no, con uno ya cubro la dosis que me permite mi médico de cabecera, que es un déspota insufrible, pero te agradezco el ofrecimiento. No sé quién te habrá encaminado hacia mis humildes dotes de historiador, pero el caso es que, aunque algo sé sobre el tema que te interesa, lo mío es más el arte, pintura y escultura sobre todo.

Ante mi cara de contrariedad, quiso endulzar un poco mi decepción.

—Pero para que no sientas que has echado la mañana en saco roto, te diré que si hay alguien en Sevilla, qué digo en Sevilla, en todo el orbe católico que lo sabe todo, absolutamente todo, acerca de cualquier tipo de construcción eclesiástica de nuestra ciudad, ese es, sin la menor duda, fray Tobías.

CON AYUDA DE DON QUIJOTE

Fray Tobías había estado recabando información durante décadas sobre los conventos e iglesias erigidos en Sevilla desde tiempos inmemoriales. Era la persona viva que más sabía sobre dicho tema, pero no le gustaba salir de su celda más de lo indispensable, y mucho menos compartir sus averiguaciones con extraños. Decenas de estudiosos habían intentado aprovechar sus vastísimos conocimientos, pero muy pocos consiguieron penetrar en la bien defendida celda del monje historiador. Se decía que pensaba escribir un libro, el libro definitivo, sobre su monotema, y que por eso no quería compartir la información atesorada con nadie que pudiera pisarle el reconocimiento que merecía su trabajo. «Curioso sesgo de vanidad en quien se ha apartado del mundo por propia iniciativa», me dije.

A pesar de estas dificultades, recalcadas por el locuaz y vivaracho padre Alfaro, no podía dejar de acercarme al retiro de fray Tobías a intentar recibir su plácet.

En la recepción del cenobio, que era una construcción anodina de mediados del siglo xx, que se mimetizaba perfectamente con los bloques de casas humildes de uno de los barrios periféricos de Sevilla, fray Melquíades, un afable monje de cara redonda y coloradota, me recibió con displicente afabilidad.

—Ay, hijo, lo que pretendes es un imposible. El cascarrabias de fray Tobías..., perdón, Señor —se excusó por el tratamiento ofensivo, elevando los ojos al pedir disculpas—, no es nada afecto a las visitas, me temo que has hecho tu travesía en balde. Lo máximo que está en mis humildes manos es pasarle una nota con tus pretensiones, y tú me dejas un teléfono por si sonara la flauta. Pero lamento decirte que milagros ya hace mucho que no se ven por estos lares, y el caso es que no nos vendría nada mal alguno, aunque fuera pequeñito, en estos tiempos de descreimiento y anticlericalismo exacerbados.

–Verá, padre...

–Fray, fray, no me asciendas, que yo ya tengo mi humilde lugar en este valle de lágrimas, y no aspiro a más.

–Verá, fray Melquíades, yo no vengo con pretensiones de escribir nada, ni de pisarle a fray Tobías los honores que, por lo que he oído, tiene tan merecidos, solo pretendo una pequeña información para un asunto familiar casi de vida o muerte. –No tuve empacho en exagerar para ver si así podía acceder al inalcanzable eremita.

–Claro, hijo, claro. Quién no tiene entre manos algún asunto de vida o muerte en este mundo de hoy tan dado a los excesos.

Mis súplicas no mellaban la pachorra del portero. Lo intenté por otra vía.

–Yo le podría ser de gran ayuda a fray Tobías con la publicación de su obra, llevo muchos años en la enseñanza y tengo buenos contactos en editoriales de Madrid y de otros lugares de España.

–Eso es encomiable, lo malo es que el buen hermano no piensa que su obra haya superado la fase de documentación.

–Pero si yo creía que ya tenía recogida una ingente cantidad de datos.

–¡Huuuy, ni te imaginas!, «ingente» es palabra escasa, tiene decenas, qué digo decenas, cientos de cuadernos repletos de letritas apretadas como cuentas de rosario, abigarrando todas las estanterías de su celda. Y lo cierto es que le dieron la mayor y mejor iluminada celda de todo el convento para dicho menester. –Me pareció apreciar cierta envidia muy poco cristiana en este último comentario–. Así que juzga tú lo que puede tener ahí metido.

–Entonces ¿cuál es el problema?

–El problema es que nunca se dará por satisfecho. Quiere escribir la *Suma Teológica* de las construcciones religiosas de Sevilla, pero, como la de santo Tomás, me temo que quedará inconclusa. Y ahora, sintiéndolo mucho, he de rogarte que…

–Sin terminar la frase, tal vez para no parecer demasiado descortés, me señaló la puerta de salida con las manos, que desprendían un ligero olor a jabón lagarto y a misa de barrio–. Se me está haciendo tarde para los rezos, esta conversación es muy agradable, pero deberes más altos me reclaman. Si quieres escribir la nota…

Cogí la cuartilla que, tras sacarla del cajón de un pequeño escritorio, me tendía fray Melquíades y apresté el Pilot. No se me ocurría qué podía poner en el billete para mover al intratable monje a recibirme. Para ganar algo de tiempo mientras pensaba algo ocurrente, le dije al portero lo primero que me vino a la cabeza.

–¿Y únicamente a los monasterios dedica su tiempo fray Tobías?

–Entre monasterios y quijotes andan rodando las horas de nuestro buen hermano.

–¿Cómo? ¿También le dedica esfuerzos al *Quijote*?

Quizá se abriera un resquicio a la esperanza.

–Sí, hijo, sí. Es su libro de cabecera, qué digo de cabecera, es su libro de la cabeza a los pies y de los pies al alma, es su única lectura que yo sepa, aparte de lo de los templos. Y buena lata que nos da sacando a colación anécdotas y frases del hidalgo manchego. Ya toda la comunidad profesamos de doctores en dicha materia de tanto escucharle.

Aquello era bastante prometedor; llegué a la conclusión de que lo que le pusiera en la misiva habría de tocar su fibra quijotesca.

—Pues qué casualidad, yo también soy experto en Cervantes, de hecho soy profesor de esa asignatura en Madrid.

El hermano hizo una mueca como si ya estuviera demasiado harto de aquel tema como para soportar a otro pesado que le viniera con tales monsergas. Pero yo quería interesar a fray Tobías, no al motilón de la entrada; confiaba en que al menos lo comentaría con él.

Vi que su impaciencia estaba subiendo de grado, así que pensé rápido y escribí lo primero que se me ocurrió que pudiera picar la curiosidad del ermitaño.

—Tenga, aquí está la nota. Y esta es mi tarjeta, por si finalmente me concediera su venia fray Tobías. Ha sido usted muy amable al recibirme y tratarme con tanta deferencia. Si acaso tuviera que venir otro día, espero que no le moleste si le obsequio con unos dulces. —Por las chiribitas que observé en los ojillos del hermano, entendí que no le parecía mal mi propuesta.

Regresé al hotel con la seguridad de que las vigilantes sombras seguirían todos mis pasos e informarían sin tardanza a su jefe de mi visita al convento.

El resto de la tarde estuve repasando pasajes del *Quijote*, para tenerlos frescos en un futuro encuentro con el fraile.

No salí a cenar, los nervios atenazaban mi estómago de nuevo, pues llegué a la conclusión de que lo que había escrito en la nota era una tontería. Ahora me venían a la cabeza muchas cosas que creía más adecuadas. Pero a lo hecho pecho, me dije tratando de cerrar mis pávidos temores.

Tras unos cuantos capítulos más de la magna novela, el Caballero de la Triste Figura me depositó con suavidad en los brazos de Morfeo.

La mañana siguiente amaneció radiante. Decidí aprovecharla para despejar la mente dando un paseo por el parque de

María Luisa, quería volver a contemplar la sorprendente Plaza de España. De camino, me instalé en una pequeña cafetería para desayunar algo un poco más ligero que la mañana anterior: un café con leche y un cruasán a la plancha con mantequilla y mermelada. Cuando me lo trajo el jovencísimo camarero, comprobé que se habían ensañado con el pobre bollo: era un espectro requemado y tieso. Lo miré con desconfianza y se me escapó parte de la tensión de los últimos días en forma de exabrupto.

–¿No tenéis algo de bollería que no haya caído en manos de la Inquisición?

Como si le hubiese hablado en chino, puso la misma cara de no saber a qué me refería. Le señalé la masacre. Al final, pareció encendérsele la bombillita.

–¿Ehtá un poco pazao?

Me hizo gracia el eufemismo, y respondí con sarcasmo.

–Yo diría más bien «electrocutao». Tráeme uno que haya sido indultado.

El camarero no perdió su buen humor.

–Pueh hay perzonah que leh guztan azín. Pero no ze preocupe, mihte, que yo ze lo cambio ipzo facto.

El acentuado ceceo, hermanado al tratamiento inglés y a la locución latina, que hacía tiempo que no escuchaba –yo hubiera apostado mi resto por un «escopetao» o un «cagando leshes»–, disipó mi malhumor y me hizo arrepentirme de mi grosera ironía con el joven solícito. Y aunque sé que es algo mezquino, me sentía menos tenso tras abroncar al camarero, y para compensarle de mis bufidos, le dejé una abultada propina.

Es de agradecer cómo te sorprenden esos pequeños detalles imprevisibles que le ponen salsa a lo cotidiano y alivian a la vida de su patetismo, retales de una espontaneidad bienintencionada que nos devuelven un poco la fe en la Humanidad.

La llamada me sorprendió mientras disfrutaba de la Plaza de España desde uno de los coquetos puentes de pronunciada curvatura que salvan el canal.

–¿Don Miguel Saavedra? –Reconocí la voz atiplada del portero. Las tripas me bailaron un zapateado.

–Sí, soy yo, buenos días.

–Soy el hermano Melquíades. Ayer le di su recado a fray Tobías, y esta mañana me ha pasado una nota y me ha rogado que se la lea sin tardanza. Así que yo se la leo, preste atención: «¿En qué episodio la tristeza de don Quijote sube más puntos?».

Esperé a que continuara, pero el monje del otro lado de la línea parecía no tener nada más que añadir.

–¿Y qué más? –Tuve que ser yo, impaciente, quien rompiera el silencio.

–Nada más. Supongo que nuestro buen hermano Tobías espera la contestación adecuada. A mí lo único que me pidió es que le transmitiera el mensaje, y yo ya lo he hecho. Que Dios le ilumine. –Y colgó.

Me quedé de piedra. Cuando me recuperé un poco de la impresión, saqué sin demora del bolsillo interior de la chaqueta mi libretita de papel cuadriculado con espiral y apunté el críptico mensaje para no olvidar ni una coma.

Me asaltaban sentimientos encontrados. Que se hubiera puesto en contacto conmigo suponía que el monje no me había ignorado por completo; pero todavía no tenía acceso a sus saberes, todo dependía de si le daba la respuesta correcta al acertijo. El puñetero fraile parecía complacerse en complicarme la vida. Debía de aburrirse en la soledad de su celda, y gustaba de someter a este tipo de jueguecitos desquiciantes a quienes aspiraban a sus conocimientos.

A la entrada del hotel, reparé en un coche negro con las lunas tintadas que me parecía haber visto ya en otras ocasiones. «Mis guardianes no descansan», pensé.

Ya en el incómodo refugio de mi hotelucho, me recosté en la cama con la espalda erguida y sujeta por dos almohadones, me encontraba más cómodo así que sentado en la estrecha butaquita que completaba el espartano mobiliario. Encendí y me coloqué el e-book a un lado, cogí papel y lápiz, y lo primero que hice fue escribir bien grande en la parte superior de una cuartilla la pregunta de fray Tobías. Estuve intentando extraer cualquier significado oculto que pudiera connotar. Tras su buen rato de reflexión infructuosa, llegué a la conclusión de que lo mejor era intentar dar una respuesta sencilla a la pregunta del fraile.

El *Quijote* es un libro paródico. Desde 1605, cuando se imprimió su primera parte, ha provocado la risa en los lectores de todo tipo que se han asomado a sus páginas. Pero también tiene momentos de melancolía y de tristeza, momentos en los que nos sentimos abrumados por las desventuras del hidalgo soñador, cuando nos identificamos con sus fracasos. Para mí, los momentos más tristes son aquellos en que los tropiezos afectan más al alma del caballero que a su maltratada anatomía. Así, por ejemplo, cuando las aspas de los molinos dan con el hidalgo en tierra, podemos sonreír o reír abiertamente por los batacazos que le acarrean sus absurdas visiones. Pero cuando Sancho lo engaña convenciéndolo de que la sin par Dulcinea se ha convertido en la labradora cariancha que va montada en un pollino, lo vemos sufrir en lo más hondo de su alma, y su sufrimiento nos traspasa.

Pero lo que en verdad importaba ahora no es qué episodio fuera el más triste para mí, sino para el monje inquisidor. Decidí hacer una lista de los episodios tristes del *Quijote*, con el fin de repasarlos todos por orden sin olvidar ninguno. Busqué en el e-book la *Aproximación al Quijote* de Martín de Riquer, donde se hace un resumen por capítulos. Comencé a leer.

Cada vez que, entre episodio y episodio, volvía mis ojos a la pregunta escrita en la cabecera de la cuartilla, tenía la inquietante sensación de que había algo importante en la formulación de la pregunta que no era capaz de identificar. Seguía leyendo y anotando, aunque con cada nuevo apunte quedaba más convencido de que la solución llegaría por otro camino.

Cerré los ojos un rato para intentar despejar unas ideas que sentía embarrancadas. Pero cuando volví a la tarea, el desasosiego no había desaparecido, antes al contrario, me mordía las tripas con más intensidad. En esa pregunta había algo que, inútil de mí, no era capaz de identificar.

Anoté el atroz vapuleo de la manada de toros en el camino a Zaragoza, que le hace sentirse tan dolido y humillado a don Quijote que hasta se plantea dejarse morir de hambre, «muerte la más cruel de las muertes». Y cuando ya anotaba en mi lista la derrota final de don Quijote en Barcelona a manos del Caballero de la Blanca Luna, sonó el teléfono. Era Mariví. Quería saber cómo iban mis pesquisas.

—¿Qué tal lo llevas, Sherlock?

Parecía haber desempolvado todo el elenco de investigadores famosos para motejarme con alguno de sus nombres cada vez que hablaba conmigo, no sé si para darme ánimos o para vacilarme un poco.

Le conté todo lo que me había sucedido desde nuestra conversación anterior, incluida mi visita a la catedral primero y luego al convento periférico. Le hablé de la nota que le dirigí a fray Tobías y de las horas que llevaba embarrancado en aquel rompecabezas.

—¿Y qué le pusiste en el billetito al dichoso monje para moverlo a concederte una oportunidad? —quiso saber ella.

—Con la premura de tiempo acuciándome, no lo pensé demasiado y me vino a la cabeza lo último interesante que había leído sobre el *Quijote*. Le escribí lo siguiente: «¡Quién hubiese tenido la dicha de encontrarse en Valladolid a finales de 1604!».

—¿Y eso a qué viene?

–Pues viene a cuento de una tesis avalada por Francisco Rico, entre otros, sobre la posibilidad de que cierto número de ejemplares de la primera edición del *Quijote* se leyeran en Valladolid a fines de 1604, antes de su salida en Madrid a comienzos del año siguiente. Por lo que, para haber sido uno de los afortunados primeros lectores de la novela, habría que haber estado en esa fecha en la ciudad del Pisuerga.

–Pues sí que arriesgaste al escribirle algo que solo toca de soslayo al texto cervantino.

–Sí, pero qué podía ponerle sobre la novela, que estoy convencido que se sabe del derecho y del revés, que no le pareciese una obviedad a fray Tobías.

–El caso es que parece que acertaste. Ahora, ¿te importaría leerme de nuevo la pregunta del fraile?

Se la repetí.

–¿Por qué la habrá formulado de esa forma tan alambicada?, lo más lógico habría sido preguntar sencillamente por el pasaje más triste de la obra, ¿por qué expresarlo como el episodio en el que la tristeza sube más puntos?

¡Ahí estaba! Eso era lo que se me había estado resistiendo todo este tiempo, Mariví me había dado la clave.

–Eres maravillosa. Cuando vuelva a Madrid te pagaré dos docenas de huevos fritos en Casa Lucio o te regalaré dos docenas de rosas rojas, lo que gustes.

–Ya sé que soy maravillosa, lo que me sorprende es que tu reconocimiento haya tardado tanto. Y prefiero los huevos.

–Huevos, pues. Gracias a tu extrañeza, he caído en algo que me rondaba por la cabeza, pero que no había logrado fijar hasta ahora. Creo que ya sé por dónde va el ladino fraile.

–Pues a qué esperas, suéltalo.

–Antes he de repasar un capítulo de la novela. Ahora te llamo.

Empezó a refunfuñar, pero admitió la espera bajo promesa de llamarla en cuanto corroborara mi sospecha.

Repasé el capítulo completo en el que creía que podía estar la solución al enigma del fraile. Una vez leído, llamé a Mariví.

–Hola, musa de mis entretelas. No digas nada y escucha: segunda parte, capítulo 44. Sancho se marcha del palacio de los duques para ir a gobernar la ínsula Barataria, lo cual entristece sobremanera a don Quijote. Era la primera vez desde que empezaran sus aventuras que el caballero andante se iba a separar tanto tiempo de su escudero, tal vez para siempre, y a esa mortificación ha de unir la certeza de lo degradante que es la miseria para un hidalgo que se precie. ¿Y de qué forma lo apabulla la miseria? Te leo un par de pasajes:

> Cerró tras sí la puerta, y a la luz de dos velas de cera se desnudó, y al descalzarse –¡oh desgracia indigna de tal persona!– se le soltaron, [...] hasta dos docenas de puntos de una media, que quedó hecha celosía. Afligióse en estremo el buen señor, y diera él por tener allí un adarme de seda verde una onza de plata (digo seda verde porque las medias eran verdes). [...]
>
> Finalmente, él se recostó pensativo y pesaroso, así de la falta que Sancho le hacía como de la irreparable desgracia de sus medias, a quien tomara los puntos, aunque fuera con seda de otra color, que es una de las mayores señales de miseria que un hidalgo puede dar en el discurso de su prolija estrecheza.

–¿Qué te parece?

–¿Que qué me parece? Me parece que mi moderno Edipo ha doblegado a la pérfida Esfinge. Es perfecto. No me cabe duda de que has encontrado la respuesta correcta.

–Gracias por tus parabienes, me tomo lo de «mi moderno Edipo» como el máximo homenaje a mis finas artes deductivas. Mañana temprano voy a presentarme en el convento con la respuesta y unos dulces que le prometí al portero. Ya te llamaré cuando vuelva al hotel.

—Ya estoy impaciente. Hasta mañana... ¡Ah, espera, si mañana es sábado, no sé el día en que vivo! Se me olvidaba decirte que compré un billete de tren y es para mañana. A las doce y media llegaré a Sevilla.

—Es verdad, si ya habíamos quedado en que vendrías el fin de semana, yo también pierdo la noción del tiempo con todo este lío. Hablando de mañana, es posible que a la hora de tu llegada yo siga todavía enfrascado con fray Tobías. Te llamaré en cuanto salga del cenobio. Tú instálate en el hotel y ya quedaremos para comer.

El resto de la tarde me dediqué a preparar mi encuentro del día siguiente. Pasé mucho tiempo dándoles vueltas y más vueltas a varias ideas, trataba de encontrar la excusa adecuada que justificara mi interés por la iglesia en cuestión. Al principio, pensé que si tan aficionado era fray Tobías al *Quijote*, tendría que sentir cierta predilección por las aventuras quijotescas, y qué mejor adjetivo se le podría adjudicar al intento de liberar a mi dama de las garras del malambruno de Orville Ramos. Pero después de reconsiderarlo con más calma, no me pareció la excusa idónea para conmover a un célibe. Lo que tenía claro es que debía aproximarse a la verdad lo más posible, escondiendo, eso sí, la posibilidad de encontrar un manuscrito de Cervantes, pues sobre eso el religioso seguro que no admitiría el silencio que yo necesitaba para culminar con éxito mi empresa.

Decidí que para desintoxicarme de enigmas y averiguaciones, y para compensarme un poco de los días en que había comido en cualquier parte y a la carrera, esa noche me merecía algo decente: el Sol y Sombra, en el misterioso y sugerente barrio de Triana, era una buena opción.

Como cada vez que acudía a aquella escondida taberna, me quedé unos minutos estudiando la gran pared-carta donde aparecían escritos todos los platos de su extensísima oferta: ochenta y cuatro variedades donde escoger. Ante tamaño exceso culinario se corría el peligro, como le pasó al asno de Buridán, de morir de hambre antes de decidirse. Me costó, pero al fin me decanté por el solomillo al ajo y unas croquetas de choco en su tinta.

Volví al hotel caminando, la suave y deliciosa noche me lo pedía, y hubiera sido un sacrilegio desoír la petición. Crucé el Guadalquivir por el puente de San Telmo; las aguas oscuras y aceitosas del río parecían ralentizarse en aquel tramo, para que le rindieran pleitesía todas las ilustres construcciones que se asomaban a sus orillas. Y entre todas, la más atrevida, la que más se acercaba al cauce: la Torre del Oro, que brillaba en la noche sevillana como un mágico faro fluvial, un vigía siempre atento a lo que acontecía en el tumultuoso Arenal sevillano, donde habían desembarcado las gentes y las maravillas que venían en los galeones de las Indias.

En mitad del puente hice un pequeño alto, y desde uno de los balcones que volaban sobre el río le solicité a la áurea Torre, en muda y pagana plegaria, que me iluminara para poder sortear los difíciles escollos entre los que iba a tener que navegar al día siguiente.

Me eché a la calle sobre las diez. Compré unos pestiños en La Campana, la famosa pastelería de la calle Sierpes, muy concurrida esa mañana de sábado, y me dirigí al convento para mi encuentro con fray Tobías, pues no dudaba de que mi solución a su enigma me franquearía el acceso.

–Buenos días, fray Melquíades, me he permitido el atrevimiento de traerle este pequeño presente –la expresión de beatitud que aprecié en la cara de hogaza del portero al ver los pestiños me convenció de que, como imaginé, con tan magro presente me había ganado un aliado.

–No tendrías que haberte molestado, no obstante, hijo, muchas gracias, eres muy amable. ¿Y aparte de tan delicado presente para este humilde hermano portero, me traes algo para fray Tobías?

–Segunda parte, capítulo 44.

–Escueta es la llave que pretende abrir tamaña fortaleza.

–Lo importante es que cumpla su función.

–Efectivamente, efectivamente. Espero que el Señor te haya aquilatado la sagacidad. Voy sin tardanza a comunicar tu mensaje a quien lo está esperando.

Me quedé solo en la portería unos diez minutos. Cuando ya empezaba a impacientarme, volvió el portero con una sonrisa franca iluminando su rostro rubicundo.

–Aleluya, hermano. Parece que has sido inspirado por san Judas Tadeo, patrón de los imposibles. Fray Tobías ha accedido a recibirte ahora en su celda. Si tienes la bondad.

Haber acudido con la certeza de llevar en cartera la resolución del enigma, no restó ni un ápice a la inmensa alegría que me produjo atravesar la puerta interior de la portería: me sentía como Hércules tras haber doblegado al Can Cerbero.

Subimos por unas oscuras escaleras hasta el primer piso, recorrimos unos también lúgubres pasillos –no debía de ser muy elevada la factura de la luz en aquel convento–, donde el olor a lejía era muy acusado. Tras dejar atrás varias puertas de madera de apariencia robusta, nos detuvimos delante de una, idéntica a todas las demás, sin ningún distintivo. Melquíades usó los nudillos, y mientras escondía detrás de la espalda los dulces, me susurró:

–Que no me los vea el hermano Tobías o me soltará la monserga de siempre: «Yo nací para vivir muriendo y tú, Melquíades, para morir comiendo».

Desde dentro de la celda llegó un «adelante» que sonaba lejano. El hermano portero abrió la puerta y me hizo pasar a mí solo. Escuché como la puerta se cerraba a mis espaldas.

La habitación era espaciosa y estaba bien iluminada por dos grandes ventanales que se abrían a la mañana sevillana, esparciendo una claridad que acentuaba el contraste con la penumbra de los pasillos. Las otras tres paredes estaban cubiertas por estanterías metálicas que iban del suelo al techo, excepto un pequeño espacio en el que se veía una puertecilla cerrada, que supuse sería el dormitorio, ya que allí no parecía haber ninguna cama. En los andamiajes grises de metal se apretujaban cientos de cuadernos apilados, compartiendo las baldas con algunos libros de variados formatos. Delante de la mayor de las dos ventanas había una gran mesa de escritorio de madera de pino sin barnizar con más rimeros de libros y cuadernos encima de ella, y por uno de los resquicios entre dos de estas columnas ilustradas se podía entrever una presencia humana. Me acerqué.

–Buenos días.

El hermano Tobías se levantó para recibirme. Me sorprendió con su prestancia. No sé por qué me había esperado un viejecito afable y menudo como el padre Alfaro, pero mis ideas preconcebidas no podían haber estado más alejadas de la realidad. La figura que se recortaba al contraluz era imponente, más alto que yo, ancho de hombros y una cabeza enorme de pelo canoso cortado al uno. Parecía más un general de la reserva que todavía pudiera darle una buena paliza a un recluta insubordinado, que un fraile estudioso y misántropo.

–Así que el capítulo 44. Es un buen comienzo, «Hidalgo honrado, antes roto que remendado». –Me quedé sorprendido por la potencia y el timbre de su voz, nada que ver con la voz meliflua que se les pone a la mayoría de los curas cuando se les instala el Espíritu Santo entre la laringe y las cuerdas vocales. Él lo notó–. Creo que no encajo en el estereotipo que te habías forjado de un curita devoralibros.

–¿Tan evidente es mi desconcierto?

—No te auguro un gran futuro como jugador de póquer.

—Nunca se me hubiera pasado por la cabeza intentar tal salida profesional, pero es que últimamente tengo la impresión de ser transparente, todo el mundo me cala sin mayores problemas; tendré que apuntarme a un cursillo acelerado de disimulo si quiero llegar a desenvolverme con soltura en sociedad. Es verdad que esperaba a alguien más viejo.

—Que no te confundan las apariencias, pues de hecho tengo, como ese vino de Ciudad Real con el que convida el escudero de las narizotas descomunales a su colega Sancho Panza, «algunos años de ancianidad».

Lo cierto es que era difícil calcular la edad del hermano; a contraluz me había parecido más joven y robusto, pero con la luz directa se apreciaban trazas inequívocas de haber rebasado ya los setenta. Fray Tobías interrumpió mis cavilaciones.

—Hacía mucho tiempo que ninguno de los postulantes traspasaba la puerta de mi humilde madriguera. Puedes enorgullecerte de haber conseguido sacar a flote la escasa curiosidad que me va quedando. Y disculpa que te tutee, pero con mis años y mis cicatrices vitales, me siento ya capacitado para tutear al mismísimo Jesucristo si bajara en carne mortal a saludarme.

Me chocó la naturalidad con que soltó la irreverencia. Me gustó.

—Claro que puede tutearme, aunque me permitirá que yo no lo haga con usted, no me sentiría cómodo. Y hablando de los postulantes, ¿a todos les hace la misma pregunta?

—Por supuesto que no, tengo más de cincuenta en el morral, a ti te lo he puesto fácil.

—¿Y por qué esa deferencia?

—Porque me pareció ocurrente la nota que me pasaste en tu primer contacto. La mayoría de los que quieren llegar hasta mí me salen con historias personales que me aburren. Pero tú me viniste con esa teoría de Valladolid, me pareció curioso que me salieras como quien dice por peteneras, solo por eso te hice una pregunta facilita.

—Facilita, facilita... Lo cierto es que no fue sencillo dar con la respuesta, no quiero ni imaginarme las preguntas difíciles cómo serán.

—Me divierte complicarles un poco la vida a los impertinentes.

No quise averiguar si yo entraba en la categoría de los impertinentes. Cambié de tema.

—Entonces, al aceptar mi nota, puedo suponer que está de acuerdo con la teoría de...

—¡Ni por asomo! —me interrumpió enérgicamente—, estoy hasta la coronilla de teorías poco fundadas. Hay muchos maestros de atar escobas, con tantas teorías cogidas por los pelos que podrían poner fábrica de pelucas. Pero la de Valladolid no es de las más descabelladas.

—Cuando fray Melquíades me trasladó su pregunta, inicialmente pensé que el episodio más triste podría ser el de Barcelona, cuando el Caballero de la Blanca Luna derrotó a don Quijote.

—¡No lo derrotó, lo mató! El bienintencionado bachiller Sansón Carrasco le mató la ilusión y con ella murió el caballero andante, aunque el hidalgo manchego muriese algo después en su cama. La ilusión es la vida, por eso yo no quiero perder la mía, que es seguir y seguir persiguiendo mi obra, aunque hay muchos «blancaslunas» por ahí que quieren que la dé por acabada y la mande a la imprenta.

Fray Tobías parecía haberse cansado de preliminares y acababa de tocar el tema que ambos sabíamos que era la causa de que yo estuviera allí en aquellos momentos.

—Mi obra... —Se quedó callado un buen rato antes de proseguir—. Más de cuarenta años llevo dedicados a investigar todo lo relativo a las construcciones eclesiásticas sevillanas desde su inicio. –Parecía estar hablando consigo mismo, como si yo no estuviera allí–. Al principio pensaba, con absurda vanidad, en escribir una obra que me procurara el reconocimiento del mundo, recuerda que hay quien dijo que la pluma es la lengua del alma; yo con el tiempo he llegado a comprender que si hiciera uso de la pluma, el alma se me quedaría exangüe, inútil y vacía. Por eso ahora ya no me interesa alcanzar la vanidosa meta del reconocimiento, prefiero el continuado y anónimo esfuerzo de seguir mejorando lo que ya poseo. Pero este cambio de objetivo no quita que me haya dejado la vista y los pulmones entre los caracteres medio borrados y el polvo de los textos antiguos y los legajos de los archivos. A costa de tales órganos vitales, he podido ir acumulando aquí –señaló las estanterías– casi todo lo que puede llegar a saberse sobre el tema. Supongo que en alguno de estos cuadernos, estará el dato que has venido a buscar, y yo estaría dispuesto a proporcionártelo siempre y cuando tu causa me convenza... ¿por qué has venido?

La actitud distante que el fraile había mantenido cambió radicalmente al lanzarme la pregunta directa. Sus ojos se clavaron en los míos con una fiereza que casi dolía.

Yo sabía que había llegado el momento de la verdad. Todo sería papel mojado si no acertaba a responder con acierto. Las razones que había estado preparando la víspera me parecían ineficaces, baladíes o falsas; con ellas no superaría esa escrutadora mirada que me taladraba, y perdería cualquier posibilidad de contar con la indispensable ayuda del monje. Decidí hacer caso de la primera intuición que tuve la noche anterior en mi cuarto de hotel.

–Por una mujer.

Aquellos ojos como brasas estuvieron observándome otro buen rato antes de dulcificarse.

–Creo que dices la verdad, y es el motivo que menos podía esperar, por lo que me alegro de haberte recibido; es difícil que ya algo me sorprenda, y es una sensación agradable. Ahora cuéntamelo todo, para ver cómo puedo ayudarte.

Le hablé del *Manual de remedios medicinales* y del problema en que se había metido Minako por robarlo para mí. Le detallé la mala catadura y los inmensos recursos que Orville había desplegado para someternos. De lo que no dije ni palabra fue del soneto de Cervantes, solo le conté que el protagonista de la aventura aseguraba haber escondido unas monedas de oro y unas joyas en la tumba de un infante llamado Rafael de Medina, y le aseguré que si no encontraba dicha tumba, mi dama se vería en serios apuros. Tampoco le hablé de la relación existente entre Andrés y don Miguel, no quería que descubriera la estrecha conexión que el asunto tenía con Cervantes, para que no se implicara demasiado en nuestra aventura y quisiera saber más de lo que yo podía contarle.

Como veis, en realidad no mentí al buen fraile, tan solo le oculté ciertos detalles.

Fray Tobías me miró como intuyendo que no estaba contándoselo todo, pero aun así, quizá al notar mi sincera angustia, se ofreció a ayudarme. Yo temía que antes exigiera ver el Manual; para excusarme estaba decidido a contar que Orville me lo había quitado cuando apareció por Madrid. Pero el hermano no me solicitó dicha prueba, quizá comprendía que se lo iba a negar y no quiso comprometerme.

–Me parece que andas envuelto en «una aventura de las de sacar la cabeza rota o una oreja menos» –dijo, citando su obra de cabecera.

–Ciertamente, y no me importaría cambiar una oreja por la libertad de mi dama.

Conseguí arrancarle una sonrisa al hasta ahora serio estudioso.

–Si no lo he entendido mal, el tal Andrés escondió un tesoro en el ataúd de un niño llamado Rafael de Medina, muerto en 1595 y enterrado en una iglesia sevillana bastante grande, que tenía adosado un cementerio. Pocos datos son para poder trabajar con garantías.

–Es por eso que su ayuda me es indispensable.

–Está bien, tal escasez solo conseguirá que nos esforcemos mucho más. Ahora, si no te molesta, vas a tener que marcharte, porque he de cumplir mis obligaciones con la congregación. Tendré que repasar con calma cuadernos y apuntes a ver qué encuentro. Mi memoria ya no es la que era. Es desmoralizador subir con tan ímprobos esfuerzos la pendiente del aprendizaje para luego ir a caer tan raudo por el barranco del olvido –dijo con una tristeza irredenta que le velaba la mirada–. Vuelve mañana a mediodía y veremos qué te he conseguido.

NO SE TOMAN TRUCHAS A BRAGAS ENJUTAS

El sofisticado teléfono empezó a emitir un zumbido discreto. Una mano bien cuidada, de manicura diaria, lo cogió y estableció la comunicación.

–Cuéntame.

–Acaba de salir de un convento donde ha estado dos horas largas.

–¿No has vuelto a hablar con él después de que te dejara leer el dossier del Oidor?

–No, pero no le he perdido de vista en ningún momento. Ayer visitó la catedral, estuvo dentro alrededor de una hora. Al salir, se encontró en un bar próximo con un cura viejo con el que mantuvo una corta conversación. Luego se dirigió al mismo convento al que ha vuelto esta mañana, aunque la estancia de ayer apenas duró veinte minutos.

–Deberías hacerle otra visita y que te cuente sus avances. De todas maneras, su repentina disposición a colaborar en todo me parece sospechosa. Es posible que esté pensando que puede engañarme con algún truco burdo. Si al final llegamos hasta la caja, has de estar al quite. ¿Me entiendes?

–Perfectamente, no se preocupe.

–¡Ah, García!

–Sí, señor.

–Es hora de recuperar mi libro, el profesor ya no lo necesita para lo que tiene que buscar a partir de ahora. Esta noche preséntate en su habitación y hazte con él.

Nada más acabar de rendir la visita a fray Tobías, llamé a Mariví y quedé con ella en el hotel. Mientras comíamos en un restaurante de los alrededores el poco imaginativo menú del día, le conté cómo había ido la entrevista con el fraile.

—Parece que está dispuesto a ayudarnos. Es muy listo y se ha dado cuenta de que hay cosas que me reservo, pero tal vez las considere cuestiones privadas y por ello no me lo ha reprochado. Mañana pasaré por su celda a ver si tiene algún dato que nos encamine en la dirección adecuada.

—¿Qué impresión te ha causado?

—Un poco contradictoria. En principio, parece preferir la soledad de su retiro monacal a las complicaciones del trato humano, pero conmigo se ha comportado con amabilidad y se nota que está al tanto de lo que pasa en el mundo, no me dio la impresión de alguien encerrado en un microcosmos que no pueda adaptarse al tiempo que le ha tocado vivir. Esperemos que consiga encontrar alguna pista válida entre la inmensidad de datos que tiene recopilados.

—Esperémoslo.

—Por cierto, ¿qué hay del encargo?

—Sin problemas, te dije que lo conseguiría y aquí está —Mariví echó mano al bolso. Yo la paré en seco.

—¡Nooo, aquí no! —le dije sin alzar mucho la voz—. Recuerda que no estamos solos, el Gran Hermano no andará lejos, y prefiero que no se pregunten qué es lo que me estás entregando. Luego me lo pasas en el hotel.

Mariví recorrió con la vista todo el contorno, como intentando descubrir a quienes nos estuvieran espiando.

—Tranquilízate, y no seas tan poco disimulada, de todas formas tú no los vas a ver a ellos, pero ellos seguro que no nos han perdido de vista a nosotros. Así son las cosas, a partir de ahora tenlo siempre presente.

Pasamos la tarde deambulando por Sevilla. Cenamos prontito y frugalmente y volvimos al hotel. Ya en el ascensor, cuando subíamos a nuestras respectivas habitaciones, Mariví me pasó el sobre con el cuadernillo falso. Yo lo guardé en una bolsa de El Corte Inglés, uno de los lugares donde habíamos pasado parte de la tarde haciendo tiempo y comprado algunas cosas. Nos dimos las buenas noches y me dirigí a mi cuarto.

Al entrar, me encontré con García embutido en la estrecha butaquita que apenas podía contener su humanidad hiperdesarrollada. Esperaba pacientemente mi llegada, con el *Manual de remedios medicinales* descansando sobre sus muslos de titán. Intenté mostrar indiferencia. Menos mal que había guardado el cuadernillo falso en la bolsa de las compras, pensé aliviado mientras la depositaba con calma en la mesilla, como quitándole importancia a su contenido.

—Buenas noches. Veo que el concepto de intimidad no es algo que le concierna en absoluto.

—Entre nosotros no hay secretos, ¿no es así?

—¿A qué ha venido?

—Supongo que las dos horas que ha pasado esta mañana en el interior del convento nos habrán proporcionado algunos avances. Me gustaría conocerlos.

Le hablé de la existencia de fray Tobías.

—Hasta mañana no sabré si la monomanía del fraile nos servirá para algo, roguemos por que así sea.

—También he venido a recuperar la posesión de mi jefe —dijo mientras levantaba el manual de herbología—. Supongo que ya habrá copiado lo que le interese, así que no necesitará el original en el futuro.

—¿Cómo ha sabido que me lo había traído conmigo?

El silencio condescendiente me dio la pista.

—¡Tiene un localizador! Por eso estaba tan seguro de encontrarme en Sevilla aunque yo no le proporcionara el nombre de mi hotel. ¿Qué más artilugios me han colocado?

—No sea infantil, lo del libro era un seguro para no extraviarlo. Como sabíamos que nos lo iban a robar, no queríamos perderle la pista a tan valiosa posesión. A usted lo tenemos pillado por las pelotas, para qué necesitaríamos colocarle nada. Ya sabe lo que está en juego, espero de todo corazón que no intente engañarnos.

—¿De corazón? Lo que sepa usted del corazón lo habrá leído en un manual de cardiología.

—Mañana le veo, para que me informe sobre lo que le haya contado fray Tobías.

Desapareció llevándose el libro de las hierbas, con la vida de Andrés en los reversos de sus páginas. Por supuesto, yo tenía dichas páginas ya escaneadas en mi portátil.

Cuando me vi solo y pude repensar los términos de la reciente conversación, me quedé anonadado por la importancia de una de las afirmaciones del omnipresente García: ¡sabían que Minako iba a robar el libro! Ahora empezaba a vislumbrar cómo nos había manejado Orville desde el principio, y, ante la evidencia de que su diabólica mente iba siempre por delante de las nuestras, dudaba mucho que pudiéramos colarle el librillo falso ni engañarle de ninguna otra forma. «Pero tendremos que intentarlo —me dije—, no nos queda otra.»

Rumiando mi indefensión ante enemigo tan poderoso y astuto, me metí en la cama a batallar con mi otro enemigo, más cotidiano y doméstico.

—«Mucho prometí con fuerzas tan pocas como las mías, pero ¿quién pondrá rienda a los deseos?»

Fray Tobías me recibió con las palabras que Cervantes usó en el prólogo de sus *Novelas Ejemplares*.

—Buenos días.

—Adelante, adelante. Perdona este recibimiento *in medias res*, pero no se me ocurrió nada más adecuado para empezar nuestra conversación que apropiarme de parte de uno de los impresionantes prólogos de nuestro admirado Cervantes.

–No tiene que disculparse, es un magnífico recibimiento para quien lleva toda la vida entreverado de cervantismo.

–Pues me alegro que así te lo parezca, ya que lo que tengo para ti no creo que lo consideres ni la mitad de magnífico.

Mis expectativas sufrieron un varapalo con la última frase del hermano.

–¿No ha averiguado nada? –pregunté, con la decepción sazonando mis palabras.

–Yo no diría que «nada» sea la palabra más adecuada... pero antes de seguir, para endulzar un poco la amargura de la decepción...

Fray Tobías cogió una botella y sirvió un poco de líquido oscuro y espeso en dos vasitos ligeramente más grandes que dedales. Ante mi patente estupor, recurrió a su personaje favorito.

–No te asombres, «los ermitaños de ahora no son como aquellos de los desiertos de Egipto, que se vestían de hojas de palma y comían raíces de la tierra». Este «ermitaño de ahora» tiene la sana costumbre de celebrar el ángelus todos los mediodías con un sorbito de vino de Málaga y una pastita. Hoy lo he retrasado un poco para contar con tu compañía en este báquico ritual, por el que siempre he esperado la indulgencia de la Virgen Santísima.

–No creo que Baco sea competencia para Ella.

Me miró esbozando una sonrisilla y se acercó hasta donde yo estaba con la pequeña bandejita que contenía los dos minúsculos vasitos y dos pastitas de té.

El fraile notó mi reticencia a atizarme un lingotazo, aunque fuese tan escueto, de vino dulce antes de comer.

–Vamos, no seas *desaborío*. Como diría el mejor de los escuderos que en el mundo han sido «... a un brindis de un amigo, ¿qué corazón ha de haber tan de mármol que no haga la razón?». O, si lo prefieres, recuerda lo que nos aconsejaba el pícaro Loaysa, cuando andaba a la caza de la jovencísima mujer del decrépito indiano: «La seca garganta ni gruñe ni canta».

Con tan bien argumentadas razones, qué «frío corazón de mármol» hubiera podido negarse. Además, ya quería terminar cuanto antes con ese trámite inesperado, para volver a lo que me tenía con el corazón en un puño. Acepté el chupito, para satisfacción de mi anfitrión, que apuró el suyo con parsimonioso deleite.

–Cumplido el rito, podemos entrar ya en materia de lo que tanto te interesa. He de decirte que he averiguado en qué iglesia fue enterrado el pequeño Rafael de Medina.

–¡Pero eso es…!

–Espera, espera. Antes de lanzar las campanas al vuelo, déjame contarte todo lo que he podido recolectar en los apretados surcos de mis queridos cuadernos.

Esperé, con el ánimo más templado, al comprender que iba a tener que escuchar algún que otro pero.

–La cosa no fue fácil hasta que pude relacionar el nombre del pequeño con la casa de los marqueses de Villalmedina, perteneciente a la nobleza más antigua de Sevilla, la de los que se decían llegados con el Rey Santo cuando reconquistó la ciudad. Con este dato en la mano, ya no me costó tanto averiguar que los integrantes de dicha familia tenían capilla propia en el convento de la Casa Grande de San Nicolás, donde solían ser enterrados todos los difuntos de su linaje.

Vio luz en mis ojos y, con cierta tristeza, continuó.

–Ahora vienen las malas noticias. La iglesia resultó afectada, como muchas otras, por el terrible terremoto de Lisboa, en 1755, y quedó en mal estado. Confiscada medio siglo después por las tropas napoleónicas durante la Guerra de la Independencia, la usaron en parte como cuartel, en parte como cuadras para sus caballerías; y, para remate, los desconsiderados gabachos le prendieron fuego al retirarse. Parecía un milagro que siguiera en pie, pero aún aguantó unos años más, hasta que fue definitivamente derribada tras la revolución de 1868, la mal denominada la Gloriosa, pues poca gloria nos trajo.

–¿Y las tumbas de los que estaban allí enterrados, qué fue de ellas?

–Quién puede saberlo. En los datos que tengo anotados sobre ese templo en cuestión, que nunca fue de los más importantes de la ciudad, no hay recogido nada que arroje luz sobre el tema de los enterramientos. Me temo que mi humilde contribución a tu caballerosa cruzada termina aquí.

No quise declararle mi frustración al buen fraile, al fin y al cabo él me había ayudado hasta donde había podido.

–No se preocupe, por lo menos ahora sé bastante más de lo que sabía cuando vine a verle, sé el nombre de la iglesia y el de la familia a la que perteneció el pequeño Rafael. Le estoy muy agradecido.

A pesar de que mis palabras intentaban disfrazar mi desconsuelo, fray Tobías comprendió que mi aventura parecía haber entrado en un callejón sin salida.

–No te desanimes, tal vez la resistencia que opuso la iglesia a la piqueta sea un ejemplo a seguir, debes resistir y continuar luchando por tu causa. Ya sabes: paciencia y barajar. Recuerda la máxima que Cervantes nos dejó escrita varias veces en sus obras: «No se toman truchas a bragas enjutas»; o si prefieres el refrán modernizado: el que quiera peces, que se moje el culo.

Con aquella palabra tan impropia de la boca de un fraile resonando en mis oídos, salí del convento con la moral a ras de suelo.

Al salir de allí y ganar la calle, llamé a Mariví que se encontraba en el hotel. Le dije que pasaría a recogerla para ir a comer y ponerla al corriente del resultado de la entrevista. Acababa de colgar, cuando apareció un gran coche negro con las lunas tintadas. La puerta trasera se abrió como por ensalmo y García me hizo señas para que subiera al vehículo.

–Servicio de taxi a domicilio –dijo mi ubicua sombra, con el primer atisbo de humor que se le conocía desde que dejó de creer en los Reyes Magos.

–Su amabilidad me desconcierta. ¿No podía esperarme en la habitación, como parece tener por costumbre?

Sin decir una sola palabra más, me tendió un iMac conectado por videoconferencia con la mansión de Orville Ramos. Las facciones del viejo y atildado pirata aparecieron en la pantalla. Su voz tenía un falso tono de amabilidad, lo que unido a cierto retraso en la señal acústica, que creaba un pequeño desfase entre las palabras y el movimiento de los labios, me produjo escalofríos.

–Buenos días, profesor Saavedra, hacía tiempo que no tenía el placer de conversar con usted, así que he decidido prescindir de intermediarios por esta vez. –Los delgados labios se detuvieron por un instante, pero yo seguía oyendo sus melifluas palabras–. Espero que su segunda visita al fraile de los conventos haya sido fructífera y satisfactoria. Por supuesto, he indagado sobre el fraile, y sé que ha tenido que ser usted muy astuto para que le franqueara su fortaleza y le brindara sus conocimientos. No esperaba menos de sus capacidades. Por eso estoy más que impaciente por conocer el resultado de su encuentro.

Mi cara debió de reflejar lo sombrío de mi ánimo, porque la máscara de falsa amabilidad desapareció, cediendo su lugar a la verdadera faz biliosa del millonario. Le trasladé la historia de la Casa Grande de San Nicolás que me había contado fray Tobías.

–Me temo que nuestro tesoro ha quedado sepultado bajo los escombros de la iglesia que lo albergaba. Espero que comprenda que yo he hecho todo lo que estaba...

–¡Ni lo intente! Yo no admito abandonos ni fracasos.

–¡Pero qué más quiere que haga! He cumplido mi parte del

trato, no puede seguir adelante con su amenaza como si no hubiera acatado sus mandatos hasta donde me ha sido posible. La voz se hizo más lenta y susurrante. Los labios apretados de aquella odiosa cara que, al acercarse al objetivo, llenaba ahora toda la pantalla, no parecían necesitar moverse para dejar salir las punzantes palabras que se clavaron con crudeza en mi alma.

–Si no encuentra lo que le he pedido antes de cuarenta y ocho horas, la cinta del robo irá a parar a las oficinas del FBI, con la denuncia correspondiente.

–Pero eso es una infam... –La pantalla a la que me dirigía se había apagado.

García y su conductor, al que ni le vi el rostro ni le oí pronunciar palabra alguna, me dejaron en el hotel. Subí a la habitación de Mariví como quien sube las escaleras del patíbulo. Le conté lo que había ocurrido en aquella funesta mañana.

Por la tarde, un poco recuperados del shock, estábamos sentados en la cafetería frente al hotel. Yo intentaba no caer en el desaliento y abandonar la empresa, como sugería mi acompañante.

–Has hecho todo lo que has podido. Lo que le pase a la bruja traidora ya no está en tus manos. Volvámonos a Madrid y olvida todo este asunto, es lo mejor que puedes hacer.

–No, no puedo, tengo que apurar este cáliz hasta las heces o no me lo perdonaría nunca. Además, lo máximo que puedo perder son –miré el reloj– unas cuarenta horas de mi tiempo, poca cosa comparada con lo que va a perder Minako, ¿no crees?

–Visto así, parece razonable intentarlo hasta el final, aunque sigo creyendo que no se lo merece. ¿Y qué heces se supone que nos quedan por apurar?

–Mañana lunes intentaré recabar información sobre los marqueses de Villalmedina. Tú vete a Madrid, no quiero que faltes al trabajo por mi culpa.

–Ni hablar del peluquín. Yo no me vuelvo a casa sin ti. Si hay que seguir indagando, seguimos indagando. Somos un equipo. Así que, ¡Santiago y cierra España!

La exaltación y lo incoherente de su parlamento consiguieron levantarme un poco el ánimo, que falta me hacía.

Durante el día siguiente estuve rebuscando información sobre la familia del infante Rafael de Medina por las bibliotecas más importantes de Sevilla, pero todas las crónicas que recogían datos sobre dicha familia solo lo hacían hasta finales del siglo XVI; a partir de esa fecha, nada. Parecía que los Villalmedina hubieran desaparecido con el siglo. Descorazonado, me volví al hotel sobre las cinco de la tarde.

Mariví se había puesto en contacto con sus conocidos, a los que de nuevo les pedía el favor de rebuscar para ella información en los archivos a los que tenía acceso cada cual.

Cuando nos encontramos en la misma cafetería del día anterior y cruzamos nuestros escasos avances, nos dimos cuenta de que habíamos tropezado con el mismo muro temporal: nada posterior a 1600.

–Me temo que la suerte está echada para Minako. No se me ocurre qué más podemos intentar para evitar el desastre –le dije, totalmente abatido, a una Mariví que, dicho sea en su descargo, estaba también muy afectada por la suerte de aquella mujer a la que no le tenía ningún aprecio.

Llevábamos más de quince minutos de silencio lúgubre sin probar siquiera los vinos que habíamos pedido, cuando empezó a sonar *La Cumparsita* en el altavoz de mi móvil.

–Miguel, soy fray Tobías. Estaba repasando el cuaderno donde tengo anotados los datos sobre el templo de la Casa Grande de San Nicolás, cuando me topé con un asterisco en el que no había reparado en la lectura anterior: es una llamada de atención de las que yo mismo me pongo a veces, para recabar datos posteriores sobre asuntos tangenciales. La marca me llevó a una anotación al final del cuaderno que sugería consultar un libro de mediados del siglo xvii: *Crónicas negras de la Sevilla áurea*, escrito por un tal Bernal de Andrade, que recoge relatos truculentos y leyendas acaecidas en nuestra ciudad hasta la fecha de su publicación. Creo recordar que lo hojeé y no me pareció que pudiera aportar nada interesante para mi estudio, por lo que lo deseché sin repasarlo más a fondo. No sé si contendrá algo que te pueda ayudar, pero no quería dejar de comentártelo.

—Muchas gracias, ya no tenía ningún salvavidas al que aferrarme, así que le echaré un vistazo al libro si logro encontrarlo.

—En la Biblioteca Capitular y Colombina fue donde yo lo consulté. Cierra a las siete y media, te quedan menos de dos horas si quieres ir hoy.

—Lo haré. No sé cómo agradecerle su ayuda.

—Contándomelo todo cuando finalices tu cruzada.

—Le doy mi palabra de que así será.

Con el firme compromiso de ser sincero con quien tanto había colaborado en mi empresa de modo desinteresado, corté la comunicación y nos fuimos a la biblioteca que fundara don Hernando Colón —el hijo bibliógrafo del Almirante—, y que más adelante uniría sus fondos con los de la Biblioteca Capitular.

Llegamos a la sala de consultas, que se halla en un lateral del Patio de los Naranjos de la catedral, y tras repetir trámites y sortear tornos, algo que parecía haberse convertido en el pan nuestro de cada día, hicimos la petición. Las credenciales de Mariví nos allanaron dificultades.

Una vez conseguido el libro, recorrimos ansiosos el índice, buscando alguna pista que nos ahorrara tener que leernos todo aquel librote.

No sabíamos muy bien qué es lo que queríamos encontrar. No obstante, en cuanto lo vimos, supimos que era lo que andábamos buscando. El capítulo rezaba así: «De la historia trágica del último marqués de la casa de Villalmedina».

La crónica narraba la trayectoria vital de don Luis de Medina, el último marqués de Villalmedina, muerto trágicamente en 1596. Don Luis, orgulloso poseedor del marquesado, era un hombre favorecido por la fortuna: nobleza de sangre, grandes riquezas y una esposa joven y preciosa que le había dado una hija primero y, bastante tiempo después, el hijo que tanto había deseado, ambos retoños de gran hermosura. Pero la suerte del marqués empezó a torcerse cuando su mujer, la bellísima Isabel, murió de tercianas cuando Rafaelito acababa de cumplir los cuatro años y Felicia, la hija mayor, estaba en puertas de los dieciséis.

El marqués se volvió medio loco de dolor y le dio por ahogar en vino la pena que lo corroía. Durante varios meses se vio envuelto en pendencias y malandanzas. Hasta que un aciago día en que llegaba a su hacienda destrozado de dolor y de excesos, puso su caballo al galope para disipar los vapores de su cólera, con tan mala fortuna que su hijo, que correteaba por los alrededores de la mansión, se cruzó en su camino. El noble animal le rompió el cuello al pequeñuelo con un chasquido liviano, como el de una ramita de olivo que no soportara el peso del fruto. El marqués, fuera de sí, desenvainó su espada y destripó allí mismo, inmisericorde, a su querido animal. Luego se llevó a la casa el cuerpo de su hijito y estuvo abrazándolo durante un día entero, antes de dejárselo arrebatar para que se le pudiera dar cristiana sepultura. El niño fue enterrado en la capilla que la familia tenía en el templo de la Casa Grande de San Nicolás.

Meses después, el propio don Luis, incapaz de soportar el peso del remordimiento, se aplicó el mismo tratamiento que le diera a su desdichado corcel: se arrojó sobre su espada, muriendo atravesado.

El prior de la congregación que acogía los enterramientos de la familia desde hacía décadas se negó a dar sepultura a un suicida en su templo, por lo que Felicia dispuso que el ataúd de su padre fuera llevado a un panteón que hizo construir en la hacienda de la familia, a no mucha distancia de Sevilla. Y dispuso también que a su lado reposara el hijo que tanto había amado.

Felicia, dos años después, se desposó con un importante hombre de negocios que tenía la mayoría de sus intereses comerciales en América. Después de la boda se fue a vivir a la Nueva España con su marido. Pero antes de partir, cedió en usufructo a una pequeña y poco conocida congregación de eremitas la hacienda de las cercanías de Sevilla. Los frailes podrían disfrutar sine die de la tierra y las instalaciones, con la sola condición de oficiar una misa semanal por las almas de su padre y de su hermano.

La postrera desgracia de la atribulada familia no se haría esperar. En el primer viaje de vuelta a España que hacía la joven Felicia con su marido, el galeón en el que viajaban fue sorprendido por una fuerte tempestad a la altura de las islas Azores y se fue a pique, llevándose al fondo del océano a la última de su linaje y provocando la extinción del marquesado de Villalmedina. Quizá el último pensamiento de Felicia, justo antes de que sus pulmones se anegasen de líquido salobre, fuera para su padre y su dulce hermanito. Ella ya no podría reposar jamás junto a sus seres más queridos, el Atlántico la acogía en su insondable negrura.

Un poco sobrecogidos por la trágica historia de aquella familia, anotamos los datos relativos a la congregación religiosa y a la ubicación de la finca. Devolvimos el libro y, una vez fuera de la sala, pudimos comentar el extraordinario hallazgo.

–Ya era hora de que el azar nos premiara con una buena noticia después de tantos sinsabores –comentó Mariví, mientras caminábamos de vuelta al hotel.

–Sí, al menos sabemos que el ataúd del infante no quedó sepultado entre las ruinas de la iglesia. Algo es algo.

–Te noto reticente.

—La verdad es que no tengo muchas esperanzas de que aquel panteón, sin el soporte de un linaje que lo haya mantenido a lo largo del tiempo, pueda seguir en el mismo sitio.

—Por qué no llamas a fray Tobías para hacerle partícipe del hallazgo y a ver qué sabe de la congregación de marras.

—Buena idea, intentaré contactar con él.

No fue nada sencillo, el filtro de la centralita del cenobio resultó duro de superar. Tras sus buenos diez minutos, escuché la voz que quería oír.

—Miguel, no esperaba tu llamada tan pronto. ¿Cómo te ha ido con el libro, lo conseguiste?

—Sí, no tuve mayores problemas para consultarlo.

Le narré a fray Tobías la historia de la familia Villalmedina, y le pregunté si sabía algo de la congregación que ostentaba el usufructo de la finca.

—No cae dentro de mi jurisdicción, tanto por estar fuera de Sevilla capital, como por no ser una construcción religiosa propiamente dicha. Déjame que hable con el hermano Silvestre, que es nuestro relaciones públicas, si se puede llamar así a quien trata con las otras órdenes y jerarquías eclesiásticas. Enseguida te llamo.

A la entrada del hotel vimos cómo el coche negro aparcaba en las inmediaciones.

—Nuestros perros guardianes no nos pierden de vista —le hice un gesto a Mariví señalando el vehículo.

Ella me preguntó:

—¿Vas a informar a Orville de la buena noticia?

—De momento no tengo ganas de oír su desagradable voz. Además, no sabemos si lo que hemos descubierto nos llevará a alguna parte. Como hasta mañana a mediodía no se cumple el plazo, dejémosle por ahora en la ignorancia.

Subimos ambos a mi habitación en espera de la llamada del fraile.

La Cumparsita apenas tuvo tiempo de soltar un par de notas antes de que mi nervioso dedo diera paso a la llamada.

—Miguel, tengo buenas noticias. Al final voy a creer que tienes a tu arcángel homónimo velando por ti con todo su poderío celestial. La congregación se ha mantenido en el mismo lugar a lo largo de los siglos, ni siquiera la desastrosa desamortización de Mendizábal pudo afectarla, ya que al ser una propiedad privada —la congregación posee solo el usufructo—, no pudo ser decomisada. Nunca fue muy numerosa, y en la actualidad solo quedan allí cuatro o cinco religiosos, que se dedican al cultivo de las huertas y a decir misa los miércoles para las gentes de aquella zona. Por lo que me ha comentado el hermano Silvestre, es un caso único. Legalmente, mientras se siga cumpliendo la condición que estipuló Felicia en el testamento, la de decir una misa a la semana por las almas de su padre y de su hermano, nadie puede desalojarlos de allí.

—La verdad es que no esperaba tan excelentes noticias. Mañana a primera hora me desplazaré hasta la finca e intentaré que me permitan visitar el panteón, luego ya veré cómo me las arreglo para abrir el ataúd del infante.

—Me temo que eso va a resultar casi imposible. Por lo que me han contado son muy celosos con su aislamiento, solo abren sus puertas los miércoles y exclusivamente para los que vayan a oír la Santa Misa. Sé que te extrañará que sea ese día y no el domingo el escogido para el culto, pero lo hacen ex profeso, para que quede bien clarito que dicha misa no se oficia bajo los auspicios de la liturgia corriente, sino para rogar por las almas de los Medina, padre e hijo, y así seguir conservando el usufructo de la finca. Fuera de ese día y por tal motivo, no le abren las puertas a nadie que no vaya provisto de una orden firmada por el obispo o por el mismísimo Santo Padre.

Aquello nos complicaba las cosas. No todo iba a ser tan sencillo.

–¿Y usted no podría interceder en mi favor?

–Me temo que en esto no puedo serte de ninguna ayuda, nada de lo que yo diga o deje de decir te ayudará a entrar en aquel fortín.

–Entonces...

–Lo único que me queda por brindarte es un consejo, casualmente el mismo con el que te despedí ayer: «No se toman truchas a bragas enjutas». A tu albedrío dejo la interpretación de mi advertencia. Que el Señor te guíe.

LAS MARIONETAS SE REBELAN

Le conté a Mariví todo lo que me había dicho nuestro fraile de cabecera.

–Sus últimas palabras, si no te he entendido mal, parecen sugerir que entremos por las bravas en el cenobio –comentó extrañada.

–Eso parece, puede que no le tenga simpatías a ese tipo de comunidad religiosa un poco al margen del circuito, o que yo me lo haya ganado del todo para mi causa. Lo que está claro, si creemos las informaciones de fray Tobías, que hasta ahora no nos ha fallado, es que es harto improbable que consigamos entrar al panteón por las buenas y mucho menos que se nos permita abrir el ataúd; por lo que, si consideramos el poco tiempo que tenemos, no nos queda otra que rendir la fortaleza por medios más heterodoxos.

–Pues nos la jugamos si nos pillan asaltando una institución religiosa.

–¡No, no nos la jugamos, yo me la juego! No voy a permitir que te impliques en el allanamiento. Tú ya has cumplido con creces tu papel en esta aventura, ahora te vuelves a Madrid y, si me cogen, tú no sabes nada del tema. ¿Está claro?

–¡Pero habrase visto el quijote este de pacotilla. Tú qué te has creído, que ahora me vas a empaquetar para la capital por correo certificado. Estás gagá si piensas que puedes prescindir de mí. Aquí jugamos los dos o se rompe la baraja!

435

–Por favor, Mariví, sé sensata, ¿acaso piensas que no tengo suficiente con una amenaza de cárcel pendiendo sobre la cabeza de una persona a la que quiero, para que incrementes tú mi mala conciencia con tu obstinación? No, no podría soportar esa carga por partida doble.

–Pues tendrás que hacerlo, porque yo no me voy a despegar de tu culito esmirriado hasta el desenlace de nuestra odisea, sea cual sea. Y se acabó la discusión.

Comprendí que no habría forma humana de hacerla desistir de su propósito. No me quedó otra que claudicar ante su terquedad, como casi siempre.

Resignado, volví a pensar en lo que se nos avecinaba. Dándole vueltas a las múltiples dificultades de nuestra cruzada y teniendo en cuenta mi poca pericia en ese tipo de negocios, recordé el ofrecimiento inicial del señor García. Tal vez había llegado el momento de hacer uso de las habilidades que prometía. Lo comenté con la enfurruñada Mariví.

–Dado el cariz de la empresa, ¿no crees que nos vendría bien contar con la ayuda de nuestros inseparables perros guardianes?

–¡Claro! No hay duda de que en cuestión de allanamientos nos sacan diez cuerpos de ventaja. La pega es que si les contamos todo lo que sabemos, ya no nos necesitarán y podrían prescindir de nosotros para hacerse con el botín.

–Pues habrá que guardarse la mayor parte de la información hasta que estemos dentro del panteón.

–¿Y cómo coño lo vamos a hacer?

–Déjame que reflexione esta noche y mañana actuamos en consecuencia.

Bajamos a cenar unos bocadillos de jamón ibérico con tomate restregado en el pan; luego regresamos al redil.

Nos dimos las buenas noches en el descansillo de la planta del hotelucho, bajo los guiños de un fluorescente en mal estado, que le ponía al decorado las luces y sombras que habían estado marcando ese nuestro último día de investigaciones. Acordamos encontrarnos a las siete en punto de la mañana, para aprovechar al máximo el poco tiempo que restaba hasta el final del ultimátum.

Antes de acostarme estuve consultando en internet la mejor forma de llegar hasta aquella cartuja, que distaba unos sesenta kilómetros de Sevilla. También alquilé un coche por teléfono, que quedaron en traerme a las ocho.

Eran ya pasadas las doce. Acababa de cerrar el portátil y me disponía a meterme en la cama, cuando me pareció escuchar unos golpecitos leves en la puerta, me acerqué hasta allí sin estar seguro de haber oído algo real. Cuando ya me iba a dar la vuelta pensando que había sido una jugarreta de mis trastocados sentidos, los ligeros golpes se repitieron.

–¿Qué se te ha ocurrido a estas horas? –dije, mientras abría la puerta, creyendo que Mariví había decidido compartir conmigo alguna teoría inaplazable.

Me quedé paralizado, mientras una figura bien conocida se escurría dentro de mi habitación.

–¡Tú! –le espeté a la recién llegada.

Minako se quitó el pañuelo que encubría su negra melena y unas grandes gafas oscuras de pasta que le tapaban medio rostro.

«De qué sirven las puñeteras piernas si te flojean cuando más las necesitas», me pregunté. Me dejé caer sobre la cama, para que no se me notara tanto la flojera.

–Buenas noches, Miguel.

–¿Qué estás haciendo aquí? ¿Cómo me has encontrado?

–Aunque ya te lo dejé escrito, deseaba reiterártelo de viva voz: siento mucho haberte metido en esta ratonera y he venido a ayudarte a salir de ella. En cuanto a cómo he sabido dónde te alojabas, Mariano te escuchó mientras se lo transmitías al ahuyentador de borrachos impertinentes, y no tuvo empacho en compartirlo conmigo.

–Pero te habrán visto entrar, están montando guardia a la puerta del hotel.

–No te preocupes, a esta hora solo hay uno en el coche y he aprovechado el momento en que ha ido al bar a hacer sus necesidades. La vigilancia no es de primer nivel, no parece que estén muy preocupados por lo que puedas hacer o dejar de hacer. Y ahora, si me lo permites, me gustaría contártelo todo desde el principio.

Minako estuvo hablando durante más de una hora. Me contó su reclutamiento y su instrucción exhaustiva de un mes en la gran mansión del estado de Maryland. También confesó avergonzada cómo nos había manejado a su antojo Orville para que fuéramos cumpliendo paso por paso lo que él pretendía. Me habló de la burda exigencia final de acostarse con él, que sabía que ella no iba a aceptar, y el resto de lo que pasó antes y después del inducido robo del *Manual de remedios medicinales*.

–Ramos es un manipulador excepcional, pero no todo en la vida se consigue con inteligencia y con dinero, hay otros factores que al villano se le escapan y que pueden dar al traste con sus turbios manejos, como confiar en las personas sin haber tenido que tirar de talonario para comprar su voluntad. La voluntad que se deja comprar es voluble… –paró como si necesitara aire para proseguir–, por desgracia yo lo sé de primera mano. Pero las personas también tienen sentimientos insobornables, y a veces no actúan como simples peones en el tablero de ajedrez de Orville Ramos. Por eso estoy aquí, porque no quiero ser un simple peón que la bien manicurada y mal nacida mano de Orville pueda mover a su antojo, y me he empeñado en socavar los cimientos de su fortaleza. La mayoría de los que trabajan en la mansión están descontentos con el trato que les dispensa su jefe y a más de uno le encantaría verlo burlado y humillado.

–¿Adónde quieres ir a parar?

–Déjame terminar y lo entenderás. La noche que robé el Manual, un guardia de seguridad, bien adoctrinado, me dejó salir de la mansión sin registrarme. Ese guardia, que llevaba más de diez años al servicio de Orville, ha sido despedido por una nimiedad y sin indemnización. Por tal arbitrariedad, está más que dispuesto a vengarse de su exjefe de alguna forma, y se puso en contacto conmigo. Me contó cómo yo, sin saberlo, había cumplido como una tonta las expectativas del millonario, entregándote el libro robado. Y me puso al corriente del chantaje que te están haciendo con la amenaza de denunciarme a las autoridades. Peter, que así se llama el guardián despedido, se ha movido tanto tiempo entre bambalinas de la mansión, que conoce muchas de las grietas que han ido dejando los negocios turbios de su exjefe. Me ha asegurado que, en realidad, este jamás ha considerado la posibilidad de presentar la denuncia contra mí, hay demasiadas variables que lo incriminarían también a él, y no sé hasta qué punto los papeles de la compra del libro superarían una inspección minuciosa. Peter incluso se ha ofrecido a declarar en mi favor llegado el caso.

–Lo que quieres decir es… –la apremié a ver si llegábamos a alguna parte.

–Que te olvides de esa grabación, jamás se atreverá a presentarla ante la policía. Es otro de los muchos faroles con los que nos ha estado manipulando. No le entregues lo que quiere, o mejor, ni lo sigas buscando. Deslígate de todo esto y vuélvete a tu casa y a la vida corriente de tus clases y de tu barrio en Madrid. Olvídate de Orville Ramos y, sobre todo, olvídate de mí, que no he hecho más que causarte dolor.

Tuve que reprimir mis ansias de abrazarla y de decirle que jamás podría olvidarme de los meses que compartimos, pero no hice ninguna de las dos cosas. Convencido de su arrepentimiento decidí compartir con ella todos los avances que habíamos logrado en los últimos días.

Las palabras y las razones de Minako no terminaban de convencerme de que pudiéramos sin más abandonar la búsqueda. Orville era demasiado poderoso, y aunque fuera cierto que no podía usar la grabación del robo, tenía muchos otros recursos para hacernos daño si se sentía burlado, incluso no se podía descartar que recurriese a sus matones para obligarnos a continuar la búsqueda por medio de la coacción o la violencia. Por otra parte, yo tampoco quería renunciar a la posibilidad de encontrar un manuscrito de Cervantes, ahora que estábamos tan cerca, y después de todo lo que habíamos sufrido para llegar hasta aquí.

Hice partícipe a Minako de estas reflexiones, y ella se mostró menos segura que unos minutos antes. Creo que no había considerado la posibilidad de que Orville se liara la manta a la cabeza y nos obligara por las malas. No tuve que recordarle que conocía nuestras vidas al dedillo y también las de nuestros familiares y amigos; si se empeñaba en hacer daño a nuestros seres queridos, no tendríamos defensa.

–Creo que la mejor manera de terminar con todo esto es encontrar la caja y darle a Orville las joyas y las monedas de oro, y quedarnos con el cuadernillo de Cervantes, que es lo que pacté con él al principio. Porque aunque él nunca hubiera estado dispuesto a cumplir dicho pacto, una vez entregado a las autoridades el manuscrito, quedará definitivamente fuera de su alcance y creo que no tendrá más remedio que conformarse, pues una represalia posterior sobre nosotros sacaría a la luz pública la existencia de un importante tesoro conseguido de forma ilegal.

–Puede que tengas razón. Pero habría que asegurarse de que llegamos al tesoro sin la compañía de los matones de Orville, o nos quedaremos sin nada.

–¿Llegamos? –Parecía que las mujeres de mi vida no querían dejarme afrontar en solitario los peligros de mi futura carrera delictiva.

Le expuse las mismas objeciones con las que unas horas antes intenté hacer desistir a Mariví. Con idéntico resultado.

Decidimos esperar a las siete, a que llegara mi ex, y entre los tres urdir la forma de dar esquinazo a nuestros celadores. Y, para evitar que los vigilantes pudieran ver a Minako si salía del hotel para volver por la mañana, tiramos el colchón al suelo, donde se acostó ella, y yo me acomodé en el canapé. La infinita desesperación de su cercana imposibilidad fue la más dura prueba por la que tuve que pasar en mi búsqueda del manuscrito: sentir su cálida presencia a mi lado, oler su tenue fragancia y escuchar su acompasada respiración una vez que se quedó dormida, y no poder abrazarla, cubrirla de besos y hacerle el amor. Fui incapaz de conciliar el sueño, pero no me importó, me quedé allí, imaginando que la abrazaba, hasta que la rosada claridad de la mañana sevillana empezó a filtrarse por el ventanal.

A las siete, con una inaudita puntualidad, llegó Mariví. Ya podéis imaginar la cara que se le quedó cuando vio con quién había compartido habitación aquella noche.

—¿Qué hace ella aquí? —se dirigió directamente a mí, ignorándola.

Se lo expliqué, resumiendo lo que ella me había contado la noche anterior. Pero no la vi muy convencida de tener que compartir el final de la aventura con la que según ella era la causante de todos nuestros problemas actuales. Siguió renegando y expresó sin ambages, esta vez sí mirándola directamente, que desconfiaba de su oportuna reaparición justo cuando nos acercábamos a la resolución del misterio.

Yo me sentía en tierra de nadie, inerme entre dos temibles enemigos dispuestos a enzarzarse en una lucha a muerte. Curiosa y desesperante situación la mía, atrapado en el implacable fuego cruzado entre una exmujer y una exnovia.

Cuando las bombas dejaron de estallar –por el momento–, me acordé del coche de alquiler. Llamé a la empresa y cambié lugar y hora de entrega; protestaron un poco, pues alegaban que ya habían salido hacia el hotel, pero al final, cobrándome un recargo, aceptaron los cambios.

Nuestro plan era salir del hotel Mariví y yo juntos como si fuéramos a desayunar y, cuando nos siguieran, Minako aprovecharía para salir con nuestro equipaje, que no era muy voluminoso, luego pasaría a recoger el suyo por su hotel y acudiría al punto de encuentro: la puerta principal del Archivo de Indias, que era donde yo había apalabrado la entrega del coche de alquiler.

Nosotros dos entraríamos en El Corte Inglés, donde ya habíamos estado y sabíamos que tenía varias puertas que daban a calles distintas. No sería complicado salir por una de ellas con la celeridad suficiente para despistar a nuestros vigilantes, que seguramente no se esperarían nuestra maniobra evasiva.

La cosa funcionó. Sobre las diez y media íbamos los tres rumbo a la antigua finca de los Villalmedina. Miré varias veces por el retrovisor del coche y no vi ningún vehículo sospechoso. Nos habíamos librado de nuestros ángeles custodios, al menos de momento.

–Creo que sería conveniente apagar los móviles –les dije a mis acompañantes, tras recordar que los móviles de ahora con Gps son fácilmente detectables.

Así lo hicimos. Minako y yo de inmediato, y Mariví tras llamar a sus padres y advertirles que no se preocuparan si no podían localizarla en un par de días; ya los llamaría ella en cuanto fuera posible.

Nuestro objetivo se encontraba en las inmediaciones de una anodina población que intentaba, con bastante éxito, pasar desapercibida para el viajero y para la Historia. Mas a pesar del mudo grito que lanzaba su paisaje: «Pasad de largo, aquí no se os ha perdido nada», nuestra misión no nos permitió acatar tan sabio consejo.

La construcción religiosa distaba un par de kilómetros del pueblo, y se llegaba a ella por un inhóspito camino de tierra y piedras que iba a morir en la cancela de la finca de los frailes. A la derecha se extendían campos llanos hasta donde alcanzaba la vista, me dio la impresión de que plantados de cereales. A su izquierda se levantaba un pequeño teso que mostraba en su cima plana un espeso pinar. A aquella atalaya se podía llegar por una trocha forestal que partía del punto medio del camino que iba del pueblo a la finca, es decir, a un kilómetro de la población y a otro de la entrada del cenobio, por lo que ni a los monjes ni a los vecinos les resultaría fácil controlar a quienes se desviaran por el empinado sendero.

Todo esto lo fuimos descubriendo al inspeccionar los alrededores por espacio de un par de horas, con el propósito de familiarizarnos con el entorno. Cuando constatamos la posibilidad de llegar con el coche hasta lo alto del teso sin que nos vieran, decidimos subir hasta allí. Era un observatorio perfecto, desde el borde del risco; protegidos por los pinos y las olorosas jaras, que estaban en plena floración, podríamos observar con detalle toda la extensión de la finca sin temor a ser descubiertos.

Después de dejar marcado con unas piedras el que nos pareció el mejor sitio para establecer nuestro puesto de vigilancia, nos volvimos al pueblo. Callejeamos un poco hasta encontrar una óptica, donde compramos unos prismáticos. La joven dependienta, después de ayudarnos a elegir el modelo que supuestamente más nos convenía, nos orientó hacia la calle principal del pueblo, ligeramente más ancha que las demás y con más comercios. Allí pudimos completar nuestro equipo de combate: una palanqueta pequeña, para forzar la tapa del ataúd, y un

443

sencillo manual ilustrado de ornitología, que conseguimos en un cubículo de fachada oscura y triste: Librería Pepita, donde todos los libros parecían de segunda mano y la dueña de tercera, por lo menos. El librito, que todavía conservaba una etiqueta amarillenta con su precio en pesetas y que hacía años que había perdido toda esperanza de ser comprado, lo adquirimos pensando que nos podría servir para pasar por aficionados a los pájaros, en caso de tener que dar explicaciones a algún guarda forestal quisquilloso que se interesara por nuestra presencia en el bosquecillo.

Elegimos, para cubrir las necesidades perentorias de avituallamiento, un restaurante sin mayores pretensiones: queríamos llamar la atención lo menos posible, aunque yendo con Minako la cosa era complicada, por no decir imposible. La idea era volver a nuestro observatorio nada más terminar la comida, para comenzar la labor de vigilancia propiamente dicha.

La dueña del restaurante, una mujer alegre y sanota, nos puso al corriente de las costumbres de los monjes eremitas y comentó que la misa del miércoles era muy conocida en toda la comarca. El origen ancestral de la ceremonia y el motivo elegíaco por el que se celebraba había convocado allí, desde que se tenía memoria, a todos aquellos que querían elevar una plegaria por el alma de algún pariente difunto.

–Y quién no tiene algún muerto a mano que necesite un par de rezos.

Se secó las manos grandes y rojas, manos que sabían lo que costaba ganarse un euro, en un delantal estampado de espigas y amapolas, de cuyo bolsillo central extrajo un pequeño bloc de tapas anaranjadas para echarnos la cuenta. Ya nos había dado, sin necesidad de insistir demasiado, bastantes detalles concretos del sitio que pretendíamos asaltar.

La finca tenía unas seis hectáreas totalmente valladas, contaba con una huerta, donde sembraban y recolectaban sus alimentos básicos los cinco monjes que componían su plantilla actual, y tenía también un pequeño molino de grano. La iglesia se construyó en el lugar y con los materiales de la antigua mansión de los Medina, y tenía adosado a su pared trasera el panteón original, donde se suponía que dormían su sueño eterno los dos últimos varones de la saga. A la derecha de la iglesia, y separada de ella unos cincuenta metros, estaba la residencia actual de los monjes, tan moderna, austera y funcional como un bar de carretera.

Dejamos a la mesonera una buena propina, que bien se había ganado con sus útiles revelaciones y su simpatía, y nos volvimos al bosquecillo del teso.

Y allí estábamos, tres espías de pacotilla, vigilando con unos prismáticos maluchos a unos inocentes frailes que trabajaban su huerta, y que no podían ni sospechar que uno de los ataúdes que habían estado custodiando durante siglos contuviera un manuscrito del más grande escritor de todos los tiempos.

Estuvimos el resto de la tarde sin levantar la vista de nuestro objetivo, pero poco sacamos de aquel torpe espionaje. Observamos a los cinco frailes trabajar los campos hasta las siete y luego entrar en la iglesia para rezar las vísperas, antes de retirarse a sus celdas a descansar hasta el día siguiente, que supuse idéntico, salvo por la misa, a mil días anteriores. Llegué a la conclusión de que no era necesario preparar con demasiado esmero nuestro asalto, y así lo comenté con mis acompañantes.

—He pensado que lo mejor sería intentar llegar hasta el ataúd mañana, aprovechando que es miércoles y que los monjes abrirán sus puertas para la famosa misa de difuntos. Puesto que el panteón está adosado a la iglesia y que abrir un pequeño ataúd no creo que suponga excesivas complicaciones, propongo escabullirnos durante la misa y tratar de llegar hasta el panteón. Si no surgen problemas imprevistos, deberíamos apoderarnos de la caja en unos pocos minutos. Y con ella a buen recaudo en el inmenso bolso de Mariví, volver al templo antes de que acabe la ceremonia, para salir con naturalidad junto con los demás fieles.

–¡Pero lanzarnos así, a la buena de Dios! No sabemos si el panteón estará cerrado con llave, si el ataúd estará en alguna cámara cerrada, si no se quedará alguno de los frailes vigilando los ataúdes, si…

–Para, Mariví, para, no seas negativa y agorera –la corté antes de que siguiera enumerando el sinfín de peros–. En todo caso, será más bien lanzarnos «a la mala de Dios», puesto que vamos a profanar una de sus casas –bromeé para suavizar la tensión que nos tenía de los nervios a los tres–. Soy consciente de que podemos encontrar muchos escollos, pero si no nos enfrentamos a ellos, no llegaremos a conocerlos, y desde luego que no lo haremos mirando con unos prismáticos cómo plantan calabacines. Si no lo conseguimos, trataremos de intentarlo un día que no haya misa, quizá cuando duerman los monjes, aunque los ruidos que se podrían derivar de la apertura del féretro serían más difíciles de disimular en plena noche. También podríamos, si lo demás no prospera, volverlo a intentar el miércoles de la semana que viene, mejor pertrechados gracias a los datos que hayamos recabado en la intentona de mañana.

–¿Y el ultimátum de Orville? –Mariví me recordó la espada de Damocles que teníamos sobre nuestras cabezas, en especial sobre la de Minako.

–De momento, con nuestros móviles apagados no pueden localizarnos y no creo que cumpla su amenaza antes de saber qué es lo que está pasando. Si mañana no podemos hacernos con el cuaderno, lo llamaré y veré la forma de darle largas.

Minako apoyó mi decisión de acometer la tarea y tratar de vadear las dificultades sobre la marcha.

–Pienso que tampoco arriesgamos demasiado –dijo dirigiéndose a Mariví–, yo me puedo quedar en la iglesia vigilando y vosotros dos tratáis de llegar hasta el ataúd. En caso de que os descubran, podéis decir que queríais ver el panteón porque os había conmovido mucho la trágica historia de la familia Villalmedina, que conocíais por el libro de Andrade. Supongo que lo máximo que pueden hacer es regañaros y echaros de allí sin miramientos, no creo que los frailes fusilen al amanecer.

Mariví no respondió a los argumentos de Minako y, aunque su expresión continuaba siendo seria y ceñuda, interpretamos su silencio como una leve conformidad.

Habíamos reservado tres habitaciones en un hostal de carretera que vimos a la entrada del pueblo cuando veníamos de Sevilla. Allí nos recogimos a cenar. La cena fue silenciosa, dominada por la preocupación. Después nos fuimos cada uno a nuestro cuarto a procurar el descanso antes del inminente día D.

Como el sueño se retrasaba, me dio por pensar en todas las circunstancias que rodeaban a esa primera vez en que iba a poner un pie al otro lado de la fina línea que dibuja la Ley con más o menos pulso. Comprendí que mi bisoñez en tales quehaceres delictivos había hecho que cometiera una serie de fallos que la tranquilidad y la reflexión nocturnas me hacían ver ahora con desasosegante claridad. Había alquilado un coche a mi nombre con el que habíamos sido vistos por todo el pueblo y cuya matrícula podía recordar cualquiera; habíamos reservado habitaciones a nuestro nombre y en todas partes habíamos pagado con tarjetas de crédito. En el hotel, el restaurante y las tiendas contaban con delatores recibos con nuestros datos personales. Por otra parte, si al final nos llevábamos la caja y podíamos volver a dejar el ataúd tal como estaba, sin que nadie notara la profanación, ¿cómo iba a justificar ante las autoridades el hallazgo del manuscrito, si es que existía realmente?

Comprendí que ya no se podía hacer nada en lo relativo a los detalles que nos incriminaban; y en cuanto al manuscrito, ya pensaría alguna manera de justificar su aparición si llegaba a tenerlo en mi poder.

Un poco más tranquilo, tras haber llegado a aquella conformista conclusión de que lo primero no tenía remedio y lo segundo no era tema para aclararlo esa misma noche, logré al fin conciliar el sueño.

La misa era a las doce del mediodía. Estuve dudando de si acercar el coche hasta la puerta de la cartuja o dejarlo en el camino del teso. Al final, decidí que era menos sospechoso llegar en el vehículo. Total, ya nos habíamos expuesto lo suficiente.

La iglesia no era pequeña, pero supuse, por lo que nos habían contado, que cuando empezase la ceremonia estaría abarrotada, así que nos plantamos allí con media hora de antelación, para ser de los primeros en entrar y poder escoger el sitio más adecuado a nuestro propósito.

Diez minutos antes del mediodía uno de los monjes, que no hubiera desentonado en un cuadro del Greco, se acercó hasta la verja y abrió el grueso candado.

Por un corto camino de gravilla polvorienta, festoneado con parterres de geranios y pensamientos de alegre colorido, se llegaba a la puerta del templo, situada en uno de sus laterales. Entramos todos los fieles y fuimos colocándonos en los incómodos bancos de madera de pino.

Al ser de los primeros, pudimos observarlo todo con cierto detalle antes de que la gente nos lo impidiera. Vimos que en la pared del fondo, opuesta al altar mayor, había un par de confesonarios a los lados y una cortina morada, deslucida y deshilachada, que colgaba de un soporte semicircular de latón mortecino. Al verla, los tres intercambiamos gestos de muda complicidad y nos fuimos a colocar en el último banco, el más cercano a la cortina.

Faltaba poco para empezar la ceremonia y el barullo era considerable; me acerqué a uno de los confesonarios e hice ver que curioseaba el tallado de la madera, oscurecida de pecados y humo de velas. Amparado en que la mayoría de los feligreses miraban en dirección al altar mayor, me colé con rapidez detrás de la cortina. Como era de esperar, había una puerta. Tiré de la manivela y comprobé que no estaba cerrada con llave, me pareció un buen presagio. Daba a un feo y estrecho pasillo de suelo de terrazo, al final del cual se insinuaba un recodo, aunque desde allí no se apreciaba bien. Pensé en volver a la iglesia para informar a Mariví, pero no tuve que hacerlo: al darme la vuelta la vi venir hacia mí con decisión.

—Acaba de empezar la ceremonia y los cinco monjes están frente al altar. Minako se ha quedado al lado de la cortina, donde nos habíamos colocado las dos. Como la gente no cabía en los bancos, no levantamos sospechas, y ha sido fácil escabullirme detrás de ti. ¡Vamos!

Decidida, se lanzó hacia el fondo del pasillo. La seguí. Llegamos a un recodo que doblamos con precaución. Tras otro tramo de similar longitud, nos topamos con otra puerta, esta ni siquiera tenía cerradura. No daba la impresión de que a los monjes les preocupara mucho la seguridad, era evidente que no creían tener allí nada de valor. Bien que se equivocaban.

Superada la segunda puerta, entramos en una suerte de pequeña y triste sacristía, donde unos desvencijados armarios de madera bastante deteriorada parecían contener las vestiduras talares y otros adminículos para el culto. Atravesando la sacristía se llegaba a una sala mayor, mejor iluminada y de techo más alto.

¡Y allí estaban!

Dos ataúdes, uno al lado del otro, en pedestales de granito, colocados muy cerca de la pared del fondo y encuadrados por unos bolardos de latón dorado con cordones negros. En mitad de la pared destacaba un gran óleo, algo deslustrado por la pátina del tiempo. Un barbado caballero, vestido con media armadura, sujetaba con gesto gallardo el yelmo con su mano izquierda y la brida con la derecha, y nos observaba con severidad desde la altura de su precioso corcel blanco: don Luis de Medina, último marqués de Villalmedina. En su porte altivo y su mirada desafiante se adivinaba que la pintura era anterior a su declive y locura.

Tras echarle un vistazo rápido a la pintura, los dos nos quedamos arrobados contemplando el pequeño ataúd. El color blanco original había adquirido, con el paso de los siglos, una tonalidad más bien marfileña. Mariví fue la primera en reaccionar.

–Vamos, apresúrate, no disponemos de mucho tiempo.

Me acerqué al féretro y me dispuse a abrir la tapa con la palanca que me había pasado mi exesposa, y neocompinche, tras sacarla del bolso.

Sonó un crack sordo al introducir la herramienta entre las dos tablas. Iba a empezar a hacer palanca, cuando escuché a Mariví dar un grito ahogado y un nítido escalofrío hizo un eslalon por mi columna vertebral. Empezaba a levantar la cabeza para averiguar la causa de su alarma, cuando una mano hercúlea me agarró del cuello de la chaqueta y me impulsó hacia atrás con una fuerza descomunal. Salí despedido y mi cabeza rebotó contra el granítico pedestal del otro ataúd.

Quedé inconsciente durante un par de minutos. Cuando la luz empezó a abrirse paso en mi cerebro, me encontré en brazos de Mariví, que lloraba y me daba cachetitos cariñosos.

Al enfocar la mirada, vi que García había retirado la tapa del pequeño ataúd y tenía en sus manos una bolsa de cuero cuarteada y polvorienta.

Aún semiinconsciente, y mientras Mariví me decía algo que no lograba comprender y me tendía mis gafas, milagrosamente

intactas, que había recogido del suelo del mausoleo, contemplé
—me dio la impresión de que a cámara lenta— cómo el matón
sacaba de la bolsa de cuero una caja de metal oxidada. Mi lengua, toda corcho, pugnaba por deshacer unos grumos de saliva
espesa que me llenaban la boca. Intenté incorporarme, pero las
piernas, precarias y dubitativas, no respondían, daban la impresión de estar pensándose todavía si volverían a cumplir con sus
funciones motoras.

No quería dar crédito a lo que estaba viendo, por un momento pensé que todavía no había recuperado del todo la lucidez.
Cuando comprendí que sí, que era real lo que contemplaban mis
ojos, alargué los brazos hacia el bárbaro y grité:

—¡Nooo, no lo haga!

La advertencia no llegó a tiempo, el imbécil del guardaespaldas, pese a todos esos títulos de los que presumía, había
abierto sin más la caja. Una caja que había permanecido sellada
durante más de cuatrocientos años. El aire y la luz, al penetrar
en ella después de tanto tiempo, aunque no afectaron a las monedas de oro ni a las joyas, fueron funestos para el frágil papel
del cuadernillo, que debía de estar ya bastante deteriorado por
el paso del tiempo, la humedad y los gases del cadáver del niño al
descomponerse. Prácticamente se le desintegró entre los dedos
al pasmarote arrogante cuando lo sacó de su encierro centenario.

García me miró con palpable temor: sabía que su idiotez podía costarle cara ante su inflexible jefe, pero luego se encogió
de hombros y dejó caer los restos del cuaderno al suelo antes de
desaparecer con la caja por la parte posterior del panteón,
donde seguro que había otra salida que desconocíamos. El matón debió de pensar que lo primordial era recuperar las joyas y
el oro, y supuse que tampoco iba a contarle a Orville lo que en
realidad había sucedido con el manuscrito; en todo caso, le diría
que estaba ya deteriorado antes de su intervención.

Al fin pude incorporarme ayudado por una preocupada Mariví. Recogí del suelo los restos del cuadernillo, que me guardé en un bolsillo de la chaqueta, y me asomé con reverencia al interior del ataúd.

Los pequeños huesos del esqueleto de aquel malogrado infante se encontraban diseminados sobre una tela amarronada y carcomida —la que fuera escarlata un día—, algunos aparecían enredados en un pequeño rosario de cuentas nacaradas. Aquellos desbaratados huesecillos habían sido compañeros seculares del manuscrito de Cervantes, que no era ahora sino un puñado de virutas de papel mohoso en mi bolsillo. Sin pensarlo dos veces, cogí una de las diminutas falanges y me la guardé en el mismo bolsillo en el que había puesto el arruinado manuscrito, como si creyera necesario que siguieran haciéndose mutua compañía.

—Ayúdame a colocar de nuevo la tapa —conminé a Mariví.

—¿Por qué vamos a pararnos a ponerla, si nosotros no hemos sido al final los que la hemos quitado?

—Porque a García nadie podrá relacionarlo con el expolio y a nosotros sí. Si conseguimos que no se enteren de que se ha abierto el ataúd, mejor nos irá.

Cogimos la tapa y ya estábamos recolocándola, cuando oímos un barullo procedente de la pequeña sacristía. Una voz femenina chillona y enervante parecía proferir frases incoherentes.

¿Inglés? ¿Minako?

Terminamos con rapidez de acoplar la tapa del pequeño ataúd y, afortunadamente, con la simple presión de nuestras manos pudimos encajarla de nuevo. Acabábamos de retirarnos un paso del féretro, cuando irrumpieron dos de los monjes esquivando como podían a una aparentemente descontrolada Minako, que no paraba de interponerse en su camino.

—*Oh, my God! This place is so mystic, so... «auténtica».*

—Señorita, vuélvase a la iglesia, ya le hemos dicho que no puede estar aquí —le repetía con enfado uno de los religiosos.

—¡No aquí! *Not here!* —le decía el otro, mientras trataba de apartarla de su camino sin mucho éxito.

Comprendí que Minako nos había proporcionado unos minutos preciosos y una tapadera que podíamos utilizar. Me volví a Mariví y, aprovechando que les daba la espalda a los frailes, le guiñé un ojo y dije, intentando poner mi mejor acento británico:

—*It's so beautiful. I've never seen something like this in my life.*

Mariví lo comprendió y se apuntó a la farsa.

—*Beautiful! Marvelous!*

Y a los frailes les dirigió un gesto explícito con su mano derecha, acercando los dedos juntos a su boca y después abriéndolos a la par que los alejaba de los labios.

—¿Qué están haciendo aquí? Este sitio está prohibido a las visitas.

Yo, disimulando con una mano el incipiente chichón que empezaba a insinuarse en mi occipucio, aún di una vuelta alrededor del ataúd mientras hacía gestos de admiración. Pude comprobar que habíamos dejado apenas unas pequeñas muescas en el lugar donde se había introducido el pico de la palanca; era todo lo que podía apreciarse de la profanación.

Luego nos dejamos empujar los tres por ambos monjes hacia la salida.

—¡Fuera, váyanse de aquí! —insistía uno de ellos, mientras el otro se quedaba rezagado, para comprobar que todo estaba en orden.

Yo me hacía cruces por que no se dieran cuenta en mucho tiempo de la violación, pero incluso si sospechaban algo y abrían la tapa, no podrían notar la falta de la caja de caudales, pues nunca llegaron a saber que estaba allí.

Desanduvimos nuestros pasos de asaltatumbas debutantes, bien escoltados por el exasperado religioso que no paraba de empujarnos por el oscuro pasillo. Ya estábamos llegando a la puerta de la iglesia cuando noté en mi hombro una mano áspera y callosa, más hecha a la azada que al misal, que me detuvo sin contemplaciones.

Me dio un vuelco el corazón, y a mis dos acompañantes les abandonó de golpe el color de la cara al darse cuenta de lo que pasaba. Me volví despacio y tuve que enfrentar la torva mirada del monje que se había quedado atrás revisándolo todo. Por suerte, la lobreguez del pasillo encubrió nuestra turbación.

–Se han dejado esto –me dijo, con sus ojos oscuros enfocando directamente a los míos, como intentando averiguar mis verdaderas intenciones, y me tendió la ajada bolsa de cuero del siglo XVI que García había dejado tirada en su huida.

Tras reponerme mal que bien, alargué la mano y cogí la bolsa.

–*Thank you very much, father*... –Casi se me escapa un «gracias» en perfecto castellano, pero por suerte mi agradecimiento en inglés fue lo ultimo que le dije al escamado fraile, antes de entrar en la iglesia.

Sobrepasamos la tupida cortina morada justo cuando los otros tres religiosos, que se mantenían fieles a la desusada tradición litúrgica del latín, pronunciaban el *ite, missa est*.

Sin mediar palabra, y sintiendo todavía en nuestras nucas, como un berbiquí al rojo, la desconfianza de los dos monjes, nos dirigimos a la salida con el resto de los fieles. Una vez afuera respiré una bocanada de aire tibio y fragante con tantas ansias como si hubiera estado conteniendo la respiración desde que empezara la misa, vi que mis dos lugartenientes hacían lo propio. Subimos al coche sin más sobresaltos y salimos a escape de allí.

–Nunca creí que iba a estarle tan agradecido a la lengua de Shakespeare –dije para romper el silencio nervioso que todavía nos sobrecogía.

—¿Qué ha pasado? —preguntó la americana una vez que pudo articular palabra.

Le contamos todo lo sucedido hasta que ella apareció entorpeciendo a los frailes.

—¿Y cómo ha sabido García dónde encontrarnos?

—Eso dínoslo tú —le contestó Mariví de forma desabrida y cortante.

—¡No creeréis que yo os he traicionado!

—¡Cómo íbamos a pensar algo semejante de una persona tan íntegra y fiable como tú! —Mariví, a pesar de las circunstancias, no perdía ocasión de tirar de sarcasmo.

Ya me veía inmerso en una nueva escaramuza de la guerra entre mis ex. Sabía que debía intervenir, pero no tenía claro de qué lado decantarme. Por una parte, no se podía reprochar a Mariví que desconfiara de quien ya nos había traicionado una vez, pero me rechinaba un poco en Minako la desalmada hipocresía necesaria para volver a presentarse ante mí y traicionarme de nuevo. Además, ¿por qué no se había largado con García una vez que habían conseguido lo que buscaban?, ¿por qué nos había salvado de ser descubiertos con el ataúd destapado? Habría sido mucho más lógico dejar que cargáramos nosotros con las culpas si se descubría la profanación.

—Dejemos ese asunto por el momento. Ya tendremos tiempo, cuando estemos lejos del escenario del crimen, de pensar en traiciones o no traiciones —intervine para que se dejaran de esas batallas que solo conseguían ponerme aún más nervioso de lo que ya estaba.

Tomé la decisión de que metidos ya en carretera, y no habiendo dejado en Sevilla nada por lo que regresar, lo mejor sería seguir hasta Madrid y devolver allí el vehículo de alquiler. Ninguna de las dos dijo nada en contra cuando les comuniqué mi propuesta.

Cuatro horas y cuatrocientos kilómetros de tenso silencio después, Minako rompió a hablar.

—Entiendo que sospechéis de mí.

—¡Vaya, qué comprensiva! —ironizó Mariví.

—Está bien, me merezco tu sarcasmo y tu desprecio, pero sé que yo no he sido la que ha delatado nuestra posición, así que llevo dándole vueltas todo el camino a cómo podrían haber sabido, sin mi colaboración, dónde nos encontrábamos exactamente. Y creo que ya lo sé. Es verdad que hemos apagado los móviles, pero hay un dispositivo que tú —dijo dirigiéndose a mí— sí que has utilizado.

—¡El portátil! —caí en la cuenta en cuanto lo mencionó.

La siguiente área de descanso de la autopista acogió mi frenazo y mis nervios mientras desmontaba la tapa del ordenador. Allí estaba, un dispositivo del tamaño de una uña, que arrojé al asfalto con rabia, muy enfadado conmigo mismo.

—Cómo he podido ser tan estúpido de nuevo y dar por sentado que lo que me dijo García de que solo habían colocado chips en el libro era cierto.

—No seas duro contigo —me consoló Minako—, no estás preparado para enfrentarte a ellos, en asuntos delictivos siempre te llevarán la delantera, y creo que tal indefensión debería ser más motivo de orgullo que de repulsa.

Mariví seguía enfurruñada, parecía algo molesta por no haberse comprobado la segunda traición de su rival. Pero yo sabía que su buen fondo haría que pronto recuperase su talante habitual.

Un poco después, cerca ya de la capital del reino, con el alivio de luto de saber que no fue Minako la que nos había traicionado por segunda vez, y aprovechando la tregua silenciosa y tensa de las dos contendientes, me cayó encima, como una losa descomunal y asfixiante, la enormidad del desastre que suponía la pérdida del manuscrito de Cervantes. Un gorjeo siniestro en el interior del pecho se me iba convirtiendo en sofoco, en una agónica falta de aire que terminó desembocando en unas arcadas secas que me forzaron a parar el coche en la cuneta. Me culpaba por no haber sido capaz de evitar la destrucción del cuadernillo, me daban ganas de darme de cabezazos contra el cristal del parabrisas.

–¡Joder! ¡Haberlo tenido al alcance de la mano y haber permitido que lo destruyeran! –pronuncié en voz alta lo que tenía que haber sido una dolorosa reconvención interna.

Ambas me miraron con conmiseración al notar lo profundo de mi pesadumbre. Por el bello rostro de Minako rodaron dos lágrimas lentas, y Mariví, desde el asiento trasero, me puso la mano en el hombro, en un mudo y universal gesto de pésame.

LA DESPEDIDA

Cuando llegamos a Madrid, pasé primero dejando a Mariví en su casa. Se despidió con frialdad de Minako y a mí me regaló dos besos y una mirada suspicaz, cargada de connotaciones no muy difíciles de interpretar.

Una vez que nos quedamos los dos solos, aparqué en el primer sitio que me fue posible, para tratar de decirle a Minako, sin más tardanza, que no se preocupara por nada de lo ocurrido hasta ahora, que no me importaba el daño que me había causado, ya era agua pasada, y, sobre todo, quería decirle cuanto antes que la seguía queriendo.

La miré a los ojos e iba a empezar a hablar, pero ella posó con levedad su dedo índice en mis labios abortando las nonatas palabras.

—Shssss. No digas nada. No es el lugar ni el momento. Tus heridas están demasiado recientes para que puedas obrar con perspectiva. Y mi ánimo no es el adecuado en absoluto. Será mejor dejar pasar un tiempo para que el dolor sedimente y se restañen las heridas.

Pareció que no iba a añadir nada más, pero, tras unos instantes de vacilación, decidió darme ciertas explicaciones que complementaban las ya dadas en su nota primero y en el hotel de Sevilla después.

—Yo vine dispuesta a aprovecharme de ti, sin preocuparme lo más mínimo por lo que pudiera dañarte mi actuación. La joven que llegó a Madrid era la misma despreocupada y superficial de las escapadas mexicanas. Pero algo empezó a cambiar la noche de la Plaza Mayor. Aunque cuando de verdad caí en la cuenta de mi vileza y de la transformación que el haberte conocido había provocado en la mujer sin escrúpulos que yo solía ser fue en el Patio de los Filósofos. Allí intenté prevenirte del daño que te iba a causar, pero al ver tu amorosa forma de mirarme, me fallaron las fuerzas y no fui capaz de hacerlo de manera clara y contundente. Fue en aquel momento cuando decidí que aprovecharía mi inminente viaje para desaparecer sin más y sin llevarme el informe Dimas, incumpliendo el mandato de Orville y renunciando a la suculenta paga. Con esa resolución partí al día siguiente de tu lado. Pero durante la semana que estuve fuera me dio tiempo a reflexionar. Llegué a la conclusión de que si simplemente desaparecía, tú seguirías queriéndome y la herida tardaría más en sanar; en cambio, si culminaba la traición y te robaba el informe, me aborrecerías y te resultaría mucho más fácil olvidarme, por eso lo hice. Y así debería haber concluido nuestra relación. Pero cuando me enteré del chantaje que te estaba haciendo Orville a mi costa, me resolví a volver para convencerte de que no te preocuparas por mí y no cumplieras las órdenes del pirata.

Intenté otra vez decirle que todo eso ya no tenía importancia, que para mí era historia antigua y olvidada, pero de nuevo no me dejó abrir la boca.

–He decidido ahora contarte estas cosas para que no te queden dudas y puedas pasar página de una vez por todas. Fui una intrigante y una aprovechada, al principio, y después una cobarde; y porque aún lo sigo siendo en cierto modo, no me he callado todo esto antes de desaparecer de tu vida. Solo si el paso del tiempo fuera benévolo y algún día me sintiera capacitada para volver a mirarte a los ojos… –Dejó sin aclarar lo que podría suceder si se dieran aquellos supuestos. Y concluyó categórica–: Mientras tanto, sigue con tu vida y no me busques, te lo ruego.

Cogió su pequeño bolso de viaje del asiento trasero y abrió la puerta del coche. En el último momento, cuando ya se disponía a marcharse, se dio la vuelta, como si hubiera olvidado algo, y me plantó un esbozo de beso en los labios. Salió y comenzó a caminar por la acera sin volverse.

En ese momento, comprendí que se alejaba de mi vida sin haberme dejado penetrar en su yo más íntimo, y que a pesar de ello, yo había sido plenamente feliz con esos magros retazos que se me habían concedido. Ahora que la veía marcharse, tal vez para siempre, entendí con esa sutil claridad que a veces te permite la tristeza, con qué poco de ella me había conformado. Y me oprimía el pecho una sensación de penuria, como de haber dilapidado una inmensa fortuna de la manera más absurda.

Había dado ya unos cuantos pasos, cuando abrí con urgencia mi portezuela y, desde su umbral, le grité:

–Ni siquiera me has dicho tu verdadero nombre.

Ella, en un primer momento, siguió caminando como si no me hubiera escuchado, después se paró y volvió la cabeza.

–Minako Mulberry.

Y se perdió entre la gente.

Y yo regresé inmensamente solo a casa, mientras se me instalaba machaconamente en la cabeza, sin desearlo ni poder evitarlo, una estrofa del conocidísimo *Volver*: «Vivir, con el alma aferrada a un dulce recuerdo, que lloro otra vez».

Con el transcurso de los días fui capaz de analizar, creo yo que con más perspectiva, mi relación con Minako y las dudas que me habían ido asaltando a lo largo de su desarrollo. Comprendí que tal vez no había sido del todo justo al colocarle a ella en el debe su falta de implicación emocional, en contraste con la mía.

Es posible que también fuera en parte mi culpa, que no había sabido interesarme por todo lo suyo con la intensidad necesaria para llegar a su corazón, yo había expuesto el mío, por así decirlo, pero ¿había tratado de alcanzar lo más hondo del suyo?

En realidad, y ahora lo veía con bastante nitidez, lo nuestro no fue una historia de amor, sino un enamoramiento. Faltó reciprocidad, pero ¿la busqué con la suficiente osadía, con la enérgica decisión que requerían las complejas circunstancias? Por desgracia, creo que no. Quizá no estaba preparado, me dije escurriendo el bulto por el lado fácil, para poder seguir viviendo y mirándome al espejo sin recriminaciones demasiado dolorosas.

La rutina de mi pasar diario retomó una monótona normalidad que tan extraña se me hacía tras todas aquellas semanas trepidantes. Las noches, sin embargo, «se me poblaban de recuerdos que encadenaban mi soñar».

Pero la puta vida seguía como si nada.

El curso en el instituto acabó como lo había hecho el de la UNED unos días antes. Y en mi Madrid empezó a apretar el sol como sabe hacerlo.

Llamé, cumpliendo mi promesa, a fray Tobías. Le conté, sin entrar en detalles que pudieran comprometernos a ambos, que mi dama en apuros había sido liberada, al haber conseguido el villano de la historia su anhelado tesoro. Le dije que los frailes del cenobio no habían tenido que deplorar un expolio del que no se habían enterado, y le reiteré mi más profundo agradecimiento. Le ofrecí mi ayuda en cualquier modo en que la pudiera necesitar en el futuro, y él me apremió a visitarlo y compartir un nuevo chupito de Málaga Virgen y alguna que otra nueva teoría sobre el *Quijote*, si acaso volvía por Sevilla.

–¿Le importa si le hago una pregunta un poco personal? –dije, después de expresar mi agradecimiento, y sin pensar demasiado en si mi curiosidad podría molestarle.

Hubo un momento de silencio, en el que supuse que estaría pensando si colgarme el teléfono, como me merecía. Pero lo que hizo fue contestar a mi pregunta sin necesidad de que yo la formulase: de nuevo se me transparentaban las intenciones.

–Porque no me caen bien esos frailes es por lo que no moví un dedo por evitar que te hicieras con el tesoro escondido en aquel panteón y, más bien al contrario, te favorecí en lo que pude. Además, lo cierto es que esas joyas no les pertenecían, así que sensu stricto no se las has robado. Lo que me contó el hermano Silvestre de que no abrían nunca sus puertas a los fieles, salvo para esa misa de gorigori que les permite seguir disfrutando de su dorado retiro, y que incluso me da en la nariz que la ofician de mala gana, no me predisponía en su favor. No, no me gustan esos frailes de la «orden» de Juan Palomo: «Yo planto mis pepinos y yo me los como», aislados, parásitos, sin hacer nada de provecho para el resto del mundo. No, no me caen bien esos frailes, prefiero cien veces el altruismo de tu cruzada en pos de salvar a una dama en apuros.

»Como ves, no comulgo demasiado con el corporativismo. Y si piensas que yo también vivo aislado del mundo y que no soy quién para criticarlos, te diré que mi Orden se ocupa de muchas obras de caridad, salimos a las calles a intentar ayudar en lo que podamos, incluso yo, que dado mi trabajo cultural y mi edad estoy dispensado de esas tareas a pie de calle, no abuso de tal dispensa y salgo de vez en cuando a tratar de hacer del mundo un sitio mejor. ¿Responde esto a tu pregunta?

–Por supuesto. Muchísimas gracias por todo otra vez, fray Tobías, le prometo pasar a saludarle en cuanto pueda.

Respecto al resto de los integrantes del elenco, que presidían sonrientes, con sus blancos bigotes impostados, el hueco central de la estantería de mi salón: JL se había embarcado en un crucero por las islas griegas a bordo del velero particular de una escritora sueca de novela negra. De unos cuarenta años y bastante atractiva, había alcanzado cierto renombre aprovechando el boom de ese tipo de literatura que nos llegaba de los países escandinavos.

Mi hermano me estuvo dando la tabarra durante mucho tiempo para que los acompañara, pues la millonaria novelista tenía una amiga de muy buen ver que, según opinión de JL, estaba ansiosa por conocerme. Me tentó con el cuento de que yo era la pieza básica para completar el cuarteto perfecto y disfrutar navegando por la cuna de la cultura europea, mecidos por la bonanza y acariciados por suaves brisas de verano mediterráneo.

Aunque la idea era muy sugestiva, la herida de Minako estaba demasiado fresca para poder disfrutar de aquella singladura erótico-cultural, por lo que decliné la invitación.

Ya había decidido contarle a mi querido amigo todos los pormenores de la búsqueda del manuscrito de Cervantes y su desastroso final, una vez que el asunto había concluido; pero todavía no había tenido la oportunidad de hacerlo, pues ni yo había ido por Irlanda, como era mi intención, ni él había vuelto por Madrid. Mi confesión tendría que esperar a que el moderno Ulises volviera del Egeo.

Mis encuentros con Mariví se han hecho algo más frecuentes que antes de nuestra aventura, y aunque todavía no cuento con la perspectiva temporal suficiente para poder estar seguro, me da la impresión de que se ha producido una sutil modificación en nuestras habituales escaramuzas de pullas y batallitas dialécticas, suavizándose sus aristas de alguna forma. Lo cual no sé si me satisface; tendré que reflexionar más despacio sobre ello.

En cuanto a Andrés, el desgraciado mancebo de finales del quinientos, con el que tantos puntos en común conmigo fui descubriendo a medida que me empapaba de su historia, ha pasado a formar parte de mi yo más íntimo. Muchas veces me descubro pensando por él, en una especie de desdoblamiento de la personalidad. Me pregunto si, de haber sabido de antemano su triste final, hubiera preferido no conocer a Cervantes y haber consumido una más o menos larga y monótona existencia, trabajando en régimen de semiesclavitud en alguno de los sitios por los que pasó fugazmente. Y me respondo por él: «No. Aquellos cinco años al lado de mi señor, cuando me enseñó a leer y a escribir, cuando me abrió los ojos al mundo mágico de los libros, justifican toda una vida, mi vida; y no los cambiaría jamás por la triste existencia que el destino le tenía reservada a aquel desgraciado hijo de la Azumbres, parido con desgana en el Compás de la mancebía sevillana».

Por supuesto –pensaba ahora como Miguel Saavedra–, yo tampoco cambiaría cinco años acompañando a don Miguel de Cervantes por los caminos de Andalucía, escuchando sus consejos u oyéndole leer en voz alta alguna de sus obras, por cuarenta años en manos de amos sin escrúpulos o de un vivir arrastrado y anodino, cuando no miserable.

Mi compartimentada rutina doméstica anterior a la epopeya tan solo ha variado en un pequeño detalle: ahora, de vez en cuando, mientras escucho alguno de mis requetesobados tangos, bajo la mirada bondadosa de ese padre con alzacuellos recién descubierto y colocado también en un sitio preferente de mi estantería, sostengo entre mis manos una pequeña y sencilla cajita de plata, que me ha fabricado un joyero del barrio, y me quedo un rato contemplando su contenido.

En ella, sobre un fondo de terciopelo oscuro, descansa la diminuta falange del desgraciado niño Rafael de Medina, junto con el trozo más grande –y prácticamente el único– que había podido recuperar de las ruinas del cuadernillo, destruido por el tiempo y por la imprudencia de García. En ese frágil pedazo de papel antiguo y ajado, se puede leer, con algo de dificultad, la mitad posterior de un nombre y la mayor parte de un apellido que en su momento formaran una ilustre rúbrica:

UN FINAL DE FICCIÓN

Algunos días después, ya en pleno periodo de vacaciones estivales, mi móvil entonó el *Yira, yira,* repitiéndome con saña unas verdades eternas, o al menos bien implantadas en la eternidad de mis últimos días: «Verás que todo es mentira, / verás que nada es amor, / que al mundo nada le importa...».

–Diga.

Una voz tan enervante como un castigo injusto, una voz que preferiría no haber tenido que volver a escuchar jamás, me llegó con claridad a pesar de la distancia.

–Estimado profesor, me alegro de poder saludarlo de nuevo. Ya sé que ha vuelto a su doméstica rutina y que no ha compartido con el mundo académico nuestros interesantes descubrimientos. Me congratula su discreción y quería dejarle claro que las cosas están bien como están, lo mejor es no remover asuntos que podrían perjudicarnos a ambos.

En aquel momento, al escuchar la velada amenaza del millonario apandador, me restallaron en la mente los ajustados versos de Quevedo: «No he de callar por más que con el dedo, / ya tocando la boca o ya la frente, / silencio avises o amenaces miedo». Palabras que suenan bien en boca de un valiente, pero ¿acaso yo lo era?

El hecho es que desde que volví de Sevilla había estado rumiando la conveniencia de sacar a la luz aquella inverosímil historia costara lo que costase. El insólito hecho de que Cervantes hubiera tenido un escudero del que nada se sabía, y el cual había dejado narrada su relación con el escritor, amén de otros muchos detalles interesantes de los que me había ido enterando a lo largo de la accidentada búsqueda del manuscrito, todavía no tenía muy claro si debía ocultarlos o si, por el contrario, merecía la pena arriesgarme a confesar un delito para que el mundo pudiera llegar a conocerlos. Así pues, aprovechando que me había llamado, quise mortificar al chantajista con la amenaza de mis no resueltas dudas.

–Todavía estoy barajando la posibilidad de sacar todo a la luz y enfrentarme a las consecuencias. Solo por el hecho de incriminarle a usted ya valdría la pena.

–Ja, ja, ja –escuché una risa sarcástica al otro lado de la línea–. Permítame dudar de tan absurda y descabellada resolución. Quién le va a creer. Lo único tangible que tiene en realidad es la carta de los Montalbán, con un soneto que solo a medias parece de Cervantes, el resto de lo que pretenda presentar, como las páginas que haya escaneado del *Manual de remedios medicinales*, no pasarán el filtro de la severa crítica a que se verá sometido, dirán que es un montaje para adquirir notoriedad, ya que no hay ninguna constancia de la existencia de un original, como tampoco la hay de que el ataúd del pequeño Rafael de Medina hubiera contenido alguna cosa de valor.

»Lo mejor que puede hacer es dejarlo estar. Yo, con las monedas de oro y las joyas apenas cubro gastos –mintió, pues su valor era muy considerable–, pero he disfrutado organizando el rescate a lo largo de los pasados meses y me doy por satisfecho, aunque fue una lástima que el manuscrito no superara la prueba de los siglos. No obstante, ha sido aleccionador colaborar en esta empresa, ¿no cree?

Dudé si contarle que la prueba que no había superado el manuscrito fue la de la estupidez de su esbirro, pero me dije que no valía la pena. En cambio, aproveché para descargar un poco de la rabia que me producían las palabras del pirata y la prepotencia de su actitud.

–Es usted un desalmado, una sabandija despreciable...

–Por favor, no perdamos las formas. Si lo mira bajo un prisma optimista, puede muy bien considerarse a sí mismo como un quijote, un bizarro caballero andante que ha conseguido salvar a su dama en apuros. Cierto que conservaré la cinta tan espléndidamente protagonizada por ella, pero si usted no me incomoda, dormirá un largo sueño en el amplio fondo de mi caja fuerte.

»Hasta otra ocasión, profesor. Dadas las estupendas dotes que ha demostrado para este tipo de asuntos, tal vez podamos colaborar en alguna otra empresa interesante en el futuro.

Colgó sin darme tiempo a responderle como se merecía.

En el fondo, aquella llamada me sirvió para acabar de convencerme de que Orville tenía razón: contaba con muy pocos argumentos con los que sustanciar mi historia de modo convincente para ser tomado en serio. Por más que quisiera autoengañarme con la falacia de que aún lo estaba dudando, en realidad, ya era plenamente consciente de que no podría sacarla a la luz.

La tan particular cruzada en la que me había visto envuelto no dejaba de suponer un nuevo desengaño de los muchos con los que, a lo largo de los últimos cuatro siglos, habían tenido que enfrentarse los estudiosos de la vida y la obra de don Miguel de Cervantes Saavedra, aquel insigne escritor y soldado que en «la más alta ocasión que vieron los siglos pasados, los presentes, ni esperan ver los venideros» ofreció su valeroso pecho a los tiros de arcabuz del turco y perdió el uso de su mano siniestra, para dar mayor gloria a las letras españolas con la diestra que el resto de los mortales con ambas.

El desgraciado final del manuscrito cervantino me dejó un poso de amargo fracaso como filólogo. Y no encuentro mejores palabras para cerrar esta agridulce historia que las que el propio don Miguel pone en boca del cura del *Quijote:* «Muchos años ha que es grande amigo mío ese Cervantes, y sé que es más versado en desdichas que en versos».

Yo también me sentía en aquellos momentos más versado en desdichas.

No obstante, recapacité, el no haber podido recuperar el manuscrito no tenía por qué suponer la condena al olvido de todos los datos e informaciones que había llegado a desenterrar con mis pesquisas.

Ya había llegado a la conclusión de que no podía contar la verdad sobre aquellos acontecimientos. Pero lo que sí podía hacer era escribir una novela, la ficción lo acoge y lo disculpa todo, hasta la verdad.

Decidido, encendí mi portátil, abrí un nuevo documento de Word que titulé *El escudero de Cervantes y el Caso del poema cifrado,* y empecé a teclear:

DE LAS DECLARACIONES
DEL ALGUACIL CRISTÓBAL PÉREZ.
AUDIENCIA DE SEVILLA, PROCESO 165/1599

Como un hábil transformista con muchas tablas, la noche sevillana de mediados de diciembre había mudado su disfraz invernal y desapacible por el de una mañana cálida, casi primaveral.

Madrid, 21 de Junio de 2012

NOTA DEL AUTOR

Este libro quiere ser un homenaje a la LITERATURA, así, con mayúsculas, ese dulce veneno que cuando se te instala en el alma no hay antídoto capaz de combatirlo.

Mi mayor, mi único deseo es poder contagiar este gran amor mío por la literatura a todo el que se deje contagiar. Solo con que a uno le sirva este contagio, no habrá resultado inútil el esfuerzo.

Y a quién sino a Cervantes, nuestro Príncipe de las letras, podría escoger como portador de esta divina ponzoña.

Espero que don Miguel sepa disculpar mi atrevimiento.

Los personajes y situaciones de esta novela son fruto de mi imaginación. Solo algunos de los personajes relacionados con Cervantes son reales:

Simón Freire, comerciante y banquero de origen portugués, que realmente escapó con la recaudación que le confió Cervantes, y el cual espero que no terminara en el fondo del Guadalquivir.

Jerónima de Alarcón, a la que don Miguel avaló para el alquiler de unos pisos.

Tomás Gutiérrez, cómico en los teatros de Madrid, donde inició su amistad con Cervantes. Marchó a Sevilla para abrir la que fuera considerada la mejor posada de la ciudad. Fue gran amigo y protector del escritor, al que ayudó en sus peores momentos de miserias y en su cautiverio.

Pedro de León S. J., ayudó a abandonar la prostitución a muchas daifas de la mancebía sevillana.

Pedro Machuca, el libertario exsoldado que con otros trescientos declaró el territorio de La Sauceda exento de las leyes del rey Felipe II. Cervantes cita La Sauceda en el *Coloquio de los Perros*.

El capitán Contreras, personaje cercano a Lope de Vega, al que inspiró una comedia, tuvo una vida de lo más fascinante. Su furia fue legendaria.

Por supuesto, el manuscrito Porras de la Cámara desapareció en el Guadalquivir, por más que Orville Ramos no lo crea. Y, por desgracia, no nos han llegado obras manuscritas de Cervantes, tan solo alguna carta sin relación directa con la literatura.

La familia Villalmedina, su panteón y todo lo relativo al convento de la Casa Grande de San Nicolás y a los frailes que orientan a Miguel en Sevilla son personajes y lugares de ficción, así como el libro *Crónicas negras de la Sevilla áurea,* de Bernal de Andrade.

Si alguien se siente reflejado en alguno de los personajes actuales de este libro, será que no he sabido adornarlos como correspondía a personajes de ficción y les pido disculpas si les ha podido molestar. El escritor no deja de ser un ser social que picotea miguitas de vida allá donde las encuentra.

Y aquí vendría ahora el capítulo de agradecimientos, pero como son tantos a los que les debo el haber llegado hasta aquí, incluyendo profesores y compañeros de carrera, mejor rompo la tradición y reflejo mis...

Desagradecimientos

A todos esos amigos golferas que han hecho todo lo posible y lo imposible por apartarme del ordenador y del trabajo serio y productivo: Carlos, pareja de ron y de paisajes; Jota Eme, pervertidor incansable de penúltimos flojitos; Emilio, con su falsa tranquilidad, tan peligrosa. Y otros de parecida laya y predisposición: los Pacos, Chiki, Ramón, Ángel Díaz y tantos otros que me dejo en el tintero. Pero, en el fondo, a mí me gusta que me tienten y me tienten hasta no poder oponer resistencia, porque la carne es débil... y la mía más.

Seguid así, diablillos.

ÍNDICE

Diseño: Eva Mutter
Imagen de la sobrecubierta: Scorpp

Círculo de Lectores, S. A. U.
Av. Diagonal, 662-664, 08034 Barcelona
www.circulo.es
1 3 5 7 9 5 1 1 0 8 6 4 2

Licencia editorial para Círculo de Lectores
por cortesía del autor.
Está prohibida la venta de este libro a personas que no
pertenezcan a Círculo de Lectores.

© Manuel Berriatúa Clemente, 2015
© Círculo de Lectores, S. A. U., 2015

Depósito legal: B.19409-2015
Fotocomposición: Maria García, Barcelona
Impresión y encuadernación: Cayfosa (Impresia Ibérica)
Barcelona, 2015. Impreso en España
ISBN 978-84-672-6460-9
N.º 29392